Magnolien im Sturm

Die Autorin

Sarah Lee Hawkins wurde 1955 in Oregon geboren. Die Enkeltochter deutscher Einwanderer stammt aus einer Farmerfamilie und konnte bereits in jungen Jahren erste schriftstellerische Erfolge verbuchen. Seit zehn Jahren lebt sie als freie Autorin mit ihrer Familie in New York.

Sarah Lee Hawkins

Magnolien im Sturm

Roman

Weltbild

Besuchen Sie uns im Internet:
www.weltbild.de

Genehmigte Lizenzausgabe für Verlagsgruppe Weltbild GmbH, Augsburg

Projektleitung: usb bücherbüro, Friedberg/Bay
Redaktion: usb bücherbüro, Friedberg/Bay
Umschlaggestaltung: zeichenpool, München
Umschlagmotiv: www.shutterstock.com
(© Lori Skelton; © Olek Gegman; © Duncan Payne; © 3dmentor; © Iakov Kalinin)
Satz: avak Publikationsdesign, München
Druck und Bindung: CPI Moravia Books s.r.o., Pohorelice
Printed in the EU
ISBN 978-3-86800-664-3

2015 2014 2013
Die letzte Jahreszahl gibt die aktuelle Ausgabe an.

1

Das kleine weiße Haus am Stadtrand von Baton Rouge lag still im Sonnenlicht, die dunklen hölzernen Fensterläden dicht geschlossen gegen die flirrende Mittagshitze. Nichts und niemand störte diese Stille, sogar die staubige Straße vor dem einfachen, aber gepflegten Haus war zu dieser Stunde menschenleer.

Die Besitzerin des Hauses, eine ältere, unverheiratete Frau namens Louise Carter, hatte sich zum Lebensinhalt gemacht, jungen elternlosen Mädchen ein Heim zu geben. Nachdem sie im Alter von dreißig Jahren eine kleine Erbschaft gemacht hatte, war der Wunsch nach einer Herberge rasch realisiert worden, und nun, im Jahre 1858, konnte Louise mit Stolz behaupten, dass die jungen Mädchen, derer sie sich angenommen hatte, bisher allesamt einen guten Ehemann bekommen hatten – das größte Glück jeder Frau in den amerikanischen Südstaaten.

In diesem Sommer 1858 beherbergte Louise Carter insgesamt zehn junge Mädchen im Alter zwischen vierzehn und neunzehn Jahren in ihrem Haus, die nicht nur lernten, wie man sich bei Tisch benahm, sondern auch, wie man einen Haushalt führte, Kleidung nähte und feine Stickarbeiten ausführte.

Eines dieser Mädchen war die sechzehnjährige Amy Livingston. Das arme Ding war zur Waise geworden, als die Eltern beim Brand ihrer Farm ums Leben gekommen waren. Dies war im Frühjahr 1857 geschehen, und noch immer trieb es Amy Tränen in die Augen, wenn sie an das schreckliche Unglück dachte.

Amys Eltern hatten zu den sogenannten armen Pflanzern

gehört, kaum in der Lage, von dem mageren Einkommen zu leben, das die bescheidenen Tabakfelder hergaben. Dennoch hatte Amy eine unbeschwerte Kindheit verbringen dürfen, und die Eltern hatten ihrer einzigen Tochter jeden Wunsch von den Augen abgelesen, soweit es ihnen die bescheidenen Mittel erlaubten.

Louise Carter hatte das verstörte Mädchen in den angesengten Lumpen buchstäblich von der Straße aufgelesen, nachdem sie vom dem Drama gehört hatte. Amy war ihr auf eine stille, bescheidene Art dankbar, wusste sie doch, dass sie ohne Louise in der grausamen Welt der Erwachsenen untergegangen wäre.

Als Amy an jenem heißen Sommertag zu Louise Carter in deren Schreibzimmer gerufen wurde, ahnte sie nicht, dass sich ihr junges Leben bald dramatisch verändern sollte. Louise betrachtete das junge Mädchen in dem einfachen karierten Kattunkleid über den Rand ihrer Lesebrille hinweg. Ihre Hände lagen gefaltet auf der Unterlage des schweren Schreibtisches, vor ihr lag ein handgeschriebener Brief.

»Sie wollten mich sprechen, Miss Carter?« Artig blieb Amy vor dem Schreibtisch stehen, in ihren himmelblauen Augen stand nichts weiter als eine Spur von Neugierde. Sie ahnte nicht, wie liebreizend sie aussah mit ihrem schmalen Gesicht, dem goldenen, leicht gewellten Haar und der grazilen Figur.

Louise deutete auf den gobelinbezogenen Stuhl vor dem Schreibtisch. »Setz dich, mein Kind. Ich habe etwas sehr Wichtiges mit dir zu besprechen.«

Gehorsam ließ sich Amy nieder, und nur ihrem Gesichtsausdruck war zu entnehmen, dass sie allmählich leises Interesse zeigte.

»Es ist eine freudige Nachricht für dich eingetroffen«, fuhr Louise fort, rückte ihre Brille zurecht und nahm das Schreiben vor sich auf. »Du erinnerst dich an Mr Garrison?«

Amy erinnerte sich nicht, legte ihre glatte Stirn in Falten und dachte angestrengt nach. Sie hatte diesen Namen schon einmal gehört, doch es wollte ihr beim besten Willen nicht einfallen, bei welcher Gelegenheit dies gewesen sein könnte.

Abwartend blickte Louise über den Schreibtisch. Sie war einst eine aparte Frau gewesen, und es hatte durchaus einige Verehrer gegeben, die ihr den Hof machten. Doch keiner dieser Männer hatte ihr stolzes junges Herz erobern können, und als sie sich schließlich nach einer starken Schulter gesehnt hatte, war ihre Schönheit bereits dabei gewesen zu verblühen. Das einst dunkle Haar war nun von Silberfäden durchzogen; Louise trug es seit Jahren unter einer feinen weißen Spitzenhaube.

»Nun, ist dir eingefallen, wer Mr Garrison sein könnte?« Freundlich, mit weicher Stimme, jedoch mit einem Anflug von Ungeduld musterte sie das Mädchen, dessen Miene noch immer pure Ratlosigkeit zeigte.

Normalerweise hätte Amy stumm mit dem Kopf geschüttelt; bei Miss Carter hatte sie jedoch gelernt, dass sich diese Geste für eine junge Dame nicht ziemte, und so sagte sie mit fester, wohlklingender Stimme: »Ich fürchte, ich kann mich nicht erinnern.«

»So.« Louise erhob sich von ihrem Platz, kam um den Schreibtisch herum und blieb vor dem Mädchen stehen. Auf ihrem gütigen Gesicht erschien ein Lächeln, das Amy aufatmen ließ. »Dann werde ich deinem Gedächtnis mal etwas nachhelfen.«

Sie trat zurück, setzte sich jedoch nicht, sondern begann, langsam im Zimmer umherzugehen. Bei jedem Schritt verursachte der weite Rock ihres schwarzen Kleides ein angenehmes Rascheln, und ein leichter Hauch von Veilchenwasser wehte zu Amy hinüber.

»Du kannst dich doch sicher noch an unser Fest im vergangenen Herbst erinnern?«, fragte sie nach einigen Minuten absoluten Schweigens.

Amys Augen leuchteten auf, während sie begeistert nickte. »O ja, Miss Carter! Es war ein wundervolles Fest!«

Und damit hatte sie nicht übertrieben. Das Herbstfest wurde alljährlich von Louise in deren Garten ausgerichtet; dazu lud sie nicht nur reiche Bürger der Stadt ein, damit sie eine Kleinigkeit für das Heim spendeten, sondern auch junge Männer im heiratsfähigen Alter.

Die Einladungen wurden gern angenommen, und das nicht nur, weil Miss Carter das Beste aus Küche und Keller auftischen ließ, sondern auch, weil man sich gern als Gönner zeigte. Und für die jungen Männer war das Fest ein willkommener Anlass, einen Blick mehr als sonst auf die wohlbehüteten Mädchen zu werfen, über die Louise ansonsten mit Argusaugen wachte.

Man konnte fast sehen, wie es hinter Amys Stirn zu arbeiten begann, und nach Louises aufmunterndem Lächeln sagte sie schließlich zögernd: »Jetzt glaube ich mich tatsächlich zu erinnern. Mr Garrison ist ein Plantagenbesitzer, ein stattlicher Mann.«

»So ist es, mein Kind.« Stolz reckte Louise ihr Kinn, als wäre der Mann, von dem die Sprache war, ihr Sohn. »Robert William Garrison ist der Besitzer von *Heaven's Gate,* einer der größten Plantagen von Louisiana … und einer der begehrtesten Junggesellen der Stadt.« Sie machte eine bedeutungsvolle Pause, dann glitt ihr Blick zu dem Schreiben auf der Tischplatte. »Du hast großen Eindruck auf diesen Mann gemacht.«

Amys Augen weiteten sich vor Überraschung. Sie konnte sich nur undeutlich an den großen dunkelhaarigen, gut gekleideten Mann mit dem schmalen Oberlippenbärtchen entsinnen, der nicht ein einziges Wort mit ihr gewechselt hatte. Welchen Eindruck mochte sie wohl bei ihm hinterlassen haben?

»Mr Garrison möchte dir seine Aufwartung machen«, sagte Louise in Amys verwirrte Gedanken hinein, nahm den Brief an sich und betrachtete ihn wie eine Kostbarkeit. »Er schreibt, dass es für ihn eine Ehre wäre, dich gelegentlich besuchen zu dürfen.«

»Mich besuchen? Aber … ich kenne Mr Garrison kaum …

sicherlich handelt es sich um eine Verwechslung«, stammelte Amy, dabei knetete sie nervös die Rockfalten ihres Kleides.

Zwischen Louises Augen erschien eine unwillige Falte, als sie sich wieder hinter ihren Schreibtisch setzte. »Sei nicht töricht, Kind. Ich habe mit Mr Garrison auf jenem Fest einige Worte gewechselt, er schien sehr angetan von dir zu sein und wollte unbedingt deinen Namen wissen. Eine Verwechslung ist also ausgeschlossen.«

Als sie die aufsteigende Panik in Amys Augen erkannte, fügte sie etwas sanfter hinzu: »Mr Garrison ist ein Gentleman, du hast also nichts zu befürchten. Er wird dich nicht in Verlegenheit bringen.« Sie seufzte kopfschüttelnd. »Meine Güte, man könnte fast annehmen, dass du dich nicht über deinen Verehrer freust, dabei wird dich jedes andere Mädchen um ihn beneiden. Träumst du denn nicht hin und wieder davon, einen feschen Ehemann zu bekommen?«

Amys Kehle war wie ausgetrocknet, sie brachte nur mühsam die Worte hervor. »Glauben Sie denn, er will mich heiraten, Miss Carter?«

»Was für eine alberne Frage, Kind! Warum sollte er dir wohl sonst den Hof machen wollen?« Louises Blick glitt in die Ferne, ihre Hand begann dabei mit dem goldenen Uhrenkettchen an ihrem Hals zu spielen. »Wenn mir ein Mann von Mr Garrisons Format seine Aufwartung machen würde, müsste ich nicht eine Sekunde lang zögern.«

Sie lächelte fein und schien dabei ihr immer noch verwirrtes Gegenüber völlig vergessen zu haben. Sie blinzelte irritiert, als sie sich wieder an Amy erinnerte, errötete leicht und setzte sich kerzengerade auf. »Dein Verehrer hat seinen Besuch für den nächsten Sonntagnachmittag zum Kaffee angekündigt. Ich werde dir den Salon zur Verfügung stellen … und ich erwarte, dass du bis dahin dein neues Kleid fertig genäht hast.«

»So bald schon«, hauchte Amy, und in ihrem Kopf überschlugen sich die Gedanken. Das Kleid, von dem Miss Carter sprach, war aus lindgrüner Seide, die ein Stoffhändler gespendet hatte. Alle Mädchen hatten ein großes Stück davon bekommen mit der Aufgabe, ein festliches Kleid daraus zu nähen. Natürlich hatte Louise diese Forderung nicht ohne Hintergedanken an sie gestellt, denn sie achtete stets darauf, dass ihre Schützlinge gut gekleidet waren. Es konnte ja jederzeit vorkommen, dass ein wohlbetuchter Mann Interesse an ihnen zeigte.

Amy hatte sich mit viel Eifer an ihre Aufgabe gemacht, denn sie besaß nur zwei Kleider – das einfache karierte, das sie alltags trug, und ein etwas feineres Baumwollkleid für den sonntäglichen Kirchgang. Für das Sonntagskleid besaß sie sogar einen Reifrock, freilich keinen ausladenden breiten, wie ihn die feinen Ladys trugen, sondern von bescheidenem Umfang. Je umfangreicher eine Krinoline in diesen Tagen war, als umso wohlhabender galten die Trägerinnen, da sich die gewaltige Stoffmenge, die dafür erforderlich war, nur reiche Damen leisten konnten.

Ertappt fuhr Amy auf, als sie Louises forschenden Blick auf sich ruhen sah. Es lag eine belastende Stille in dem kleinen stickigen Raum, der nach Möbelpolitur und Veilchen roch; das Ticken der Kaminuhr war das einzige Geräusch, sodass Amy fast befürchtete, Louise könne ihren galoppierenden Herzschlag hören.

»Nun?«

»Ich werde mich sofort an die Arbeit machen, Miss Carter«, beeilte sich Amy zu sagen, wagte jedoch nicht, ohne Einwilligung aufzustehen und das Zimmer zu verlassen.

Erst, als Louise wohlwollend nickte, erhob sich Amy mit weichen Knien. Nun hatte sie einen Verehrer und wusste noch gar nicht richtig damit umzugehen. Freilich las sie oft Romane über die Liebe, über zwei Herzen, die im gleichen Takt schlugen … aber sie selbst konnte sich beim besten Willen nicht vorstellen, einen Mann zu küssen. Wenn die älteren Mädchen kichernd hinter vorgehaltener Hand darüber redeten, wandte sich Amy stets ab; mit ihren sechzehn Jahren lagen ihre Interessen auf ganz anderen Gebieten, obwohl Miss Carter ihre Schützlinge oft genug ermahnte, sich jegliche erdenkliche Mühe zu geben, um einen Heiratskandidaten zu finden.

Amy teilte ihre winzige Kammer mit Elizabeth Summer, die zwei Jahre älter war und sich oft nachts in den Schlaf weinte, weil sie fürchtete, als alte Jungfer zu sterben. Lizzy, wie sie im Allgemeinen genannt wurde, war ein fades, knochiges Mädchen, das zudem die anderen um Haupteslänge überragte.

Oft genug konnte Amy im Spiegel beobachten, wie Lizzy sie voller Neid betrachtete, wenn sie ihre goldene Haarpracht bürstete. Lizzys Haare hatten eine undefinierbare Farbe zwischen aschblond und braun und waren zudem so dünn, dass sie sich kaum frisieren ließen. Auch Lizzy hatte ihre Eltern verloren, lebte allerdings schon einige Jahre in Miss Carters Obhut. Und obwohl sie die liebreizende Amy um deren Haar und Figur beneidete, zeigte sie es ihr nicht, sondern erwies sich als Freundin, der man vertrauen konnte.

Und so kam es, dass Lizzy die erste Person war, der Amy von Robert William Garrison, dem reichen Plantagenbesitzer, erzählte.

Lizzys grauen Augen weiteten sich, und ihr Gesicht wurde noch länger, als es von Natur aus schon war. Mit einer Mischung aus Neugier und Fassungslosigkeit sog sie jedes Wort, das Amy stockend von sich gab, begierig auf.

»Was hat Miss Carter noch gesagt?« Ungeduldig rutschte Lizzy auf ihrem Bett hin und her, auf das sie sich hatte fallen lassen, als Amy mit der Neuigkeit herausgerückt war.

Einen winzigen Moment lang runzelte Amy die Stirn, dann hob sie vage die Schultern. »Nichts weiter. Nur, dass ich mein Kleid bis Sonntag fertig nähen soll.«

»Einen Verehrer wie Mr Garrison hätte ich auch gerne«, seufzte Lizzy mit verträumtem Blick. Im Geiste sah sie sich an der Seite des Plantagenbesitzers in einem feinen Kleid die Hauptstraße von Baton Rouge entlangflanieren. *»Heaven's*

Gate soll ein Paradies sein«, sagte sie, als sie Amys verschlossene Miene bemerkte. »Wenn Mr Garrison um deine Hand anhält, wirst du Herrin der Plantage!«

Abrupt erhob sich Amy und wandte ihrer Freundin den Rücken zu. »Unsinn, er will mich besuchen, nichts weiter. Außerdem bin ich noch viel zu jung zum Heiraten.«

Sie holte aus einer kleinen Truhe, die am Fußende ihres Bettes stand, vorsichtig das halb fertige Kleid heraus, strich fast zärtlich über den weichen Stoff und setzte sich auf den Stuhl am Fenster, wo sie besser sehen konnte. Wie auch im Erdgeschoss waren alle Fenster mit Holzläden verschlossen, dennoch drang die Hitze durch Ritzen und Mauerwerk.

Das Erdgeschoss beherbergte außer Louises Schreibzimmer das Speisezimmer, in dem alle Mahlzeiten gemeinsam eingenommen wurden. Es war ein großzügig geschnittener Raum, in dem man hin und wieder ein bescheidenes Fest gab. Außerdem befand sich dort der Salon, in dem Gäste empfangen wurden. Die Küche befand sich ebenso im Keller wie die Kammern der beiden Bediensteten – mehr konnte sich Louise nicht leisten.

Bei Mary und Bill handelte es sich keinesfalls um schwarze Sklaven, wie es zu dieser Zeit in Baton Rouge alltäglich war, sondern um ein armes weißes Ehepaar, das sich sein Brot als Köchin und Gärtner verdiente. Louise war der Meinung, dass Sklaven eine teure Investition seien, weil sie schließlich ernährt und gekleidet werden mussten.

In den oberen Räumen des Hauses befanden sich die Schlafräume; auch Miss Carters private Zimmer waren hier untergebracht. Alles in allem war es ziemlich beengt, aber für die meisten Mädchen, die zuvor im Waisenhaus oder auf der Straße gelebt hatten, stellten die Räumlichkeiten den reinsten Luxus dar.

Nun saß Amy also mit dem Kleid auf ihrem Schoß am Fenster und versuchte, sich auf die Naht zu konzentrieren, die sie schließen wollte. Doch immer wieder schweiften ihre Gedanken ab zu ihrem ersten Rendezvous, unter dem sie sich eigentlich gar nichts Rechtes vorstellen konnte. Lizzy plapperte unaufhörlich auf sie ein, doch sie hörte nur mit halbem Ohr hin.

Nachdem Lizzy verkündet hatte, sie wolle nun den anderen Mädchen von Mr Garrisons Besuch erzählen, und gleich darauf aus dem Zimmer stürmte, atmete Amy erleichtert auf. Lizzy war so aufgeregt, als hätte sie selbst eine Verabredung … aber diese Aufregung konnte Amy einfach nicht teilen.

Nach einigen unsicheren Stichen legte Amy schließlich das Kleid zur Seite, stand auf und zog nach einem verstohlenen Blick zur Tür unter ihrer Matratze ein Büchlein hervor. Es handelte sich um einen dieser Liebesromane, die Amy so gerne las und die Miss Carter immer wieder verteufelte.

Louise bezeichnete die Inhalte dieser Romane als weltfremd und kitschig, dabei gefiel es Amy, wenn der starke Held nach vielen Irrwegen am Schluss des Buches seine Herzensdame in die Arme schloss.

Hastig blätterte Amy bis zu der Stelle, als sich das Paar zum ersten Mal gegenüberstand. Da war von flirrendem Herzschlag die Rede, von Blicken, die ohne Worte dem anderen sagten, dass man füreinander geschaffen war, und von leichten Berührungen, die den ganzen Körper erzittern ließen.

Versonnen ließ Amy das Buch sinken … ob sie auch so reagieren würde, wenn sie am Sonntag Robert Garrison traf?

2

Bis zum Sonntag gab es kaum ein anderes Gesprächsthema in dem kleinen weißen Haus am Stadtrand als den bevorstehenden Besuch. Natürlich hatten einige der älteren Mädchen bereits einen oder mehrere Verehrer, aber mit dem Besitzer von *Heaven's Gate* konnte keiner mithalten. Dabei spielte die Tatsache, dass Robert W. Garrison mit seinen zweiundvierzig Jahren doppelt so alt war wie die anderen jungen Männer, nur eine untergeordnete Rolle.

Noch nie war Amy so viel Aufmerksamkeit zuteil geworden wie in diesen Tagen; einige der Mädchen betrachteten sie inzwischen sogar mit einem gewissen Respekt. Selbst Louise stolzierte mit zufriedener Miene durch das Haus, als wäre es ihr alleiniges Verdienst, dass Mr Garrison einem ihrer Schützlinge den Hof machte.

Während Mary mithilfe einiger Mädchen den Salon auf Hochglanz brachte, wurde Amy in ihr Zimmer geschickt, um sich der Vollendung ihres Kleides zu widmen. Die Anprobe übernahm Miss Carter persönlich. Mit einem Lächeln stellte sie fest, dass das seidig schimmernde lindgrüne Kleid seiner Trägerin wie auf den Leib geschnitten war.

»Du hast gute Arbeit geleistet, mein Kind. Mr Garrison wird begeistert sein.«

Verlegen blickte Amy an sich hinunter und berührte den feinen Stoff mit den Fingerspitzen. »Ich habe mir Anregungen aus *Godey's Lady's Book* geholt«, sagte sie und nestelte an einem der spitzenverzierten bauschigen Ärmel. »Und ein wenig habe ich meine Fantasie spielen lassen.«

»Du könntest eine perfekte Schneiderin werden.« Louise bückte sich, um den weiten Rock auszubreiten. »Aber als Gemahlin eines Plantagenbesitzers wirst du es natürlich nicht nötig haben zu arbeiten.« Dann trat sie einen Schritt zurück, begutachtete skeptisch ihr Werk und sagte mehr zu sich selbst als zu Amy: »Ich werde dir zwei meiner Unterröcke zur Verfügung stellen, damit deine bescheidene Krinoline etwas mehr Volumen bekommt.«

Amy holte tief Luft, bevor sie endlich die Frage stellte, die ihr seit Tagen auf der Seele brannte. »Wieso glaubt alle Welt, dass Mr Garrison mich heiraten will? Ausgerechnet mich! Ich entstamme weder einer alten, wohlhabenden Pflanzerfamilie, noch bringe ich eine Mitgift mit in die Ehe.«

Louises Lächeln war nachsichtig, als sie Amy beim Arm nahm und aus dem Zimmer führte. »Komm mit, ich werde dir zeigen, was diesen Mann so sehr an dir fasziniert.«

Es ging den stickigen Gang hinunter bis zu Louises Schlafkammer. Amy stockte der Atem – noch nie hatte sie einen Blick in Miss Carters Allerheiligstes werfen dürfen, und nun wurde die Tür geöffnet, und sie wurde einladend hineingewinkt.

Louise führte das zögernde Mädchen zu einem großen Ankleidespiegel, der neben einer Kommode mit Waschschüssel und Wasserkrug aus feinem, mit Streublümchen bemaltem Porzellan stand. Unauffällig musterte Amy das Mobiliar, gefertigt aus schwerem Mahagoniholz. Miss Carters Schlafgemach war gemütlich und doch nicht überladen oder gar kitschig.

»Betrachte dich einmal im Spiegel«, unterbrach Louise Amys geheime Gedankengänge. »Kannst du nun verstehen, warum Mr Garrison ausgerechnet dich ausgewählt hat?«

Mehrmals musste Amy blinzeln, bevor sie in der schönen jungen Frau mit dem schimmernden eleganten Kleid sich selbst erkannte. Das sollte sie sein? Das arme Waisenkind, das nicht mehr besaß als ein paar Kleidungsstücke und eine abgegriffene Bibel?

»Nun? Gefällt dir, was du siehst?«

Amy konnte nichts anderes tun als wortlos nicken, dabei

konnte sie sich nicht sattsehen an dem Bild, das sich ihr bot. Nun verstand sie auch den Spruch, dass Kleider Leute machen; sie sah aus wie die feinen jungen Töchter der reichen Pflanzerfamilien, die man zuweilen am Sonntag in der Kirche traf.

»Mit deinem Haar werden wir uns auch noch etwas Hübsches einfallen lassen«, sagte Louise, als sie Amy zurück in ihr Zimmer brachte. »Obwohl es eine wahre Pracht ist, werden wir es mit einem Haarnetz bändigen müssen, das sieht ordentlicher aus.«

Nachdem Amy sich behutsam aus der Robe geschält hatte und wieder in ihr einfaches kariertes Kleid geschlüpft war, fragte sie schüchtern: »Wieso ist Mr Garrison denn noch nicht verheiratet? Die Mädchen erzählen, dass er schon über vierzig ist.«

Für einen Moment verschloss sich Louises ansonsten so offenes Gesicht, dann setzte sie eine betrübte Miene auf, nahm schwerfällig auf dem Stuhl am Fenster Platz und bat Amy mit einer entsprechenden Geste, sich auf ihr Bett zu setzen, denn andere Sitzmöglichkeiten bot der winzige Raum nicht.

»Mr Garrison war verheiratet, mit einer sehr schönen Frau namens Melva. Aber die Ärmste war … wie soll ich sagen … nicht ganz richtig im Kopf. Nach ein paar Ehejahren stürzte sie sich aus einem der Dachfenster von *Heaven's Gate*.«

Bestürzt saß Amy da und lauschte Louises Worten.

»Als Mr Garrison Melva zum Traualtar führte, konnte er nicht ahnen, dass sie gemütskrank war; äußerlich sah man ihr die Krankheit ja weiß Gott nicht an. Ihre Familie – Melva stammte aus einer reichen Pflanzerfamilie aus South Carolina, Mr Garrison lernte sie bei einem Besuch dort kennen – hatte wohlweislich die Krankheit verschwiegen, um Melva unter die Haube zu bekommen.« Louise seufzte tief und lehnte sich zurück. Ihre schmalen Hände ruhten auf ihrem Schoß.

»Melva war eine zarte Schönheit mit fast durchsichtigem Teint, und Mr Garrison war sehr stolz auf seine Frau. Doch dann sah man das Ehepaar immer seltener in Baton Rouge. Während Mr Garrison die Sommermonate wie üblich in seinem Stadthaus an der Church Street verbrachte, blieb Mrs Garrison trotz der Hitze auf *Heaven's Gate* zurück. Als einige Bürger sich darüber wunderten, hieß es plötzlich, dass Melva krank sei. Zu dieser Zeit muss sie schon sehr leidend gewesen sein, denn nur ein Jahr darauf nahm sie sich das Leben. Ja, und seitdem lebt der arme Mann allein.« Louise musterte Amy scharf. »Untersteh dich, ihn auf seine Ehe anzusprechen, das gehört sich nicht. Möglicherweise wird er dir einmal von Melva erzählen, dann höre gut zu und bekunde dein Mitgefühl – und hüte dich, vorlaut zu sein und ihn nach Dingen zu fragen, die er möglicherweise nicht gerne preisgeben möchte.«

»Ja, Miss Carter«, sagte Amy gehorsam, weil sie wusste, dass diese Antwort von ihr erwartet wurde.

Louise stand auf, legte Amy noch einmal nahe, alles zu tun, um Mr Garrison am nächsten Tag zu gefallen, und verließ dann das Zimmer mit der Begründung, sie müsse im Salon nach dem Rechten sehen.

Zurück blieb eine verwirrte Amy, die in sich hineinhorchte. Sie versuchte, zärtliche Gefühle für Robert Garrison zu entwickeln. Doch wie sollte das möglich sein, wenn sie ihn doch nur einmal kurz aus der Ferne gesehen hatte?

* * *

Der Sonntagnachmittag wurde teils ersehnt, teils gefürchtet. Miss Carter und die Mädchen sahen dem Ereignis mit freudiger Erregung entgegen, obwohl sie kaum einen Blick auf den eleganten Besucher werfen würden. Louise hatte ihren Schützlingen nämlich befohlen, sich während Mr Garrisons Besuch in ihren Zimmern aufzuhalten.

Trotzdem fieberten alle dem Nachmittag entgegen. Alle … außer Amy. Sie selbst fühlte sich unsicher und keinesfalls geschmeichelt ob des erwarteten hohen Besuchs. Immer wieder hämmerte sie sich Miss Carters Verhaltensregeln ein: nur sprechen, wenn sie gefragt wurde – dem Besucher ohne Aufforderung Kaffee nachschenken – sich auf keinen Fall nach seiner verstorbenen Ehefrau erkundigen …

Bereits eine Stunde vor Mr Garrisons Eintreffen war Amy fertig angezogen und frisiert. Das lindgrüne Seidenkleid saß perfekt, und das Korsett war so fest geschnürt, dass seine Trägerin nur flach atmen konnte. Dank der zahlreichen Unterröcke wirkte das Kleid voluminöser, als es tatsächlich war.

Mary hatte Amys Haar gebürstet, bis es glänzte, und dann mit einem hauchzarten Haarnetz zusammengebunden. Am Ansatz hatte sie in einem Halbkreis lachsfarbene Rosen aus dem Garten aufgesteckt.

Noch immer fühlte sich Amy wie eine Fremde in ihrem eigenen Körper und fragte sich, ob dieses Gefühl anhalten würde, wenn sie sich täglich so herausputzen müsste. Zum Nichtstun verdammt, saß sie auf dem Stuhl am Fenster und spähte angestrengt durch eine Ritze im Fensterladen, um die Ankunft des Plantagenbesitzers nicht zu verpassen.

Als dann schließlich eine offene, leichte, einspännige Kutsche vor dem Gartenzaun hielt, begann Amys Herz schneller zu schlagen, und vor Aufregung wurden ihre Hände feucht. Robert Garrison sprang leichtfüßig aus der Kutsche und wechselte ein paar Worte mit Bill, der bei der Ankunft des Besuchers augenblicklich herbeigeeilt kam, um das Fahrzeug in Empfang zu nehmen. Selbst ein Laie konnte erkennen, dass die elegante Kutsche mit dem edlen Rappen davor ein Vermögen gekostet haben musste.

Von ihrem verborgenen Platz aus konnte Amy nicht viel von Robert erkennen, denn sein Gesicht lag unter einer breiten Hutkrempe im Schatten. Doch er war groß, breitschultrig und gut gekleidet, und plötzlich spürte Amy eine Funken Freude in ihrem Inneren. Die anderen Mädchen schienen wirklich nicht zu übertreiben, wenn sie von Mr Garrison schwärmten.

Wie verabredet, blieb Amy brav sitzen, bis – nach einer Ewigkeit, wie es schien – an der Tür geklopft wurde. Miss Carter trat mit vor Aufregung gerötetem Gesicht ein und wisperte: »Er ist da und erwartet dich im Salon.«

Als Amy nicht sofort aufsprang, machte Louise eine ungeduldige Geste. »Trödel nicht, Mädchen. Du willst Mr Garrison doch nicht verärgern, oder?«

»Gewiss nicht, Miss Carter«, beeilte sich Amy zu sagen, erhob sich langsam von ihrem Platz und schritt vorsichtig zur Tür. Die ungewohnt vielen Unterröcke hinderten sie am Gehen, und im Stillen betete sie, nicht zu stolpern oder gar die Treppe hinunterzustürzen.

»Warte einen Augenblick.« Louise machte eine Handbewegung. »Ich sehe dir deine Unsicherheit an, aber du musst dich nicht ängstigen. Mr Garrison ist ein Ehrenmann, das habe ich dir bereits mehrmals gesagt, und er würde nie etwas tun, das dich kompromittiert.«

Da Amys Kehle wie ausgetrocknet war, nickte sie nur, fügte aber nach einem Blick auf Louises leicht gereizte Miene eiligst mit belegter Stimme hinzu: »Ich werde alles tun, um Ihrem Haus Ehre zu machen.«

»Schön – und nun geh. Achte darauf, dass dein Verehrer immer genügend Kaffee in seiner Tasse hat, und wenn kein Gebäck mehr in der Schale ist, läute sofort nach Mary. Ach ja … möglicherweise möchte Mr Garrison einen Brandy oder Whiskey trinken, biete ihm diese Getränke nach einer angemessenen Zeit eigenständig an, bevor er selbst den Wunsch äußert.«

Amys Kopf schwirrte von Louises Vorschriften, und sie atmete hörbar auf, als sie endlich gehen durfte. Im Gang war es mucksmäuschenstill, obwohl Amy wusste, dass hinter den Türen Ohren an das Holz gepresst wurden.

Ohne Stolpern gelangte Amy die schmale Treppe hinunter und näherte sich mit weichen Knien der Tür, hinter der sich der Mann befand, der ihr ganzes Leben verändern wollte. Ihre

Hand zitterte leicht, als sie zum Türknauf griff und ihn zögernd herumdrehte.

Robert W. Garrison stand vor dem Kamin und schien in der Betrachtung des in Öl gemalten Stilllebens versunken zu sein, das in einem vergoldeten Rahmen über dem Sims hing. Bei Amys Eintreten wandte er sich um, trat ein paar Schritte auf sie zu und nahm seinen Hut ab.

»Miss Livingston?« Er deutete eine leichte Verbeugung an. »Ich fühle mich geehrt, Ihnen die Aufwartung machen zu dürfen.«

»Und ich bin Ihnen sehr dankbar, dass Sie mich in Miss Carters Haus besuchen.« Damit sprach sie genau den Text nach, den Louise ihr eingetrichtert hatte. Mit jedem Wort wurde ihre Stimme sicherer und gewann an Stärke.

Mit einer einladenden Handbewegung wies Amy auf das gelb gestreifte, seidengepolsterte Sofa. »Möchten Sie nicht Platz nehmen?«

»Mit dem allergrößten Vergnügen.«

Während Robert auf den angebotenen Platz zusteuerte, betrachtete Amy ihn unauffällig. Er trug einen leichten dunkelgrauen Anzug aus feiner Wolle, das Revers seines Gehrocks war mit schwarzem Samt verbrämt.

Robert trug seine fast schwarzen Haare mittellang entsprechend der Mode, seine Koteletten waren jedoch nur angedeutet und nicht so extrem, wie Amy es bei mehreren anderen Männern gesehen hatte. Das schmale Oberlippenbärtchen gab Robert vage das Aussehen eines Abenteurers, und Amy musste zugeben, dass auch sie hingerissen war von dem unwiderstehlichen Charme dieses Mannes.

»Wollen Sie den ganzen Nachmittag stehen bleiben, oder leisten Sie mir beim Kaffee Gesellschaft?« Auf Roberts gut geschnittenem Gesicht erschien ein amüsiertes Lächeln, und erst jetzt erkannte Amy, dass sie ihn minutenlang angestarrt hatte.

»Verzeihen Sie vielmals«, hauchte sie verlegen, eilte, so schnell es ihre Röcke erlaubten, zu einem der zierlichen Sesselchen und setzte sich so elegant nieder, als hätte sie nie im Leben etwas anderes getan.

Wie auf ein geheimes Kommando wurde an die Tür geklopft, und gleich darauf erschien Mary mit einem Tablett. Sie trug eine blütenweiße Spitzenschürze, die Amy noch nie an ihr gesehen hatte, und hielt den Blick gesenkt, als sie das Kaffeegeschirr auf dem Tisch vor dem Sofa abstellte.

»Danke, Mary, Sie können gehen. Ich werde selbst servieren«, sagte Amy und genierte sich dabei, denn es behagte ihr nicht, die gute Mary so von oben herab zu behandeln. Doch auch diese Szene war bis ins kleinste Detail abgesprochen, da Amy bei Robert in dem besten Licht erscheinen sollte.

Auf *Heaven's Gate* gäbe es zahllose Feste, hatte Louise erklärt, sodass Mr Garrison nur eine Ehefrau wählen würde, die sich geschickt im Umgang mit Gästen und Personal erwies.

Amys Hand bebte leicht, als sie den siedend heißen, duftenden Kaffee in die hauchzarten Tassen aus chinesischem Porzellan goss. Ihr selbst wäre ein Glas eiskalter Limonade lieber gewesen, denn das Oberteil ihres Kleides klebte ihr wegen der Hitze im Raum bereits am Körper.

Sie spürte Roberts durchdringenden Blick auf ihren Händen, setzte ein Lächeln auf und fragte: »Mögen Sie Sahne und Zucker?«

»Nein danke, ich trinke meinen Kaffee immer schwarz.«

Louise hatte ihrem Schützling eingebläut, sich unbedingt jede Vorliebe ihres Verehrers zu merken, das würde ihm bei seinem nächsten Besuch mächtig imponieren.

Behutsam nippte Amy an ihrem Kaffee, und als sie merkte, dass Robert sie schweigend über den Rand seiner Tasse beobachtete, hüstelte sie verlegen. »Finden Sie nicht auch, dass die Hitze in diesem Sommer unerträglich ist?«

»Das ist sie in jedem Sommer, aber dieses Jahr ist es besonders schlimm.« Robert lehnte sich entspannt zurück und schlug die langen Beine lässig übereinander, ohne Amy auch nur für eine Sekunde aus den Augen zu lassen. »Deshalb halte ich mich die meiste Zeit in meinem Stadthaus auf, draußen auf der Plantage ist die Luft zum Ersticken wegen der nahen Sümpfe.« Er beugte sich leicht vor. »Sie kennen mein bescheidenes Heim in der Church Street?«

»Leider nicht.« Amy lächelte bedauernd, dabei hatte sie bereits von den anderen Mädchen umfassende Beschreibungen dieser prächtigen Stadtresidenz erhalten.

»Wirklich jammerschade! Sie müssen mich mit Miss Carter unbedingt dort besuchen.«

Robert schien in der Tat ein Gentleman zu sein, der wusste, dass es sich nicht schickte, ein junges Mädchen ohne Anstandsdame einzuladen.

Zart errötend dankte Amy für die Einladung, über die sich insbesondere Miss Carter freuen würde. Flüchtig dachte sie an den Liebesroman unter ihrer Matratze und fragte sich, wann denn nun dieses unbeschreibliche Schwindelgefühl eintreten würde, welches ihr zeigte, dass dieser gut aussehende, selbstsichere Mann ihr unschuldiges Herz im Sturm erobert hatte. Doch das Einzige, was sie spürte, waren die unnachgiebigen Korsettstangen, die erbarmungslos ihre Rippen zusammenpressten.

Eine peinliche Stille trat ein, während der Amy immer wieder an ihrem Kaffee nippte und sich Mühe gab, unter Roberts dunklen Augen keinen Fehler zu machen.

Schließlich stellte sie die Tasse auf das Tellerchen zurück und fragte im Plauderton, um dem Schweigen ein Ende zu bereiten: »Würden Sie sich die Mühe machen und mir von *Heaven's Gate* erzählen, Mr Garrison?« Dabei fühlte sie sich wie eine Schauspielerin, die ihren einstudierten Text aufsagte.

»Mit dem allergrößten Vergnügen.« Er machte im Sitzen eine leichte Verbeugung. »Ihr Interesse an meiner Plantage freut mich sehr, Miss Livingston, und ich hoffe, dass ich Sie auch dort bald einmal als Gast empfangen darf.« Er lehnte sich wieder bequem zurück, und seine Miene nahm einen stolzen Zug an, als er weitersprach. *Heaven's Gate* wurde von meinem

Großvater gegründet, damals bestand die Plantage allerdings aus wenigen Acres Tabakfeldern und einer windschiefen Hütte, die als Wohnhaus diente.«

Kerzengerade saß Amy da und lauschte andächtig, denn Louise hatte ihr erklärt, dass eine Frau immer Interesse für die Geschäfte ihres Verehrers zeigen sollte – natürlich ohne sich aufzudrängen.

»Als mein Vater die Plantage 1786 übernahm, besaß er bereits die zwanzigfache Menge an Land und stellte den Anbau von Tabakpflanzen ein, um sich dem wesentlich einfacheren Anbau von Baumwolle zu widmen.« Er hielt inne, nahm ein Gebäckstück und führte es zum Mund. »Mein Vater spielte auch mit dem Gedanken, sich auf Baumwolle zu spezialisieren«, warf Amy nachdenklich ein. »Doch er meinte, dass man dafür sehr viele … Arbeiter brauche, und dafür hatte meine Familie kein Geld.«

Der Zug um Roberts Mund wurde weicher, als er mit sanfter Stimme erwiderte: »Miss Carter hat mich über Ihr schreckliches Schicksal unterrichtet, und ich drücke Ihnen hiermit mein tiefstes Bedauern aus.« Er wartete, bis sich Amy bedankt hatte, dann fuhr er fort. »Ihr Vater muss ein sehr kluger Mann gewesen sein. In der Tat braucht man für die harte Arbeit auf den Feldern Sklaven, die mein Großvater sich nach und nach anschaffte. Als er immer wohlhabender wurde, ließ er das Herrenhaus bauen, das noch heute als eines der schönsten seiner Art in ganz Louisiana gilt.«

Diese Tatsachen waren Amy durch Miss Carters Ausführungen bereits bekannt, dennoch tat sie überrascht und verwundert. »Es ist wirklich erstaunlich, wie Ihre Familie durch jahrzehntelange Arbeit zu derartigem Wohlstand gekommen ist, Mr Garrison.« Natürlich war ihr bewusst, dass kein Pflanzer ohne die Arbeit von Sklaven reich geworden wäre – doch das musste sie selbstverständlich für sich behalten. Ihre Familie hatte nie Sklaven besessen, solange sie zurückdenken konnte.

Robert nickte zustimmend. Ihm schien zu gefallen, dass die

schöne junge Frau, die noch ein halbes Kind war, von *Heaven's Gate* so tief beeindruckt war.

»Heute besitze ich nicht nur die größte Plantage von Baton Rouge, sondern auch über dreihundert Sklaven – allein sie sind ein Vermögen wert!«

Innerlich erschauerte Amy. Ihr war bekannt, dass die meisten reichen Weißen die Sklaven wegen ihrer dunklen Hautfarbe nicht als Menschen ansahen, sondern eher als eine Art wilde Tiere oder Gegenstände. Diese Ansicht konnte und wollte sie nicht teilen und hoffte im Stillen, dass Mr Garrisons Sklaven nicht in dunklen Hütten hausten, kaum zu essen bekamen und bis zum Umfallen arbeiten mussten, wie es von einigen anderen Pflanzern bekannt war. Auch über das Auspeitschen von widerspenstigen Sklaven hatte Amy hinter vorgehaltener Hand sprechen gehört. Doch das war ein Thema, das sie als Frau nichts anging, und was sie darüber dachte, durfte niemals ans Tageslicht gelangen.

»Langweile ich Sie?«

Verwirrt blinzelte Amy den Mann an, und als ihr bewusst wurde, dass sie minutenlang in ihren eigenen Gedanken versunken gewesen war, murmelte sie mit entschuldigender Stimme: »Verzeihen Sie meine Unachtsamkeit, Mr Garrison. Aber ich stellte mir soeben *Heaven's Gate* vor, es muss ein wundervoller Ort sein.«

»Fürwahr, das ist es! Vor allem im Frühsommer, wenn die Magnolien zu blühen beginnen. Davon gibt es eine Fülle auf meinem Besitz.«

Amy liebte Blumen und ganz besonders den betörenden Duft von Magnolien, von denen in Miss Carters Garten einige bescheidene Exemplare blühten. »Es muss das reinste Paradies sein.«

»Diesem Umstand verdankt die Plantage ihren Namen: das Tor zum Himmel. Es könnte keine treffendere Bezeichnung dafür geben, Miss Livingston.«

Erschrocken entdeckte Amy Schweißperlen auf der Stirn

des Mannes und erinnerte sich an ihre Gastgeberrolle. »Darf ich Ihnen einen Brandy anbieten?« Sie machte Anstalten, sich zu erheben, um die bereitgestellten Karaffen mit den alkoholischen Getränken und passenden Gläsern von dem kleinen Beistelltisch neben dem Kamin zu holen.

Doch Robert machte eine abwehrende Geste. »Nicht nötig. Besten Dank, Miss Livingston.« Er stand auf. »Ich habe mich schon länger als vorgesehen aufgehalten und möchte nicht, dass Miss Carter denkt, ich würde Sie kompromittieren.«

»Sie müssen schon gehen?« Amy setzte eine enttäuschte Miene auf, dabei war sie Robert im Grunde genommen dankbar für seinen Aufbruch. Das Korsett nahm ihr die Luft zum Atmen, und außerdem war sie erschöpft von der Rolle der feinen Lady, die sie zu spielen hatte.

Robert wartete, bis auch sie sich erhoben hatte, dann nahm er ihre Hand, führte sie zum Mund und hauchte einen Kuss auf ihren Handrücken. »Noch heute werde ich Anweisung geben, die schönsten Magnolienblüten zu pflücken und Ihnen zu schicken.«

Amy konnte nicht umhin, dankbar zu lächeln. Gute Manieren hatte Robert W. Garrison allemal; er verstand es, einer Dame den Hof zu machen.

3

Später, als Amy längst wieder ihr bequemes kariertes Kattunkleid trug, erschien ihr Robert Garrisons Besuch mit jeder verstreichenden Minute unwirklicher. Die anderen Mädchen umringten sie, wollten jedes Wort wiedergegeben haben, das Amy und ihr Verehrer getauscht hatten. Unzählige Male musste sie wiederholen, wie höflich Robert sie behandelt und um ein Wiedersehen gebeten hatte.

»Du wirst sehen, noch in diesem Jahr hält er um deine Hand an«, bemerkte Lilian, ein zierliches Persönchen, das bereits mit einem jungen Mann aus der Stadt verlobt war, nicht ohne Neid. Verzückt verdrehte sie die Augen und griff sich mit der Hand an die Herzgegend. »Ich würde vor Freude einen Luftsprung machen, wenn ich auf *Heaven's Gate* leben dürfte!«

»Eine Dame macht keine Luftsprünge.« Ohne dass es die Mädchen, die dicht gedrängt in Amys Zimmer standen, bemerkt hatten, war Louise ins Zimmer getreten und sah die vorwitzige Lilian tadelnd an. »Es ist Zeit für das Abendessen, geht also in eure Zimmer und macht euch frisch. Ich möchte ein paar Worte mit Amy unter vier Augen sprechen.«

Miss Carter hatte ihre Schützlinge gut erzogen, denn sie gehorchten, ohne mit der Wimper zu zucken. Erst als sie mit Amy, die mit unschlüssiger Miene neben ihrem Bett stand, alleine war, legte sich ein sanftes Lächeln auf Louises Gesicht.

»Mr Garrison ist begeistert von dir, mein Kind.« Ihre Röcke raschelten, als sie sich Amy näherte und dicht vor ihr stehen blieb. »Ich schätze, schon in wenigen Tage wirst du eine Einladung in sein Stadthaus bekommen, bei der ich dich selbstverständlich begleiten werde.«

»Ja, Miss Carter.«

Louise hob ihre schmal gezupften Augenbrauen. »Sehr glücklich scheinst du ja nicht darüber zu sein. Bitte nenn mir den Grund dafür.«

Ihre Forderung hatte sie in ungewohnt scharfem Ton ausgesprochen, sodass Amy zusammenzuckte. Sie war ihrer Gönnerin dankbar, weil sie sich ihrer angenommen und sie vor dem Armenhaus bewahrt hatte, und sie wusste, dass Louise nicht aus Eigennutz handelte, wenn sie die Mädchen unter die Haube bringen wollte.

»Hat sich Mr Garrison in irgendeiner Weise unangemessen benommen oder dich kompromittiert?«

Heftig schüttelte Amy, die ihre Haare nun wieder offen trug, den Kopf. »O nein, Miss Carter! Er ist ein Gentleman, genauso, wie Sie es vorausgesagt haben, aber ...«

»Nun?«

Amy druckste einige Sekunden herum, dann gestand sie mit gehauchter Stimme: »Er ist mir so fremd. Die Mädchen reden von Hochzeit, das macht mir Angst. Ich kenne diesen Mann doch gar nicht.«

»Deine Befürchtungen erwähntest du neulich bereits.« Louises Stimme wurde wieder weicher. »Mr Garrison ist kein Unmensch und wird dir genügend Zeit lassen, um dich an ihn zu gewöhnen.« Sie zog das Mädchen näher ans Fenster, durch das helles Abendlicht fiel, und betrachtete Amys Gesicht eindringlich. »Ich wünsche, dass du in Zukunft nicht mehr ohne Sonnenhut in den Garten gehst. Dein Teint ist so zart, und deine Haut rötet sich rasch, wie dir bekannt sein dürfte. Eine richtige Südstaatenlady wird niemals braun, das sieht gewöhnlich aus.«

Gehorsam nickte Amy. Sie beschäftigte sich gerne in Miss Carters Garten und half Bill oft bei der Pflege der Blumen. Als hätte Louise ihre Gedanken gelesen, fügte sie mit Nachdruck hinzu: »Als Mr Garrisons Heiratskandidatin schickt es sich nicht länger, den Dienstboten zur Hand zu gehen. Man könnte sonst annehmen, dass du nur zu niederen Arbeiten taugst.«

Als sie Amys bekümmerte Miene bemerkte, legte sie ihre Hand auf die Schulter des Mädchens. »Sieh mal, bald bist du Herrin der größten und prächtigsten Plantage im Umkreis von hundert Meilen«, lenkte sie mit mildem Lächeln ein. »Wie man hört, soll es auf *Heaven's Gate* einen wundervollen Blumengarten geben, in dem du dich jederzeit aufhalten kannst – allerdings darfst du niemals vergessen, dabei einen Sonnenschirm oder Sonnenhut zu benutzen.«

»Es gibt schrecklich viel zu beachten, wenn man eine feine Lady werden will, nicht wahr?«, brachte Amy mit einem schiefen Lächeln zustande, das Louise zum Lachen brachte.

»O ja, aber du hast heute Nachmittag bewiesen, dass du dazu geboren bist – nicht alle jungen Mädchen eignen sich als Gemahlin eines wohlhabenden Pflanzers. Mr Garrison schaut zwar zuerst auf das Gesicht eines Mädchens wie jeder Mann, doch er kann es sich in seiner Position nicht erlauben, eine Frau zu nehmen, die ungebildet ist und sich ungeschickt benimmt.«

Amy war nicht verborgen geblieben, dass sich Robert kurz mit Miss Carter unterhalten hatte, bevor er das Haus verließ. Nach Louises zufriedener Miene zu urteilen, musste er sich wohlwollend über das reizende Mädchen geäußert haben. Amy war sich nicht sicher, ob sie sich darüber freuen oder ängstlich sein sollte.

Tags darauf wurde ein weißer Weidenkorb voller Magnolienblüten für Amy abgegeben. Verzückt senkte sie das Gesicht in die weißen, rosafarbenen und violetten Blüten und ergötzte sich an dem betörenden Duft. Die Blüten schienen größer, wohlriechender und kräftiger zu sein als die in Miss Carters Garten; vorsichtig nahm Amy eine Magnolie aus dem Korb und betrachtete das kleine Kunstwerk aus weißen, rosa geränderten Blütenblättern. Vor ihrem inneren Auge erschien der Garten von *Heaven's Gate*, und sie ertappte sich bei dem Wunsch, die Plantage bald kennenlernen zu dürfen.

Natürlich blieb den anderen Mädchen Robert Garrisons Geschenk nicht verborgen. Sie scharten sich um den Tisch im Speisezimmer, an dem sich Amy mit dem Blumenkorb niedergelassen hatte.

»Schau nur, da ist ein Brief befestigt!«, rief Lizzy Summer aufgeregt und zeigte auf den Rand des elegant geschwungenen Korbes. »Oh, bitte, Amy! Öffne ihn, ich sterbe vor Neugier!«

Zögernd nahm Amy das kleine Kuvert aus feinstem Büttenpapier an sich und presste es an ihr Herz, während die anderen Mädchen sie bedrängten. Louise bereitete dem Spuk ein Ende, indem sie ihre Schützlinge bis zum Lunch auf ihre Zimmer scheuchte.

Amy schickte ihr einen dankbaren Blick, machte jedoch keine Anstalten, den Brief zu öffnen.

»Vor mir musst du keine Geheimnisse haben, mein Kind«, sagte Louise, nahm aus dem Ärmel ihres trotz der Hitze hochgeschlossenen Kleides ein Spitzentaschentuch und tupfte sich vorsichtig damit das Gesicht, auf dem kleine Schweißperlen glitzerten. An diesem Tag schien die Hitze noch drückender, die Luft noch schwüler zu sein als an den vorangegangenen Tagen. »Mr Garrison hat mich bereits gestern gebeten, meine Zustimmung zu deinem Besuch in seinem Stadthaus am kommenden Samstag zu geben. Selbstverständlich werde ich mich als deine Begleitung zur Verfügung stellen.«

Zaghaft betrachtete Amy das noch immer geschlossene Kuvert, das bereits feucht von ihren Händen war, und wartete mit angehaltenem Atem, bis Mary eiligst den Brieföffner von Louises Schreibtisch herbeigeschafft hatte.

Bedächtig öffnete Amy schließlich den Umschlag, nachdem Miss Carter mit dem Hausmädchen höflich das Speisezimmer verlassen hatten. Der Brief enthielt nur wenige Zeilen in Mr Garrisons energischer und doch so eleganter Handschrift.

* * *

Werte Miss Livingston … oder darf ich mich erdreisten, Sie Amy zu nennen? Noch immer bin ich gefangen von Ihrer Anmut und Ihrem Liebreiz, die Stunden mit Ihnen waren das Bezauberndste, was ich in den letzten Jahren erleben durfte. Bitte nehmen Sie als Zeichen meiner Verehrung diese Blumen von mir, die jedoch neben Ihrer Schönheit vor Neid erblassen müssen.

Gleichwohl möchte ich mir erlauben, Sie und Miss Carter am kommenden Samstag um drei Uhr nachmittags zum Mokka in mein bescheidenes Heim an der Church Street einzuladen. Bitte nehmen Sie meine Einladung an, wenn Sie mir nicht das Herz brechen wollen.

Ihr ergebener Robert William Garrison

Baton Rouge, im Juli 1858

Atemlos las Amy den Brief noch einmal. Solch wundervolle Komplimente hatte sie von einem welterfahrenen, gut aussehenden Mann wie Mr Garrison nicht erwartet. Er schien wirklich in sie verliebt zu sein, und weil ihr Herz wild klopfte, redete sie sich ein, dass es vor Liebe so heftig schlug.

Wieder musste sich Amy in das lindgrüne Seidenkleid mit dem dazugehörigen Korsett zwängen. Daran würde sie sich nie gewöhnen, selbst wenn sie als Herrin von *Heaven's Gate* täglich in feine Kleider aus kostbaren Stoffen gehüllt sein würde. So schön diese Roben waren – ohne fest geschnürtes Korsett und Krinoline waren sie unvorstellbar.

Die von Miss Carter geliehenen weißen Spitzenhandschuhe zog sich Amy mit äußerster Vorsicht an, da sie die hauchzarten Kostbarkeiten nicht zerstören wollte. Als Louise kurz vor dem Aufbruch mit einem weißen, spitzenbesetzten Sonnenschirm und einem geheimnisvollen Lächeln ins Zimmer trat, stieß Amy einen Schrei des Entzückens aus und klatschte vor Begeisterung in die Hände. Wie oft hatte sie beim Flanieren nach dem sonntäglichen Kirchgang junge Mädchen beneidet, die mit hochmütiger Miene ähnliche Schirme gegen die Sonne benutzten.

»Gehört der Ihnen?«, wollte sie wissen und griff zaghaft danach, als Louise ihn ihr reichte. »Ich habe diesen Schirm noch nie bei Ihnen gesehen.«

»Das kannst du auch nicht, er ist die Spende eines reichen Tabakhändlers aus Baton Rouge.« Louise sah Amys fragende Miene und lachte leise. »O nein, nicht Mr Garrison war dieser Gönner, denn er weiß, dass es sich nicht gehört, einer jungen Dame kurz nach dem Kennenlernen ein derart persönliches Geschenk zu machen.«

Bewundernd betrachtete Amy die hauchzarten Spitzen, doch kaum hatte sie sich von ihrer Überraschung erholt, hielt Miss Carter schon die nächste parat.

»In meinem Zimmer habe ich noch etwas für dich. Du erinnerst dich an den breitkrempigen Strohhut, den ich dir zum Geburtstag geschenkt habe?«

Mit gerunzelter Stirn bejahte Amy. Miss Carter verlangte doch hoffentlich nicht, dass sie diesen schon leicht ramponierten, ausgeblichenen Hut, den sie vornehmlich bei der Gartenarbeit getragen hatte, für den Besuch bei Robert Garrison aufsetzte! Doch als sie das gute Stück schließlich zu Gesicht bekam, weiteten sich ihre Augen vor Entzücken.

»Eine meiner Bekannten ist Putzmacherin in der Stadt; sie hat sich auf mein Bitten hin des armseligen Hütchens angenommen und es unentgeltlich aufgemöbelt. Nun, was sagst du dazu?«

Zunächst brachte Amy kein Wort über die Lippen. Das sollte die schäbige Kopfbedeckung sein, mit der sie sich nie im Leben auf die Straße gewagt hätte? Das einst spröde und brüchig gewordene, verblasste Flechtmaterial schimmerte nun cremeweiß, die einfache Krempe war nach neuester Mode sanft geschwungen. Den Hutrand schmückten winzige Röschen aus lindgrüner Seide, und als Hutband diente ein breites, ebenfalls lindgrünes Seidenband, dessen Enden bis auf den

Rücken fielen, wie Amy bemerkte, als sie den Hut vor Miss Carters Spiegel aufsetzte.

Aufmerksam betrachtete sich Amy. Niemand konnte nun ahnen, dass sie ein armes, bedeutungsloses Waisenkind war; und ihre Hände, die von der Hausarbeit rissig waren, wurden schließlich von den Spitzenhandschuhen bedeckt.

»Dir scheint zu gefallen, was du dort siehst.« Louise trat neben Amy und suchte deren Blick im Spiegelbild. »Doch hüte dich, eitel zu werden, denn gerade deine frische Natürlichkeit ist es, die Mr Garrison so sehr fasziniert.« Sie warf einen kurzen Blick über die Schulter zur Uhr und fügte leicht nervös hinzu: »Es ist Zeit zum Aufbruch. Ich möchte Mr Garrison nicht gerne warten lassen, das wäre unhöflich. Bill hat bereits die Kutsche angespannt.«

Die anderen Mädchen warfen Amy neidische, aber auch verklärte Blicke nach, als sie hinter Louise, die wie üblich wieder Schwarz trug, die schmale Treppe hinabstieg. Als sie auf die Veranda vor dem Haus trat, kniff sie instinktiv die Augen zusammen, da sie die gleißende Sonne blendete. Doch schnell erinnerte sich Amy, dass sie nun einen Sonnenschirm besaß, und öffnete ihn nach einem ermunternden Blick von Miss Carter.

Am staubigen Straßenrand stand die leichte Kutsche, die Louise ihr Eigen nannte; davor war Rose eingespannt, das einzige Pferd des Haushaltes. Das Fell der betagten Schimmelstute hatte Bill gestriegelt, bis es glänzte, denn allen Bewohnern in Miss Carters Haus war klar, was der Besuch bei Robert Garrison bedeutete.

Bill trug seinen besten und einzigen Anzug, denn er diente der Dame des Hauses nicht nur als Gärtner und Faktotum, sondern auch als Kutscher.

Oft hatte Bill dazu keine Gelegenheit; nur sonntags fuhr er Miss Carter zur Kirche, während die Mädchen zu Fuß zu dem kleinen Gotteshaus gingen, das nur zwei Querstraßen entfernt lag. Und da Louise gerade im Sommer ansonsten kaum das

Haus verließ, war Bill besonders glücklich, einmal außer der Reihe auf dem Kutschbock sitzen zu können.

Während der Fahrt wurde kaum geredet. Gelegentlich wechselten die beiden Frauen einen Blick, bevor sich jede wieder ihren Gedanken hingab. Rasch kamen sie in ein Gebiet, das Amy nur vom Hörensagen kannte. Die Häuser wurden größer und prächtiger, je mehr sie sich der Innenstadt näherten.

Umgeben von Gärten, in denen Palmen und exotische Blumen in schillernden Farben blühten, erhoben sich die Stadthäuser der Pflanzeraristokratie von Baton Rouge. Die meisten Residenzen besaßen breite Veranden, die die gesamten Vorderfronten einnahmen und von weißen Säulen gestützt wurden.

»Dort drüben, gleich hinter der Kirche, befindet sich Mr Garrisons Haus«, bemerkte Miss Carter unvermittelt und deutete mit einem ihrer schwarz behandschuhten Finger auf die rechte Straßenseite.

Also mussten sie sich auf der oft erwähnten Church Street befinden, mutmaßte Amy. Die Kirche, auf die Louise hingewiesen hatte, hatte nichts mit dem bescheidenen Gotteshaus gemein, das Amy jeden Sonntag besuchte. Diese schneeweiße Kirche hier erhob sich majestätisch zwischen den Villen, das spitze Kupferdach des Turmes glänzte edel in der Sonne.

Amy kam aus dem Staunen nicht mehr heraus, und fast bedauerte sie, dass die Kutsche plötzlich anhielt – sie hatten ihr Ziel erreicht.

Roberts Anwesen wirkte noch prunkvoller als die anderen Häuser – seine Villa war größer, höher, und die Marmorsäulen vor dem Eingang waren wuchtiger. Amy verschlug es fast den Atem; nie zuvor hatte sie ein schöneres Haus gesehen!

»Lass dir nur nicht ansehen, wie beeindruckt du bist«, raunte ihr Louise zu, bevor sie sich von Bill aus der Kutsche helfen ließ. »Ich erwarte von dir vornehme Zurückhaltung. Also bemühe dich, nicht mit offenem Mund zu starren, wenn wir Mr Garrisons Haus betreten.« Sie schloss ihren Sonnenschirm, raffte ihre Röcke und ergriff Bills Hand, die sich ihr hilfsbereit entgegenstreckte.

Amy unterdrückte ein Kichern, als Bill um die Kutsche herumtrat, das Türchen öffnete und ihr ebenfalls beim Aussteigen half. Im Allgemeinen war sie es schließlich, die ihm im Garten zur Hand ging. Sie fand dieses Getue albern, hütete sich jedoch davor, dies laut in Miss Carters Gegenwart auszusprechen; mehr als einmal hatte diese ihr geduldig erklärt, dass Mr Garrison auf seinen guten Ruf achten musste und neugierige Passanten darauf achteten, wer ihn besuchte. Der Besuch einer wohlerzogenen jungen Dame in Begleitung einer älteren weiblichen Person würde selbst den Moralaposteln von Baton Rouge keinen Zündstoff für Klatsch liefern.

Wie die meisten Häuser an der Church Street war auch Roberts Villa dicht an den Gehsteig gebaut worden. Zu beiden Seiten der Marmortreppe befand sich ein kleiner Vorgarten mit Dattelpalmen und Orchideen in prächtigen Farben.

Die zweiflügelige, weiß lackierte Haustür wurde lautlos geöffnet, noch bevor Miss Carter den Türklopfer aus Messing in Form eines Löwenkopfes berühren konnte. Im Türrahmen erschien das ausdruckslose Gesicht eines schwarzen Butlers in Livree, der eine Verbeugung andeutete und mit sonorer Stimme sagte: »Miss Carter, Miss Livingston. Ich heiße Sie willkommen in Mr Garrisons Haus.«

Schüchtern betrat Amy nach Louise die Eingangshalle. Noch bevor sie Gelegenheit hatte, sich umzusehen, bat der Butler – zweifellos ein Sklave – um die Schirme der beiden Besucherinnen. Amy empfand die Unterwürfigkeit des Dieners als peinlich und fragte sich im Stillen, welches Schicksal dieser Mann wohl erlitten haben mochte. Er schien in mittlerem Alter zu sein, sein dunkles Gesicht war bereits von Fältchen durchzogen, und auf seinem Kopf zeigten sich erste Anzeichen von grauem Haar.

Ob der Butler von seinem Besitzer geschlagen wurde? Oder lebte er unter menschenwürdigen Umständen? Amy hätte den

Sklaven zu gerne gefragt, doch das wagte sie nicht; Miss Carter würde sonst der Schlag treffen. Eine feine Lady interessierte sich nicht für Dienstboten, schon gar nicht für Sklaven, die in den Augen der Weißen lediglich als Kapitalanlage galten.

Da erst wurde Amy der Prunk der Eingangshalle bewusst, und schnell war das Schicksal der Sklaven von Louisiana vergessen. Der Fußboden bestand aus weißem Marmor, zu allen Seiten der Halle gingen weiß lackierte, reich verzierte Türen ab, dazwischen standen zierliche Beistelltische oder schmale Kommoden, und auf jedem dieser Möbelstücke befand sich eine Vase mit üppigen, farbenprächtigen Blumen, die zweifellos aus dem Garten des Hauses stammten. Den Mittelpunkt der angenehm kühlen Halle bildete eine breite Treppe ins nächste Stockwerk, und man konnte erkennen, dass die oberen Räumlichkeiten ähnlich prunkvoll ausgestattet waren wie das Erdgeschoss.

Entgegen Miss Carters Ermahnung stand Amy staunend da und nahm jedes Detail der sorgfältig zusammengestellten Einrichtung in sich auf. Erst als Louise diskret hüstelte, wandte Amy den Blick von einem Gemälde, das gewiss ein Vermögen gekostet hatte.

Abwartend stand der Butler neben einer der Türen, und als sich die beiden Frauen näherten, öffnete er die Tür und sagte mit einer angedeuteten Verbeugung: »Bitte treten Sie ein, ich werde Mr Garrison umgehend über Ihre Ankunft informieren.«

Der Raum stellte sich als Salon heraus. Wände, Gardinen und Polstermöbel waren in einem angenehm hellen Blauton gehalten. Vorsichtig setzte sich Amy auf die Kante eines Sessels und schaute sich mit offenem Interesse um.

»In diesem Haus kannst du bald Herrin sein, wenn du es geschickt anstellst, mein Kind.« Miss Carter hatte sich ebenfalls gesetzt, im Gegensatz zu ihrem Schützling schien sie das elegante Ambiente nicht zu verunsichern. »Mr Garrison scheint sich in den Kopf gesetzt zu haben, dich zu seiner Frau zu nehmen, deshalb kann ich dir nur raten, ihm berechtigte Hoffnungen zu machen.«

»Aber wie soll ich das anstellen, Miss Carter?«

»Stell dich nicht dümmer, als du bist. Mach ihm schöne Augen, himmele ihn an – all diese kleinen Raffinessen gehören dazu, wenn man einen Mann betören will.«

Noch bevor Amy antworten konnte, wurde die Tür schwungvoll aufgestoßen. Robert trug an diesem Tag einen leichten Sommeranzug, der ihn noch attraktiver machte, als Amy ihn in Erinnerung hatte.

Galant begrüßte er die Damen mit einem Handkuss, dabei weilten seine Lippen über Amys Handrücken nur ein wenig länger, als es schicklich war. »Ich bin entzückt über Ihren Besuch, Miss Livingston.«

Obwohl er sie gebeten hatte, sie bei ihrem Vornamen nennen zu dürfen, sprach er sie mit Rücksicht auf Louise förmlich an. Dieser Mann wusste ganz genau, wie man sich in weiblicher Gegenwart benahm. Amy konnte ein zartes Erröten nicht verhindern, und ihr wurde leicht schwindelig von seiner Nähe; er roch angenehm nach einer Mischung aus Tabak und Rasierwasser.

Seine Augen glänzten, als er das junge Mädchen bat, neben ihm auf dem kleinen gestreiften Sofa Platz nehmen zu dürfen – natürlich in gebührendem Abstand.

Der Butler, den Robert mit dem Namen Kuba ansprach, servierte eisgekühlte Limonade; sein Gesicht blieb dabei genauso ausdruckslos wie bei dem Empfang der Damen.

»Welch ungewöhnlicher Name für einen Sklaven«, bemerkte Louise, nachdem sich Kuba mit geradem Rücken neben die Tür gestellt hatte, um weitere Anordnungen abzuwarten. Dass der Mann jedes Wort verstand, das über ihn gesprochen wurde, schien sie nicht weiter zu stören. Sie tat, als wäre er nicht anwesend.

Robert reichte Amy ein hohes Kristallglas mit grüngelblichem Limonensaft, in dem kleine Fruchtstückchen schwammen. »Das ist es, in der Tat. Mein Vater hat ihn nach dem Herkunftsland seiner Mutter genannt, als er ihn vor vielen Jahren kaufte. Damals war er noch ein junger Bursche und sprach kaum ein Wort Englisch.«

»Wie interessant.« Louise lehnte sich entspannt zurück und nippte an ihrem Saft. Sie schien sich in dem kleinen, gut temperierten Salon offensichtlich wohl zu fühlen. Amy hielt den Blick auf ihre Gönnerin gerichtet, denn sie mochte weder Mr Garrison noch seinen Butler unverblümt anstarren. Überdies konnte sie auf diese Weise Louise unauffällig beobachten, denn sie war mit Robert in ein Gespräch über Sklavenhaltung vertieft, dem Amy – auch wenn es unhöflich war – nicht folgen wollte.

Erstaunt stellte sie fest, dass sich Miss Carter in diesem Salon so selbstsicher gab, als wäre sie höchstpersönlich die Hausherrin. Sie scherzte mit Robert und lachte dabei glockenhell wie ein junges Mädchen, sodass sich Amy allmählich wie das fünfte Rad am Wagen fühlte.

»Was sagen Sie dazu, Miss Livingston?« Unvermittelt wandte sich Robert ihr zu, und sie zuckte erschrocken zusammen. Der abwartende Blick aus seinen dunklen Augen traf sie vollkommen unvorbereitet, doch Louise, die die Situation blitzschnell erkannt hatte, antwortete rasch an ihrer Stelle: »Amy ist ein unbedarftes Mädchen, sie hatte nie mit Sklaven und dergleichen zu tun, sehen Sie es ihr bitte nach, Mr Garrison. Ich bin davon überzeugt, dass sie Ihre geschätzte Meinung teilt. Nicht wahr, Amy? Das tust du doch?« Der an Amy gerichtete Satz war mit angedeuteter Schärfe ausgesprochen worden, sodass diese hauchte: »Selbstverständlich, Miss Carter.«

»Sie ist noch ein wenig schüchtern, aber ich bin sicher, dass sie diese Befangenheit schnell ablegen wird, wenn sie öfters in Ihrem geschätzten Haus zu Gast ist.« Louise lächelte nachsichtig. »Es ist das erste Mal in ihrem Leben, dass sie ein derartig prachtvolles Haus betreten hat.«

Robert lachte weich; noch immer sah er Amy unverwandt

an, die am anderen Ende des Sofas saß und nicht recht wusste, wie sie sich hinsetzen sollte, ohne ihre voluminösen Röcke zu zerdrücken.

»Gerade ihre jugendliche Naivität macht sie so reizvoll«, sagte er, nachdem er Amy eingehend gemustert hatte und dann wieder Louises Person seine Aufmerksamkeit schenkte. »Mir sind Frauen ein Gräuel, die vorlaut und hochnäsig sind – und dabei haben sie meistens überhaupt nichts Vernünftiges zu sagen.«

Wieder lachte er, und Louise fiel in sein Lachen ein. Amy war sich nicht sicher, ob von ihr erwartet wurde, dass sie mitlachte – daher griff sie eilig zu ihrem Glas und trank einen Schluck.

Obwohl es im Raum nicht sehr heiß war, klebte Amy das Kleid am Körper, und sie wünschte sich einen Moment lang nichts sehnlicher, als wieder in ihr einfaches Kattunkleid schlüpfen zu dürfen. Im Stillen betete sie, dass Miss Carter bald zum Aufbruch mahnen würde – nicht, dass sich Amy in Roberts Gegenwart unwohl fühlte, aber Louises strenge Blicke und die Angst, etwas zu sagen oder zu tun, das sich für eine Lady nicht gehörte, weckten in ihr das Gefühl, in einem Gefängnis zu sein.

Miss Carter schien es nicht eilig zu haben, sie ließ Robert kaum einen Augenblick zum Nachdenken. Das Gespräch kreiste um Gesellschaftsklatsch, aber auch die politische Situation wurde kurz angeschnitten.

»Das Volk hat sich noch immer nicht von Senator Sumners skandalöser Hetzrede vor zwei Jahren erholt. Noch heute herrscht darüber berechtigte Empörung.« Roberts Stimme klang bitter bei diesen Worten. »So einen Affront kann sich ein angesehener Staat wie South Carolina nicht gefallen lassen. Es wundert mich nicht, dass dieser feine Herr aus Massachusetts daraufhin Prügel von dem Abgeordneten Preston Brooks aus South Carolina bezogen hat.«

Louise nickte zustimmend. »Wie man hört, ist Charles

Sumner, nachdem er sich inzwischen von seinen Verletzungen erholt hat, als Führer des radikalen Flügels der Republikanischen Partei tätig und sorgt somit für noch mehr Empörung in den Südstaaten.«

Amy ließ sich ihre Verwunderung nicht anmerken. Woher hatte Miss Carter ihr Wissen – und hatte sie Amy nicht immer wieder eingebläut, sich niemals zu politischen Themen zu äußern? Sicher war ihr bekannt, dass es zwischen den Nord- und den Südstaaten der USA brodelte. Solche Dinge sprachen sich herum, davon war bereits seit vielen Jahren die Rede.

Die Politiker der Nordstaaten forderten immer wieder die Abschaffung der Sklaverei, sprachen von Verletzung der Menschenrechte und einem freien Amerika für alle. Die Südstaatler argumentierten dagegen, indem sie Fakten auf den Tisch legten, die bewiesen, dass sich aufgrund der Sklaverei der Baumwollanbau und die Ernten in den vergangenen fünfzig Jahren vervielfacht hatten. Was den Nordstaaten die Industrie war, waren den Südstaaten Baumwolle und Tabak, die in dem milden Klima prächtig gediehen.

Während Miss Carter und Robert sich weiterhin angeregt über die Sklavenfrage unterhielten, glitten Amys Gedanken ab. Eines der Mädchen in Louises Haus hatte erst kürzlich erzählt, dass sie von Plantagenbesitzern gehört hatte, die ihre Sklaven misshandelten … für geringfügige Vergehen wie zu langsames Arbeiten oder Ungehorsam.

Scheu blickte Amy auf Mr Garrison, dessen Gesicht sie nur im Profil sehen konnte, da er sich Louise zugewandt hatte. War auch er einer dieser grausamen Herren, die ihre Sklaven auspeitschen ließen? Unauffällig glitt ihr Blick zu Kuba, der noch immer mit unbeweglicher Miene dastand, als sei er eine Puppe. Doch in seinen Augen konnte Amy einen Anflug von Verzweiflung und Traurigkeit entdecken – gefangen in einem Körper, der einem anderen Menschen gehörte.

Das ernsthafte Gespräch endete, indem sich Robert diskret räusperte und mit einer leichten Verneigung in Amys Richtung sagte: »Ich bin untröstlich, dass ich Sie mit dem Gewäsch der Nordstaatler langweile, bitte verzeihen Sie mir.«

Betroffen blickte Amy von ihm zu Louise, deren Miene jedoch weder Zustimmung noch Ablehnung widerspiegelte. Wurde nun von ihr erwartet, dass sie die Entschuldigung mit der Begründung ablehnte, sie würde sich ausgerechnet für dieses Thema begeistern? Aber dann würde sie schwindeln – und außerdem hatte sie als junge Dame Politik nicht zu interessieren.

Unsicher rutschte Amy auf ihrem Sitz hin und her, obwohl ihr bewusst war, dass Miss Carter dies später tadeln würde. Noch immer ruhten Roberts Augen, um Vergebung bittend, auf ihrem Gesicht, sodass sie ein Lächeln aufsetzte und schließlich erwiderte: »Aber nein, Sie langweilen mich nicht, Mr Garrison. Ihre Äußerungen über die gegenwärtigen Ereignisse sind sehr interessant, auch wenn ich zugeben muss, dass ich nicht annähernd so gescheit und politisch verständig bin wie Sie.«

Ohne Vorwarnung griff Robert nach ihrer Hand und drückte sie sanft. »Ich danke Ihnen für Ihr Verständnis. Nun sollten wir uns aber erfreulicheren Themen zuwenden; ich würde Ihnen gerne – Miss Carters Einverständnis vorausgesetzt – meinen Garten zeigen.«

»Gehen Sie nur«, gab diese zu Amys Verblüffung augenblicklich zurück, als hätte sie mit Roberts Angebot gerechnet. »Ihr jungen Leute könnt die Hitze besser vertragen, ich ziehe in der Zwischenzeit die Kühle dieses Raumes vor.«

Etwas steif erhob sich Amy, nachdem Robert aufgestanden war und ihr nun den Arm bot. Sie warf einen unsicheren Blick zu Miss Carter, die ihr jedoch aufmunternd zulächelte und sich entspannt in ihrem Sessel zurücklehnte wie nach einem Tag schwerer körperlicher Arbeit.

»Vier Gärtner sind dafür verantwortlich, dass mein Garten der schönste in ganz Louisiana ist«, sagte Robert stolz, während er Amy durch die Halle und dann durch eine geschwungene Glastür hinaus auf die rückwärtige Veranda des Hauses führte.

Er lachte leise. »Nun, ich habe möglicherweise ein wenig übertrieben, aber zumindest gehört mein Garten zu den attraktivsten in Baton Rouge.«

»Genau wie Ihr Haus«, ergänzte Amy lächelnd.

»So? Finden Sie?« Er stutzte. »Haben Sie denn Vergleichsmöglichkeiten? Nur der Gedanke daran, dass Sie außer mir noch andere Verehrer haben und auch deren Häuser kennen, lässt mein Herz vor seelischer Pein zusammenzucken.«

Entsetzt riss Amy die Augen auf und hob abwehrend ihren freien Arm. »O nein, Mr Garrison, so war das nicht gemeint! Es gibt keinen anderen Verehrer, ich hörte nur die Mädchen in Miss Carters Haus, als sie von Ihrer Stadtresidenz schwärmten.« Sie hatte schnell und hektisch gesprochen, damit Robert keine Gelegenheit hatte zu befürchten, dass sie sich auch von anderen Männern in deren Häuser einladen ließ. Allein die Vorstellung daran war ihr peinlich und unerträglich.

Übertrieben laut atmete er auf und betonte dadurch seine Erleichterung. Er half Amy beim Hinabsteigen der Stufen, und als sie aufsah, hätte sie um ein Haar vor Erstaunen laut aufgeschrien. Vor ihr erstreckte sich ein Meer von Blumen in allen erdenklichen Farben und Formen, deren Duft schwer in der flirrenden Luft hing.

Robert führte sie über schneeweiße Kieswege, vorbei an rosettenförmigen Blumenbeeten zu einem Springbrunnen, in dessen Mitte ein goldener Delphin in einer hohen Fontäne Wasser spie.

Für einen Augenblick dachte sie an die Federzeichnungen von Versailles, von denen Miss Carter ein Buch besaß. Der Sonnenkönig Ludwig XIV. hatte seinerzeit diese prachtvollen Gärten anlegen lassen … Freilich bezweifelte Amy, dass Mr Garrisons Garten so groß war; aber der Franzosenkönig hatte dafür mit Sicherheit keine exotischen Pflanzen besessen, wie sie hier blühten.

An einem der Beete rechts neben dem Springbrunnen arbeitete ein Mann, nach seiner Hautfarbe und Kleidung ebenfalls ein Sklave. Er sah nicht auf, als sein Herr an ihm vorüberschlenderte und seiner Begleiterin erklärte, dass er den Garten seiner verstorbenen Frau zuliebe hatte anlegen lassen.

»Melva liebte Blumen«, sagte er, und dabei nahm seine Stimme einen melancholischen Klang an. »Leider waren Blumen das Einzige, was sie liebte.«

Obwohl er es nicht aussprach, spürte Amy, dass Robert unter der Lieblosigkeit seiner Frau gelitten haben musste. Der arme Mann!

Er deutete auf eine halbrunde Bank aus hellem Granit. »Wir sollten uns einen Augenblick in den Schatten setzen, was meinen Sie?«

Amy nickte erleichtert, denn obwohl sie brav ihren Sonnenschirm geöffnet hatte, war die Hitze fast unerträglich. Sie folgte Robert zu der Bank, die im Schatten einer riesigen Palme stand.

»Diese Bank hat Melva eigens für diesen Garten mit dem Schiff aus Europa bringen lassen«, erklärte er und wies auf die in Stein getriebenen Schnörkel der Seitenlehnen. »Sie behauptete, ohne eine solche Bank sähe der Garten nur halb so hübsch aus.«

Amy wusste nicht recht, was sie darauf antworten sollte, also betonte sie, dass sie Melvas Ansicht teilte. Zu gern hätte sie mehr über Roberts Frau erfahren.

Doch er schweifte vom Thema ab, plauderte über die Reisen, die er bisher unternommen hatte, und berichtete von *Heaven's Gate,* der nicht enden wollenden Arbeit dort und dass die Plantage wieder eine Herrin brauchte. »Eine Herrin, die mir Erben schenkt und stark im Geist ist«, fügte er mit Nachdruck hinzu.

Er musste nicht deutlicher werden, Amy wusste auch so, dass er auf Melvas Gemütszustand anspielte. Enttäuscht schaute Amy auf, als sich Robert unvermittelt erhob und andeutete, besser wieder ins Haus zu gehen, damit Miss Carter nicht unruhig würde.

Amy wäre gerne noch geblieben, doch sie hatte keine Wahl. Also erhob sie sich artig, öffnete ihren Sonnenschirm und ließ sich von Robert zum Haus zurückgeleiten.

4

Noch völlig gefangen in ihren Erlebnissen, verbrachte Amy die nächsten Tage. Die Rückkehr in das bescheidene Haus am Stadtrand hatte Amy die gesellschaftlichen Unterschiede zwischen ihrer Heimstatt und jener von Robert Garrison gezeigt.

Die anderen Mädchen hatten Amy umringt, und sie musste von dem prächtigen Salon und dem märchenhaften Garten erzählen – immer wieder, bis die anderen jedes Detail erfahren hatten. Auf Lizzys Frage, ob Mr Garrison Amy geküsst habe, errötete diese beschämt und hauchte, dass Robert ein Gentleman sei, der wisse, was sich gehöre.

Louise hatte ihr untersagt, im Garten zu arbeiten, der Amy nun ziemlich karg und armselig erschien. Also saß sie im Schatten des Verandadaches auf einem Korbstuhl und sah Mary beim Rosenschneiden zu, denn Miss Carter erwartete jeden Tag frische Blumen im Haus.

Geschickt schnitt Mary mit der Rosenschere die schönsten Blüten ab, gerade so, wie es die Hausherrin liebte. Mary trug ein einfaches dunkelblaues Wollkleid, das schon bessere Tage gesehen hatte; die Ärmel hatte sie aufgerollt, sodass ihre festen braunen Unterarme zu sehen waren. Auf dem Kopf trug sie einen zerschlissenen Strohhut, der eine Idee zu groß wirkte.

Nachdem der Korb mit Rosen gefüllt war, setzte sich Mary für einen Augenblick zu Amy, der das Nichtstun überhaupt nicht behagte – und genau das sagte sie auch dem Dienstmädchen.

Mary strich sich mit dem Handrücken über das schweißnasse Gesicht und erwiderte neidlos: »Du hast jetzt einen Verehrer – und was für einen! Es wäre nicht recht, wenn Mr Garrisons zukünftige Gemahlin wie eine Magd Unkraut zupfen und Beete harken würde.«

»Aber ich fühle mich so nutzlos!«

Mary winkte ab. »Daran gewöhnst du dich, Mädchen. Bald wirst du einen der reichsten und angesehensten Männer von Louisiana heiraten und eine Menge Sklaven um dich haben, die dir jeden Wunsch von den Augen ablesen.«

Heftig schüttelte Amy den Kopf; der Gedanke, sich von Sklaven bedienen zu lassen, gefiel ihr gar nicht, und sie wusste, dass sie sich entgegen Marys Vorhersage niemals daran gewöhnen würde. Als sie deren fragenden Blick auffing, sagte sie hastig: »Es ist doch gar nicht sicher, ob Mr Garrison mich heiraten will. Er macht mir lediglich seine Aufwartung.«

Hell lachte Mary auf, dabei warf sie den Kopf zurück. »Du sprichst von Robert Garrison, als wäre er ein ungebildeter Flegel, der mit den Gefühlen unschuldiger Mädchen spielt und sie später zum Gespött der Leute macht, weil er klammheimlich verschwindet.« Sie musterte Amy aus klaren, hellen Augen. »Ich habe sehr wohl Mr Garrisons Blicke bemerkt, als er dich bei jenem Fest beobachtete. Nur ein Mann, der verliebt ist, schaut eine Frau so an.«

Gegen ihren Willen errötete Amy und drehte ihr Gesicht zur Seite. Es war ihr immer unangenehm, wenn sie jemand auf Roberts Gefühle ansprach, die sie nicht zu erwidern vermochte … zumindest hatte ihr Herz noch nicht so stark gepocht wie in den Liebesromanen, die sie so gern las. Vielleicht hatte sich ihr Pulsschlag in seiner Gegenwart ein wenig erhöht, aber dann auch nur vor Aufregung. Und die Sinne waren ihr bei Roberts Anblick auch noch nicht geschwunden, doch das konnte möglicherweise noch folgen.

»Denk an meine Worte, Amy.« Mary erhob sich, rieb sich flüchtig den Rücken, wie sie es stets tat, wenn sie aufstand, und griff zu dem Rosenkorb. »In spätestens einem Jahr wirst du Mrs Robert W. Garrison sein.«

Amy antwortete lediglich mit einem unsicheren Lächeln.

Alle schienen glücklich darüber zu sein, dass sie bald heiraten würde – nur sie selbst war es nicht. Da nicht mehr von ihr verlangt wurde, sich an den täglichen Arbeiten im Haus zu beteiligen, blieb Amy auf der schattigen Veranda sitzen. Von dort hatte man einen direkten Blick zur Straße, die meistens wenig befahren war, weil sie aus der Stadt hinausführte und ungefähr eine Meile weiter an einem Waldstück endete.

Hin und wieder passierte ein Fuhrwerk oder ein einzelner Reiter die Straße, ansonsten gab es nichts Sehenswertes zu beobachten. Schräg gegenüber auf der anderen Straßenseite befand sich ein ähnlich gebautes Haus wie das von Louise Carter, es wurde bewohnt von zwei alten, schrulligen Brüdern, die man nur selten zu Gesicht bekam.

Obwohl Robert noch keine Andeutung gemacht hatte, dass er um Amys Hand anhalten wollte, ertappte sich Amy bei dem Gedanken, dass ihr die gewohnte Umgebung fehlen würde. Wenn sie den Schilderungen der anderen Glauben schenkte, wimmelte es auf *Heaven's Gate* nur so von Menschen – die meisten der Bewohner waren allerdings Sklaven, die gezwungenermaßen alles taten, was ihnen von den Weißen befohlen wurde. Und wenn sie sich gegen ihr Schicksal aufbäumten, wurden sie ausgepeitscht. Waren sie jedoch so mutig zu fliehen, drohte ihnen sogar die Todesstrafe.

Amy hatte des Öfteren in der Tageszeitung gelesen, dass Besitzer ihre entlaufenen Sklaven per Steckbrief suchten; die meisten dieser Aufrufe endeten mit dem grausamen Satz: tot oder lebendig.

Trotz der sommerlichen Wärme erschauderte Amy, und plötzlich glaubte sie zu wissen, was es war, das sie hemmte, Robert ihr Herz vollkommen zu schenken: Er war einer jener Sklavenbesitzer, die andere Menschen voller Stolz als ihr Eigentum betrachteten und sich nicht schämten, sie wie Tiere zu halten und zu quälen, wenn ihnen danach zumute war.

Bis vor Kurzem hatte sich Amy kaum Gedanken über dieses Thema gemacht. Nicht, dass es sie nicht interessierte, aber in ihrer kleinen Welt gab es nur Miss Carter und die Mädchen, Mary und Bill. Eher selten sah sie die Innenstadt von Baton Rouge, und wenn sie dann einen Sklaven erblickte, war er gut gekleidet und saß auf dem Kutschbock oder begleitete seinen Besitzer bei dessen Geschäften.

Vor Amys innerem Auge erschien Kubas ausdrucksloses dunkles Gesicht. Auch er war gut gekleidet gewesen … doch wie sah es bei den Feldsklaven von *Heaven's Gate* aus?

Flüchtig erinnerte sich Amy an ein Buch, von dem sie Miss Carter vor Monaten mit Mary hatte sprechen hören. Miss Carter war außer sich vor Wut gewesen und hatte gemeint, man müsste diese Harriet Beecher-Stowe aus Connecticut ins Gefängnis werfen für ihre Schmähschrift. Wie Amy zu hören bekam, hatte diese Schriftstellerin 1851 ein Buch mit dem Titel *Onkel Toms Hütte* verfasst, das die Sklaverei anprangerte und die öffentliche Meinung in den Nordstaaten stark beeinflusste, den Süden dagegen entrüstete.

Nun, Amy hatte keine genaue Vorstellung, was Miss Carter an jenem Buch so empörte; vermutlich würde sie es nie zu lesen bekommen, denn es war sicherlich in den Südstaaten verboten worden.

»Ich begreife nicht, dass du so ruhig bleiben kannst«, wunderte sich Lizzy am selben Abend, als sie und Amy ihre drückend heiße Kammer betraten. »Du wirst bald die Frau eines der reichsten und attraktivsten Männer der Welt sein und läufst mit einem Gesicht herum, als würde dich das alles langweilen.« Sie lächelte einfältig. »Oder versuchst du nur, deine wahren Gefühle vor mir zu verbergen?«

Verwundert hob Amy die Brauen. »Was sollte ich vor dir denn zu verbergen haben?«

»Tu doch nicht so scheinheilig.« Lizzy stieß ihren Ellenbogen kichernd in Amys Seite, sodass diese erschrocken aufschrie. »Hat Mr Garrison wirklich nicht versucht, dich zu küssen, als du mit ihm allein im Garten seines Stadthauses warst?«

»Wo denkst du hin! Das würde er niemals wagen!«

Enttäuscht verzog Lizzy ihr langes Gesicht. Sie hatte sich eine romantische Geschichte mit heißen Küssen unter einem Magnolienbaum erhofft.

Später, als Lizzy schlief, was an ihrem leisen Schnarchen unschwer zu erkennen war, zündete Amy die Kerze wieder an, griff unter die Matratze und zog ihren Liebesroman hervor.

»Seine schwarzen Augen ruhten auf ihrem lieblichen Antlitz«, las sie. »Sein glühender Blick ließ sie fast ohnmächtig werden vor Liebe, und sie sank in seine Arme, die er erwartungsvoll ausgebreitet hatte. In ihrem Inneren tobten die widersprüchlichsten Gefühle – sie wusste, dass sie ihn nicht lieben sollte, dass er nicht gut für sie war. Doch sie konnte sich nicht gegen seine heißen Küsse wehren. Ihre Beine drohten nachzugeben, doch er hielt sie fest, als er merkte, dass sie schwankte. Vor Glück schwoll ihr kleines Herz an und schlug so heftig, dass sie fast fürchtete, es könnte ihr aus der Brust springen …«

Versonnen ließ Amy das Buch sinken und schloss die Augen. Ja, so musste es sein, wenn man von einem Mann geküsst wurde – so und nicht anders!

Sie schlief mit dem Gedanken an Robert ein und träumte, wie er sich über sie beugte, um mit seinen vollen, weichen Lippen ihren Mund zu berühren.

5

Allmählich wurde es kühler, und die Tage wurden kürzer; der Herbst nahte. Während der vergangenen Wochen hatte Robert Amy regelmäßig in Miss Carters Haus besucht, sie ins Theater eingeladen und zum Geburtstagsball eines Freundes mitgenommen.

Inzwischen fühlte sich Amy nicht mehr ganz so unsicher in Roberts Nähe, denn er benahm sich nach wie vor so, wie man es von einem Gentleman erwartete. Nie versuchte er, Amys Naivität auszunutzen; die einzige Zärtlichkeit, die er sich selbst zugestand, waren leichte Küsse auf Amys Handrücken, wenn er sie begrüßte oder verabschiedete.

In der Stadt redete man bereits von der liebreizenden ständigen Begleiterin des Plantagenbesitzers und begann zu spekulieren. Ja, es hieß sogar, es seien Wetten darauf abgeschlossen worden, wann Robert seine bezaubernde Begleiterin als seine Gemahlin nach *Heaven's Gate* heimführen würde.

Noch hatte Amy die Plantage nicht gesehen, in Roberts Stadthaus war sie dagegen häufiger zu Gast – natürlich immer in Louises Begleitung. Alleine war Amy mit Robert dabei kaum gewesen, und einerseits bedauerte sie diese Tatsache, andererseits war sie darüber erleichtert. Möglicherweise würde er dann doch nicht widerstehen können, sie zu kompromittieren, fürchtete sie.

Als sie wieder einmal mit Miss Carter in einem der Salons Robert gegenübersaß, räusperte sich dieser und warf einen fragenden Blick auf Louise. Diese lächelte mild, hob ihr Glas Portwein und sagte mit weicher Stimme: »Es ist an der Zeit, Amy Ihre Bitte vorzutragen, Mr Garrison. Meine Einwilligung als Vormund haben Sie bereits.«

Verwirrt blickte Amy von einem zu anderen. Beide hatten feierliche Mienen aufgesetzt. Nervös nestelten ihre Hände am Spitzenvolant ihres neuen Kleides, und ihre Kehle war so ausgedörrt, als hätte sie einen langen Marsch durch die Wüste hinter sich. Sie ahnte, was nun kommen würde … kommen musste.

Auf der Stirn des ansonsten so selbstsicheren Mannes glänzten feine Schweißperlen, als er vor Amys Sessel trat und mit einer leichten Verbeugung sagte: »Miss Livingston, seitdem ich Sie zum ersten Mal sah, kann ich an nichts anderes denken. Nur der Gedanke an Ihre Existenz erfüllt mein Herz mit Freude, lässt mich erwartungsvoll die Tage zählen, bis ich Sie wiedersehen darf.« Er richtete den Blick nun direkt auf Amy, die ihn atemlos mit großen blauen Augen ansah. »Ich möchte diesem schmerzlich-süßen Zustand endlich ein Ende bereiten, indem ich Sie bitte, meine Frau zu werden.«

Alle hatten davon geredet, doch jetzt, da Robert tatsächlich um ihre Hand anhielt, saß Amy nur da und wusste nicht, was sie sagen sollte. Sie erkannte, dass Roberts Miene unsicher wurde, und schickte einen hilflosen Blick zu Louise.

»Worauf wartest du, Kind?«, beeilte sich diese zu sagen. »Mr Garrison wird sein Angebot sicherlich nicht noch einmal wiederholen.« In ihrer Stimme schwang leise Ungeduld mit.

Robert hingegen schien seine Selbstsicherheit zurückgewonnen zu haben. Er lachte leise und erwiderte: »Lassen Sie ihr ruhig Zeit, so einen Antrag muss man sich gründlich überlegen.« Dabei ließ er Amy nicht aus den Augen.

»Was gibt es denn da zu überlegen?«, entfuhr es Miss Carter empört. »Sie müssen Amy für ihr Verhalten entschuldigen, sie ist wohl etwas befangen von Ihrem plötzlichen Angebot. Immerhin muss es der Traum eines jeden Mädchens sein, von einem Mann wie Ihnen zur Gemahlin genommen zu werden.«

»Dafür habe ich durchaus Verständnis, Miss Carter.« Er trat zurück zu seinem Sessel, als hätte man soeben über banale

Dinge wie das Wetter geplaudert und nicht über Amys Zukunft. Er nahm einen Schluck Brandy, dabei bohrte sich sein Blick in die Augen der Frau, die er zu heiraten wünschte.

Endlich hatte sich Amy wieder gefasst. Leichter Ärger stieg in ihr hoch, weil man über sie redete, als wäre sie überhaupt nicht anwesend. Sie richtete ihren Oberkörper auf, reckte das Kinn und sagte in Roberts Richtung: »Es ist mir eine Ehre, Ihr Angebot anzunehmen, Mr Garrison. Mit Freuden werde ich neben Ihnen vor den Traualtar treten.«

Für einen Moment blieb es still im Salon, nur Louises erleichtertes Seufzen war zu hören. Auf Roberts gut geschnittenem Gesicht erschien ein Lächeln, ein glückliches und befreites Lächeln, das jedoch keineswegs siegessicher wirkte. Wieder erhob er sich, schritt zu Amys Platz und nahm sie sanft bei den Händen, um sie aus ihrem Sessel zu ziehen.

»Sie könnten mir keine größere Freude machen, Miss Livingston. Gott ist mein Zeuge, dass ich Sie zeit meines Lebens auf Händen tragen werde.« Sein Gesicht näherte sich dem ihren, und Amy war sich bewusst, dass er sie nun küssen würde. Noch nie hatte ein Mann sie geküsst, und sie fragte sich, wie sich die Lippen eines Mannes auf ihren eigenen anfühlen mochten.

Sie waren nicht so weich, wie es sich Amy vorgestellt hatte, und der Kuss glich eher einem flüchtigen Hauch als einer leidenschaftlichen Liebesbezeugung. Doch schien Roberts Haltung korrekt zu sein, schließlich befanden sie sich nicht allein im Raum.

Auch Amy fühlte sich etwas beklommen, weil bei diesem ersten Kuss nicht nur Miss Carter, sondern auch der Butler Kuba anwesend war, der wie üblich neben der Tür stand und scheinbar blicklos vor sich hin starrte. Amy senkte errötend das Haupt, als sie sich wieder setzte.

»Ich bin sehr froh, dass Amy nun bald in festen Händen ist.« Louise sah zufrieden aus, wie sie es stets war, wenn einer ihrer Schützlinge den Bund der Ehe eingehen wollte. Sie fühlte sich dabei nicht als Kupplerin – sie tat lediglich ihr Bestes, um den ihr anvertrauten Mädchen ihren größten Traum zu verwirklichen … und das war nun einmal die Hochzeit. Als alte Jungfer zu gelten, war nicht besonders reizvoll, da die Gesellschaft über sogenannte »sitzengebliebene Frauen« die Nase rümpfte. Viele Frauen gingen in einer Art Torschlusspanik eine Vernunftehe mit einem ungeliebten Mann ein, mit dem sie dann nicht glücklich waren. Und das nur, um nicht als alte Jungfer abgestempelt zu werden.

Dieses Schicksal, das auch Louises eigenes war, wollte sie den Mädchen ersparen, achtete jedoch stets darauf, dass ihre Verehrer unbescholtene Bürger waren und ihre zukünftigen Ehefrauen ausreichend versorgen konnten.

»Ich schätze, es ist an der Zeit, über die Verlobung zu sprechen, Mr Garrison«, fuhr Louise fort. »Haben Sie schon Pläne dafür?«

Er hob vage die Schultern, nachdem er endlich den Blick von Amy gelöst hatte und sich wieder an seine Gesprächspartnerin wandte. »Machen Sie mir einen Vorschlag, ich richte mich ganz nach Miss Livingstons Wünschen.«

Beide Augenpaare ruhten auf Amy, sodass sie nervös zu lächeln begann. »Ich glaube, wir sollten Miss Carter damit betrauen.«

Nichts anderes hatte Louise erwartet, und wie aus der Pistole geschossen erwiderte sie: »Ich schlage eine Verlobung während der Vorweihnachtszeit vor, die Hochzeit dann im kommenden Frühjahr.«

Robert warf Amy einen fragenden Blick zu, und als sie nickte, sagte er: »Einverstanden, und ich denke, wir werden die Verlobung hier in meinem Stadthaus feiern, da die Räume auf *Heaven's Gate* erst für die zukünftige Herrin hergerichtet werden müssen.«

Ein wenig war Amy enttäuscht, denn sie hätte die Plantage gern noch vor der Verlobung gesehen. Aber sie wagte es nicht, sich gegen Roberts Vorschlag aufzulehnen. Im weiteren Verlauf des Gespräches wurde entschieden, dass Amy erst einen Tag vor ihrer Hochzeit *Heaven's Gate* zu Gesicht bekommen sollte.

Wenig später entschuldigte sich Amy damit, etwas Luft im Garten schnappen zu wollen, da sie anscheinend für das Planen der Festlichkeiten nicht gebraucht wurde. Sie dürstete nach dem Duft der Blumen und lehnte Louises halbherziges Angebot, sie zu begleiten, freundlich ab.

»Kuba wird Sie hinausführen«, sagte Robert und machte eine Geste in die Richtung des Butlers, der sich tief verneigte und Amy die Tür aufhielt. Inzwischen wusste sie, dass sie – solange sie hier nur Gast war – die Dienste des Butlers in Anspruch zu nehmen hatte, selbst wenn es sich nur um das simple Betreten des Gartens handelte.

Geräuschlos öffnete Kuba die breite Glastür, die hinaus auf die Veranda führte. Im selben Augenblick, als Amy ihren Sonnenschirm aufspannte, sagte der Butler mit dunkler, rauer Stimme: »Sie sollten das nicht tun, Miss.«

Erschrocken wirbelte Amy herum; noch nie hatte der Sklave sie persönlich angesprochen. »Wie bitte? Was soll ich nicht tun?«

Er trat einen Schritt auf Amy zu und gab leise zurück, nachdem er sich nach allen Seiten umgeschaut hatte: »Sie sollten Mr Garrison nicht heiraten, er ist nicht gut für eine Lady wie Sie.« Dann drehte er sich um und entfernte sich lautlos.

Wie betäubt stand Amy auf der Veranda. In ihrem Kopf überschlugen sich die Gedanken. Was hatte Kuba mit seiner Andeutung gemeint? Wollte er sie warnen, oder hegte er einen Groll auf seinen Herrn, sodass er ihm das Eheglück missgönnte?

* * *

Die Zeit bis zur Verlobung verging wie im Fluge, Amy kam kaum zum Nachdenken, denn Miss Carter gab ihr nun Einzelunterricht im Benehmen und wie sich eine Herrin der Dienerschaft gegenüber zu verhalten hatte. Auch Besuche in Roberts Haus ohne ihre Anstandsdame waren nun erlaubt, wobei der Butler Kuba nie wieder eine Bemerkung machte, die Amy verwirrt hätte.

Starr war sein Blick geradeaus gerichtet, wenn Amy das feine Stadthaus betrat. Nie ließ er sich anmerken, was er dachte oder fühlte. Doch Amy gingen die wenigen Worte des Sklaven nicht mehr aus dem Sinn, und sie zerbrach sich weiterhin den Kopf darüber, worauf er hatte anspielen wollen.

Robert benahm sich vorbildlich, er nutzte die zahlreichen Gelegenheiten nicht aus, bei denen er mit seiner zukünftigen Verlobten alleine war, gab ihr höchstens einen flüchtigen Kuss auf die Wange, manchmal auch dezent auf den Mundwinkel.

Im Laufe der folgenden Wochen entspannte sich Amy allmählich. Mit jedem Tag wurde sie selbstsicherer und genoss es, wenn die Leute in der Kirche ihr wohlwollend zunickten, wenn sie zu ihrer Bank schritt. Die Worte des Butlers verblassten, auch wenn Amy sie nicht völlig verdrängen konnte. Sie redete sich ein, dass Kuba aus Eigennutz gehandelt hatte, indem er Robert in ein schiefes Licht setzen wollte.

In der ersten Dezemberwoche war Amys Verlobungskleid fertig; die Rechnung dafür hatte Robert auf eigenen Wunsch bezahlt. Der Traum aus cremefarbenen Spitzen wurde über einem voluminösen Reifrock getragen, der Amys kühnste Träume übertraf.

Sie versuchte, ihre Begeisterung im Zaum zu halten, als die Schneiderin Mrs Gordon ihr das Kleid für eine letzte Anprobe überstreifte. Wie eine reiche Lady sah sie aus! Aber das war sie ja nun auch bald, und während sie sich im Spiegel betrachtete, bemerkte sie, dass ihr allmählich der Gedanke gefiel, die Frau eines wohlhabenden Mannes zu werden.

Das Oberteil des Kleides schmiegte sich eng an Amys Körper, nur der Ausschnitt, der ihren glatten jungen Brustansatz auffällig zur Geltung brachte, war nach Amys Geschmack etwas zu tief. Doch von den Bällen, die sie in der Zwischenzeit mit Robert besucht hatte, und ebenso aus verschiedenen Modemagazinen wusste sie, dass gerade dieser Kleiderstil von allen Frauen der westlichen Welt getragen wurde, die es sich figürlich leisten konnten und etwas auf sich hielten.

»Ich hoffe, Sie sind mit meiner Arbeit zufrieden, Miss Livingston«, sagte die Schneiderin und ordnete die unzähligen Falten des mit Spitzen und Perlen besetzten Rockteils. »Die frühere Mrs Garrison war meine Stammkundin, und ich darf wohl sagen, sie war stets begeistert von meinen Kreationen.«

Vorsichtig, um sich in dem ungewohnt weiten Kleid nicht unachtsam zu bewegen, drehte sich Amy zu Mrs Gordon um. Robert hatte ihr diese Schneiderin empfohlen, jedoch verschwiegen, dass sie auch schon die Garderobe für Melva genäht hatte.

»Ich kann mir keine geeignetere Schneiderin als Sie vorstellen, Mrs Gordon«, sagte sie, nachdem die Überraschung etwas abgeklungen war. »Mit dem größten Vergnügen werde ich meine gesamte Ausstattung von Ihnen anfertigen lassen.« Robert hatte deutlich gemacht, dass die künftige Herrin von *Heaven's Gate* komplett neue Kollektionen für das ganze Jahr benötigte.

»Sehr wohl, Miss Livingston. Ohne mich besonders hervortun zu wollen, versichere ich Ihnen, dass ich zu Ihrer vollsten Zufriedenheit arbeiten werde … ich verwende übrigens nur französische Schnitte«, setzte sie mit Stolz hinzu.

Das fadenscheinige karierte Kattunkleid hatte Amy in die unterste Ecke ihrer Truhe gelegt, denn es war undenkbar, dass sie weiterhin derart einfache Kleidung trug. Auch im Haus musste sie nun feine Kleider mit weiten Krinolinen tragen, an die sie sich freilich nur schwer gewöhnen konnte – ebenso wenig wie an das eng geschnürte Mieder, das zu einem wichtigen Bestandteil ihrer Garderobe geworden war.

* * *

Die Verlobung sollte am 2. Advent stattfinden, und am Abend zuvor begann sich in Amy eine nervöse Unruhe auszubreiten. Nun wurde es ernst; am nächsten Tag sollte sie offiziell in die Gesellschaft eingeführt werden – ein Schritt, der sich nicht rückgängig machen ließ.

Flüchtig dachte Amy wieder an Kubas Worte und schrak zusammen, als sie unvermittelt Lizzys Stimme dicht neben sich hörte. Die beiden Mädchen hatten sich bereits zur Ruhe begeben, und Amy hatte angenommen, dass ihre Zimmergenossin längst schlief.

»Weißt du eigentlich, was in der Hochzeitsnacht geschieht?«, wisperte Lizzy in die Dunkelheit hinein. »Ich habe darüber wahre Schauergeschichten gehört.«

Obwohl es stockfinster in der Kammer war, wandte Amy ihren Kopf in Lizzys Richtung. Sie selbst hatte nicht die geringste Vorstellung – nur so viel wusste sie ganz genau: Darüber sprach man nicht.

Lizzy hatte Amys Zögern richtig interpretiert, denn sie sagte leise: »In dieser Nacht wird Robert … ich meine, du weißt doch bestimmt, wie ein Kind entsteht.«

»Nein … nein.«

Amy konnte an den quietschenden Federn hören, dass sich Lizzy in ihrem Bett aufrichtete. »Direkt darüber zu reden ist mir zu peinlich, aber ich weiß, dass es furchtbar schmerzvoll ist, wenn ein Mann und eine Frau … aber es ist nötig, denn nur so kann ein Baby entstehen. Den Männern soll das angeblich Spaß machen, aber von einer Frau wird nur erwartet, dass sie es erduldet, bis sie ein Kind unter dem Herzen trägt. Dann hat sie Ruhe vor ihrem Mann und muss sich ihm erst wieder hingeben, wenn das Kind geboren ist.«

»Und woher hast du deine Weisheit?«

»Ach, ich habe das mal aufgeschnappt.« Lizzys Stimme klang lässig, dabei genoss sie es, endlich einmal mehr zu wissen als die klügere Amy. »Also, wenn ich daran denke, möchte ich eigentlich nicht heiraten …«

Während sie weitere Vorzüge des Lebens als alte Jungfer aufzählte, erinnerte sich Amy an die Liebesromane, die sie gelesen hatte. Darin war nie die Rede davon gewesen, dass der Mann der Frau wehtat. Was hatte das mit Liebe zu tun? Nein, Robert würde nichts tun, was Amy Schmerzen bereiten könnte, und halb beruhigt sank sie in den Schlaf, begleitet von Lizzys Selbstgesprächen.

6

Amy kam aus dem Staunen nicht mehr heraus, als sie am Tag der Verlobung Roberts Stadthaus betrat; sein Kutscher hatte sie und Louise abgeholt. Bereits in der Halle war Amy nahe daran, einen Schrei der Begeisterung auszustoßen. An den Säulen waren Girlanden aus Seide und Spitze angebracht, der Marmorfußboden war mit dicken Seidenteppichen ausgelegt.

Kuba trug eine Festlivree mit goldenen Tressen an den Schultern anstelle der schlichten schwarzen Uniform. Als er Amy das Cape abnahm, suchte sie in seinem Blick nach einem Anzeichen für eine weitere Warnung. Zu gern hätte sie mit ihm allein geredet, um zu erfahren, was er ihr neulich auf der Veranda hatte sagen wollen.

Seine Augen blickten jedoch starr an der zukünftigen Mrs Robert W. Garrison vorbei, sodass dieser nichts anderes übrig blieb, als sich Louise anzuschließen, die den Gastgeber vor dem Fest begrüßen wollte.

Man fand ihn in seinem Herrenzimmer im ersten Stock, wo er in einem dunkelgrauen, nach der neuesten Mode geschnittenen Anzug in einer Zeitung las, die langen Beine lässig übereinandergeschlagen. Bei Amys Anblick warf er das Tageblatt zur Seite, sprang auf und eilte ihr strahlend entgegen.

»Meine Liebe!« Er umfasste Amys nackte Schultern. »Wie schön du bist! Ich bin so glücklich, dass du bald meine Frau sein wirst. Lass dich anschauen.« Er schob sie ein wenig von sich und betrachtete sie mit einem Blick, den Amy als beunruhigend empfand: Ein Glitzern war in Roberts Augen getreten, als sein Blick über die zarten Rundungen der jungen Brüste glitt und sich daran festzusaugen schien.

Louise beendete diese für Amy peinliche Situation, indem

sie sagte: »Dass sie so reizend aussieht, ist ausschließlich Mrs Gordons Verdienst. Sie versteht es, aus einem Stück Stoff zauberhafte Roben zu nähen.«

»Dem stimme ich nur teilweise zu, Miss Carter.« Robert bedachte Louise mit einem Handkuss. »Es kommt auf die Trägerin eines Kleides an, was sie daraus macht. An einer anderen Frau würde dieses Kleid wahrscheinlich so fad wirken wie ein grober Leinensack.«

Amy fand diesen Vergleich eher übertrieben, aber Louise lachte hell auf und nannte Robert einen Charmeur. Der Butler hatte lautlos das Zimmer betreten; in seinen weiß behandschuhten Händen trug er ein silbernes Tablett mit Sherrygläsern.

Die Gäste wurden erst in einer Stunde erwartet, daher bot Robert den beiden Damen an, ihnen den Ballsaal zu zeigen, der im Erdgeschoss des Hauses lag und den Amy bisher nur durch die geschwungene zweiflügelige Glastür von der Halle aus gesehen hatte.

Das Parkett des Saales glänzte so sehr, dass sich die Kronleuchter an der Decke darin spiegelten. Zu allen Seiten waren kleine Sitzgruppen dicht an den Wänden platziert worden, damit die vom Tanz ermüdeten Paare sich ausruhen und eine Erfrischung zu sich nehmen konnten, wenn ihnen danach war. Auf einem kleinen Podest am Rande waren einige Musiker damit beschäftigt, ihre Instrumente zu stimmen. Amy konnte einige Takte des in Mode gekommenen Wiener Walzers erkennen, jenes Gesellschaftstanzes, der vor einigen Jahren von einem Österreicher namens Johann Strauß erfunden worden war.

Überwältigt von diesen Eindrücken, ließ sich Amy in das angrenzende Speisezimmer führen, in dem eine lange Tafel für die Verlobungsgäste gedeckt worden war. Schneeweiße Damasttücher bedeckten den Tisch, darauf feinstes Porzellan, glitzernde Kristallgläser und schweres Silberbesteck. So edles Geschirr hatte Amy bisher nur in Zeitschriften gesehen!

Gerade trugen ein paar Dienstmädchen – aller Wahrscheinlichkeit nach ebenfalls Sklavinnen – in schwarzen, hochgeschlossenen Kleidern mit weißen Spitzenschürzen große Kristallschalen mit exotischen Früchten und Blumenbuketts herbei und verteilten sie sorgfältig in der Mitte des Tisches.

»Ich hoffe, es ist alles nach deinen Wünschen arrangiert, meine liebste Amy«, sagte Robert mit einem zufriedenen Lächeln, nachdem er ihre überwältigte Miene registriert hatte. »Wenn dir irgendetwas nicht gefällt, so lass es mich bitte wissen.«

In gespielter Entrüstung hob Amy die mit langen, cremefarbenen Handschuhen bedeckten Arme. »Oh nein, es ist alles so … so wundervoll, ich kann mich kaum sattsehen an dieser Pracht.«

»Dann wird dein Herz sicherlich höher schlagen, sobald du die Räume von *Heaven's Gate* siehst. Übrigens wird bis zur Hochzeit alles renoviert sein, ein Dutzend Handwerker sind Tag und Nacht damit beschäftigt.«

Amy gab ihrem Herzen einen Stoß. »Ich würde die Plantage zu gerne schon vor der Hochzeit einmal sehen, die Mädchen in Miss Carters Haus haben so viel Aufregendes davon gehört. Es stört mich nicht, wenn das Haus von Handwerkern nur so wimmelt.«

Doch zu ihrer Enttäuschung lehnte Robert ab. »Ich bin untröstlich, dir diesen winzigen, bescheidenen Wunsch nicht erfüllen zu können, aber … das Haus ist im Moment voller Baustaub und unaufgeräumt – nein, diesen Anblick möchte ich deinen schönen blauen Augen ersparen.« Er sah ihr mühsam aufrechterhaltenes Lächeln und lenkte ein. »Wenn dir so viel daran liegt, werde ich einen Weg finden, dich für ein paar Tage nach *Heaven's Gate* zu bringen.«

Ihr dankbares Strahlen war ihm Lohn genug, und erleichtert nahm er ihre Hände; alles unter den Augen der nachsichtig lächelnden Louise Carter.

Mit jeder Minute schwand Amys Unsicherheit, und als die

ersten Gäste eintrafen, gelang es ihr sogar, wie eine Lady zu lächeln, für die es nichts Besonderes war, Besucher zu empfangen.

Zu den Gästen gehörten nicht nur andere wohlhabende Pflanzer, sondern auch reiche Kaufleute und Politiker mit ihren festlich gekleideten Gattinnen. Sie alle nahmen Amy mit unverhohlener Neugierde, aber auch mit Wohlwollen auf; in ihren Augen war sie bald eine von ihnen – eine wahre Südstaatenschönheit, die das Zeug dazu hatte, eine respektable Herrin von *Heaven's Gate* zu werden.

Wenige Tage vor Weihnachten wurde es für Louisiana ungewöhnlich kalt, es fegte ein unangenehmer Wind von Osten her, und es regnete ununterbrochen, sodass alle Straßen schnell aufgeweicht waren. Die Pferde und Fuhrwerke versanken im Schlamm, sodass eine Fahrt zur Plantage, die immerhin zwei Stunden in Anspruch nehmen würde, außer Frage stand.

So blieb es also dabei, dass Amy *Heaven's Gate* vorerst nicht zu sehen bekam, und Robert versuchte, seine Verlobte als Entschädigung mit kleinen Geschenken zu versöhnen, was sie ihm hoch anrechnete.

Bis zur Hochzeit waren es nur noch wenige Wochen, und allmählich besserte sich die Wetterlage. Hin und wieder ritt Robert zu seiner Plantage, um nach dem Rechten zu sehen, und betonte immer wieder, wie froh er sei, einen tüchtigen Aufseher zu haben, der in seiner Abwesenheit dafür sorgte, dass die Sklaven beschäftigt waren und nicht etwa auf den Gedanken kamen, auf der faulen Haut zu liegen.

Oft lag Amy nachts wach in ihrem Bett und lauschte Lizzys gleichmäßigen Atemzügen; ihre Tage bei Miss Carter waren nun gezählt. Die Zeit raste nur so dahin und war ausgefüllt mit dem Einkaufen von Stoffen, Hüten, zarter Unter- und Nachtwäsche sowie Einladungen, die sie an Roberts Seite in vornehme Häuser, feudale Theateraufführungen und spiegelnde Ballsäle führte.

Amy war sich sicher, dass sie die winzige Kammer, die sie sich mit Lizzy teilte, ein wenig vermissen würde, doch dann musste sie doch wieder an *Heaven's Gate* denken, das Paradies, auf das sie so gespannt war.

Vor Robert hatte sie nun keine Scheu mehr, doch er nutzte ihre Zutraulichkeit nicht aus. Im Gegenteil, ob allein oder in Gesellschaft – er war ein Ehrenmann, der sich höchstens dazu hinreißen ließ, seine schöne junge Braut scheu auf die Lippen zu küssen oder mit dem Handrücken leicht über ihre Wange zu streichen. Allerdings plauderten sie oft miteinander; meistens ging es darum, wie weit die Renovierungsarbeiten auf der Plantage fortgeschritten waren, oder um die Vorbereitungen für die Hochzeit.

Über Politik wurde nicht gesprochen, aber Amy wusste ja, dass dieses Thema den Männern und älteren Frauen vorbehalten war. Dennoch blieb ihr nicht verborgen, dass das Land immer mehr in Aufruhr geriet; die Südstaaten kapselten sich mehr und mehr von den Nordstaaten ab, Begriffe wie Sezession und die Forderung nach einem Präsidenten der Konföderation wurden bei jeder Diskussion eingehend besprochen.

Amy hatte begriffen, dass man einen Krieg zwischen den Nord- und den Südstaaten befürchtete, weil der Norden immer stärker gegen die Sklaverei protestierte. Die Allgemeinheit im Süden jedoch war der einhelligen Meinung, dass dies nur ein vorgeschobener Grund sei; die Nordstaaten seien neidisch auf den Glanz und Ruhm, den die Pflanzer im Süden der Union mithilfe der Sklaven erreicht hatten.

Im Stillen teilte Amy die Meinung der Yankees, auch wenn sie selbst bald Nutznießerin der Sklaverei sein würde. Diesen bitteren Gedanken versuchte sie stets zu unterdrücken, doch ihr war ebenso bewusst, dass Plantagen wie *Heaven's Gate* ohne Sklaverei niemals so glanzvoll geworden wären.

7

Ein letztes Mal blickte sich Amy wehmütig in dem kleinen Zimmer um, das so lange ihr bescheidenes Zuhause gewesen war. Es war der Tag vor ihrer Hochzeit, und in Begleitung von Miss Carter – die natürlich bei den Feierlichkeiten zugegen sein würde – sollte Amy an diesem strahlend schönen Maitag nach *Heaven's Gate* aufbrechen. Robert hatte eine elegante Kutsche geschickt, die bereits vor der Tür auf ihre Fahrgäste wartete. Der Bräutigam weilte bereits seit vierzehn Tagen auf der Plantage, und Amy hatte während dieser Zeit eine gewisse Sehnsucht nach ihm entwickelt, obwohl sie nicht wusste, ob er selbst ihr fehlte oder eher die Geselligkeiten, die sie an seiner Seite hatte erleben dürfen.

Der Abschied von den anderen Mädchen fiel Amy schwer, und in ihren Augen standen Tränen, als sie Lizzy ein letztes Mal umarmte und an sich drückte.

»Du wirst uns sicher bald vergessen haben«, schluchzte Lizzy herzzerreißend. »Wenn du erst einmal auf *Heaven's Gate* lebst, werden wir dich bestimmt nie wieder sehen.«

»Unsinn, ich werde mich mit Robert jeden Sommer in Baton Route aufhalten und selbstverständlich auch dich und die anderen Mädchen besuchen.« Amy blinzelte die Tränen weg. »Ich werde euch niemals vergessen … niemals.«

Das Herz war ihr schwer, als sie zum letzten Mal die kleine hölzerne Veranda hinunterschritt, sorgsam darauf bedacht, nicht auf den Saum ihres eleganten tannengrünen Reisekostüms zu treten.

Robert hatte eine geschlossene Kutsche geschickt, sodass die beiden Frauen nicht der Sonne ausgesetzt waren. Amys bescheidenes Gepäck hatte bereits am Vortag ein Sklave von

Heaven's Gate abgeholt. Die neuen Kleider, die Mrs Gordon genäht hatte – darunter auch die kostbare Hochzeitsrobe –, waren direkt auf die Plantage geliefert worden.

»Morgen beginnt ein neues Leben für dich, mein Kind«, sagte Louise, nachdem sich die Kutsche in Bewegung gesetzt hatte und Baton Rouge langsam hinter sich ließ. »Ich wünsche mir sehr, dass du das Versprechen, das du Lizzy gegeben hast, einhalten wirst. Auch ich würde mich über einen gelegentlichen Besuch freuen.«

»Gewiss werde ich das tun, Miss Carter.« Amy blickte Louise offen ins Gesicht. Die beiden Frauen saßen sich gegenüber, denn die Kutsche war so geräumig, dass sich die Damen nicht gegenseitig mit ihren sperrigen Reifröcken in die Quere kamen. »Was Sie für mich getan haben, werde ich nie vergessen.«

Louises Lächeln war gütig, als sie erwiderte: »Ich hatte immer nur dein Bestes im Sinn, Mädchen. Als ich Mr Garrisons Brief letzten Sommer in den Händen hielt, war das selbst für mich eine große Überraschung. Niemals hätte ich es für möglich gehalten, dass ein Mann seines Formates Interesse an einem Mädchen zeigen könnte, das nichts besitzt als seine außergewöhnliche Schönheit.« Sie neigte sich leicht vor und ergriff Amys Hände. »Einen besseren Mann als Mr Garrison kannst du dir nicht wünschen, er wird dir jeden Wunsch von den Augen ablesen. Welche Frau träumt nicht von so einem Ehemann?«

Aufmerksam musterte Amy die andere, deren Gesicht bei diesen Worten einen fast sehnsüchtigen Ausdruck annahm, und wisperte zaghaft: »Und ich werde alles tun, um Mr Garrison glücklich zu machen.«

Schlagartig änderte sich Louises Miene – eben noch verträumt, im nächsten Augenblick leicht verlegen, sagte sie, ohne Amy dabei anzuschauen: »Es ist sehr einfach, einen Mann glücklich zu machen, das wirst du noch früh genug erfahren, mein Kind. Eine gute Ehefrau …« Sie wandte die Augen zum Fenster, als würde sie die Gegend, durch die sich fuhren, besonders interessieren, »… eine gute Ehefrau lässt ihren Mann gewähren.«

»In welcher Hinsicht, Miss Carter?«

Noch immer scheute Louise Amys Blick; sie starrte weiterhin aus dem Kutschenfenster. »Das wirst du bereits in der Hochzeitsnacht erfahren. Egal, was im ehelichen Bett geschieht, lass deinen Ehemann gewähren, denn es ist sein gutes Recht. Es muss dir nicht gefallen, was da passiert, aber es gehört nun mal zum Eheleben.«

Schon wieder so eine Andeutung wie die von Lizzy! Amy fragte sich, woher Louise ihre Weisheit hatte, da sie doch nie verheiratet gewesen war. Allmählich wurde Amy neugierig auf die mysteriösen Ereignisse der Hochzeitsnacht, auch wenn ihr gleichzeitig beklommen ums Herz war.

Die Kutsche war gut gefedert, deshalb spürten die Frauen nicht viel, als die Straße nach einer Weile immer holpriger wurde. Weitere Ausführungen über eheliche Geheimnisse hatte Louise nicht von sich gegeben, sie hatte den Kopf an das Rückenpolster gelehnt und die Augen geschlossen. Amy hingegen war viel zu aufgeregt, um schlafen zu können. Neugierig schaute sie aus dem Fenster und sog alle neuen Eindrücke intensiv in sich auf.

Bisher hatte sie nur einen winzigen Landstrich von Louisiana kennengelernt, und zwar dort, wo ihre Familie ihre bescheidene Farm betrieben hatte. Die Umgebung war ärmlich gewesen, nur eine Handvoll Pflanzer hatte sich dort niedergelassen, um Tabak anzubauen.

Je weiter sich die Kutsche von Baton Rouge entfernte, umso sumpfiger und fruchtbarer wurde das Land. Sie hatten bereits einige größere Plantagen passiert, deren zurückgesetzte weiße Herrenhäuser durch das Grün der Bäume schimmerten.

Plötzlich stieß Amy einen kleinen Schrei auf, der Louise erschrocken hochfahren ließ. Zu beiden Seiten der Straße erstreckten sich blühende Felder in Gelb und Rosa, so weit das Auge reichte.

»Wir befinden uns bereits auf den Ländereien von *Heaven's Gate*«, erklärte Louise nach einem Blick aus dem Fenster. »Die Baumwollpflanzen stehen in voller Blüte, Ende August werden die Fruchtkapseln aufplatzen und die kostbare Baumwolle freigeben.«

Mittlerweile hatte Amy einige Feldarbeiter zwischen den Pflanzen entdeckt, die wohl auf der Suche nach Schädlingen waren oder sich über den Stand der Reife informierten. Die Sklaven trugen einfache Hosen und Hemden, auf den dunklen Köpfen saßen grobe Strohhüte. Sie waren zu weit entfernt, als dass Amy ihre Gesichter hätte erkennen können.

»Nun werden wir bald das Herrenhaus erreichen«, erklang Miss Carters Stimme nach einer weiteren Viertelstunde mit einem Seufzer der Erleichterung. Amy hatte die lange Kutschfahrt genossen, doch für die viel ältere Louise war sie die reinste Strapaze gewesen.

Unvermittelt verlangsamte die Kutsche ihr Tempo, bevor sie in einen Seitenweg einbog. Fasziniert starrte Amy aus dem Fenster, erpicht darauf, so viel wie möglich zu sehen. Links und rechts des Weges standen alte knorrige Eichen dicht an dicht, überwuchert von spanischem Moos, dazwischen üppige Büsche mit violetten Malvenblüten.

»Mein Gott, ist das schön«, hauchte Amy ergriffen. Sie konnte sich an der prächtigen Allee kaum sattsehen. Nach einer – wie ihr schien – kleinen Ewigkeit wurde die Kutsche abermals langsamer, bis sie schließlich anhielt.

Mit klopfendem Herzen wartete Amy, bis sich der Wagenschlag öffnete und das ausdruckslose Gesicht des Butlers sichtbar wurde, der Louise beim Aussteigen behilflich war, bevor er sich leicht vor Amy verneigte und ihr ebenfalls half, mit ihren unbequemen Röcken wieder festen Boden unter den Füßen zu bekommen.

Jetzt erst bemerkte Amy, dass sie sich auf einem Platz direkt vor dem Herrenhaus befanden, und blickte sich scheu um. Miss Carter hatte nicht zu viel versprochen, das Haus war ein einziger Traum, dreigeschossig im klassizistischen Stil erbaut.

Weiße Säulen ragten in regelmäßigen Abständen vom Boden bis zum Dach empor. Wie es schien, verliefen sie um das ganze Gebäude. Im ersten Stock befand sich ein Balkon, der ebenfalls um das gesamte Haus herum gebaut zu sein schien, dahinter Glastüren und hohe Sprossenfenster mit grünen Läden. Nie zuvor hatte Amy ein prachtvolleres Haus gesehen!

Eine dreistufige Treppe führte zur mehrteiligen Eingangstür, die weiß lackiert und im oberen Teil mit unterteilten Glasflächen ausgestattet war. Eine Veranda vervollständigte die vornehme Fassade; auch hier befanden sich zu allen Seiten hohe Fenster.

Die Eingangstür stand weit offen, und noch bevor Amy ihre ersten Eindrücke verarbeitet hatte, erschien Roberts große Gestalt unter dem Türbogen. Trotz der Wärme war er korrekt mit einem dunklen Anzug bekleidet.

Mit wenigen Schritten war er bei seiner zukünftigen Gemahlin. Nachdem er Louise höflich begrüßt hatte, umfasste er ungeniert Amys Taille, zog seine Verlobte kurz an sich und sagte dann mit einer Kopfbewegung: »Nun, meine Liebe, wie gefällt dir dein neues Heim?«

»Zauberhaft«, brachte Amy hervor, »einfach zauberhaft.«

Als hätte Robert nichts anderes erwartet, bot er Amy seinen Arm und schlug vor, ihr die Räumlichkeiten zu zeigen.

Das Innere des Hauses stellte sich als ebenso luxuriös heraus wie die Fassade. Bald schwirrte Amy der Kopf von den vielen Zimmern mit spiegelnden Marmor- oder glänzenden Parkettfußböden, wertvollem Mobiliar aus edlen Hölzern, Seidentapeten mit goldenen Ornamenten und schweren gerafften Samtportieren. An den stuckverzierten Decken aller Räume hingen mehrarmige Kristall-Lüster, und jeder Kamin war aus feinsten Marmor gefertigt.

Das große Speisezimmer und der angrenzende Ballsaal wurden bereits für die Hochzeit am kommenden Tag hergerichtet; wie auch in Roberts Stadthaus beschäftigten sich mehrere Haussklaven – denen Amy bereits in Baton Rouge begegnet war – mit der Dekoration. Von Robert wusste sie, dass er während seiner Aufenthalte in *Heaven's Gate* die Stadtresidenz schloss und die Sklaven ins Herrenhaus der Plantage mitnahm.

»Kuba hat dein Gepäck ins Gästezimmer bringen lassen«, teilte Robert ihr mit. »Sicher möchtest du dich nach der langen Fahrt etwas frisch machen.«

Dankbar bejahte Amy; sie fühlte sich tatsächlich verschwitzt in ihrem schweren Samtkostüm und sehnte sich nach einem luftigen Sommerkleid.

Das Gästezimmer entpuppte sich als Suite mit Schlafraum und Wohnzimmer. Diskret zog sich Robert zurück, doch keine Minute, nachdem er die Tür hinter sich ins Schloss gezogen hatte, klopfte jemand zaghaft an.

Nach Amys Aufforderung erschien eine junge Sklavin. Ihre Haut war dunkel, doch ihre Gesichtszüge waren edel, die Nase schmal und die Augen leicht schräg gestellt. Die Frau trug einen Turban aus gelber Seide, und ihr Kleid bestand aus feiner, bunt karierter Wolle.

»Ich bin Hetty, Ihre Zofe«, sagte die Frau mit angenehmer weicher Stimme und knickste leicht. »Darf ich Ihnen beim Umkleiden helfen, Madam?«

Für einen Augenblick war Amy etwas verwirrt; sie war es nicht gewohnt, dass ihr jemand bei dieser intimen Tätigkeit half. Dann schüttelte sie lächelnd den Kopf und erwiderte: »Das ist nicht nötig, Hetty.«

Die Augen der Sklavin weiteten sich vor Angst. »Der Master wird zornig auf mich sein, wenn Sie mich wegschicken, Miss Livingston. Er wird annehmen, dass Sie mit meinen Diensten nicht zufrieden sind, und mich bestrafen.«

Sofort bereute Amy ihre Ablehnung; es war dumm gewesen, Hettys Dienste, die ihr von Robert befohlen worden waren, abzulehnen. Dem erschrockenen Gesichtsausdruck der Sklavin nach zu urteilen, war ihr Besitzer streng und duldete keine Nachlässigkeiten.

»Oh, entschuldige bitte, wie dumm von mir!« Amy trat auf die Frau zu und schickte sich an, ihr beruhigend die Hand auf die Schulter zu legen, doch Hetty wich verzagt einen Schritt zurück. Hatte sie Angst, geschlagen zu werden, oder waren vertrauliche Berührungen zwischen Herrin und Sklavin verboten?

Unauffällig zog Amy ihre Hand zurück. Sie würde noch viel lernen müssen, bis sie die geschriebenen und ungeschriebenen Gesetze von *Heaven's Gate* gelernt hatte. Sie trat ein paar Schritte zurück, setzte ein aufmunterndes Lächeln auf und sagte: »Ich würde mich freuen, wenn du mir beim Umkleiden und Frisieren helfen würdest.«

Und das war noch nicht einmal gelogen. In Miss Carters Haus hatte Amy stets eines der anderen Mädchen oder Louise selbst das Mieder geschnürt und ihre langen Haare frisiert – undenkbar, dass sie dies nun alles allein tat!

Das helle Nachmittagskleid – denn inzwischen war es bereits sechzehn Uhr – bestand aus einem hauchzarten fliederfarbenen Stoff, der über und über mit winzigen weißen Rosen bestickt war. Wie alle Kleider, die Mrs Gordon genäht hatte, saß das Kleid wie angegossen, und trotz des Mieders fühlte sich Amy leicht wie eine Feder, nachdem sie die Last des schweren Reisekostüms losgeworden war.

Hetty erklärte ihr, wie sie zum Herrensalon gelangte, in dem Robert mit dem Reverend auf sie wartete, um die Trauungszeremonie zu besprechen. Amy lehnte Hettys Begleitung ab, schickte sie fort und machte sich auf die Suche nach dem Raum im ersten Stock.

Der dicke rote Teppich auf dem Gang verschluckte Amys Schritte. Zu beiden Seiten befanden sich mehrere verschlossene Türen mit polierten Messingknäufen. Eine der weiß lackierten Türen stand halb offen, und dahinter erklangen gedämpfte Männerstimmen.

Bei Amys Eintritt erhoben sich Robert und der Geistliche fast gleichzeitig aus ihren tiefen Ledersesseln und deuteten eine leichte Verbeugung in Amys Richtung an. Unschlüssig blieb sie im Türrahmen stehen, da sie nicht recht wusste, wie sie sich verhalten sollte.

»Liebes, ich möchte dir gern Reverend Andrews vorstellen.« Robert streckte seinen Arm nach Amy aus. »Wir besprechen gerade die Einzelheiten für die Trauung.«

Mit einem gütigen Lächeln reichte der Reverend ihr die Hand und sagte mit erstaunlich sonorer Stimme, die man seiner schmächtigen Statur gar nicht zugetraut hätte: »Ich bin hocherfreut, Ihre Bekanntschaft zu machen, Miss Livingston. Sie werden eine bezaubernde Braut sein. Vielleicht haben Sie noch einige spezielle Wünsche für morgen?«

Nach einem ratlosen Blick auf ihren zukünftigen Ehemann sagte Amy: »Ich denke, dass ich mich auf Mr Garrisons Geschmack verlassen kann, Reverend.« In diesem Augenblick wünschte sie sich die erfahrene Louise an ihre Seite, die sicher gewusst hätte, ob sich Amy richtig verhalten hatte. Miss Carter war bisher immer in der Nähe ihres Schützlings gewesen und hatte sich diskret eingeschaltet, wenn sie bemerkte, dass Amy unsicher wurde.

Sie würde sich daran gewöhnen müssen, ohne Louise zurechtzukommen, und es war sicher pure Absicht, dass Amy mit den beiden Männern allein gelassen wurde. Gleich nach der Hochzeit würde Louise zurück nach Baton Rouge reisen und Amy ihrem Schicksal überlassen – eine beklemmende Vorstellung.

An wen sollte sie sich wenden, wenn sie Fragen wegen des Haushalts, eines Balls oder der Behandlung von Sklaven hatte, auf die sie selbst keine Antwort wusste?

Mit angenehmer Stimme erklärte Reverend Andrews den Vorgang der Zeremonie, die im Garten hinter dem Herrenhaus stattfinden sollte. Andächtig lauschte Amy, versuchte sich jedes Wort zu merken, doch immer wieder ertappte sie sich dabei, wie sie in Gedanken versank.

Nur noch wenige Stunden, dann war sie Roberts Frau, bis dass der Tod sie schied. Mehr noch als die Feierlichkeiten fürchtete Amy die Hochzeitsnacht; sie konnte sich trotz ständiger Grübeleien nicht vorstellen, was dort Unaussprechliches geschehen sollte.

Erschrocken hob sie den Kopf, als sie den Reverend vor sich stehen sah, der sich offensichtlich verabschieden wollte. »Wir sehen uns dann morgen, Miss Livingston. Vielleicht sollten Sie ein wenig ruhen, Sie erscheinen mir etwas blass.«

Amy zwang sich zu einem Lächeln und versprach, den gut gemeinten Vorschlag anzunehmen. Robert begleitete Andrews zur Tür, während sich Amy unauffällig in dem Raum umsah, der eigentlich den Männern vorbehalten war.

Hier herrschten dunkle, schwere Möbel vor, die nichts mit dem leichten Schwung des zierlichen französischen Mobiliars in den anderen Zimmern gemein hatten.

Hierhin zog sich Robert also zurück, wenn er mit Freunden Karten spielte, Whiskey trank und über Politik und Geschäfte philosophierte.

Unbemerkt war er nun neben Amy getreten und nahm sie leicht beim Arm. »Der Reverend hat recht, du siehst ein wenig erschöpft aus, meine Liebe. Ich werde Hetty rufen lassen, damit sie sich um dich kümmert.«

Amy wollte protestieren. Zum einen war sie nicht müde, und zum anderen wollte sie Hettys Hilfe nicht überstrapazieren, auch wenn dies die Aufgabe der Sklavin war. Doch etwas hielt sie zurück, und sie erinnerte sich an Miss Carters Worte, stets das zu tun, was der Ehemann anordnete, auch wenn man vielleicht anderer Meinung war.

Also ließ sie zu, dass Robert nach dem Butler klingelte, der wiederum Hetty zum Herrensalon schickte. Amys Blick fiel auf ein Gemälde neben der Tür, ein Ölbild, das offensichtlich das Herrenhaus zeigte.

»Dieses Bild hat mein Vater anfertigen lassen, kurz nach der Fertigstellung des neuen Hauses«, erklärte Robert, der Amys

Blick gefolgt war. »Wie du siehst, waren die Eichen der Allee noch recht klein, der Garten wurde erst später angelegt.«

Im Hintergrund konnte man einige angedeutete violette Farbkleckse erkennen, die wohl die Magnolien darstellen sollten, deren Duft durch die weit geöffnete Flügeltür strömte.

»Der Architekt war ein Franzose, an den Namen kann ich mich aber nicht mehr erinnern; ich war damals noch zu klein. Er hat das Haus exakt nach den Vorstellungen meines Vaters entworfen. Dieser griechische Stil war damals noch ziemlich ungewohnt in Louisiana.« Robert lachte leise. »Kurz nach dem Einzug konnte man feststellen, dass andere Plantagenbesitzer ihre neuen Häuser ebenso bauen oder die hohen Säulen nachträglich anbringen ließen.« Er sagte dies nicht ohne Stolz, und Amy konnte ihn sogar verstehen. Nie zuvor hatte sie ein schöneres Gebäude gesehen als dieses.

»Wo bleibt denn das dumme Ding?« Unvermittelt nahm Roberts Stimme einen gereizten Klang an. Amy wusste genau, dass er von Hetty sprach, die just in diesem Moment zaghaft an die Tür klopfte.

»Sei ihr nicht böse«, beschwichtigte Amy ihn. »Sicher wurde sie aufgehalten.«

Robert schnaubte verächtlich. »Aufgehalten! Sie hat dir zu jeder Tages- und Nachtzeit zur Verfügung zu stehen. Wenn du nur mit den Fingern schnippst, hat sie augenblicklich an deiner Seite zu sein. Wenn sie nicht fähig ist, als deine Zofe zu arbeiten, schicke ich sie aufs Feld.«

Es schien ihn nicht zu stören, dass die Sklavin inzwischen die Tür geöffnet und den größten Teil der Unterhaltung mit angehört hatte; mit demütig gesenktem Blick stand sie abwartend da und wagte es offensichtlich nicht, sich für die Verspätung zu rechtfertigen, wie es jedem normalen Dienstboten zustand.

Ohne ein weiteres Wort raffte Amy ihre Röcke und schritt aus dem Herrensalon, dicht gefolgt von der schweigenden Hetty. Erst in Amys Suite wagte die Sklavin zu sprechen.

»Ich musste doch bei den Vorbereitungen helfen, da wird jede Hand gebraucht. Bitte, Miss Livingston, sagen Sie dem Master, dass Sie mit meinen Diensten zufrieden sind«, sagte sie mit flehender Stimme. »Ich will nicht wie die Feldsklaven Baumwolle pflücken und in einer diesen primitiven Hütten dort hinten hausen.«

Die Hausklaven lebten in der Regel ganz in der Nähe ihrer Besitzer, meist in winzigen Kammern unter dem Dach – doch dieses Leben war bei Weitem dem der Feldsklaven vorzuziehen, die einfachste Kleidung trugen und schlechteres Essen bekamen. Amy hatte bereits davon gehört, dass sich die Hausklaven für etwas Besseres hielten als die Feldarbeiter.

»Nicht weinen. Ich werde Mr Garrison versichern, dass ich sehr zufrieden mit dir bin«, beeilte sich Amy zu sagen. »Es war schließlich nicht deine Schuld, dass du verhindert warst. Würdest du mir die Kissen dort auf dem Diwan aufschütteln, damit ich mich ein wenig ausruhen kann?«

Erleichtert eilte Hetty herbei und tat, was ihr befohlen worden war. Eine Welle von Mitleid durchfuhr Amy. Was musste das für ein armseliges Leben sein, wenn man jemandem gehörte, sogar dessen Nachnamen trug? Wie viel Leid und Elend gab es bei diesen armen Menschen, die keinen eigenen Willen, keine Hoffnung auf eine bessere Zukunft hatten?

Sie konnte die Empörung der Yankees nachvollziehen. Auch sie war ein Gegner der Sklaverei, und dennoch würde sie damit leben müssen. Dieser Gedanke ließ Amy das Herz schwer werden.

»Ist Mr Garrison ein strenger Herr?«, fragte sie möglichst unbeteiligt, während sie sich vorsichtig – damit das Kleid nicht knitterte – auf dem Diwan niederließ. »Ich möchte gerne wissen, wie er sich hier auf *Heaven's Gate* gibt. Bisher kenne ich ihn ja nur als Stadtmenschen.«

Hetty starrte sie mit großen Augen an, vermutlich war es für sie neu, dass eine Weiße derartige Fragen stellte. »Er ... er kann sehr böse werden, Miss Livingston.«

»In welcher Hinsicht? Kannst du mir Beispiele nennen?«

Eine Sekunde zögerte Hetty, und nachdem sie sich vergewissert hatte, dass die Tür fest verschlossen war, sagte sie stockend: »Er hat einmal herausgefunden, dass einer der Feldsklaven heimlich lesen und schreiben lernte. Der Master hat ihn sofort verkauft, obwohl seine ganze Familie auf *Heaven's Gate* geboren wurde und arbeitet.«

Amy war entsetzt; nie hätte sie für möglich gehalten, dass Robert so grausam sein könnte, eine Familie zu trennen. Natürlich war auch ihr bekannt, dass es Sklaven verboten war, lesen und schreiben zu lernen, denn man wollte verhindern, dass sie zu klug wurden und sich gegen ihr Schicksal auflehnten.

»Du kannst jetzt gehen«, sagte Amy betroffen, weil ihr nichts anderes einfiel. Keinesfalls durfte Hetty merken, dass ihre neue Herrin heimlich auf der Seite der Sklaven stand.

Tatsächlich fiel Amy in einen leichten Schlummer, nachdem Hetty gegangen war. Der leichte Wind, der die hauchzarten Gardinen bewegte, kühlte ihre erhitzte Haut, und sie träumte davon, dass Robert sie zärtlich in seine starken Arme nahm und küsste …

8

Am 23. Mai 1859 wurde aus Amy Martha Livingston Mrs Robert W. Garrison. Bei strahlendem Sonnenschein und unter einem wolkenlosen Himmel fand die Trauung im festlich mit Seiden- und Blumengirlanden geschmückten Garten von *Heaven's Gate* statt. Amy war zu aufgeregt, um all die Schönheit um sich herum zu bemerken, ihre Hand verkrampfte sich um den Brautstrauß aus roten und weißen Rosen.

Mit sanfter Stimme hielt Reverend Andrews die Predigt, in der von dem armen Mädchen die Rede war, das Gott in die Hände eines gütigen Mannes gespielt hatte, der sich wohltuend durch seine häufigen Kirchenspenden hervortat.

Als das »Ja, mit Gottes Hilfe« von Amy gefordert wurde, hauchte sie kaum hörbar diese Worte, während sie bei Robert klar und bestimmt klangen. Amys Hand bebte leicht, als ihr frisch angetrauter Gatte ihr den Ehering über den Finger schob, einen zierlichen Goldreif mit Dutzenden von kleinen Diamanten, der ein Vermögen gekostet haben mochte.

Die Glückwünsche der Gäste, die langen Tische in der Halle des Hauses, die sich unter der Last der Hochzeitsgeschenke bogen, und auch die Feier erlebte Amy wie im Traum. Wieder kam es ihr vor, als wäre sie eine Schauspielerin, die eine Rolle spielte, bei der von ihr lediglich ein strahlendes Lächeln verlangt wurde.

Die Sklaven hatten alle Hände voll zu tun, um den Gästen jeden Wunsch von den Augen abzulesen. Sie eilten mit Tabletts zu den Tischen, über die wegen der Sonne Baldachine gespannt worden waren, und servierten schweigend und mit unbeweglicher Miene Fleisch, Fisch, Geflügel, Gemüse und Kuchen. Dazu flossen Wein, Whiskey und Likör in Strömen, was man einigen rot angelaufenen Gesichtern schon bald anmerkte.

Amy nippte lediglich an dem köstlichen süßen Tafelwein und aß nur wenige Happen. Zu unwirklich war die ganze Situation für sie, und sie musste sich mehrmals ins Gedächtnis rufen, dass sie nun Herrin von *Heaven's Gate* war. In ihrem kostbaren Kleid wagte sie sich kaum zu bewegen, und als die Musik einsetzte, erhob sich Amy unsicher, um mit Robert den Hochzeitswalzer zu tanzen.

Er führte sie sicher und betrachtete seine junge schöne Frau nicht ohne Stolz; an seinem Atem und den leicht glasigen Augen erkannte Amy, dass Robert schon mehr getrunken hatte, als es für die Tageszeit schicklich war. Dennoch lächelte sie tapfer, als ihr Mann sie ungeniert auf den Hals küsste, was von den Umstehenden mit begeistertem Applaus quittiert wurde.

Am liebsten wäre sie alleine gewesen, hätte sich zu gern eine Weile vor dem Trubel zurückgezogen. Doch sie fürchtete, dadurch Roberts Zorn zu entfachen. Für eine Braut gehörte es sich schließlich, dass sie während des ganzen Hochzeitstages präsent war.

Gegen Abend wurde die allgemeine Stimmung noch ausgelassener. Viele der Damen hatten ihre vornehme Zurückhaltung fallen lassen; sie lachten zu laut und zu schrill, und zu Amys Erstaunen kokettierten einige von ihnen mit Männern, mit denen sie definitiv nicht verheiratet waren.

Unermüdlich arbeiteten die Sklaven, um alles zu Roberts Zufriedenheit auszuführen. Ein um das andere Mal beobachtete Amy, dass einer von ihnen seinem Herrn einen ängstlichen Blick zuwarf, etwa wenn beim Einschenken etwas Wein verschüttet wurde oder Bratensoße auf dem Tischtuch landete.

Hetty hatte nicht übertrieben. Robert schien in der Tat ein strenger Herr zu sein, der sogar kleine Patzer hart bestrafte. Gerade stand er bei einer Gruppe Männer unter einem der schattigen Magnolienbäume und diskutierte angeregt. Trotz des fortgeschrittenen Tages saß sein eleganter Anzug wie frisch gebügelt, das schwarze Haar war mit Pomade tadellos nach hinten gekämmt. Lässig lehnte er am Baumstamm, in der linken Hand das obligatorische Whiskeyglas, ohne das Amy ihn den ganzen Tag noch nicht gesehen hatte.

Eine leichte Bewegung neben ihr ließ Amy herumfahren. Louise hatte sich auf den freien Stuhl neben sie gesetzt. »Ist er nicht ein wundervoller Mann?« Mit einer Kopfbewegung wies sie in Roberts Richtung. »Du hast das große Los gezogen, mein Kind, das ist dir hoffentlich klar. Nun bist du eine verheiratete Frau und kannst dich glücklich schätzen, dass Mr Garrison dich aus der Fülle der jungen hübschen Damen im heiratsfähigen Alter ausgewählt hat. Du bist erst siebzehn Jahre alt und wirst ihm viele gesunde Kinder schenken, die sein Lebenswerk weiterführen werden.«

»Ich werde alles versuchen, meinen Mann zufriedenzustellen«, entgegnete Amy mit unsicherem Lächeln.

»Das ist das Mindeste, was du tun kannst! Vorhin hatte ich Gelegenheit, ein paar Worte mit deinem Mann zu sprechen. Leider hat er sich vorgenommen, in diesem Sommer auf *Heaven's Gate* zu bleiben, anstatt wie sonst während der heißen Monate in seinem Stadthaus zu wohnen. So werden wir uns wohl eine ganze Weile nicht sehen können.«

Bei diesen Worten wurde Amy traurig; sie hatte sich insgeheim schon auf ein baldiges Wiedersehen mit Miss Carter und den Mädchen gefreut. »Vielleicht lässt Robert mich für ein paar Tage alleine nach Baton Rouge fahren«, sagte sie mit einem Hoffnungsschimmer in den Augen, doch Louise winkte sofort ab.

»Das wird er niemals gestatten, dein Platz ist an seiner Seite. Und wenn er sich vorgenommen hat, das ganze Jahr über auf der Plantage zu bleiben, musst du das akzeptieren.«

Amy biss sich auf die Lippen, denn es fiel ihr schwer, nun keinen eigenen Willen mehr zu haben. Nicht, dass sie vor Roberts Bekanntschaft hätte tun dürfen, was ihr beliebte, aber die Regeln waren nicht gar so streng gewesen.

* * *

Es war bereits später Abend, als Robert seiner jungen Frau ins Ohr raunte, dass es Zeit sei, sich zurückzuziehen. Verwundert schaute sich Amy um. Das Fest war noch immer in vollem Gange, die Gäste amüsierten sich im Schein der Fackeln, die überall in den Rasen gesteckt worden waren.

Robert lachte leise, dabei schwankte er leicht; eindeutig hatte er zu viel getrunken. »Die Leute erwarten, dass wir uns nun für die Hochzeitsnacht ins eheliche Gemach begeben. Wir wollen sie doch nicht enttäuschen, oder?«

»Nein, gewiss nicht.« Steif erhob sich Amy und sah sich unauffällig um. Als hätten die Gäste nur darauf gewartet, hielten sie im Tanz inne, die Musik setzte aus, und aus den Reihen hörte man mehrstimmiges verstohlenes Kichern.

Robert nahm Amy bei der Hand und verkündete grinsend: »Meine Damen und Herren, sicherlich gestatten Sie, dass meine entzückende Gemahlin und ich nun etwas alleine sein wollen. Wir danken Ihnen für Ihr Erscheinen und dafür, dass Sie diesem Tag genügend Glanz beschert haben, um ihn unvergesslich zu machen.«

Unter Händeklatschen und Gejohle trat das junge Ehepaar den Weg zum Haus an. Amys Beklemmung wuchs mit jedem Schritt, und am liebsten hätte sie sich von Robert losgerissen.

In der Halle trafen sie auf den Butler Kuba, der Amys Blick auswich, als er den Herrschaften eine angenehme Nachtruhe wünschte. Vor der Tür zum Schlafzimmer blieb Robert stehen und sagte mit vom Alkohol heiserer Stimme: »Geh du nur hinein, ich werde in einer halben Stunde nachkommen.«

Stumm nickte Amy und starrte ihm nach, bis sie ihn in den Herrensalon verschwinden sah. Erst dann betrat sie den Schlafraum, in den sie bereits bei der Besichtigung am Vortag einen flüchtigen Blick hatte werfen dürfen.

Drinnen wurde sie bereits von Hetty erwartet, die Amy schweigend in das angrenzende Ankleidezimmer führte, ihr dort aus der Robe half und danach einen Morgenrock aus dunkelblauem Samt überwarf. Dann bat sie ihre Herrin, vor dem Frisiertisch Platz zu nehmen, um die zahlreichen Haarnadeln entfernen zu können.

Wäre Hetty keine Sklavin gewesen, hätte Amy sie gefragt, was in der Hochzeitsnacht passierte, doch so sah sie nur im Spiegel zu, wie eine Nadel nach der anderen aus der Frisur gezogen wurde, bis ihre blonde Haarpracht in schimmernden, lockigen Kaskaden auf ihre Schultern fiel.

Hetty nahm die goldene Bürste vom Tisch und fuhr damit sanft durch Amys Haar. Während der ganzen Zeit hatte keine der Frauen ein einziges Wort gesprochen. Von draußen war gedämpfte Musik und Gelächter zu hören, anscheinend feierten die Gäste weiter. Die einzigen Laute im Raum waren das behagliche Knistern des Kaminfeuers und das Geräusch der Bürste in Amys Haar.

»Gute Nacht, Madam.« Hetty legte die Bürste beiseite, als sie mit ihrem Werk zufrieden war. Amys Blick traf im Spiegel auf den der Sklavin, und sie hätte schwören können, dass Hetty sie mitleidig betrachtete. »Schlafen Sie wohl.«

»Danke, Hetty. Du kannst jetzt gehen.« Sie erhob sich zögernd, und als die Sklavin lautlos aus dem Raum gehuscht war, legte Amy ihre Unterwäsche ab, wusch sich in der Schüssel mit duftendem lauwarmem Rosenwasser und schlüpfte in das bereitgelegte Nachthemd aus schimmernder weißer Seide.

Obwohl es warm im Zimmer war, begann sie zu frösteln, und als sie in das breite Bett kletterte, zitterte sie. Bis zum Kinn zog sie die Daunendecke hoch und harrte mit wild klopfendem Herzen der Dinge, die da kommen mochten.

Lange musste sie nicht warten, denn kurz darauf wurde hart die Tür aufgestoßen, und Roberts Silhouette wurden sichtbar. Amy konnte seinen Gesichtsausdruck nicht erkennen und kroch noch tiefer in die Kissen, als ihr Ehemann auf unsicheren Beinen näher wankte.

Sein Haar hing ihm wirr ins Gesicht, und sein Atem roch penetrant nach Whiskey. Ohne Amy anzusehen, drückte er die Kerze aus, sodass es fast dunkel wurde; der Lichtschein des

Kamins am anderen Ende des Raumes erreichte kaum das Bett.

Schwer ließ sich Robert auf der Bettkante nieder und nestelte an seinem Hemdkragen, während Amy steif dalag und flach zu atmen versuchte. Es folgte das Rascheln von Kleidung, und keine Minute später schlüpfte Robert ins Bett und schob sich zu Amy hinüber.

»Jetzt werde ich dir zeigen, was mir gefällt«, säuselte er in Amys Ohr, wobei er mit einer Hand unter den Saum ihres Nachthemdes fuhr, während die andere Hand sich am Ausschnitt zu schaffen machte. Als es ihm zu lange dauerte, das Seidenband zu öffnen, riss er daran, sodass der zarte Stoff mit einem hässlichen Geräusch riss und Amys junge, kleine Brüste freigab.

Wie gelähmt lag Amy da; sie spürte kaum, wie Robert ihre Brust knetete, sondern konzentrierte sich darauf, was seine andere Hand tat, die sich zwischen ihre Beine geschoben hatte. Sie wollte protestieren und Robert abschütteln, doch dazu war sie nicht fähig. Mit Erschrecken stellte sie fest, dass Robert völlig nackt war.

Sein Atem wurde heftiger, und bevor Amy sich bewusst wurde, was geschah, hatte sich Robert auf sie gewälzt und mit seinem Knie ihre Beine gespreizt. Bereits im nächsten Augenblick drang er hart in sie ein, sodass Amy vor Schmerz und Überraschung die Luft anhielt. Wie von einem scharfen Messer fühlte sich Amy durchbohrt, und mit jedem Stoß schien der Schmerz größer zu werden – so groß, dass es ihr Tränen in die Augen trieb und sie betete, es möge bald vorüber sein.

Robert bewegte sich immer schneller in ihr, sein Keuchen ging in ein animalisches Stöhnen über, bis er wie aus heiterem Himmel mit einem Schrei aus heiserer Kehle erzitterte, sich unmittelbar darauf zurückzog und sich von Amys Körper schob.

Er ließ sich schwer auf sein Kopfkissen fallen und lallte: »Ich hoffe, ich habe dir einen Sohn gemacht.« Gleich darauf begann er leise zu schnarchen.

Noch immer lag Amy wie erstarrt da. Ihr Unterleib brannte wie Feuer. Das also war das Unaussprechliche gewesen, über das ihr niemand hatte mehr verraten wollen. Amy presste beide Hände auf den Mund, um nicht laut loszuschluchzen und damit womöglich Robert aufzuwecken. Wie sollte sie diese Tortur ihr Leben lang ertragen, wie sollte sie noch irgendeinem Menschen in die Augen schauen können? Jedermann musste ihr doch ansehen, was mit ihr geschehen war!

Roberts Atem wurde gleichmäßiger und sein Schnarchen lauter. Als sich Amy sicher war, dass ihr Mann fest schlief, stand sie leise auf. Jeder Schritt tat höllisch weh, und sie betete, dass dieser Schmerz wieder verging.

Im Schummerlicht tastete sich Amy ins Ankleidezimmer, nahm einen Schwamm und tupfte vorsichtig ihren Unterleib ab. Als sie den Schwamm in der Schüssel auswusch, erkannte sie, dass das Rosenwasser sich verfärbt hatte – Blut!

In panischer Angst klammerte sich Amy an der Waschkommode fest. Wem konnte sie ihre Sorge anvertrauen? Miss Carter? Doch Louise war nie verheiratet gewesen und konnte somit diese beschämende Prozedur nie erlebt haben. Blieb nur noch Hetty, doch Amy wusste nicht, ob die Sklavin einen Mann und vielleicht auch Kinder hatte. Außerdem würde sie vor Scham im Erdboden versinken, wenn sie mit einem anderen Menschen über diese Nacht sprechen müsste.

Nur allmählich beruhigte sich Amy, und als sie merkte, dass sie nicht mehr blutete, zog sie sich nach einem scheuen Blick ins Schlafzimmer das zerrissene und mit Blutflecken besudelte Nachthemd vom Leib und nahm aus der Wäschekommode ein frisches, das sie sich blitzschnell über den Kopf zog. Erst dann packte sie das schmutzige Nachthemd zu einem Knäuel zusammen und stopfte es in die hinterste Ecke der Schublade, damit Hetty es nicht fand.

Unschlüssig blieb Amy einige Sekunden auf der Stelle stehen, dann tappte sie auf leisen Sohlen zum Schlafzimmerfenster und öffnete die beiden Flügel weit. Kühle Nachtluft strich sanft über Amys erhitzte, geschundene Haut. Sie schloss die Augen, sog die Luft, die schwach nach Magnolien duftete, tief in sich hinein.

Im Garten war es still geworden, das Fest war vorüber, und die Gäste hatten sich zur Ruhe oder auf die Heimfahrt begeben. In der Ferne konnte Amy einen Singsang hören, er war vielstimmig, klang traurig und fremdartig, doch sehr melodisch.

Dort hinten mussten sich die Hütten der Feldsklaven befinden, mutmaßte Amy; sie hätte zu gerne gewusst, was ihre Lieder bedeuteten. Andächtig lauschte sie, bis auch die letzte Stimme verklungen war.

Leise schloss Amy das Fenster, drehte sich um und zögerte. Sie hätte am liebsten den Rest der Nacht in einem der Gästezimmer verbracht – doch das würde einen Skandal geben, und sie konnte davon ausgehen, dass Robert sie bestrafte.

Nur widerstrebend schob sie sich schließlich wieder ins Bett, sorgsam darauf bedacht, sich so wenig wie irgend möglich zu bewegen, um Robert nicht zu wecken. Doch an Schlaf war zunächst nicht zu denken. Amy erlebte das Durchgemachte noch einmal im Geiste und merkte kaum, dass das Kissen bald nass von ihren Tränen war.

Als sie nach einem leichten, traumlosen Schlaf erwachte, war es bereits hell, und das Bett neben ihr war leer. Erst als sie ein zuckender Schmerz im Unterleib durchfuhr, erinnerte sie sich an die Albtraumnacht, die hinter ihr lag, und war plötzlich sehr froh, dass Robert bereits aufgestanden war und sie alleine gelassen hatte.

Es schien noch früh am Morgen zu sein, denn es war relativ still. Nebenan, in Amys Ankleidezimmer, waren gedämpfte Geräusche zu hören, und als sie aufstand und nachschaute, sah sie ihre Zofe, die dabei war, eine kupferne Badewanne mit heißem Wasser zu füllen, das sie aus einem Zinkeimer goss.

Als Hetty sich aufrichtete, entdeckte sie ihre Herrin in der

Tür und erkannte mit geschultem Blick, dass Amy ein anderes Nachthemd trug als am vergangenen Abend.

»Guten Morgen, Madam. Haben Sie gut geschlafen?« Hetty machte einen Knicks. »In wenigen Minuten ist Ihr Badewasser fertig, ich muss nur noch etwas kaltes Wasser holen, dann hat es die richtige Temperatur.«

Abwesend nickte Amy. »Ja, natürlich. Ist … ist Mr Garrison noch im Haus?«

»Nein, Madam. Er macht mit einigen männlichen Gästen einen Ausritt, um ihnen noch vor dem Frühstück seine Ländereien zu zeigen.«

»Oh.« Amy hatte inständig gehofft, dass sich Robert weit außerhalb von *Heaven's Gate* befinden würde – nach Möglichkeit bis zum Abend. Doch dies war ein törichter Wunsch; natürlich besaß Robert so viel Anstand, bis zur Abreise der Hochzeitsgäste das Anwesen nicht zu verlassen, erst danach würde er zurück an seine Arbeit gehen, von der Amy keine genaue Vorstellung hatte. Sie konnte sich jedenfalls nicht denken, dass er hemdsärmelig über seine Baumwollfelder ritt und den Sklaven raue Befehle zubellte.

Als Hetty mit dem Eimer aus dem Zimmer geeilt war, setzte sich Amy vorsichtig auf eines der zierlichen, mit gold-weiß gestreifter Seide bezogenen Sesselchen an einem der Fenster und schrie erschrocken auf. Beim Sitzen schmerzte sie die Wunde, die Robert ihr zugefügt hatte, noch mehr. Würde dieser Schmerz denn niemals vergehen?

Um sich abzulenken, wandte Amy ihre Augen der Allee zu, auf die sie einen direkten Blick durch das Fenster hatte. Just in diesem Augenblick erschien Robert mit seinen Gästen auf dem gepflegten Weg unter den Eichen.

Wie stattlich er auf dem Pferd aussah, durchfuhr es Amy. Wie elegant und welterfahren er wirkte. Doch inzwischen hatte sie begriffen, dass dies nur eine seiner Seiten war, die andere – die dunkle, abscheuliche – hatte sie in der vergangenen Nacht kennengelernt.

Im Schutze der Gardine beobachtete Amy die anderen Männer, die sich mit ihren Maßanzügen, Hüten und modernen schmalen Oberlippenbärten fast wie ein Ei dem anderen glichen. Amy konnte sich noch an einige dieser Männer erinnern, die ihr am Hochzeitstag vorgestellt worden waren. Anscheinend war das, was sie heute Nacht erlebt hatte, normal: Wenn die Männer – ob sie nun etwas getrunken hatten oder nicht – zu ihren Frauen kamen, benahmen sie sich wie Tiere.

Angeekelt drehte Amy dem Fenster den Rücken zu. Gleich darauf erschien Hetty mit einem weiteren Eimer Wasser und goss es vorsichtig in die Badewanne.

Zuerst zierte sich Amy, als die Sklavin ihr den Morgenrock abnahm und dann aus dem Nachthemd half. Noch nie hatte sie einen anderen Menschen nackt gesehen, noch nicht einmal sie selbst hatte es jemals gewagt, sich ohne Kleidung im Spiegel zu betrachten!

Doch ihre Scheu verschwand, als sie bemerkte, dass Hetty ihren Blick diskret abwandte, bis Amy in der Wanne saß. Sie ertappte die Sklavin, wie diese einen raschen Blick auf die linke Schulter ihrer Herrin warf, und als Amy Hettys Blick folgte, erschrak sie. Ein großer, hässlicher blauer Fleck zog sich quer über das Schlüsselbein.

»Oh, mein Gott«, stöhnte Amy entsetzt auf und versuchte, die Verletzung mit der Hand vor Hetty zu verbergen.

Doch diese kniete sich neben die Wanne und sagte sanft: »Ich weiß, dass ich so etwas nicht sagen sollte, aber der Master sollte sich schämen, seinen Frauen so etwas anzutun …«

»Frauen?« Amys Betonung lag auf der letzten Silbe. »Gibt es … ich meine, hat mein Mann etwa …?«

Erschrocken hob Hetty beide Hände und fuchtelte aufgeregt damit herum. »O nein, Madam! Er liebt nur Sie, aber genauso hat er die erste Mrs Garrison behandelt.«

Für einen Moment vergaß Amy Scham und Schmerz. »Du meinst Melva? Wie gut kanntest du sie?«

Unsicher spielte die Sklavin mit den Zipfeln ihrer Schürze,

bevor sie weitersprach. »Ich bin mir nicht sicher, ob ich Ihnen das erzählen soll. Vielleicht laufen Sie dann sofort zum Master, und er lässt mich für mein loses Mundwerk auspeitschen.«

»So etwas würde er doch keiner Frau antun, oder?«, fragte Amy unsicher, doch Hettys Gesichtsausdruck sprach Bände; außerdem erinnerte sie der pochende Schmerz zwischen ihren Beinen daran, dass Robert durchaus fähig war, einer Frau wehzutun.

Sie setzte ein freundliches Lächeln auf. »Ich verspreche dir, nicht zu verraten, was du mir erzählst. Du bist schließlich der einzige Mensch in diesem Haus, den ich kenne.«

»Außer dem Master.«

»Ja, außer dem Master«, erwiderte Amy zögernd.

Hetty nahm einen weichen Schwamm, bat ihre Herrin, sich etwas vorzubeugen, und begann mit leichten, geschickten Bewegungen, Amys Rücken zu waschen.

»Ich erinnere mich noch genau an den Tag, als der Master die erste Missis auf die Plantage brachte. Er hatte sie in South Carolina kennengelernt und gleich dort geheiratet. Es muss im Jahr 1850 gewesen sein – damals war ich selbst fast noch ein Kind. Sie war so zart und schön – nicht so schön wie Sie, aber von einer dunklen, bezaubernden Art, die ich nicht beschreiben kann.« Mechanisch kreiste der Schwamm über Amys Rücken.

»Sie soll geisteskrank gewesen sein.«

»Nein, damals war sie es noch nicht; das ist eine Geschichte, die nach ihrem Tod entstanden ist. Die Missis war so normal wie Sie und ich. Nach der ersten Nacht auf *Heaven's Gate* wirkte Melvas Lächeln nicht mehr so warm; ich als ihre Zofe sah sofort, dass sich Mr Garrison an ihr vergangen hatte – genauso, wie er es bei Ihnen getan hat. Das ist nicht recht!«

Amy drehte ihr Gesicht in Hettys Richtung und lächelte lahm. »Aber es gehört leider in einer Ehe dazu.«

»O nein, Madam. Nicht auf diese Weise«, widersprach Hetty sanft, und ihr dunkles Gesicht kam näher. »Liebe – ich meine, körperliche Liebe – kann sehr schön sein und auch der Frau Vergnügen bereiten.«

»Woher weißt du das? Hast du einen Mann?«

Hettys Blick verdunkelte sich, und mit gesenktem Kopf und trauriger Stimme sagte sie: »Ich hatte einen Mann, Samuel. Er war genau wie ich Sklave auf *Heaven's Gate,* arbeitete als Gärtner und manchmal auch im Haus.«

»Was ist mit ihm geschehen?« Allmählich wurde Amy in ihrer gebeugten Haltung kühl und sie lehnte sich zurück in das warme, duftende Wasser.

Abwesend drückte Hetty den Schwamm. »Er ist tot, Madam. Starb, als er zu fliehen versuchte. Immer wieder hat er mich beschworen, mit ihm in den sicheren Norden zu gehen, wo die Sklaverei verboten ist. Aber ich musste mich doch um die arme Missis kümmern, der es zu dieser Zeit schon sehr schlecht ging. Also floh Samuel allein, versprach jedoch, einen Weg zu finden, um mich nachholen zu lassen.« Hetty holte tief Luft, dabei bebten ihre schmalen Nasenflügel. »Es vergingen zwei bange Wochen, in denen ich nicht wusste, ob Samuel es geschafft hatte oder nicht. Doch dann kam eines Tages der Besitzer einer Plantage fünfzig Meilen weiter oben am Mississippi, und über dem Rücken seines Packpferdes hing die Leiche eines Mannes … es war Samuel. Von der Missis erfuhr ich später, dass er erschossen worden war, vom Aufseher dieses Plantagenbesitzers, denn Sklaven, die keinen gültigen Passierschein haben, sind Freiwild und können ohne Strafe von jedem Weißen getötet werden.« Hettys letzte Worte klangen verbittert.

Darauf wusste Amy nichts zu sagen. Ihr Blick war schuldbewusst auf ihre nassen Hände gerichtet, die gedankenverloren mit dem Badeschaum spielten.

»Ich weiß, dass Sie nicht von uns Schwarzen denken, wir seien Tiere, nur weil wir keine Rechte haben«, fuhr Hetty unbeirrt fort. »Deshalb vertraue ich Ihnen, denn die meisten Weißen richten nur Worte an uns, wenn sie uns etwas befehlen. Die erste Missis war wie Sie, deshalb schloss ich sie sehr schnell ins Herz.«

Es fiel Amy schwer, die nächste Frage zu stellen. »Wodurch verlor sie ihren Verstand?«

»Sie war nicht wirklich geistesgestört«, korrigierte die Sklavin leise, während sie Amys Haar wusch. »Wie ich schon sagte, war sie eine lebenslustige Frau, als sie ins Haus kam. Aber allmählich veränderte sich ihr Zustand, sie weinte viel, und ich bemerkte, dass ihr Mann sie schlug. Eines Tages vertraute sie sich mir an, Der Master war wütend auf sie, weil sie nicht schwanger wurde. Er wünschte sich einen Sohn, und sie war nicht fähig, ihm ein Kind zu schenken.« Behutsam massierte Hetty die Kopfhaut ihrer Herrin.

»Nacht für Nacht verlangte er sein Recht; ich habe sie oft weinen hören in meiner Kammer. Der Master kann sehr grob sein, wenn er getrunken hat … und er betrinkt sich fast jeden Abend.«

Amy war entsetzt. Sie hatte Roberts unziemliches Verhalten am Vorabend für einen Ausrutscher gehalten; dass er jeden Abend trank, war eine böse Neuigkeit. Ob Miss Carter davon gewusst hatte? Wohl kaum, sonst hätte sie Robert ihren Schützling nicht so sorglos überlassen.

»Von Monat zu Monat wurde die Missis unglücklicher, oft verkroch sie sich tagelang in ihrem Zimmer und heulte sich die Augen aus dem Kopf. Der Master nahm ihre Veränderung kaum wahr, er schrie sie oft unbeherrscht an und drohte sogar, sie ins Irrenhaus zu sperren, weil sie so schwermütig geworden war.« Hetty stockte. »Irgendwann hielt sie das Leben in diesem goldenen Käfig, wie sie es nannte, nicht mehr aus. Es war eine verregnete Herbstnacht, als sie ihrem Leben ein Ende setzte, indem sie auf das Dach kletterte und sich in die Tiefe stürzte.«

»Allmächtiger«, wisperte Amy. Und sie hatte Robert noch bedauert, weil er Witwer war. Dabei war es seine Schuld, dass sich Melva umgebracht hatte!

»Das Wasser wird kalt, Sie sollten aus der Wanne steigen

und Ihr Haar am Kamin trocknen, damit ich es zum Frühstück frisieren kann.«

Gehorsam nickte Amy und wickelte sich in das große Handtuch ein, das die Sklavin ihr hinhielt.

Normalerweise wurde das Frühstück in einem eigens dafür eingerichteten kleinen Zimmer auf der Südseite im Erdgeschoss eingenommen; angesichts der zahlreichen Gäste, die auf *Heaven's Gate* übernachtet hatten, war die Tafel jedoch im größeren Speisezimmer gedeckt worden.

Unsicher lächelte Amy, als sie den Raum betrat und sich neugierig von allen Seiten beobachtet fühlte. Hetty hatte ihr ein Kleid ausgesucht, das den blauen Fleck am Schlüsselbein verdeckte, und ihr Haar so frisiert, wie es sich für eine verheiratete Frau gehörte: brav gescheitelt und die Haarspitzen gemäß der neuesten Mode zu einer Innenrolle eingedreht.

»Meine Liebe.« Robert trat hervor, bedachte Amy mit einem charmanten Lächeln und hauchte ihr einen flüchtigen Kuss auf die Stirn. »Du siehst zauberhaft aus. Hast du gut geschlafen?«

Um ein Haar hätte Amy bitter aufgelacht, doch sie verzog die Mundwinkel zu einem Lächeln und bejahte, wie es von ihr erwartet wurde.

Willenlos ließ sie sich von Robert zu ihrem Platz führen und setzte sich vorsichtig. Hetty hatte behauptet, dass es nur in der ersten Nacht so wehtat und die Schmerzen schnell weniger wurden. Doch wer heilte den seelischen Schmerz, den diese Nacht gerissen hatte?

Amy beteiligte sich kaum an den Gesprächen um sich herum, stocherte in ihrem Rührei und nippte an ihrem Orangensaft. Ob irgendjemand von den Gästen eine Ahnung hatte, dass der beliebte, vermögende Robert ein brutaler Mensch war, der seine erste Ehefrau in den Tod getrieben hatte?

»Es war eine wunderschöne Hochzeit, Mrs Garrison«, sagte unvermittelt eine beleibte Dame, bei der sich Amy noch nicht einmal mehr an den Namen erinnerte. »Ihr Kleid war der reinste Traum, und Sie haben wie eine Prinzessin ausgesehen. Sagen Sie, wer ist Ihr Schneider?«

Obwohl die Frau betont beiläufig sprach, fühlte sich Amy von ihren stechend grauen Augen unangenehm gemustert. Vermutlich suchte sie nach Anzeichen der Hochzeitsnacht oder nach einer Andeutung darüber.

»O ja, Mrs Gordon hat einen fabelhaften Ruf«, sagte die Frau, die der Mann neben ihr – offensichtlich ihr Gatte – mehrmals Rachel nannte. »Aber ich fürchte, Theo bekommt einen Tobsuchtsanfall, wenn ich noch mehr Kleider kaufe.« Sie lächelte süffisant. »Sagen Sie, woher stammt Ihre Familie?«

»Meine Frau ist Waise«, warf Robert rasch ein. »Ihre Eltern waren rechtschaffene Leute, die bedauerlicherweise bei einem Feuer ums Leben gekommen sind.«

»Oh, wie schrecklich!« Rachel heuchelte Entsetzen, dabei musste sie eigentlich die Geschichte kennen, denn sie war nach Bekanntgabe der Verlobung wie ein Lauffeuer durch Baton Rouge gegangen.

Als sich die Gäste schließlich verabschiedeten, konnte Amy ein erleichtertes Seufzen kaum unterdrücken. Sie fühlte sich nicht wohl zwischen all den betuchten Paaren, für die Geld das Gesprächsthema Nummer eins war.

Artig winkte Amy von der Veranda mit einem Spitzentaschentuch den Kutschen nach, bis sie hinter den Eichen verschwunden waren.

»Jetzt werden wir sehr viel Zeit füreinander haben.« Robert trat dicht neben seine Frau und vergrub sein Gesicht in ihrem duftenden Haar. »Du wirst schon noch lernen, eine willige Ehefrau zu sein. Ich nehme dir dein gestriges Desinteresse an meiner Person nicht übel.«

Amy rang nach Fassung; ihr war klar, worauf Robert anspielte. Hatte er völlig vergessen, dass er wie ein Irrer über sie hergefallen war und ihr Schritt noch immer wie die Hölle brannte?

»Komm, ich zeige dir jetzt das Anwesen, bisher war ja kaum Zeit dafür.« Er nahm sie bei der Hand, als hätte er ihre ablehnende Haltung nicht bemerkt, und führte sie hinter das Haus. Die große, gepflegte Rasenfläche war nun wieder menschenleer, und niemand wäre darauf gekommen, dass noch vor wenigen Stunden dort gefeiert worden war.

Die Rasenfläche war umsäumt von großen Magnolienbäumen, deren dicke Äste von spanischem Moos überwuchert waren. Dazwischen befanden sich größere und kleinere blühende Malvenbüsche in den schönsten Farben.

»Dort drüben sind die Ställe.« Robert wies zu seiner Rechten; hinter einer weiß blühenden Hecke konnte man das lang gezogene Dach eines niedrigen Gebäudes erkennen. »Und daneben befinden sich die Sklavenquartiere. Ich wünsche nicht, dass du dich auch nur in der Nähe aufhältst.« Seine Stimme klang unerbittlich. »Das ist kein Ort für eine junge Dame.«

Verstohlen warf Amy einen Blick in die von Robert gezeigte Richtung. Das Quartier wurde von dicht beieinander stehenden Eichen fast völlig verdeckt, nur hier und dort waren zwischen den dicken Stämmen graue Holzverschalungen zu erkennen.

Noch bevor Amy antworten konnte, zog Robert sie tiefer in den parkähnlichen Garten hinein. Hier standen die Magnolienbäume dichter, ihr Duft war betörend. Amy freute sich bereits auf sommerliche Spaziergänge unter den schattigen Bäumen.

Eine ältere Sklavin war damit beschäftigt, violettfarbene Malvenblüten von einem der Büsche zu schneiden. Sie hatte ein gutmütiges rundes Gesicht, auf dem Kopf trug sie ein weißes geschlungenes Tuch, und ihre mächtige Oberweite bebte unter der Anstrengung des Bückens.

»Hallo, Berthe!«, rief Robert und winkte der Frau mit dem vor Schweiß glänzenden tiefschwarzen Gesicht freundlich zu. »Was tust du da?«

Die schneeweißen Zähne der Frau blitzten auf. »Guten Morgen, Master. Ist das nicht ein wundervoller Tag? Ich schneide Blüten als Dekoration für den Esstisch, wie Sie es angeordnet haben.«

»Lass dich nicht stören.« Ohne sich weiter um Berthe zu kümmern, nahm er Amy beim Arm und wandte sich wieder dem Haus zu. »Sie war meine Kinderfrau, musst du wissen. Hat selbst eine Menge gesunde Kinder geboren, die alle kräftige Arbeiter geworden sind. Jetzt ist sie alt und taugt nur noch für leichte Arbeiten in der Küche und im Garten. Ich hoffe, du freust dich über meine Anordnung, bei jeder Mahlzeit frische Blumen vorzufinden.«

Einen Augenblick lang war Amy zu verblüfft, um zu antworten. War dieser fürsorgliche Ehemann tatsächlich das wilde, nach Alkohol stinkende Ungeheuer, das in der Nacht über sie hergefallen war?

Nach einer leichten Mittagsmahlzeit verabschiedeten sich Louise Carter und Reverend Andrews, die letzten Gäste. Da beide denselben Weg nach Baton Rouge hatten, teilten sie sich eine Kutsche.

Vor der Abfahrt bat Louise, die junge Ehefrau noch einmal unter vier Augen sprechen zu dürfen, was Robert schmunzelnd genehmigte. Er zog sich mit den Worten zurück, auf den Feldern nach dem Rechten sehen zu wollen, und ließ die beiden Frauen allein.

Eine Weile musterte Louise Roberts unnatürlich blasse Frau stillschweigend, die ihr in einem der Salons gegenübersaß und mit blutleeren Lippen an ihrem Mokka nippte.

»Inzwischen weißt du nun um die Pflichten einer Ehefrau«, sagte sie langsam und setzte ihre Tasse vorsichtig auf der mit Intarsien eingelegten Tischplatte ab. »Mit der Zeit gewöhnt man sich daran, habe ich mir sagen lassen. Schenk Mr Garrison ein paar Kinder, dann wird er glücklich sein und dir die Welt zu Füßen legen.«

Unter normalen Umständen hätte Amy widerstandslos bejaht, doch ihre Welt war inzwischen aus den Fugen geraten. Daher fragte sie scheu: »Sind das meine einzigen Verpflichtungen in dieser Ehe?«

»Bei Gott, nein! Du bist nun Herrin von *Heaven's Gate*, meine Liebe, das bedeutet eine große Verantwortung für dich. Man wird dein Ansehen danach bemessen, wie du die Bälle in diesem Haus arrangierst, welche Kleidung du trägst und welchen Wohltätigkeitsinstitutionen du angehörst. Vergiss niemals, dass dein Mann eine der bedeutendsten Persönlichkeiten von Baton Rouge ist.«

Wirklich hilfreich war dieses Gespräch nicht. Amy brannten noch Tausende von Fragen auf den Lippen, die sie nicht zu stellen wagte. Dann würde sie doch lieber ihre Zofe Hetty ins Vertrauen ziehen. Die wahre Geschichte von Melvas Schicksal lag Amy noch immer schwer im Magen. Aber woher wollte sie wissen, dass die Sklavin die Wahrheit gesprochen hatte? Aus einigen Männergesprächen hatte Amy heraushören können, dass die meisten Sklaven hinterlistig waren und logen, was das Zeug hielt – außerdem hatte man von Familien gehört, deren Sklaven heimlich ins Essen der Herrschaften spukten!

»Für mich wird es Zeit.« Louise erhob sich schwerfällig aus dem tiefen Sessel, ordnete ihre Röcke und betrachtete Amy, die ebenfalls aufgestanden war, eingehend. »Du hast einen ausgezeichneten Geschmack, mein Kind. Dein Kleid beweist, dass du dich entsprechend jeder Tageszeit zu kleiden verstehst.«

Verlegen nickte Amy; Miss Carter konnte ja nicht ahnen, dass Hetty ihr dieses zart gestreifte Kleid ausgesucht hatte. Entgegen ihrer sonstigen Gewohnheit umarmte Louise sie herzlich, als sie wenig später auf der vorderen Veranda standen. Die Kutsche wartete bereits, Kuba stand daneben und hielt den Wagenschlag auf.

»Schreib mir bitte regelmäßig, Kind. Ich möchte immer wissen, wie es dir geht, und deine Freundinnen ebenfalls. Sie werden bereits vor Neugierde platzen und darauf warten, dass ich ihnen von deiner wundervollen Hochzeit berichte.«

Robert verabschiedete sich wohlerzogen mit einem eleganten Handkuss – und dann war Amy mit ihrem Ehemann endgültig allein.

9

Allmählich wurde es Sommer, und die Tage wurden länger; die Sonne brannte unerbittlich von den frühen Morgen- bis in die späten Abendstunden. Inzwischen hatte sich Amy an den recht eintönigen Tagesablauf gewöhnt, der zumeist aus gemeinsamen Mahlzeiten mit ihrem Mann, dem Empfang von Frauen der Nachbarsplantagen und Spaziergängen unter den Magnolienbäumen im Park bestand.

Sie wunderte sich selbst, wie leicht es ihr fiel, durch dieses herrschaftliche Haus zu spazieren und die strahlende Gastgeberin zu spielen. Doch vor den Nächten bangte ihr, denn Robert nahm sein eheliches Recht äußerst ernst. Zwar war er nicht immer betrunken, aber niemals zärtlich. Nie sagte er seiner schönen, zarten Frau, dass er sie liebte und glücklich mit ihr war.

Bisher hielt sich sein Zorn in Grenzen, wenn Amy mit schuldbewusster Miene gestand, wieder nicht schwanger geworden zu sein. Doch von Mal zu Mal wurde Roberts Laune schlechter, wenn sie vor ihn trat, und sie befürchtete, dass er sie bald schlagen würde – wie er es bei Melva getan hatte.

Meist sah sich das Ehepaar nur bei den Mahlzeiten, worüber Amy sehr froh war. Sie ahnte nun, dass Robert sie nicht aus Liebe geheiratet hatte, sondern weil sie jung und schön war, eine Zierde für *Heaven's Gate* und gesund genug, ihm viele Kinder zu schenken.

Viele Gesprächsthemen hatten sie nicht. Wenn Robert etwas sagte, dann ging es meistens um die Arbeit auf der Plantage, seine Geschäfte oder um ein bevorstehendes Ereignis, zu dem die Garrisons eingeladen waren. Wie Amy sich fühlte, schien ihm völlig gleichgültig zu sein; von dem Gentleman, den sie im Jahr zuvor kennengelernt hatte, war nichts übrig geblieben.

Nach außen hin ließ sich Amy nicht anmerken, wie unglücklich sie war, einzig Hetty wusste davon. Doch die Sklavin konnte nichts tun, außer ihre Herrin mitleidig anzusehen und zu murmeln, dass sie für Amy betete, damit diese bald ein Kind unter dem Herzen tragen würde.

Dann nämlich wäre sie für Monate vor Robert sicher, und vielleicht würde er sogar der Ehemann werden, von dem Amy geträumt hatte.

Es kam immer häufiger vor, dass Robert nach Baton Rouge fuhr und dort über das Wochenende blieb. Amy nahm er niemals mit, und sie wagte nicht zu fragen, warum er das tat. Im Allgemeinen sprach sie ihn nur an, wenn er sie etwas fragte – und es schien ihn durchaus nicht zu stören, eine sehr schweigsame Gattin zu haben.

Mit der Tatsache, dass sie von Sklaven umgeben war, konnte sich Amy indes nicht abfinden, würde es niemals können. Nach und nach hatte sie die Haussklaven kennengelernt; die meisten trugen eine ausdruckslose Miene zur Schau, einige sahen resigniert aus. Nur wenige gingen lachend oder singend an die Arbeit, und Amy fragte sich oft, was sie empfanden. Waren sie zufrieden mit ihrer Situation oder dachten sie über eine Flucht nach?

Immer häufiger hörte man von entflohenen Sklaven. Einige hatten es sogar bis in den Norden geschafft, wo sie ein Leben in Freiheit führen konnten. Die Spannung zwischen Nord- und Südstaaten wurde immer unerträglicher. Die Lage spitzte sich dramatisch zu.

Politik war etwas, das Amy eigentlich gleichgültig sein sollte, doch immer häufiger stahl sie heimlich Roberts Tageszeitungen aus dem Herrensalon und las sie nach dem Lunch, wenn sie offiziell ein Mittagschläfchen hielt.

So erfuhr Amy, dass der Norden mit dem amtierenden Präsidenten James Buchanan aus Pennsylvania unzufrieden war und ihm Hörigkeit gegenüber den Sklavenhaltern vorwarf.

Immer häufiger stieß sie auf den Namen John Brown, einen fanatischen Gegner der Sklavenhaltung. Wenn man den Berichten Glauben schenken konnte, hatte Brown in Kansas einige Südstaatenanhänger grausam mit dem Säbel in Stücke gehackt und war dann untergetaucht. Nun befürchtete man neuerliche Attentate dieses Mannes, und der Süden lebte in Angst und Schrecken.

All diese Nachrichten verwirrten und beunruhigten Amy, und sie hätte gern mit jemandem darüber gesprochen. Robert kam dafür nicht infrage; als Plantagenbesitzer war er davon überzeugt, dass der Norden andere politische Gründe hatte und die Ablehnung der Sklaverei nur vorgeschoben war – so jedenfalls hatte Amy ihn mit einigen anderen Pflanzern reden hören.

Hetty kam auch nicht infrage für derartige Gespräche, sie schien zwar mehr über die Unruhen zu wissen, als sie vorgab, würde sich aber eher die Zunge abbeißen, als ihrer Herrin ihre eigene Meinung zu verraten.

Der Butler Kuba, der seinen Herrn oft als Kammerdiener nach Baton Rouge begleiten musste, blieb für Amy weiterhin ein Rätsel. Er tat seine Arbeit schweigend, und nie wieder machte er eine Andeutung Amy gegenüber. Aber das war ja auch nicht mehr nötig; sie hatte seine Warnung nicht ernst genommen, und nun war sie für alle Zeiten Mrs Robert W. Garrison.

Melva hatte *Heaven's Gate* als goldenen Käfig bezeichnet, und allmählich empfand es Amy ebenso. Sie trug die schönsten Kleider, Robert schenkte ihr den kostbarsten Schmuck. Und sie lebte in einem schlossähnlichen Haus, von dem sie als junges Mädchen noch nicht einmal zu träumen gewagt hätte. Dennoch fühlte sie sich inmitten all des Prunkes einsam und verlassen, denn Robert machte sich nie die Mühe, sich mehr als unbedingt nötig mit seiner Frau zu beschäftigen – außer drei bis vier Nächte in der Woche.

Amy hätte sich mit ihrem Schicksal abgefunden, wäre da nicht Hettys Bemerkung nach der Hochzeitsnacht gewesen – und die zahllosen Romane, die sie gelesen hatte. Demnach gab es sie tatsächlich, die große Liebe, bei der einem schwindelte und man selig war, wenn man nur an den anderen dachte. Und es sollte sogar etwas geben, das die körperliche Liebe zu einem schönen Erlebnis für die Frau machte; aber was das war, würde Amy wohl nie erfahren.

Eines Morgens nach dem Frühstück machte Robert keine Anstalten, das Haus zu verlassen. Stattdessen spürte sie die Unruhe der Haussklaven, daher nahm sie all ihren Mut zusammen und sagte beiläufig: »Mir scheint, als läge eine eigenartige Spannung in der Luft. Sag du mir, ob ich mich irre.«

Er lachte leise, steckte sich eine Zigarre an und lehnte sich bequem zurück. »Dein Spürsinn imponiert mir, meine Liebste. Es liegt in der Tat eine Veränderung an, und die Sklaven haben Angst, davon betroffen zu sein.«

Als er auf ihre fragende Miene nicht antwortete, fasste sie sich ein Herz. »Willst du mir nicht erzählen, wieso die Sklaven so verstört sind, Robert?«

»Warum nicht?« Er hob gleichgültig die Schultern. »Pearson bereitet alles für den Sklavenmarkt morgen in Baton Rouge vor.«

Amy hatte von diesen Märkten gehört, doch sie hatte nicht wahrhaben wollen, dass Menschen wie Vieh auf einem Markt verkauft wurden. Unfähig zu sprechen, starrte sie ihren Mann an, der die Asche seiner Zigarre gekonnt in einen der kristallenen Aschenbecher schnippte.

»Zweimal im Jahr sortiert Pearson die Leute aus, die weder für die Feld- noch für die Hausarbeit zu gebrauchen sind. Im Gegenzug sehe ich mich auf dem Markt nach neuem Material um.«

Amy hatte John Pearson, den Aufseher von *Heaven's Gate*, nie gemocht. Ein paar Mal hatte sie ihn gesehen, wenn er ins

Haus kam, um mit Robert zu sprechen. Pearson war ein typischer »armer Weißer«, er war klein und untersetzt, und seine mausgrauen Augen waren meist zu Schlitzen verengt. Die Aufsicht über die Sklaven gab ihm das Gefühl, trotz seiner Armut mehr Bedeutung zu haben als die Schwarzen – und das nutzte er ständig aus. Hetty hatte angedeutet, dass Pearson nicht gerade sparsam mit der Peitsche umging und sie oft in Gebrauch nahm, wenn ein Feldsklave seiner Meinung nach nicht schnell oder ordentlich genug arbeitete.

»Diese unappetitliche Geschichte muss dich nicht interessieren, meine Liebe«, fuhr Robert ungerührt fort. »Du solltest dich nur mit schönen Dingen umgeben.«

»Gewiss«, gab Amy mechanisch zurück, doch in ihrem Kopf überschlugen sich die Gedanken. »Nur eine Frage möchte ich noch stellen: Wirst du jemanden aus dem Haus … verkaufen?«

»Nein, daran denke ich eigentlich nicht. Sie arbeiten ordentlich, soweit ich das abschätzen kann, es ist deine Aufgabe, mich zu informieren, wenn du mit einem von ihnen unzufrieden bist. Auch wenn die Haussklaven nichts zu befürchten haben, sehen sie diesem Tag immer voller Unruhe entgegen; einige von ihnen sind mit Feldsklaven liiert und haben Angst, dass diese verkauft werden.«

Amy befeuchtete ihre trockenen Lippen mit der Zungenspitze. »Aber das würdest du doch nicht tun, oder?«

»Selbstverständlich würde ich das tun! Jeder Sklave ist bares Geld wert, und ich muss ans Geschäft denken und kann mir Sentimentalitäten nicht erlauben. Im Übrigen …« Er stand unvermittelt auf, seine Stimme nahm einen schroffen Ton an. »… hast du deinen hübschen Kopf nicht in Dinge zu stecken, von denen du nichts verstehst.«

Er deutete eine Verbeugung in Amys Richtung an und verließ den Salon. Die qualmende Zigarre im Aschenbecher schien er völlig vergessen zu haben.

* * *

Hetty war an diesem Abend besonders schweigsam, als sie Amy half, sich für die Nacht zurechtzumachen. Ihr Gesicht war traurig verzogen, sodass Amy nicht umhin konnte zu fragen: »Ist jemand dabei, der dir am Herzen liegt?«

Die Sklavin wusste sofort, worauf ihre Herrin anspielte. »Ja, Madam. Es sind immer einige Leute dabei, denen man verbunden ist, auch wenn ich als Hausmädchen eigentlich nichts mit den Feldarbeitern zu tun habe. Doch meine Cousine Belle lebt dort drüben in einer der Hütten mit ihrem Mann Tuffy. Belle hat schreckliche Angst, dass Tuffy verkauft wird, weil er durch einen Unfall auf den Feldern hinkt und nur noch leichte Arbeiten verrichten kann.«

Verzweifelt suchte Amy nach tröstenden Worten, doch es fielen ihr keine ein. Für ein derartig unmenschliches Verhalten gab es einfach keine passenden Worte, und so hauchte sie lediglich: »Es tut mir so leid. Wenn ich etwas dagegen unternehmen könnte, würde ich es tun.«

Ein kleines Lächeln huschte über Hetty dunkles, aristokratisches Gesicht. Ihre Vorfahren stammten aus Äthiopien, waren aber nun schon in der dritten Generation versklavt.

»Ich weiß, dass Sie nicht so hartherzig sein könnten«, sagte sie nun und fügte mit einem melancholischen Blick hinzu: »Die frühere Missis hatte auch Mitleid mit uns und nahm uns in Schutz, wenn wir ungerecht behandelt wurden.«

Plötzlich durchfuhr Amy Eifersucht, die Sklavin hatte Melva offenbar vergöttert. »Es sind mehr Menschen auf eurer Seite, als ihr denkt – auch bei uns im Süden«, gab sie nachdenklich zurück, während Hetty ihr Haar von den Nadeln befreite. »Die meisten wagen nur nichts zu sagen.«

»Joey meint, dass es bald zum Umbruch kommt und wir dann alle in Freiheit leben können. Es wird Krieg geben, wenn sich der Süden nicht bald dem Norden beugt.«

Erstaunt wandte sich Amy um. »Wer ist Joey?«

»Einer der Feldarbeiter. Er ist sehr klug, hat heimlich lesen und schreiben gelernt, und manchmal schildert er uns schreckliche Ereignisse, die sich auf einigen Plantagen zutragen.« Unbekümmert fuhr Hetty in ihrer Arbeit fort, als würde sie über das Wetter reden. »Auf vielen Plantagen leben die Herrschaften in Angst vor ihren Sklaven, und manche werden sogar umgebracht.«

Amy holte tief Luft. »Davon habe ich auch gelesen. Sag, dieser Joey … hetzt er euch gegen meinen Mann und mich auf?«

Erschrocken ließ Hetty die letzten Haarnadeln auf den Teppich fallen. »O nein, Madam! Sie brauchen keine Angst zu haben, niemand auf *Heaven's Gate* würde Ihnen oder dem Master auch nur ein Haar krümmen. Joey ist derjenige, der für Ruhe sorgt, wenn einer der Männer über die Arbeit oder diesen schrecklichen Aufseher murrt. Er sagt immer, dass wir Geduld haben müssen, dass sich die Lage zu unseren Gunsten verändern wird, wenn wir unsere Arbeit wie gewohnt weitermachen. Er will kein Blutvergießen, Madam … o nein, das will er nicht.« Ein ängstlicher Blick traf Amy. »Sie werden ihn doch nicht verraten?«

»Gewiss nicht, Hetty. Aber wenn mir zu Ohren kommt, dass er einen Aufstand plant, muss ich meinem Mann Bescheid geben.« Amy sagte diese Worte nicht gerne, aber sie fühlte sich dazu verpflichtet, *Heaven's Gate,* Robert und sich selbst vor einem Übergriff der Sklaven zu schützen. Schließlich war die Plantage nun ihre Heimat, und auch wenn sie große Sympathien für die Schwarzen hegte, so wollte sie nicht das Opfer einer Revolte werden.

Hetty griff zur Bürste, und bevor sie Amys goldene Haarpracht damit glättete, sagte sie ernst: »Wenn Joey etwas vorhat, werde ich es Ihnen sagen, Madam. Wir alle wollen unsere Freiheit, aber kein Blutvergießen.«

Eine große Welle von Mitleid erfasste Amy. Diese Frau sprach von Freiheit, obwohl sie diese nie kennengelernt hatte. Sie war als Sklavin geboren, wie schon ihre Eltern und Großeltern. Es war nicht recht, Menschen zu besitzen, und insgeheim wünschte sich Amy, dass ein Gesetz erlassen würde, das jedem Sklaven die Freiheit schenkte – doch das konnte noch Jahre, wenn nicht Jahrzehnte dauern!

Als Amy am anderen Morgen die Augen aufschlug, ahnte sie bereits, dass dieser Tag ihr Leben verändern würde. Sie wusste nicht, was es sein würde, doch diese Ahnung ließ sich nicht abschütteln wie ein Traum.

Robert war bereits unten im Frühstückszimmer, denn er wollte nach Baton Rouge, im Schlepptau einen Leiterwagen voller Sklaven, die auf dem Markt verkauft werden sollten.

Allein der Gedanke daran verursachte Amy Unbehagen, und es fiel ihr schwer, Robert Aufmerksamkeit zu schenken, als er von seinen Geschäften sprach. Als durch das weit geöffnete Fenster ein fernes Wehklagen ertönte, wies er mit dem Kinn in diese Richtung und verzog angewidert das Gesicht. »Schrecklich, dieses Jammern, es ist jedes Mal dasselbe Theater. Kuba, mach das Fenster zu, ich fühle mich durch den Lärm gestört.«

Der Butler bewegte sich mit steifen Knien zu dem hohen, zweiflügeligen Fenster, schloss es lautlos und ging zurück zu seinem Platz neben der Tür. Seinem Gesicht war nicht zu entnehmen, ob auch jemand von seiner Familie verkauft werden sollte – wobei Amy überhaupt nicht wusste, ob Kuba eine Familie hatte.

Auch Hetty wusste angeblich nicht viel über den schweigsamen Butler, der sich kaum einmal an den bescheidenen Festen beteiligte, die mitunter im Sklavenquartier stattfanden. Eigentlich wusste niemand genau, woher er kam, da er selten mit den anderen sprach.

»Du entschuldigst mich jetzt bitte, Liebes.« Robert erhob sich und legte seine Serviette auf den Teller, bevor er um den Tisch herumging und Amy einen Kuss auf die Wange gab. »Pearson wartet sicherlich schon vor dem Haus, wir wollen noch vor der großen Mittagshitze in Baton Rouge eintreffen.

Über deinen Reitwunsch unterhalten wir uns heute Abend, wenn ich zurück bin.«

Sie lächelte ergeben, dabei nickte sie leicht. Am Vortag hatte sie Robert den Wunsch vorgetragen, reiten lernen zu dürfen, und anfangs war er nicht sonderlich begeistert gewesen. Er hatte behauptet, für die Frau eines Plantagenbesitzers zieme es sich nicht, wie ein Mann auf einem Pferd zu sitzen, doch Amy hatte sanft darauf hingewiesen, dass sie keinesfalls vorhabe, so ordinär zu reiten, sondern selbstverständlich im Damensattel. Außerdem ritt Augusta Wade, die Gattin eines benachbarten Plantagenbesitzers, ebenfalls. Diese Argumente schienen Robert überzeugt zu haben.

Später war Amy über ihren eigenen Mut erschrocken gewesen. Bisher hatte sie nie gewagt, einen Wunsch zu äußern. Aber mit der Zeit wurde sie etwas waghalsiger, zumal Robert doch etwas an ihr liegen musste. Wenn er aus Baton Rouge zurückkam, brachte er Amy regelmäßig ein Schmuckstück vom teuersten Juwelier der Stadt mit, also schien sie ihm doch nicht völlig gleichgültig zu sein.

Amy nahm diese stummen Gesten der Zuneigung eher zurückhaltend auf, ihr fehlten Liebe und Zärtlichkeit – mit jedem Tag mehr. Doch sie wusste längst, dass sie ihren Mann nicht liebte, und in den Nächten, in denen er mit ihr schlief, hasste sie ihn sogar.

»Du könntest doch ein wenig im Garten spazieren gehen«, schlug Robert vor, als er an der Tür stehen blieb, »bevor die feuchte Hitze zu groß wird.«

Behutsam, wie Louise Carter es ihr beigebracht hatte, tupfte Amy ihre Mundwinkel mit der Serviette ab. »Du hast recht, das werde ich wohl tun.«

Es war bereits Mitte Juli und die Tage drückend heiß. Noch nicht einmal in den Nächten kühlte es merklich ab. Die Angst vor dem schrecklichen Sumpffieber wohnte wie jedes Jahr um diese Zeit in Herrenhäusern und Sklavenhütten. Wen das Gelbe Fieber erwischte, der starb innerhalb kürzester Zeit.

In wenigen Wochen würde die Baumwollernte beginnen, die schwerste Zeit des Jahres für die Feldarbeiter. Nachdem die Baumwolle gepflückt worden war, wurde sie gewogen, verschnürt und auf Fuhrwerken zum nahe gelegenen Mississippi gefahren, wo sie auf Dampfer verladen und in alle Welt verschifft wurde.

Amys Tage waren eintönig, aber inzwischen hatte sie sich mit ihrem Leben arrangiert. Die Hoffnung, dass sich Robert letztendlich doch noch als liebevoller Ehemann entpuppen könnte, hatte sie längst aufgegeben. Der Baumwollernte sah sie nicht unbedingt als aufregende Abwechslung entgegen, wie es bei Robert der Fall war.

Im Gegensatz zu ihm sah sie nicht den Profit, sondern die armen Menschen, die die Baumwolle pflücken mussten – von Sonnenaufgang bis Sonnenuntergang, argwöhnisch beobachtet von John Pearson, dem unerbittlichen Aufseher.

Amy blieb am Frühstückstisch sitzen und blickte versonnen aus dem Fenster. Der Garten war ein einziges Blumenmeer, eine Pflanze schien mit ihrer leuchtenden Pracht die nächste übertrumpfen zu wollen.

Der Butler war seinem Herrn gefolgt, sodass Amy sich allein im Frühstückszimmer wiederfand. Ihr konnte es nur recht sein, sie war nicht gerne mit Kuba allein. Seine unbewegliche Miene war ihr unheimlich, und sie war immer froh, wenn sie ihn nicht sehen musste. Zu gerne hätte Amy gewusst, was hinter Kubas schwarzer Stirn vor sich ging. Ob auch er mit dem Gedanken spielte, zu fliehen oder seinen Besitzer umzubringen?

Hastig schüttelte Amy diese unangenehmen Gedanken ab, und als sie meinte, dass Robert mit seiner Menschenfracht die Plantage verlassen hatte, stand sie auf. Bewusst hatte sie so lange gewartet, denn es hätte ihr das Herz zerrissen, zusehen zu müssen, wie die weinenden Sklaven auf dem Leiterwagen abtransportiert wurden.

Die breite Eingangstür stand weit offen, als Amy die Halle

betrat. Robert war tatsächlich schon fort, der Weg durch die Allee, den man von der Tür aus sehen konnte, war leer.

Wie üblich trug Amy ein edles Tageskleid, an diesem Morgen ein lachsfarbenes, abgesetzt mit weißen Spitzen und winzigen Perlenknöpfchen.

Nachdem Hetty den Sonnenschirm gebracht hatte, öffnete Amy eine Tür zur hinteren Veranda und trat in das helle Licht hinaus. Der Duft der Magnolien war betörend, es konnte einem davon geradezu schwindelig werden, und die feuchte Luft tat ihr Übriges.

Amy liebte die Spaziergänge durch den Garten und die damit verbundene Stille. Freundlich grüßte sie Berthe, die wieder dabei war, Blüten zu schneiden. Die alte Frau, von der Amy inzwischen wusste, dass sie den »jungen Master«, wie sie Robert immer nannte, vergötterte, war halb blind, dennoch wählte sie nur die schönsten und üppigsten Blumen, die Amy später in den Vasen des Hauses wiederfand.

Im selben Moment, als sie Berthe in ein unverbindliches Gespräch verwickeln wollte, erklang wieder dieses herzzerreißende Weinen, das Amy bereits beim Frühstück vernommen hatte. Es kam eindeutig vom Sklavenquartier her und stammte von einer Frau. Und so fragte sie Berthe: »Wer weint denn da so schrecklich?«

Die alte Sklavin hob gleichmütig die Schultern. »Der junge Master wird den Liebsten von einem der Mädchen mit nach Baton Rouge genommen haben.«

Schuldbewusst senkte Amy den Kopf. Wie viel Leid mussten diese armen Menschen denn noch ertragen?

»Ich werde nachschauen«, sagte sie schließlich entschlossen, wandte sich ab und zuckte zusammen, als Berthe einen erstickten Schrei ausstieß.

»O nein, Madam! Das dürfen Sie nicht tun, der junge Master will sicher nicht, dass Sie rüber zu den Hütten gehen!«

Nun hob auch Amy die Schultern. »Der junge Master sieht es ja nicht – und du wirst mich bestimmt nicht verraten, oder?«

Stumm und mit halb geöffneten Mund schüttelte Berthe den Kopf, ihre dunklen Augen blickten teils respektvoll, teils ängstlich auf die Herrin von *Heaven's Gate.* Doch das sah Amy nicht mehr, da sie bereits das Sklavenquartier ansteuerte, das sich hinter den dicken Eichen und Malvenbüschen verbarg.

Das Weinen wurde intensiver, je weiter Amy vordrang. Eine Lücke zwischen den Büschen gewährte ihr schließlich Zutritt zu der für sie verbotenen Zone. Sie blieb mit dem Rock an einem Zweig hängen und riss sich fast ungeduldig los; irgendwo dort in einer der einfachen Holzhütten brauchte jemand Hilfe.

Neugierig trat Amy näher, kein Mensch befand sich zwischen den Reihen von Hütten, die eine der anderen glichen: Aus Holzlatten zusammengezimmert, teils grau gestrichen, teils im Rohzustand, einstöckig und mit kleinen glaslosen Fenstern. Vor jeder Hütte gab es eine winzige Veranda mit windschiefer Treppe – alles in allem machte das Quartier einen ärmlichen, aber sauberen Eindruck. Vor einigen Hütten waren Gemüsebeete angelegt worden, Blumen hingegen gab es kaum.

Fest umklammerte Amy den Griff ihres Sonnenschirms, während sie entschlossen auf die Hütte zuschritt, aus der das Wehklagen drang. Niemand hielt sie auf, obwohl sie das Gefühl hatte, aus vielen Fenstern beobachtet zu werden.

Die ausgetretene Holztreppe knarrte leicht unter Amys Schritt; ihre Hand zögerte, bevor sie die nur angelehnte Tür aufdrückte. Nun waren auch andere weibliche Stimmen zu hören, die anscheinend das Elend der weinenden Frau mildern wollten.

Als Amy eintrat, verstummten sämtliche Geräusche in der Hütte. Zunächst erkannte sie im dämmrigen Inneren des Hauses kaum etwas, doch dann wurde sie der jungen Frau gewahr, die auf einem einfachen Bett kauerte und an der gewaltigen Brust einer anderen Sklavin lehnte.

»Madam!«, stieß schließlich eine der anderen Frauen entsetzt aus, und die restlichen Sklavinnen starrten Amy mit weit aufgerissenen Augen an, als sähen sie ein Gespenst.

Amys Blick blieb an der Frau auf dem Bett hängen, als sie tonlos fragte: »Warum weinst du? Wer hat dir Leid zugefügt?«

Hilflos wandte sich die Frau, deren Augen vom Weinen geschwollen waren, an die mütterlich wirkende Sklavin an ihrer Seite.

»Mathilda hat gerade ihren Sohn verloren«, sagte diese schließlich mit rauer Stimme, ohne Amy anzuschauen. »Sie hat Clarence über alles geliebt.«

Unwillkürlich fuhr Amys Hand an die Kehle. »Gütiger Himmel! Wie konnte das geschehen? Hatte er einen Unfall?«

»Nein, Madam. Der Herr hat ihn mit nach Baton Rouge genommen.«

Von einem plötzlichen Schwindel ergriffen, umklammerte Amy die Lehne eines Stuhls. Robert hatte es tatsächlich fertiggebracht, aus purer Profitgier einer Mutter das Kind zu entreißen!

»Wie ... wie alt ist Clarence?«, fragte sie mit hohler Stimme und kam sich dabei schäbig vor; immerhin war ihr eigener Ehemann schuld daran.

»Ganze fünf Jahre, Madam.« Wieder sprach die füllige Frau, und ihre Stimme klang resigniert. »Und dabei war der Junge fleißig, in diesem Jahr sollte er zum ersten Mal an der Baumwollernte teilnehmen.«

Jemand schob Amy einen Holzschemel hin, auf dem sie sich kraftlos niederließ. »Aber warum will mein Mann ihn verkaufen? Hat er einen Grund dafür genannt?«

Alle Augen waren auf sie gerichtet – teils erstaunt, teils abweisend.

»Der Master braucht keinen Grund zu nennen. Wir alle sind sein Eigentum, und er kann mit uns anstellen, was ihm beliebt«, kam es verbittert vom Bett her. »Sie sollten zurück ins Haus gehen, Madam. Wenn der Master erfährt, dass Sie hier sind, wird er uns dafür bestrafen.«

Scharf zog Amy die Luft ein. »Ich werde dafür sorgen, dass er es nicht erfährt. Mathilda«, sie richtete ihren Blick auf die bekümmerte junge Mutter, »ist Clarence dein einziges Kind?«

»Ja, Madam«, hauchte die Angesprochene. »Er war mein Ein und Alles. Wenn Wayne das erfährt, wird er sich aus Gram etwas antun.«

In Amy stieg eine ihr unbekannte Wut auf. Robert nahm keinerlei Rücksicht auf die Gefühle anderer Menschen, ob es sich dabei um seine Frau oder die Sklaven handelte. »Wayne ist dein Mann, ja?«

Mathilda nickte zaghaft. »Er ist mit den anderen Männern draußen auf den Feldern, die Pflanzen nach Baumwollkäfern absuchen. Noch gestern Abend sagte er, dass der Master unseren Jungen nicht mitnehmen kann, weil er noch viel zu klein ist … und nun hat er es doch getan.«

Tief erschüttert saß Amy schweigend da. Sie suchte nach den richtigen Worten, aber sie fand sie nicht. Unvermittelt sahen die Sklavinnen zur Tür, und als Amy über die Schulter blickte, entdeckte sie einen Mann, der breitbeinig im Türrahmen stand.

Niemand sagte etwas, als er langsam näher trat und neben Amys Schemel stehen blieb. Sie schaute zu ihm empor, und erst jetzt sah sie den Mann richtig.

Er war groß, sehr groß, seine Schultern waren breit, der nackte Oberkörper glänzte vor Schweiß. Seine Haut war heller als die der anderen Sklaven und hatte einen kupfernen Ton; auch sein Gesicht unterschied sich von den Gesichtern der anderen Schwarzen. Es sah edel aus; hatte hohe Wangenknochen, mandelförmig geschnittene Augen, eine schmale Nase und leicht geschwungene Lippen. Anstatt des kurzen krausen Haares, wie es die anderen männlichen Sklaven trugen, waren seine Haare lang, leicht wellig und von einem tiefen Schwarz.

Amy starrte diesen außergewöhnlichen Mann sekundenlang an. Er sah aus wie einer dieser Götter auf alten Stichen; einzig seine finstere Miene störte den Gesamteindruck.

»Was haben Sie hier zu suchen?«, fuhr er Amy an, die bei diesen harten Worten unwillkürlich zusammenzuckte. »Sie gehören nicht auf diese Seite der Plantage.«

»Die Missis hat nichts Böses getan, Joey«, warf Mathilda kraftlos ein. »Sie kann nichts dafür, dass mein Clarence verkauft wird.«

Joeys Nasenflügel bebten vor unterdrücktem Zorn. »Aber sie ist eine Weiße und die Ehefrau des Masters. Also soll sie sich dahin zurückscheren, wo sie herkommt!«

»Sei nicht so hart zu ihr, sie hätte es sicherlich nicht zugelassen, dass man mir meinen Jungen wegnimmt, wenn sie es gekonnt hätte.«

Trotz Joeys feindlicher Haltung konnte Amy nicht anders, als ihn weiterhin anzustarren. Nie zuvor hatte sie einen Mann gesehen, der sie ähnlich fasziniert hätte, und sie spürte, wie ihr Herz schneller pochte.

Langsam erhob sie sich, setzte ein gequältes Lächeln auf und sagte in die Runde: »Ich denke, ich bin hier unerwünscht, also werde ich gehen.«

»Eine weise Entscheidung, Madam«, höhnte Joey respektlos. »Den Weg finden Sie sicherlich alleine. Ich hoffe, Ihr Mann kann noch ruhig schlafen bei dem Leid, das er über seine Leibeigenen gebracht hat.«

Amy verzichtete auf eine Antwort, reckte stolz das Kinn und trat hinaus auf die Veranda; Joeys bohrender Blick brannte in ihrem Rücken, als sie zaghaft die Stufen hinunterstieg.

Den Rest des Tages verbrachte Amy völlig verwirrt. Robert war nicht vor dem späten Abend zurückzuerwarten, sodass Amy viel Zeit zum Nachdenken blieb.

Was mochte Joey von ihr denken? Obwohl es ihr hätte egal sein können, war es das nicht. Für ihn war sie eine verhasste Weiße, stand auf derselben Stufe wie Robert und die anderen Plantagenbesitzer, die ihren Reichtum durch den Schweiß von Sklaven erlangt hatten.

Hetty fand ihre Herrin in einem der Salons, in den diese sich zurückgezogen hatte. Noch bevor die Sklavin den Mund geöffnet hatte, wusste Amy, dass sich ihr Besuch im Sklavenquartier bereits wie ein Lauffeuer herumgesprochen hatte.

»Sie hätten das nicht tun sollen, Madam.« Hetty sah sie vorwurfsvoll an. »Der Master wird Sie schlagen, wenn er es erfährt.«

Gedankenverloren blickte Amy hinaus in den blühenden Garten. »Hab keine Angst um mich, er kann mir nicht noch mehr wehtun, als er es ohnehin schon tut.« Langsam wandte sie ihren Kopf der Zofe zu, die noch immer unschlüssig an der Tür stand. »Wer ist dieser Joey? Wieso unterscheidet sich sein Aussehen so stark von dem der anderen Sklaven?«

Zögernd trat Hetty näher, wobei sie ihre Herrin unverwandt betrachtete. »Er kam als kleiner Junge nach *Heaven's Gate* … ihm ist dasselbe geschehen wie heute dem armen Clarence, er hat im Laufe der Jahre oft genug mit ansehen müssen, dass Kinder ihren Müttern aus den Armen gerissen und verkauft wurden.«

»Wie schrecklich.« Amy lehnte sich gequält mit geschlossenen Augen zurück. »Welches Elend! Von diesen Grausamkeiten hatte ich früher nicht die geringste Ahnung.«

»Darüber sprechen die feinen Weißen doch nicht«, kam es schüchtern zurück. »Damit wollen sich die vornehmen Ladys nicht belasten.«

»O doch, damit würden sich sicher viele Frauen befassen, wenn sie um diese katastrophalen Zustände wüssten. Arbeitet Joey auf den Feldern?«

»Nur bei der Baumwollernte, wenn jede Hand gebraucht wird, Madam. Normalerweise arbeitet er in den Pferdeställen.« Nervös zupfte Hetty an ihrem Turban und blickte immer wieder über die eigene Schulter; doch Kuba war nirgends zu sehen. »Sie dürfen ihm nicht grollen, wenn er Sie grob behandelt, denn er ist sehr stolz, und alle Weißen sind für ihn gleich. Er wurde in die Sklaverei hineingeboren, doch er ist überzeugt, dass er eines fernen Tages frei sein wird … ohne Blutvergießen.«

Amy erhob sich und trat an eines der Fenster. Automatisch glitt ihr Blick zu der Malvenhecke, hinter der sich das Sklavenquartier verbarg. »Schon gut, Hetty. Ich kann ihn verstehen, so wie ich alle Menschen verstehe, die in ohnmächtiger Wut aufbegehren, weil sie einem anderen Menschen gehören.«

»Joey wird wegen seiner Haltung bewundert«, fuhr die Sklavin ungefragt fort. »Er befolgt Pearsons Anweisungen, doch er ist nicht unterwürfig wie die meisten anderen, das hat ihm schon mehrere Auspeitschungen eingebracht. Aber er hat keinen Respekt vor den Weißen …«

Ungewollt musste Amy auflachen. »Das habe ich vorhin gemerkt, er war nicht sehr höflich zu mir. Doch er hat völlig recht, ich habe dort drüben nicht das Geringste zu suchen. Ich möchte, dass über diesen kleinen Vorfall nicht mehr geredet wird. Mr Garrison würde wohl nicht nur mich, sondern auch Joey bestrafen – und das wollen wir doch nicht, oder?« Langsam wandte sich Amy der Sklavin zu, die noch immer in der Nähe der Tür stand.

»Nein, Madam, das wollen wir nicht. Sie fragten nach Joeys Herkunft; nun, das ist schnell erklärt. Seine Mutter war afrikanischer Abstammung, sie floh vor ihrem früheren Besitzer in Georgia und hielt sich in den Wäldern versteckt. Irgendwann stieß sie auf ein Indianerlager der Cherokee, wo sie aufgenommen wurde und sich in einen der Krieger verliebte. Während sie schwanger war, zerstörten amerikanische Soldaten das Dorf, Joeys Vater wurde getötet, aber seine Mutter konnte sich retten. Sie wurde von Weißen aufgegriffen, die sie gefangen nahmen und nach New Orleans verschleppten. Auf dem dortigen Sklavenmarkt wurde sie dem alten Master Garrison verkauft.«

Aufmerksam hörte Amy zu, dabei wanderte sie mit nervös knetenden Händen im Zimmer umher. »Wo ist diese Frau jetzt? Lebt sie noch?«

»Sie starb bei Joeys Geburt, Madam. Schon als kleiner Junge soll Joey außergewöhnlich gewesen sein, und ich meine das nicht nur wegen seines exotischem Äußeren. Er war immer anders als die anderen – den Stolz hat er wohl von seinem Vater geerbt und die rebellische Art von seiner Mutter.«

Amy sah die hoffnungslosen Mienen der meisten Sklaven vor sich, ihre Augen waren ausdruckslos und resigniert. Joeys Blick aus mandelförmigen, schwarzen Augen hingegen drückte Würde aus, so wie auch seine gesamte Haltung.

Sie spürte, wie ihr die Hände feucht und die Knie weich wurden, daher setzte sie sich schnell wieder. Hetty musste nicht unbedingt merken, wie sehr dieser Mann ihre Herrin verwirrte, denn das tat er wirklich. Trotz der Feindseligkeit, die von ihm ausgegangen war, fühlte sie sich auf eigenartige Weise zu ihm hingezogen und versuchte sich vorzustellen, wie es sein würde, wenn er sie küsste.

»Ist Ihnen nicht wohl, Madam?«

Hettys besorgte Stimme riss Amy aus ihren Tagträumen. Sie blinzelte, fuhr sich zerstreut über das Haar und brachte sogar ein klägliches Lächeln zustande. »Es ist alles in Ordnung, mir ist nur ein wenig heiß.«

»Ich werde Ihnen etwas Kaltes zum Trinken bringen«, schlug die Sklavin vor, denn sie würde alles tun, damit es ihrer Herrin besser ging. Amy glaubte zu wissen, dass diese Besorgnis der Angst entsprang, dass sie sich bei Robert beschweren würde, und nicht etwa echter Besorgnis.

»Eine Erfrischung wird mir bestimmt guttun.« Amy griff in den Ärmel ihres Kleides, zog ein Spitzentaschentuch hervor und tupfte sich vorsichtig das Gesicht. »Ist es im Sommer hier immer so unerträglich schwül?«

»Ja, Madam, und außerdem beginnt bald die Moskitoplage. Deshalb ziehen es die reichen Herrschaften meistens vor, die Sommermonate in ihren Stadthäusern zu verbringen.«

Amy wartete, bis die Sklavin den Salon verlassen hatte, dann sank ihre mühsam aufrechterhaltene Fassung in sich zusammen. Welch schmutzigen Gedanken gab sie sich denn da hin? Sie war eine verheiratete Frau, und auch, wenn sie nicht glücklich mit Robert war, so stand es ihr nicht zu, sündige Gedanken an einen anderen Mann zu verschwenden – und dazu noch an einen farbigen Sklaven!

10

Während der nächsten Tage verbot sich Amy, an Joey zu denken; stattdessen versuchte sie, besonders nett zu Robert zu sein, was dieser jedoch überhaupt nicht zur Kenntnis nahm. Abends trank er meistens mehrere Gläser Whiskey, und oft genug kam es vor, dass er über seine Frau herfiel.

Amy wehrte sich nie gegen seine lieblosen Umarmungen, der Akt war zu ihrer Erleichterung oft nach wenigen Minuten vorüber. Sie hatte aufgehört, sich gegen ihr Schicksal aufzubäumen, doch wenn Robert neben ihr schnarchte, flüchtete sie in ihre Träume. In diesen Träumen nahm Joey sie zärtlich in seine Arme, flüsterte ihr sanfte Liebesschwüre ins Ohr und drang behutsam in sie ein.

Wenn Amy daran dachte, begann ihr Körper zu brennen, und zum ersten Mal in ihrem Leben bekam sie eine Vorstellung davon, was Liebe und Leidenschaft bedeuteten. So mussten sich auch die Romanheldinnen in ihren Büchern fühlen: geliebt und begehrt.

Mit dem Morgengrauen kam auch die Scham, und Amy war froh, dass niemand ihre Gedanken erahnen konnte; sie hätte sich in Grund und Boden geschämt! Joey hatte sie seit dem Besuch im Sklavenquartier nicht mehr gesehen, doch sie sehnte sich geradezu nach einer weiteren Begegnung – auch wenn er sich der Frau seines Besitzers gegenüber ziemlich ruppig verhalten hatte und sie nicht ausstehen konnte.

Kurz vor Beginn der Baumwollernte sagte Robert unvermittelt am Frühstückstisch: »Ich habe mir deinen Wunsch nach Reitunterricht gründlich durch den Kopf gehen lassen und kann dein Bedürfnis nach Zerstreuung verstehen. Ich bin also einverstanden, dass du reiten lernst. Vielleicht kannst du mich dann sogar hin und wieder zu Pferd begleiten, wie es Augusta Wade mit Mr Wade tut. Joey, der Stallmeister, kann dir Unterricht geben; er ist ein hervorragender Reiter und versteht es, mit Pferden umzugehen.«

Wie erstarrt saß Amy da. Die Kaffeetasse, die sie gerade zum Munde führen wollte, stellte sie geistesabwesend zurück auf den Tisch. In ihrem Kopf überschlugen sich die Gedanken – sie würde Joey wiedersehen! An nichts anderes konnte sie denken.

Natürlich entging Robert ihre Haltung nicht. Mit hochgezogenen Augenbrauen fragte er: »Was ist? Hast du keine Lust mehr, reiten zu lernen?«

»O doch«, stieß sie hervor. »Ich ... ich bin nur etwas überrascht, weil ich befürchtete, du fändest meinen Wunsch zu kühn.«

Überheblich lächelte er. »Im Gegenteil. Ich werde mich glücklich schätzen, wenn du dich mit etwas beschäftigen kannst, das dir Freude bereitet. Aber«, er machte eine bedeutungsvolle Pause, »aber ich verlange, dass du unverzüglich mit dem Reiten aufhörst, wenn du ein Kind erwartest. So manche Schwangerschaft wurde bedauerlicherweise durch einen Sturz der werdenden Mutter vom Pferd vorzeitig beendet.«

Amy konnte ihr Glück kaum fassen und hauchte: »Selbstverständlich werde ich mich auf kein Pferd mehr setzen, wenn ich ein Kind unter dem Herzen trage.«

Er begann, sie argwöhnisch zu mustern. »Müsstest du nicht bald erfahren, ob du diesmal schwanger bist?«

»Ja, in wenigen Tagen.« Sie verabscheute die Art, wie er sie immer ansah, wenn er nach diesen intimen Dingen fragte, und kam sich jeden Monat mehr wie eine Zuchtstute statt einer Ehefrau vor.

»Nun gut.« Robert erhob sich. Wie jeden Morgen war er bereits tadellos gekleidet, über dem weißen Hemd mit hohem Kragen trug er eine gemusterte Weste. Lässig beugte er sich zu Amy hinüber und gab ihr den obligatorischen Kuss auf die Stirn.

»Lass mich wissen, ob es etwas zu feiern gibt. Wenn nicht, dann sollst du in Gottes Namen Reitunterricht bekommen.«

Nur mit Mühe konnte Amy die Haltung wahren; sie wollte keinesfalls zu freudig erscheinen, denn Robert durfte nicht um ihre geheimsten Träume wissen. Mit der Zungenspitze befeuchtete sie ihre trocken gewordenen Lippen und erwiderte in gespielter Demut: »Ich danke dir für deine Großzügigkeit. Als Kind bin ich manchmal auf dem Maultier meiner Eltern geritten, aber das ist natürlich nicht mit den edlen Pferden in deinen Ställen zu vergleichen.«

Mit gerunzelter Stirn nickte er, und erst jetzt wurde Amy bewusst, dass sie mehr plapperte, als sie es sonst in seiner Gegenwart tat. Augenblicklich schwieg sie, um ihre aufgewühlten Gefühle nicht zu verraten.

Amy wusste nicht, ob sie sich freuen oder grämen sollte, als sie kurz darauf feststellte, dass sie wieder nicht schwanger war. Zwar würde Robert sie nun auch weiterhin nachts belästigen, aber das nahm sie in Kauf; sie bot ihm ohnehin nur noch ihren Körper dar, schaltete ihren Geist so lange aus, bis Robert von ihr abließ.

Die Enttäuschung stand ihm ins Gesicht geschrieben, als Amy ihm schüchtern errötend erklärte, dass er sich noch einen Monat gedulden müsse. Seine bissige Bemerkung, dass etwas mit ihr nicht stimmen könne, überging sie kommentarlos – etwas anderes wurde auch gar nicht von ihr erwartet. Ihr Herz schlug allerdings höher, als Robert dem Butler beiläufig befahl, nach Joey schicken zu lassen.

Amy wagte kaum zu atmen, als der Sklave das Zimmer betrat. Obwohl er kaum jemals Gelegenheit hatte, einen Fuß ins Herrenhaus zu setzen, gab er sich so selbstsicher, als wäre er tagtäglich von Prunk und Reichtum umgeben. Flüchtig dachte Amy an Mathildas bescheidene Hütte; auch Joey musste in ähnlich ärmlicher Umgebung leben. Und sogleich plagte sie das schlechte Gewissen, weil ihr es selbst so gut ging.

Ruhig und ohne die Miene zu verziehen hörte sich Joey an, was sein Besitzer ihm auftrug; Amy, die in einem Sessel etwas abseits saß, schien Luft für ihn zu sein. Er trug eine einfache, jedoch saubere braune weite Hose, die mittels Hosenträgern am Körper gehalten wurde, und ein beigefarbenes Schlupfhemd, dessen lange Ärmel bis zu den kräftigen Oberarmen aufgerollt waren. Sein langes, prächtiges Haar trug er mit einem zerschlissenen Leinenband im Nacken zusammengebunden.

»Sowie du mit der Arbeit in den Ställen fertig bist, wirst du meiner Frau also Unterricht geben«, sagte Robert mit dieser unpersönlichen Stimme, mit der er immer zu seinen Sklaven sprach. »Wenn die Feldarbeit beginnt, werde ich dir eine Stunde vor Sonnenuntergang freigeben, damit du dich um meine Frau kümmern kannst. Pearson werde ich rechtzeitig Bescheid geben. Ich erwarte, dass du ein besonders lammfrommes Pferd für deine Herrin aussuchst. Hast du mich verstanden?«

»Ja, Sir«, gab Joey mit fester Stimme zurück. »Ich werde mein Bestes geben, Sir.«

»Nun gut.« Robert machte eine lässige Geste. »Du kannst wieder an deine Arbeit gehen. Mrs Garrison wird dich wissen lassen, wann mit dem Unterricht begonnen werden kann, zurzeit ist sie … etwas unpässlich.«

Wenn es nach Amy gegangen wäre, hätte sie sofort anfangen können, doch ihre Monatsblutung, die wie üblich mit heftigen Unterleibskrämpfen verbunden war, machte ihr einen Strich durch die Rechnung.

Joey verneigte sie mit unbeweglichem Blick in Amys Richtung, sah sie jedoch immer noch nicht an. Ihre Hand zitterte leicht, als sie nach ihrer Mokkatasse griff.

»Eine feine Lady gehört nicht auf den Rücken eines Pferdes, sondern in eine elegante Kutsche, Madam«, sagte Hetty mit angedeutetem Vorwurf, als Amy ihr später von ihrem Vorhaben erzählte. »Stellen Sie sich nur vor, wenn Sie stürzen würden!«

Mit nachsichtigem Lächeln erwiderte Amy: »Ich habe nicht vor, wilde Jagden zu reiten, möchte nur sicher auf dem Pferd sein und später einige Ausritte machen.« Sie hielt inne und begann nachdenklich auf ihrer Unterlippe zu kauen. »Ich glaube, Joey ist von dem Vorschlag meines Mannes nicht besonders angetan, er hat mich keines Blickes gewürdigt.«

»Aber das darf er doch auch nicht!«, gab die Sklavin entrüstet zurück, während sie das Nachmittagskleid ausbürstete, das Amy tragen wollte. »Niemals darf ein männlicher Sklave einer weißen Lady in Gesellschaft anderer Weißer offen in die Augen schauen, dafür kann er bestraft werden.«

»Wieso?«

»Das ist ganz einfach zu erklären, Madam. Der Blick eines schwarzen Mannes beleidigt eine weiße Frau, sagt man, er kompromittiert sie damit.«

Fassungslos schüttelte Amy den Kopf. »So ein Unsinn. Kuba schaut mich auch an, wenn ich mit ihm rede.«

»Gewiss, aber nur dann.«

Im Nachhinein musste Amy zugeben, dass Hetty nicht ganz unrecht hatte. Die meiste Zeit stand der Butler mit leerem, geradeaus gerichtetem Blick an der Tür und wartete auf Anweisungen seiner Herrschaft.

»Die weißen Männer haben wohl Angst, weil sie meinen, ein Schwarzer könnte ihnen die Frau stehlen«, plapperte Hetty unbekümmert vor sich hin. Dann kicherte sie. »Schwarze Männer sind bessere Liebhaber.«

»Hetty!«, rief Amy empört. War es möglich, dass die Sklavin ihre geheimsten Wünsche erraten hatte?

Sofort wurde Hettys Miene wieder ernst. »Verzeihen Sie, Madam, ich vergesse mich. Das ist kein Thema für eine Lady. Möchten Sie sich nun umkleiden?«

»Gleich. Sag, hast du von … Liebespaaren zwischen Schwarz und Weiß gehört?«

Verlegen trippelte Hetty von einem Fuß auf den anderen. »Nun ja, man erzählt sich so Einiges …«

»Was erzählt man sich? Meine Güte, lass dir doch nicht jedes Wort einzeln aus der Nase ziehen!«

Obwohl sie mit ihrer Herrin allein im Ankleidezimmer war, senkte Hetty die Stimme. »In den Nordstaaten soll es solche Paare geben. Dort ist es nicht verboten, aber die werden es auch da sehr schwer haben, fürchte ich. Und hier …« Sie machte eine kurze Pause. »… hier soll es reiche Frauen geben, die sich heimlich kräftige männliche Sklaven halten für … Sie wissen schon, was ich meine.«

Heiße Schamesröte überzog Amys feines Gesicht. Also war sie nicht die einzige weiße Frau, die einen Schwarzen begehrte.

»Freiwillig würde das kein schwarzer Mann machen, Madam. Weiße Frauen sind für sie fade und langweilig, aber eher geben sie sich als Liebhaber her, als schwere Arbeit auf den Feldern zu leisten – und meistens haben sie ja keine andere Wahl, als einer dieser vornehmen Ladys zu Willen zu sein.«

Amy ließ sich ihre Erschütterung nicht anmerken, stattdessen drehte sie Hetty den Rücken zu, damit diese die unzähligen Knöpfe ihres Kleides öffnen konnte.

»Joey erwartet Sie bei den Ställen, Madam«, richtete Kuba einige Tage später aus. »Wenn Sie sich umgezogen haben, führe ich Sie zu ihm.«

Betont gleichgültig nickte Amy und war erleichtert, dass Mrs Gordon rechtzeitig das Reitkostüm aus schwerem dunkelblauem Samt fertiggestellt hatte.

Als sie eine halbe Stunde später Kuba zu den Pferdeställen folgte, wusste sie kaum, wie sie gehen sollte. Und das lag nicht an dem unbequemen Reitkostüm oder der schwülen Abendluft, sondern einzig an der Aussicht, gleich den Mann wiederzusehen, von dem sie seit Wochen träumte.

Lässig an einen Zaun gelehnt, erwartete Joey seine Herrin. Diesmal sah er sie an, doch sein Blick sagte nichts darüber aus, was er dachte.

»Ich hoffe, ich stelle mich nicht zu ungeschickt an«, sagte

Amy mit krampfhaftem Lächeln. Seine Antwort war ein stummes, gleichgültiges Schulterzucken.

Robert hatte in Baton Rouge einen prächtigen Damensattel gekauft; das Leder war kunstvoll verziert, die Steigbügel aus Silber gefertigt.

Zögernd blickte sie zu Joey auf, er war ungefähr einen Kopf größer als sie. Joey machte keine Anstalten, sich zu bewegen, daher sagte Amy mit einem entschuldigenden Lächeln: »Meinetwegen können wir anfangen.«

»Wie Sie wünschen, Madam.« Seine Stimme war kühl, doch nicht so bissig wie in Mathildas Hütte. Mit dem Kinn wies er zu den Ställen. »Ich habe Ihnen Fabienne satteln lassen, mit ihr dürften Sie keine Schwierigkeiten haben.«

Amy war sich nicht sicher, ob Joey sich innerlich über sie lustig machte, weil sie eine blutige Anfängerin war. Sie zuckte leicht zusammen, als er scharf pfiff; gleich darauf erschien aus einem der Ställe ein kleiner barfüßiger Sklavenjunge mit einem zierlichen Schimmel am Zügel. Auch das Kind starrte an Amy vorbei, statt sie anzusehen.

Nach einer wortlosen Geste von Joey eilte der Knirps wieder in den Stall hinein und kam kurz darauf mit einem Holzschemel heraus.

»Steigen Sie auf, Madam.« Joeys Stimme klang fordernd, und Amy wagte nicht, sich zu widersetzen. Gehorsam kletterte sie auf den Schemel und steckte dann ihren kleinen Fuß in den silbernen Steigbügel, was sich schwieriger gestaltete, als sie gedacht hatte. Das wuchtige Reitkostüm schien eher hinderlich als nützlich zu sein.

Fast hätte Amy Joey gebeten, ihr beim Aufsteigen behilflich zu sein, doch dann fiel ihr ein, dass ein männlicher Sklave seine Herrin sicherlich nicht berühren durfte, wenn es ihm schon bei Strafe verboten war, sie offen anzusehen.

Fabienne war nicht besonders groß, doch ihr Gang war weich, sodass sich Amy fast wie auf einem Kamel fühlte, als Joey die Stute mitsamt der Reiterin zum hinteren Teil der Stallungen führte. Dort gab es eine eingezäunte, fast graslose Fläche, von der Joey flüchtig erzählte, dass auf diesem Platz junge Pferde eingeritten wurden.

Von oben konnte Amy den Mann gut beobachten, ohne von ihm dabei ertappt zu werden, denn er drehte ihr beim Führen den Rücken zu. Seine Schultern waren sehr breit, und unter dem Hemd konnte man die kräftigen Muskeln spielen sehen. Sein Gesäß dagegen war klein und fest, und Amy konnte kaum ihren Blick davon lösen.

»Ich werde Ihnen zuerst beibringen, wie man ein Pferd mittels Zügel und Gerte antreibt, Madam«, sagte Joey. Aus seiner Stimme sprach keinerlei Begeisterung, sondern stoische Ruhe und Desinteresse. Ein wenig war Amy enttäuscht von seiner Passivität – aber was hatte sie erwartet?

Für ihn war sie eine verabscheuenswerte Weiße, deren Gatte sein Besitzer war. Artig befolgte sie Joeys Anweisungen, bis er zufrieden war. Am Ende dieser Stunde war nicht nur das Pferd in Schweiß gebadet, sondern auch seine Reiterin.

»Sie haben sich nicht schlecht gehalten«, sagte Joey, als er vorschlug, am nächsten Tag weiterzumachen, da ihm Amys Erschöpfung nicht entgangen war. Zum ersten Mal bemerkte sie in seinen dunklen Augen eine Spur von Anerkennung, als er zu ihr hochsah.

Bisher hatte er nur das Nötigste mit ihr gesprochen, deshalb fühlte sich Amy beflügelt, mit einem kecken Schmunzeln zu antworten: »Ich habe ja auch einen guten Lehrer.«

Auf dem Hof vor den Ställen blickte Amy etwas hilflos zu dem Schemel hinunter. Das Aufsteigen war schon mühsam genug gewesen, aber das Absitzen schien ihr schier unmöglich zu sein.

»Könntest … könntest du mir beim Absteigen helfen, Joey?«, bat sie kleinlaut, und er sah sie erstaunt an. Doch dann blickte er sich um, und als er erkannte, dass sie allein auf dem Hof waren, reichte er seiner Herrin zaghaft seine große, vom Arbeiten schwielige Hand.

Amy hatte schon oft Männer von ihren Pferden absteigen

sehen, aber noch niemals eine Frau, und verhielt sich entsprechend ungeschickt. Leise schrie sie auf, als ihr Fuß aus dem Steigbügel rutschte, und sah sich bereits auf dem staubigen Boden liegen. Doch dann spürte sie zwei kräftige Hände um ihre Taille, die sie sicher hielten. Für eine Sekunde wurde ihr Gesicht an Joeys Brust gepresst, und sie konnte seinen Körper riechen, eine atemberaubende Mischung aus frischem Schweiß, Pferden und Heu.

Hastig, als hätte er sich an Amy verbrannt, ließ Joey sie los, kaum dass sie festen Boden unter den Füßen hatte, und trat einen Schritt zurück. Noch bevor sich Amy für seine Hilfe bedanken konnte, drehte er verlegen sein Gesicht zur Seite und murmelte: »Entschuldigung, Madam.«

Mit bebenden Händen schob Amy ihr verrutschtes Hütchen gerade und erwiderte leise: »Es gibt nichts zu entschuldigen, Joey. Hättest du mich nicht gehalten, wäre ich gestürzt. Niemand wird von dem … Vorfall erfahren.«

»Danke, Madam. Soll ich Sie zum Haus bringen?«

Amys Herz hüpfte vor Freude, als sie hörte, dass jegliche Feindseligkeit aus seiner Stimme gewichen war. »Nicht nötig, ich finde den Weg allein. Hast du morgen Zeit?«

Ein erstaunter Blick aus seinen geheimnisvollen mandelförmigen Augen traf sie. »Der Master hat mir aufgetragen, Ihnen das Reiten beizubringen, Madam. Und solange er nichts anderes befiehlt, stehe ich Ihnen jederzeit zu Diensten.«

Dankbar lächelte sie ihm zu, bevor sie ihre Röcke raffte und schnellen Schrittes den Weg zum Herrenhaus entlanglief. Ihr war bewusst, dass sein Blick ihr folgte, und um ein Haar wäre sie gestrauchelt.

Zum Glück pochte Robert in dieser Nacht nicht auf sein Recht. Er hatte wohl zu viel getrunken und war im selben Augenblick eingeschlafen, in dem sein Kopf das Kissen berührte. Das eheliche Schlafgemach roch nach Whiskey und abgestandener Luft, doch diesmal bemerkte es Amy kaum.

Ihre Gedanken weilten bei Joey, noch immer spürte sie den Druck seiner kräftigen Hände auf ihrer Taille, und eine heiße Welle der Leidenschaft durchströmte ihren Schoß, sodass sie leise aufstöhnte.

Erschrocken über ihre Gefühle, warf sich Amy in ihrer Betthälfte herum. So stark hatte ihr Körper noch nie reagiert! War sie möglicherweise verdorben, so wie die leichten Mädchen im Vergnügungsviertel von Baton Rouge, von denen man sich hinter vorgehaltener Hand erzählte, sie hätten Vergnügen daran, wenn ein Mann sie bestieg?

Gequält presste Amy eine Hand vor den Mund, um nicht laut aufzuschreien. Ja, sie begehrte diesen exotischen Mann … und zudem fühlte sie etwas für ihn, das sich nicht in Worte fassen ließ. Wenn sie nur an ihn dachte, schlug ihr Herz höher und ihre Knie bebten. Das musste Liebe sein!

Als sich Robert im Schlaf leicht regte, warf Amy einen vorsichtigen Blick auf ihn. Der Mond schien hell durch die Fenster, sodass sie sein Gesicht erkennen konnte. Warum konnte sie nichts für diesen Mann empfinden, der doch ihr Gatte war? Vielleicht würde er sich zu einem liebevollen Ehemann entwickeln, wenn sie geduldig war und ihm den ersehnten Sohn schenkte. Über diese Gedanken schlief Amy ein, träumte jedoch von einem Paar schwarzer Augen, die sie sehnsüchtig musterten, von dunklen Händen, die ihren jungen, zarten weißen Körper zärtlich streichelten.

Sichtlich verstört erschien Amy am anderen Morgen beim Frühstück. Robert saß bereits auf seinem Platz und blätterte in der *New Orleans Times.* Er blickte nur flüchtig auf und sagte: »Guten Morgen, Liebes. Hattest du eine angenehme Nachtruhe?«

Sie gab sich lässig, setzte sich und ließ sich von Kuba Kaffee einschenken. »Prächtig, mein Lieber. Steht etwas Interessantes in der Zeitung?«

»Die politische Lage spitzt sich zu, dieser John Brown wird

immer unbequemer. Niemand weiß genau, wo er sich versteckt und das nächste Attentat ausheckt.« Er stutzte, erst jetzt schien er begriffen zu haben, dass er mit seiner Frau und nicht mit einem anderen Mann redete. Er faltete die Zeitung säuberlich zusammen und setzte mit schiefem Lächeln hinzu: »Verzeih, dass ich dich mit diesen unappetitlichen Dingen konfrontiert habe, für einen Augenblick vergaß ich mich.«

Immer wieder war Amy erstaunt über Roberts Rücksichtsnahme – warum benahm er sich dann aber im Bett wie ein Wilder? Mit nachsichtigem Lächeln bestrich sie ein noch warmes Rosinenbrötchen mit Butter und erwiderte leichthin: »Mir ist klar, dass mich Politik nicht zu interessieren hat, aber auch als Frau kann man weder Augen noch Ohren vor den Ereignissen verschließen – selbst wenn es sich meist um Gerüchte handelt.«

Zerstreut nickte er. »Ja, die Zeiten ändern sich, meine Liebe. Der Norden schreit nach einem neuen Präsidenten, und ich fürchte, wenn es nicht bald zu einer Einigung zwischen den Nord- und Südstaaten kommt, wird es tatsächlich Krieg geben.«

Betont gleichgültig kaute Amy ihr Brötchen. Wenn es wirklich zum Krieg kommen würde, wären Joey und all die anderen Sklaven frei, sofern die Yankees gewinnen würden.

Amy war sich nicht sicher, ob sie sich darüber freuen sollte oder nicht. In einer der letzten Ausgaben der Tageszeitung hatte sie gelesen, wie sich immer mehr Plantagenbesitzer darüber beschwerten, dass ihre Sklaven von Tag zu Tag aufmüpfiger wurden oder zu fliehen versuchten – selbst die härtesten Strafen schienen sie nicht mehr abzuschrecken. Es schien, als würde die lange Ära der Sklaverei, die in Amerika bereits Ende des 17. Jahrhunderts begonnen hatte, in naher Zukunft beendet sein.

»Woran denkst du?«

Ertappt fuhr Amy auf. Sie hatte nicht gemerkt, dass sie gedankenverloren die Reste ihres Brötchens auf dem Teller zerkrümelte und dabei versonnen aus dem Fenster blickte.

Doch schnell hatte sie ihre Fassung zurückgewonnen und

sagte scheinbar beiläufig: »Es scheint wieder ein sehr heißer Tag zu werden. Wann wird die Ernte beginnen?«

»In den nächsten Tagen, die meisten Baumwollkapseln sind bereits aufgesprungen.« Als würde er sich erst jetzt daran erinnern, fragte er: »Wie war eigentlich dein Reitunterricht gestern?«

Amy hatte gehofft, dass Robert sie nicht darauf ansprechen würde; die Angst, dass sie dabei ihre lodernden Gefühle zu Joey verriet, war einfach zu groß. Am Vorabend waren die Barkers von der *Velvet Flower*-Plantage zum Essen auf *Heaven's Gate* gewesen; man hatte höfliche Konversation betrieben, wie es bei einem Dinner dieser Art üblich war.

»Oh, ich denke, du kannst mit mir zufrieden sein«, sagte sie schließlich zögernd. »Du hattest völlig recht, Joey versteht es, mit Pferden umzugehen. Zwar führte er Fabienne die meiste Zeit, aber er behauptete, meine Haltung und wie ich die Zügel halte, seien schon recht passabel.«

Robert schien mit seinen Gedanken längst wieder woanders zu sein, denn er gab keine Antwort, sondern nahm seine goldene Taschenuhr aus der Weste und seufzte leicht. Ansonsten ärgerte sich Amy oft darüber, dass ihr Mann ihr nicht richtig zuhörte, wenn sie ihm etwas erzählte; aber diesmal war sie geradezu dankbar, dass er keine detaillierten Fragen stellte.

Von nun an ging Amy jeden Abend, wenn die Sonne am Horizont tief stand und Joey mit der Arbeit auf den Feldern fertig war, klopfenden Herzens hinüber zu den Pferdeställen. Schon bald konnte sie Fabienne ohne seine Hilfe antreiben, und sie saß gerade und selbstsicher im Sattel.

Joey sprach nur das Nötigste mit ihr, doch er hatte inzwischen vollkommen die ablehnende Haltung seiner Herrin gegenüber abgelegt; mitunter lächelte er sogar. Es war meistens nur die Andeutung eines Lächelns, dennoch war Amy glücklich darüber.

Bisher hatte der Unterricht in dem Pferch hinter den Ställen stattgefunden, der weder vom Herrenhaus noch vom Sklavenquartier aus einsehbar war. Niemand störte die beiden dabei, und eines Abends fasste sich Amy ein Herz und fragte, nachdem sie selbstständig vom Pferd gestiegen war: »Wann werde ich so weit sein, dass ich hinaus zu den Feldern reiten kann?«

Unwillig runzelte Joey seine glatte Stirn, während er Fabienne den schweren Sattel abnahm und die Stute dann einem der Stallburschen übergab. »Warum wollen Sie dorthin reiten, Madam?«

»Nun ja«, entgegnete sie unsicher. »Ich … ich würde gerne den Männern bei der Arbeit zusehen.«

Ein spöttischer Blick traf sie. »Das scheint für Sie sehr romantisch zu sein.«

»O nein, ich möchte nur herausfinden, wie die Baumwolle gepflückt wird. Bisher habe ich darüber immer nur reden gehört, aber niemals sah ich, wie …«

»… wie die Sklaven diese schwere Arbeit verrichten, durch die die weißen Herrschaften ein Vermögen verdienen?« Joeys Stimme klang verbittert; es war das erste Mal, dass er so offen zu Amy sprach. Er blickte sich um, und als er sich vergewissert hatte, dass sie allein auf dem Hof waren, trat er einen Schritt näher und fügte hinzu: »Sie haben keine Ahnung, wie vielen meiner Leute die Schwerstarbeit auf den Feldern schon das Leben gekostet hat, nicht nur auf *Heaven's Gate,* sondern auf jeder Plantage in den Südstaaten. Nein, Sie haben nicht die geringste Ahnung davon, Madam. Für Sie und die ganzen anderen weißen Ladys ist es ein romantisches Ereignis, Sklaven bei der Ernte zuzusehen, während sie melancholische Lieder singen und ihnen die Sonne erbarmungslos auf den Rücken brennt.«

Joeys Augen blitzten vor Zorn, aber Amy sah, dass dieser Zorn nicht allein gegen sie gerichtet war, sondern gegen alle Weißen. Mit angehaltenem Atem stand sie da und konnte nichts anderes tun, als Joey aus ihren großen blauen Augen anzustarren.

»Es sind nicht nur Männer, die tagtäglich dort draußen schuften, damit die Baumwolle so schnell wie möglich unter Pearsons argwöhnischem Blick geerntet wird – auch Frauen und Kinder sind dabei, jede Hand, die nicht für anderweitige Arbeiten benötigt wird. Sie schleppen sich bei Sonnenaufgang zu den Feldern und kehren am späten Abend, wenn Sie und Ihr Gemahl in Ihren feinen Kleidern vornehm speisen, müde, erschöpft und hungrig zurück in ihre armseligen Hütten.«

Seine Worte hatten sie schockiert. Wie naiv war sie doch gewesen, als sie *Heaven's Gate* zum ersten Mal betreten hatte! All die Pracht und der Luxus, der sie nun umgab, war der Verdienst von Sklaven, sie hatten Robert zu dem wohlhabenden Mann gemacht, der er war – wie auch schon seinen Vater und Großvater.

Verunsichert blickte sie auf ihre Hände, die noch immer in weißen, weichen Reithandschuhen steckten. Sie schluckte mehrmals, bevor sie antworten konnte. »Ich gebe zu, dass ich keine Ahnung von dem harten Leben der Feldarbeiter hatte, und ich wollte dich und die anderen bestimmt nicht beleidigen; für die Geschäfte meines Mannes habe ich mich nie interessiert, und er erzählt mir auch kaum etwas darüber.«

»Schon gut.« Seine Stimme klang plötzlich sehr weich, sodass Amy überrascht aufsah. In seinen Augen konnte sie so etwas wie Sympathie erkennen – und eine Spur von Mitgefühl. Wusste er, was mit Roberts erster Frau geschehen war – oder bildete sie sich seine Anteilnahme nur ein?

Sekundenlang sahen sie sich an, bis Joey endlich seinen Kopf zur Seite drehte und mit einer ungeduldigen Handbewegung das Leinenband aus seinen Haaren zerrte. Seine pechschwarze Haarpracht wehte sanft in der Abendbrise, und seine Stimme war rau, als er Amy vorschlug, ins Haus zu gehen, bevor ihr Mann ungeduldig wurde.

Völlig verwirrt machte sich Amy auf den Weg, und der Wind trieb den Duft der letzten Magnolien zu ihr herüber, als sie den schmalen Kiesweg von den Ställen zum Herrenhaus entlangeilte.

Verblüfft betrachtete Hetty später ihre Herrin, als sie dieser aus dem Reitkostüm half. »Warum wollen Sie wissen, ob Joey von dem Schicksal der ersten Mrs Garrison weiß, Madam?«

»Pure Neugierde.« Amy spielte die Lässige. »Also, weiß er, wieso sich Melva das Leben genommen hat?«

Wie üblich, wenn sie von Amy ausgefragt wurde, überzeugte sich die Sklavin davon, dass sie allein waren, und senkte die Stimme. »Jeder weiß davon, man konnte die arme Missis nachts oft weinen hören. Tagsüber schlich sie manchmal weiß wie ein Gespenst und mit unglücklichem Gesicht durch den Garten oder saß mit unbeweglicher Miene auf der Veranda – aber meistens vergrub sie sich in ihr Schlafgemach. Wir Haussklaven haben das natürlich zuerst mitgekriegt und später drüben in den Hütten weitererzählt.«

Amy ließ sich von Hetty den Morgenrock überstreifen, dann setzte sie sich vor den Toilettentisch, um sich für das Dinner frisieren zu lassen. Bei ihren Reitstunden trug Amy das Haar offen, manchmal mit einem Netz gebändigt – für das Abendessen allerdings ließ sie sich eine strenge, gescheitelte Frisur machen.

»Joey ist wirklich ein guter Reitlehrer«, wechselte sie das Thema und verzog keine Miene, als Hetty ihr mit einem grob gezinkten Kamm durch die vom Wind zerzausten Locken fuhr. »Hat er eigentlich eine Frau?« Sie biss sich auf die Lippe; diese persönliche Frage hatte sie gar nicht stellen wollen, auch wenn sie ihr seit Tagen auf der Seele brannte.

Hetty hielt mit ihrer Arbeit inne und erwiderte schmunzelnd: »Joey? Nein, bisher hat ihn noch keine eingefangen. Die Frauen sind zwar alle verrückt nach ihm, aber seine Favoritin hat er noch nicht gefunden. Er sagt, dass er keine Frau will, solange er Sklave ist, denn er will nicht, dass seine Kinder als Gefangene aufwachsen.«

Kühl und verständnisvoll nickte Amy, doch innerlich jubelte ihr Herz. Joeys anklagende Worte kamen ihr wieder in den Sinn, und sie musste ihm beipflichten. Auch seine Kinder würden hart auf den Baumwollfeldern arbeiten müssen und vielleicht sogar wie der arme Clarence verkauft werden.

»Der Dummkopf könnte die schönsten Mädchen haben«, fuhr Hetty ahnungslos fort. »Und er hat das eine oder andere bestimmt schon auf gewisse Weise beglückt, aber ich glaube nicht, dass ihm eines Tages eine so sehr gefällt, dass er sich bindet.« Sie machte eine kurze Pause. »Hoffentlich kommt der Master nicht auf die Idee, ihn an eine dieser … lebenslustigen weißen Witwen zu verkaufen.«

Diese Worte schockierten Amy, doch sie lächelte weiterhin vor sich hin, als würde sie sich über Hettys Erläuterungen amüsieren. Dabei machte sie schon der Gedanke daran, eine andere Frau könnte Joey besitzen, rasend vor Eifersucht.

Sie erinnerte sich daran, was Hetty ihr erst kürzlich über einige Plantagenbesitzer erzählt hatte: Sie schlichen nachts, wenn ihre Ehefrauen schliefen, hinüber in die Sklavenquartiere und vergnügten sich mit den Mädchen, ob diese nun wollten oder nicht; die so entstandenen Kinder wurden meistens verkauft – welch ein elendes Leben mussten diese Frauen führen!

Amy war sich nicht sicher, ob auch Robert hin und wieder der Versuchung erlegen war, aber bisher hatte sie keine Mischlingskinder auf der Plantage entdecken können.

11

Unauffällig wischte sich Amy die feuchten Hände an ihrem weiten Rock trocken. Vor Aufregung brachte sie keinen Ton heraus und hatte Mühe, beim Frühstück still zu sitzen.

Doch Robert konnte sie nicht täuschen. Mit hochgezogenen Brauen musterte er seine Frau einige Sekunden lang, bevor er die Morgenzeitung zusammenfaltete und in Amys Richtung fragte: »Ist dir nicht wohl, meine Liebe? Dein Aussehen heute Morgen erscheint mir etwas kränklich ... oder ist dies etwa ein erstes Zeichen, dass du guter Hoffnung bist?«

Entgeistert starrte sie ihn an. Es dauerte eine Weile, bis sie begriff, worauf er hinauswollte.

»Ich ... o nein, es geht mir prächtig«, stammelte sie schließlich verlegen unter seinem prüfenden Blick. »Der Grund für meine Aufregung ist der erste Ausritt heute. Ach, Robert, ich kann es kaum erwarten, statt im langweiligen Pferch endlich einmal durch offenes Gelände zu reiten.«

Nachsichtig lächelnd schüttelte er den Kopf. In solchen Augenblicken wurde ihm erst bewusst, wie jung und unbedarft Amy doch war – körperlich war sie eine junge Frau, aber vom Verstand her benahm sie sich oft wie ein kleines Mädchen.

»Joey soll auf dich Acht geben«, sagte er, nachdem er aufgestanden war und sein Jackett angezogen hatte. »Geschieht dir irgendetwas, landet er am Galgen.« Er neigte sich zu Amy hinunter und gab ihr den üblichen flüchtigen Kuss auf die Stirn.

Amys Entsetzen, ihre starre Haltung, bemerkte er nicht mehr, denn ohne seiner Frau einen weiteren Blick zuzuwerfen, verließ er das Frühstückszimmer. Nur Kuba stand weiterhin neben dem linken Türpfosten, den Blick auf einen unsichtbaren Punkt in der Ferne gerichtet.

Langsam löste sich Amy aus ihrer Erstarrung. Steif stand sie auf und vermied es, den Butler anzusehen, als er ihr stumm die Tür öffnete.

Völlig in Gedanken versunken schritt Amy hinaus in den Garten. Der Duft der unzähligen Blumen schlug ihr entgegen, doch sie nahm den lieblichen Geruch kaum wahr. Zu sehr hatten sie Roberts harte Worte erschüttert: Joey würde sterben, wenn sie ungeschickt vom Pferd fiel!

»Guten Morgen, Madam!« Berthe lachte ihrer Herrin unbekümmert entgegen. Die alte Frau schien immer guter Laune zu sein, obwohl sie eine Sklavin wie die anderen war. Von ihrer Zofe wusste Amy, dass auch Berthe in Gefangenschaft geboren worden war und den Begriff Freiheit nur vom Hörensagen kannte.

Schnell spannte Amy ihren Schirm auf, kein Sonnenstrahl sollte ihre helle zarte Haut treffen. »Guten Morgen, Berthe. Deine Blumenarrangements sind wundervoll, das wollte ich dir schon lange sagen.«

Das breite Gesicht der Sklavin verzog sich zu einem verlegenen Grinsen. »Oh, ich habe immer gern mit Blumen gearbeitet, Madam. Als der Master mir auftrug, für die neue Missis jeden Tag frische Blumen zu schneiden, hat mich das sehr glücklich gemacht. O ja, das hat es.« Berthe bewegte gemächlich den Kopf. »Die frühere Mrs Garrison mochte Blumen auch … jedenfalls am Anfang, als sie noch normal da oben war.«

Sie tippte sich bezeichnend gegen die Stirn. »Später, als sie nur noch flennend in ihrem Zimmer hockte, hatte sie keinen Blick mehr für die schönen Gestecke, die ich ihr machte.«

Abrupt wand sich Amy ab. Sie wusste es inzwischen besser als Roberts ehemalige Amme; die arme Melva war ihrem brutalen Ehemann und seinen Forderungen nicht gewachsen gewesen. Nur aus diesem Grund war sie schwermütig geworden.

Ob sie selbst auch irgendwann einmal von Selbstmordgedanken geplagt sein würde, wenn sie ihrem Mann kein Kind schenken konnte? Auf Amys glatter Stirn erschien eine steile Falte – sie hatte außer Hetty niemanden, dem sie sich anvertrauen konnte. Und noch nicht einmal bei der Sklavin konnte sie sicher sein, dass sie ehrlich war.

Aber da gab es noch Joey! Auch wenn er seine Herrin nach wie vor kühl behandelte, genoss Amy jede Sekunde mit ihm. Er war ein strenger Lehrmeister, ließ Amy Dutzende Male vom Pferd auf- und absteigen, ließ sie unzählige Male ihre Runden im staubigen Pferch drehen, bis sie befürchtete, die arme Fabienne müsste bald streiken.

Und doch hatten diese Reitstunden etwas Vertrautes an sich, sodass Amy ihnen täglich entgegenfieberte. Wie immer, wenn sie an den großen, muskulösen Mann mit der bronzefarbenen Haut dachte, wurde Amy von einem unbeschreiblichen Glücksgefühl ergriffen.

O Gott! Wenn Miss Carter von den geheimsten Wünschen ihres Schützlings wüsste, würde sie der Schlag treffen. Aber hatte Hetty nicht erwähnt, dass es viele weiße Frauen gab, die sich zu Sklaven hingezogen fühlten?

Amy hob den Kopf und blinzelte in die Sonne. Sie trug keinen Hut, hatte lediglich ihren Spitzenschirm als Schutz gegen die Sonne, die erbarmungslos vom Himmel brannte. Kein Lüftchen wehte, es war so schwül, dass man kaum atmen konnte.

So sehr Amy den parkähnlichen Garten mit seinen moosbehangenen Bäumen liebte – sie flüchtete ins kühle Haus zurück, wo Kuba bereits die Eingangstür öffnete, noch bevor Amy einen Fuß auf die unterste Verandastufe gesetzt hatte.

Während sie dem Butler wortlos ihren Schirm reichte, dachte sie mit schlechtem Gewissen an die vielen Männer, Frauen und Kinder, die ohne Sonnenschutz dort draußen auf den Baumwollfeldern schufteten – unter den argwöhnischen Blicken des Aufsehers Pearson, der sich mit seinem Pferd vermutlich im Schatten der Bäume aufhielt.

Auch Joey war unter den Männern, die die ersten Baumwollbäusche pflückten, mit denen sein Herr in aller Welt einen guten Profit machte.

Rastlos wanderte Amy von einem Raum zum nächsten. Die prächtige Ausstattung, die sie anfangs fast wie benommen gemacht hatte, sah sie nun kaum noch. Nicht, weil sie Schönheit und Bequemlichkeit zu langweilen begannen, sondern weil sie eine unglückliche Ehefrau war … und nun ungeduldig darauf wartete, dass die Sklaven von den Felder zurückkehrten.

Sie versuchte, sich mit Lesen und Sticken abzulenken, doch als sie merkte, dass sie sich nicht darauf konzentrieren konnte, gab sie es auf und begann ihren Rundgang durch das Haus aufs Neue.

Von den Dienstboten war nichts zu sehen, nur ab und zu waren aus dem einen oder anderen Zimmer gedämpfte Stimmen zu hören. Die Sklaven waren mit der Hausarbeit beschäftigt wie jeden Tag, und Amy fühlte sich, als wäre sie allein auf der Welt.

Zum Mittagessen nahm die Herrin von *Heaven's Gate* nur einen leichten Imbiss. Die flirrende Hitze machte zwar vor den dicken Mauern des Herrenhauses halt, dennoch drang die schwüle, schwere Luft durch die halb geschlossenen Fensterläden.

»Sie haben kaum etwas gegessen, Madam«, sagte Hetty mit vorwurfsvollem Unterton, als sie das Tablett abholte. Amy hatte es vorgezogen, in ihrem Ankleidezimmer, das gleichzeitig als Boudoir diente, zu speisen, da sie nur ungern allein an der Tafel im Speisezimmer saß. Zu ihren privaten Gemächern hatte Kuba keinen Zutritt, deshalb servierte Hetty.

»Es tut mir leid«, murmelte Amy und fuhr sich dabei flüchtig über die Stirn, hinter der sich ein unangenehmes Pochen bemerkbar machte. »Bei der drückenden Hitze bekommt man kaum einen Bissen hinunter, und zu allem Überfluss bekomme ich Kopfschmerzen.«

Die Sklavin eilte zu einer der französischen Kommoden, schob zielsicher eine Schublade auf und nahm ein Döschen heraus. Dankbar nickte Amy, als sie das Pulver gegen Kopfweh an sich nahm.

»Du bist mir eine große Hilfe«, sagte sie sanft. »Ich weiß gar nicht, wie ich mich in diesem großen Haus ohne dich zurechtfinden sollte.«

Stolz reckte sich Hetty, auf ihrem schön geschwungenen Mund zeigte sich ein zaghaftes Lächeln. »Ich habe dem Master schwören müssen, dass ich gut für Sie sorge. Sie sollen nie einen Anlass finden, mit mir unzufrieden zu sein.«

Amy stand auf und ließ sich aus dem Kleid und der Krinoline helfen, da sie etwas auf dem Diwan ruhen wollte.

»Meinst du, Joey ist heute Abend nicht zu erschöpft, um mit mir auszureiten?«, fragte sie beklommen, nachdem sie sich hingelegt hatte. »Ich möchte nicht, dass er nach der harten Arbeit noch Verantwortung für mich übernimmt.«

Ein erstaunter Blick aus mandelförmigen, schwarzen Augen traf Amy. »Joey ist ein Sklave, Madam. Niemand fragt ihn, ob er müde ist, weil die Arbeit auf den Feldern so schwer ist. Machen Sie sich keine Gedanken um ihn, Joey ist stark und könnte Tag und Nacht arbeiten, wenn man es von ihm verlangen würde. Aus diesem Grunde wird der Master ihn auch nie verkaufen … und zudem kennt sich Joey mit Pferden besser aus als irgendjemand sonst in Louisiana.«

Nur halbwegs beruhigt schloss Amy die Augen, nachdem sie Hetty fortgeschickt hatte. Roberts Bemerkung am Morgen wollte ihr jedoch nicht aus dem Kopf gehen. Wenn ihr beim Reiten etwas zustieß, würde Joey dafür verantwortlich gemacht werden. Das durfte sie nicht zulassen!

Wie ein roter, glühender Ball versank die Sonne langsam hinter den Sümpfen, als die Feldarbeiter zurück zur Plantage kamen. Davon bekam Amy nichts mit, denn die Sklaven benutzten selbstverständlich nicht die Allee für ihren Heimmarsch, sondern einen abgelegenen Seitenweg, der direkt zu den Quartieren führte.

Mit angespannten Muskeln stand Amy ruhig da, als Hetty den Rock des neuen Reitkostüms schloss. Mrs Gordon hatte in Windeseile ein Kostüm aus leichtem Stoff nähen müssen, nachdem Amy sich beklagt hatte, dass das Samtkostüm viel zu warm für einen Sommer auf *Heaven's Gate* war.

»Sie sehen zauberhaft aus, Madam.« Hetty half ihrer Herrin beim Zuknöpfen des eng geschnittenen blauen Jäckchens, das sich wie eine zweite Haut an den Körper seiner Trägerin schmiegte und Amys Zerbrechlichkeit auf das Reizvollste hervorhob.

Unauffällig betrachtete sie sich im Spiegel. Hetty hatte ihre langen Haare mit einem Netz gebändigt, und der kleine Hut, der nun auf dem goldenen Haar thronte, war so leicht, dass Amy ihn kaum spürte.

Flüchtig fragte sie sich, ob Joey wohl die neue Kleidung auffallen würde, errötete jedoch verschämt bei diesem Gedanken. Wenn sie nicht ihre außergewöhnlichen Wünsche hätte, könnte Joey nun seinen wohlverdienten Feierabend genießen. So aber musste er der verwöhnten Herrin, die sich den lieben langen Tag ausruhen konnte, Reitunterricht geben. Vermutlich sah er überhaupt nicht das neue Reitkleid, sondern flehte im Stillen, dass Amy sich nicht zu dumm anstellte und die Zeit bis zum Abendessen schnell verging. Robert schätzte es nicht, auf seine Gemahlin zu warten, und das schien Joey zu wissen. Noch nie hatte er den Unterricht länger als nötig ausgedehnt.

Niemand war da, als Amy bei den Stallungen eintraf; nur der kleine Junge, den die anderen Frankie nannten, schien nicht bei der Ernte helfen zu müssen, denn er schleppte einen für ihn viel zu schweren Wassereimer quer über den Hof.

Amy musste an sich halten, um dem Kind den Eimer nicht abzunehmen, und fragte stattdessen: »Wo ist denn Joey?«

»Sind alle noch draußen auf den Feldern, Missis«, gab der Knirps unumwunden zurück. »Der Master sagt, es gibt bald Regen, deshalb müssen sich alle mit dem Pflücken beeilen.«

Skeptisch hob Amy den Blick gen Himmel, der sich blassblau von dem Grün der Bäume abhob und aussah, als sei er dabei, vollends seine Farbe zu verlieren. Um besser sehen zu können, schob sie den am Hut befestigten Schleier etwas zur Seite.

Dieser Tage war es ratsam, seinen Körper vor den Moskitos zu verhüllen, die in Scharen aus den Sümpfen kamen und gierig über alle Lebewesen herfielen, um sie zu quälen. An Schlaf ohne Moskitonetz über dem Bett war nicht mehr zu denken.

So lästig es Amy auch erschien, den kleinen blutrünstigen Plagegeistern keine Angriffsmöglichkeiten zu geben, war sie froh, sich davor schützen zu können – im Gegensatz zu den Sklaven auf den Baumwollfeldern.

Sorgfältig zog Amy den Schleier wieder vor ihr Gesicht und trat zu den Stallungen, um Frankie bei seiner Arbeit zuzusehen. Der siebenjährige Junge tränkte die Pferde routiniert, er schien keine Angst vor den großen Tieren zu haben.

»Macht dir die Arbeit Spaß?«, erkundigte sich Amy in dem Versuch, eine Unterhaltung zu beginnen. »Du stellst dich sehr geschickt an.«

»Ja, Madam, ich arbeite gern mit den Pferden. Joey hat mir versprochen, dass er mir alles beibringt, was er kann. Und wenn der Master es erlaubt, werde ich später mal Joeys Nachfolger, wenn er selbst zu alt für diese Arbeit ist.«

Sich Joey als alten Mann vorzustellen, fiel Amy schwer. Sie wusste nicht, wie alt er war ... vielleicht wusste er es noch nicht einmal selbst. Aber Amy schätzte ihn nicht älter als fünfundzwanzig.

Ein Geräusch hinter ihr ließ sie herumfahren. Und da stand er, die Haut glänzend vor Schweiß, Kleidung und Füße staubig. Den Strohhut, den er bei der Ernte trug, hielt er in der Hand und warf ihn Frankie zu, der schnell reagierte und den Hut mit einem stolzen Lachen auffing.

»Guten Abend, Joey«, sagte Amy beklommen, denn der Mann tat, als sähe er sie gar nicht. »Wenn du zu erschöpft bist, können wir den Reitunterricht heute ausfallen lassen.«

Langsam drehte er sich zu ihr um. Sein Blick glitt über das luftige neue Reitkostüm, und Amy glaubte zu erkennen, dass sich für den Bruchteil einer Sekunde seine Mundwinkel spöttisch verzogen.

»Keine Sorge, ich bin harte Arbeit gewöhnt. Wenn Sie sich noch etwas gedulden, wasche ich mich rasch. Frankie kann in der Zwischenzeit die Pferde satteln.«

Noch bevor Amy etwas entgegnen konnte, flitzte der Kleine in den Stall. Zum Satteln benutzte der Junge eine Holzkiste, auf die er sich stellte, um die schweren Ledersättel auf die Pferderücken wuchten zu können.

»Einverstanden, Joey«, hauchte sie und wollte sich noch für die Mühe bedanken, aber da hatte er sich bereits umgedreht und schritt zu den Quartieren.

Ärgerlich über ihre ungeschickte Art, die sie gegen ihren Willen in Joeys Anwesenheit stets zeigte, scharrte Amy mit dem Fuß über den staubigen Boden. Die Nähe dieses Mannes machte sie jedes Mal aufs Neue verlegen und linkisch; dabei sagte sie sich immer wieder, dass sie seine Herrin war und er ihr gehorchen musste. Aber sie konnte Joey nicht als Sklaven betrachten, auch wenn er das war.

Bei den wenigen Gelegenheiten, wo er sie direkt ansah, fühlte sich Amy, als könnte er ihre geheimsten Gedanken lesen, und das machte sie noch unsicherer. Sein Blick aus schwarzen Glutaugen schien dann wissend auf ihr zu ruhen, und immer wieder schwor sie sich, nie wieder in ungehöriger Weise an ihn zu denken – bis sie sich erneut dabei ertappte, wie sie von ihm träumte.

Keine zehn Minuten waren vergangen, bis Joey wieder auftauchte. Die alte, ausgefranste Hose hatte er gegen eine neuere, saubere eingetauscht, das dunkelgrüne Hemd war einfach, aber sauber. Und auch sein schönes Haar hatte er gekämmt.

Langsam schlenderte er zu den Ställen, ohne Amy eines Blickes zu würdigen, und kontrollierte das Zaumzeug der Pferde.

»Wir sollten Ihren ersten Ausritt nicht zu sehr ausdehnen, Madam«, sagte er, während er auf einen Moskito schlug, der sich auf seinen Unterarm gesetzt hatte. »Es wird bald Regen geben, vielleicht heute Nacht, vielleicht schon in einer Stunde.«

Amy nickte. »Es soll lediglich ein kleiner Ausritt werden. Ich möchte nur dieses befreiende Gefühl erleben, auf dem Rücken eines Pferdes die Umgebung zu erkunden.«

Er warf ihr einen undeutbaren Blick zu. Nein, natürlich verstand er seine Herrin nicht, für ihn und seinesgleichen war Reiten nichts weiter als eine schnelle Fortbewegungsart.

Frankie führte die Stute Fabienne auf den Hof; in der freien Hand trug er den Schemel, den Amy beim Aufsteigen benötigte.

Mittlerweile sah es nicht mehr ganz so plump aus wie am Anfang, wenn sie ihre Röcke raffte, sich in den Sattel fallen ließ, ihr rechtes Knie um den Knauf legte und mit dem linken Fuß in den Steigbügel glitt, den Frankie ihr entgegenhielt.

Geduldig wartete Joey, bis seine Schülerin auf dem Pferd saß. Ihm schien die kurze Ruhepause ganz recht zu sein – wenige Minuten des langen Tages, in denen er nichts zu tun hatte, als zu warten.

»Wir nehmen den Weg, den die Leute nach der Feldarbeit zum Quartier benutzen«, erklärte Joey und lenkte sein Pferd Thunder neben Fabienne. »Ich bin mir nämlich nicht sicher, ob es dem Master gefällt, wenn Sie an der Seite eines Pferdeburschen durch die Allee reiten.«

Amy war es recht. Eigentlich war ihr alles recht, solange Joey in ihrer Nähe war.

Der schmale, sandige Pfad war zwischen den Hecken in vielen Jahren entstanden, unzählige Sklavenfüße hatten ihn erschaffen. Für Reiter war der enge Weg eigentlich nicht geeignet, daher ritten sie hintereinander. Mehrmals musste Amy ihr Kleid von Zweigen befreien, die sich in den zarten Stoff zu krallen schienen.

Joey ritt voran, sodass Amy wieder einmal Gelegenheit hatte, seinen muskulösen Rücken zu bewundern. Ihre Finger verkrampften sich um die Zügel, so sehr erregte sie der Anblick des Sklaven, und wie ertappt errötete sie. Glücklicherweise konnte Joey ihre Verlegenheit nicht sehen; zudem verhinderte der Hutschleier einen direkten Blick in ihr Gesicht.

Nach etwa einer Viertelstunde hielt Joey sein Pferd an und sagte über die Schulter: »Wir haben die Straße erreicht, Madam. Auf der anderen Seite beginnen die Felder.«

Vorsichtig bahnte sich Fabienne den Weg auf die befestigte Straße, und Amy blickte sich neugierig um. Sie hatte Roberts Baumwollfelder schon einmal im Tageslicht gesehen, als sie an Louise Carters Seite nach *Heaven's Gate* gekommen war. Amy erschien es, als sei seitdem eine Ewigkeit vergangen, dabei war es doch kaum mehr als drei Monte her, seit sie Mrs Robert W. Garrison geworden war.

Damals hatten die Felder in voller Blüte gestanden, nun blickte Amy in ein Meer von weißen Bäuschen, das sich bis zum Horizont zu erstrecken schien. Sie war überwältigt und vergaß für einen Augenblick, dass sich der Mann ihrer Träume dicht neben ihr befand. Einige männliche Sklaven waren damit beschäftigt, die gepflückte Baumwolle zu verschnüren und auf einen Leiterwagen am Straßenrand zu verladen, während zwischen den Stauden Frauen und größere Kinder mit flinken, geschickten Fingern ernteten. Mitunter schlugen sie nach Moskitos, ohne dabei aufzusehen, und fuhren sogleich in ihrer monotonen Tätigkeit fort.

»Wann dürfen die Pflücker zurück ins Quartier?«, erkundigte sich Amy besorgt. »Sie sehen ziemlich erschöpft aus.«

Unfroh lachte Joey auf und wies mit dem Kinn zu dem Aufseher, der im Schatten einer Eiche auf der anderen Straßenseite auf seinem Pferd kauerte und sich ständig mit dem Handrücken über die schweißnasse Stirn fuhr. »Wenn Pearson sagt, es ist Feierabend, dann ist Feierabend. Die Sonne ist noch nicht ganz untergegangen, und der Wagen muss fertig beladen werden.«

Amy reckte sich. »Aber der Wagen ist erst halb voll! Es kann bis dahin noch Stunden dauern!«

»Ja, Madam«, entgegnete Joey emotionslos. »Wollen Sie die Straße hinaufreiten oder wieder umkehren?«

»O nein, ich möchte noch nicht nach Hause. Es ist so angenehm, für eine gewisse Zeit etwas anderes zu sehen als das Herrenhaus.«

Schweigend ritten sie nebeneinander her; mit Unbehagen dachte sie an den kommenden Abend, für den Robert eine Einladung zu den Wades angenommen hatte. Amy mochte zwar die resolute Augusta, aber es fiel ihr schwer, vor ihr und all den anderen Plantagenbesitzern die glückliche Ehefrau zu spielen, obwohl sie inzwischen nichts als Abscheu für ihren Gatten empfand.

Donnernder Hufschlag hinter ihnen ließen Amy und ihren Begleiter plötzlich anhalten. Eine Kutsche näherte sich, und Joey gab Anweisung, an den Straßenrand auszuweichen, damit das Gefährt genügend Platz hatte.

Fabienne drängte sich dabei dicht an Joeys Pferd, und für einige Sekunde berührte Amys Bein den harten Oberschenkel des Sklaven. Es durchzuckte sie heiß vor Verlangen und Scham, und dann war der heikle Augenblick auch schon vorüber, weil Joey sein Pferd einen Schritt zurücklenkte. Es war nicht ersichtlich, ob er die flüchtige Berührung wahrgenommen hatte, denn seine Miene blieb ausdruckslos wie meistens.

Der Kutscher, ebenfalls ein Sklave, nickte der Herrin von *Heaven's Gate* kurz zu und schnalzte mit der Zunge, um sein Gespann zu einem höheren Tempo zu bewegen.

Erst als sich die Staubwolke hinter der Kutsche gelegt hatte, setzte Joey sein Pferd wieder in Bewegung, und die kleine Fabienne folgte ihm, ohne dass ihre Reiterin sie dazu antreiben musste.

Noch immer war Amy aufgewühlt von der körperlichen Berührung, und die ländliche Schönheit trat in den Hintergrund. Joey hingegen saß schweigend und mit gleichmütiger

Miene im Sattel und beachtete die schöne Weiße neben sich kaum.

Unvermittelt hielt er an und betrachtete den dunstigen Himmel. »Wie sollten umkehren, Madam. Die Luft wird immer schwerer, und die Pferde schwitzen.«

Gehorsam wendete sie Fabienne und blickte besorgt zu den Baumwollfeldern hinüber. »Wenn es regnet, kann nicht geerntet werden, nicht wahr?«

»Nein, die Baumwolle muss erst trocknen, bevor mit der Ernte fortgefahren werden kann. Deshalb will Pearson, dass so viel wie möglich geerntet wird, und lässt die Pflücker bis zum Umfallen arbeiten.« Seine Stimme war verbittert, zumal er ein schlechtes Gewissen den anderen Feldarbeitern gegenüber zu haben schien. Denn während er geruhsam auf einem Pferderücken schaukelte, weil die Missis ausreiten wollte, mussten die anderen seine Arbeit mit erledigen.

»Aber das ist unmenschlich!«, rief Amy entsetzt aus. »Pearson richtet die Leute mit der Schufterei zugrunde! Ich werde mit Mr Garrison darüber reden.«

Er verzog die Mundwinkel zu einem spöttischen Grinsen. »Der Aufseher führt nur den Auftrag des Masters aus. Dort ist der Weg zu den Ställen.«

Nachdenklich folgte Amy ihm in den engen Pfad hinein. Wie unlogisch! Stets predigte Robert, dass seine Sklaven ein Vermögen wert seien – und dennoch war es ihm egal, wenn einige von ihnen an Überarbeitung starben.

12

Amy hatte eine schlaflose Nacht hinter sich. Zum einem ließ sie das unermüdliche Rauschen des inzwischen eingesetzten Regens nicht zur Ruhe kommen, zum anderen war es der flüchtige Körperkontakt mit Joey.

Robert jedoch schnarchte neben ihr selig, die Luft im stickigen Schlafzimmer war von Alkohol durchsetzt. Dank der Hitze und einigen Gläsern Whiskey zu viel, hatte er glücklicherweise nicht sein eheliches Recht gefordert, worüber Amy mehr als erleichtert war. Die Abneigung ihrem Mann gegenüber, die sich ständig verstärkte, konnte schließlich dazu führen, dass Robert etwas merkte und sie schlug. Noch hatte er nicht die Hand gegen seine junge Ehefrau erhoben, aber diese wusste von Hetty, dass Robert nicht zimperlich war. Außerdem hatte die Zofe ihrer Herrin erst vor wenigen Tagen zugeraunt, dass der Master bei seinen häufigen Besuchen in Baton Rouge ein Freudenhaus aufsuchte, was Amys Abscheu noch steigerte.

Erschöpft setzte sich Amy am nächsten Morgen an den Frisiertisch, um sich von Hetty das Haar legen zu lassen. Sie war müde und schlechter Laune, denn es regnete immer noch, und die Luft war zum Schneiden dick, denn wegen der Schwärme von Moskitos, die bei der unerträglichen Feuchtigkeit noch aggressiver geworden waren, blieben die Fenster geschlossen. Aber am meisten war Amy über die Tatsache betrübt, dass sie Joey nun tagelang nicht sehen konnte, denn während der Regenphase war an Reitunterricht natürlich nicht zu denken.

»Welches Kleid wollen Sie heute Abend tragen, Madam?«, erkundigte sich Hetty, während sie mit gleichmäßigen, kräftigen Strichen das Haar ihrer Herrin bürstete.

Verwirrt blinzelte Amy. »Wieso? Was ist denn heute Abend?«

»Sie und der Master sind bei den Wades eingeladen, Madam. Haben Sie das etwa vergessen?«

Ergeben seufzte Amy; sie hatte in der Tat nicht mehr an die Einladung auf die Nachbarplantage gedacht. »Ich denke, ich werde eines der neuen festlichen Kleider tragen, die Mrs Gordon vor einigen Tagen geliefert hat.«

»Das Hellblaue mit den Puffärmeln steht Ihnen besonders gut«, schlug Hetty vor, die bei der Anprobe dabei gewesen war. »Die Farbe passt so gut zu Ihren Augen, Madam.«

Ein dankbares Lächeln spielte um Amys Mund, und erneut wurde ihr klar, dass sie ohne Hettys Ratschläge in dieser vornehmen Welt verloren wäre, denn Robert legte großen Wert darauf, dass seine Frau von allen Seiten bewundert und er mit Lob für seinen guten Geschmack überschüttet wurde.

»In Gottes Namen, dann ziehe ich das Hellblaue an«, sagte Amy. »Hoffentlich ist es nur eine kleine Gesellschaft, denn bei dieser Hitze drängt es mich nicht danach, mich stundenlang in drei Unterröcken zu bewegen.«

Zu Hause trug Amy während der Sommerhitze nur Kleider aus spinnwebleichten Stoffen und lediglich einen gestärkten Unterrock über der Krinoline.

Hetty war mit dem Frisieren fertig und half ihrer Herrin in ihre Garderobe, bevor sie das Ankleidezimmer verließ. Nachdenklich blieb Amy zurück und betrachtete ihr blasses, unglückliches Gesicht im Spiegel. Gleich würde sie Robert am Frühstückstisch gegenübersitzen und musste eine zufriedene Miene machen, obwohl ihr eher zum Heulen zumute war. Und wieder einmal fragte sie sich, wieso Robert zwei Gesichter besaß und Außenstehende nur den charmanten Pflanzer sahen, der seine junge schöne Frau auf Händen trug.

Um die Mittagszeit hörte der Regen auf, aber Wege und Straßen waren schlammig, sodass in Amy die leise Hoffnung aufkeimte, die abendliche Einladung müsse abgesagt werden.

Robert befand sich wegen des Wetters den ganzen Tag über im Haus, das machte ihn übellaunig und unruhig, denn er war es gewöhnt, tagsüber unterwegs zu sein.

Aber anstatt sich in sein Herrenzimmer zu verziehen, wollte er unbedingt seiner Frau Gesellschaft leisten, die im Salon saß und den Fortsetzungsroman in *Godey's Lady's Book* las, das Robert genau wie die *New Orleans Times* abonniert hatte.

Gehorsam legte Amy die Zeitschrift beiseite, als Robert eintrat. Er setzte sich seiner Frau gegenüber und betrachtete sie finster. Unter seinem mürrischem Blick wurde sie unsicher, wagte jedoch nicht, die Lider zu senken.

»Du siehst bleich aus, meine Liebe«, sagte er nach einer Weile. »Ist es möglich, dass du endlich meinen Erben unter dem Herzen trägst?«

Heftiger als gewollt schüttelte sie den Kopf. »Das wird sich erst in zwei Wochen herausstellen. Ich weiß nicht sehr viel darüber, aber so früh verändert sich der Körper nicht.«

Unvermittelt sprang er auf und klingelte nach dem Butler. »Herrgott noch mal! Wir sind fast vier Monate verheiratet, und es hat sich noch immer nichts getan!« Er drehte sich abrupt zu Amy um. »Du nimmst doch hoffentlich nichts, was eine Schwangerschaft verhindert.«

Entsetzt riss sie ihre Augen auf. Wovon redete Robert da? Sie hatte noch nie von einem derartigen Mittel gehört. »Nein, Robert, das tue ich gewiss nicht, ich schwöre es. Sei doch bitte nicht so ungeduldig mit mir …«

Es wurde an die Tür geklopft, und gleich darauf wurde Kubas ernstes Gesicht sichtbar.

»Bring mir einen Whiskey, aber sofort!«, herrschte Robert den Butler an, der ein Nicken andeutete und wieder verschwand.

Mit Grauen dachte Amy daran, dass Roberts Appetit auf alkoholische Getränke zu immer früheren Tageszeiten erwachte. Im gleichen Atemzug nahm sie sich vor, ihre Zofe wegen Roberts Andeutung zu fragen.

Um ihn in seinem unbegründeten Zorn zu besänftigen, erkundigte sich Amy nach dem Zustand der Straßen. »Die Kutsche wird im Morast stecken bleiben, wenn wir heute Abend zu den Wades fahren.«

»Unsinn«, brummte Robert und nahm dem Butler, der inzwischen das Gewünschte gebracht hatte, mit einer heftigen Bewegung das Tablett mit Karaffe und Glas ab. Dann herrschte er Kuba an, dass er verschwinden solle. Mit gleichmütigem Blick, der durch seinen Herrn hindurchzugehen schien, deutete Kuba wieder eine Verbeugung an und verließ schweigend den Salon.

»Die Sklaven aller umliegenden Plantagen sind seit den Morgenstunden damit beschäftigt, die Hauptstraße mit Steinen und Holzlatten zu belegen. Auf den Feldern gibt es gerade nichts zu tun, und die Burschen sollen sich bloß nicht einbilden, dass sie sich nun auf die faule Haut legen können, ihre Ernährung kostet schließlich einen Haufen Geld.«

Erschüttert senkte Amy den Blick. Sie mochte es nicht, wenn Robert so abwertend über sein Sklaven sprach, aber für ihn waren sie schließlich keine Menschen, sondern lebende Ware wie etwa eine Rinderherde.

»Ja, Madam, es stimmt, was Mr Garrison angedeutet hat«, sagte Hetty mit gedämpfter Stimme, als sie Amy für die Abendeinladung zurechtmachte. »Es gibt da eine Kräutermischung, von der man sagt, dass sie Frauen davor schützt, Babys zu bekommen. Die Mädchen in den Freudenhäusern nehmen sie ebenso wie die meisten Sklavinnen, die von ihrem Master bestiegen werden. Warum fragen Sie? Wollen Sie kein Baby haben?«

»O doch, natürlich!«, rief Amy eine Spur zu schnell. »Ich wollte nur wissen, ob es tatsächlich so etwas gibt. Woraus besteht diese Kräutermischung?«

Hetty hob die Schultern, gleichzeitig legte sie die Haare ihrer Herrin mit der Brennschere in üppige Locken. »Das ist ein

Geheimnis alter Sklavinnen, die das Rezept kennen. Sogar manche vornehme weiße Lady lässt sich diese Kräuter besorgen, wenn sie … nun ja, ein Verhältnis hat.«

Eigentlich war sich Amy nicht mehr sicher, ob sie ein Kind von Robert bekommen wollte, denn sie liebte ihn nicht – auch wenn sie diese Tatsache lange nicht hatte wahrhaben wollen. Doch wenn sie nicht bald schwanger wurde, stand ihr ein Leben wie das der armen Melva bevor. Es war eine ausweglose Situation, und nur die Gedanken an Joey, der für Amy unerreichbar war, ließen sie dieses bittere Leben ertragen.

»Fertig.« Zufrieden betrachtete Hetty ihr Werk, nachdem sie die Frisur ihrer Herrin abschließend mit künstlichen Rosen geschmückt hatte.

Auch Amy war mit ihrer Frisur zufrieden, und sie wünschte sich, dass Joey sie so sehen könnte, obwohl ihr bewusst war, dass sie für ihn nur eine fade, langweilige Weiße war.

Gehorsam ließ sich Amy das Mieder schnüren, stieg in die Krinoline und schlüpfte in die voluminösen Unterröcke, in die ihr Hetty half. Der Stoff des Kleides raschelte angenehm, Mrs Gordon hatte sich mit diesem Modell wieder einmal selbst übertroffen.

Zum Schluss nahm Amy den obligatorischen Fächer entgegen, ohne den es sich bei den derzeitigen Temperaturen kaum aushalten ließ.

Robert wartete bereits ungeduldig in der Eingangshalle; auch er trug einen nagelneuen Anzug mit modischem Gehrock. Die Pferde waren bereits angespannt, Kuba saß schon auf dem Kutschbock. Robert pflegte ihn oft bei Abendeinladungen als Kutscher zu nehmen, da der Butler dann nicht im Haus gebraucht wurde.

»Du siehst bezaubernd aus, meine Liebe«, säuselte Robert leicht angeheitert, als Amy schließlich erschien, und hauchte einen Kuss auf ihren Handrücken.

Sie setzte eine dankbare Miene auf, erwiderte jedoch nichts, sondern ließ sich willenlos hinausführen. Die Kutsche stand dicht vor der Treppe, sodass Amy mühelos einsteigen konnte, ohne ihre feinen Schuhe oder den Saum ihres Kleides zu beschmutzen, denn der Hof war entsetzlich schlammig.

Dank der hohen Eichen war der Boden der Allee nicht ganz so aufgeweicht, und die Hauptstraße ließ sich tatsächlich gut befahren, wie Robert vorhergesagt hatte.

Die Plantage von Sidney und Augusta Wade grenzte direkt an Roberts Felder. Das Herrenhaus von *White Swan* war nicht ganz so groß, nicht ganz so prachtvoll und nicht ganz so nobel eingerichtet wie das von *Heaven's Gate,* hatte aber dennoch seinen Reiz, denn es gehörte zu den ältesten Häusern von Louisiana. Sidneys Urgroßvater war eine der ersten Siedler gewesen, der sich als Pflanzer in den Sümpfen niedergelassen und den Boden urbar gemacht hatte. Wie auch Roberts Vorfahren hatte der alte Wade das Land vom französischen König zum Dank für seine Verdienste in der Armee geschenkt bekommen, denn zu jener Zeit hatte Louisiana noch der französischen Krone gehört.

Zu Amys Erleichterung war es tatsächlich nur eine kleine Gesellschaft: Vier befreundete Plantagenbesitzer mit ihren Gattinnen nahmen an dem feudalen Dinner teil.

Mit einer warmherzigen Umarmung wurde Amy von Augusta Wade begrüßt, einer hochgewachsenen, burschikosen Frau, über die die Sklaven munkelten, dass sie das Sagen in der Ehe habe. Laut sprach dies jedoch niemand aus, auch wenn man dem kleinen, dicklichen Sidney auf zehn Meilen Entfernung ansah, dass er verweichlicht und nicht fähig war, große Entscheidungen zu treffen. Trotzdem führte dieses ungleiche Paar eine glückliche Ehe, sie hatten zwei wohlgeratene Söhne und eine Tochter, die bereits verheiratet war.

»Wie schön, dass Sie kommen konnten«, sagte Augusta mit einem herzlichen Lächeln, das die Strenge ihres hageren Gesichtes milderte. Sie trug wie stets ein schmuckloses, hochgeschlossenes Kleid, und das einzige Zugeständnis an die neueste Mode war der weite Rock. »Es ist ein Wunder, dass unsere

Gäste nach diesem abscheulichen Regen zu uns gefunden haben.«

Mit seinem charmantesten Lächeln begrüßte Robert die Hausherrin und machte ihr ein Kompliment über ihr blühendes Aussehen. Sie quittierte diese Bemerkung jedoch mit einem amüsierten Lachen.

Im großen Speisesaal fanden sich die anderen Gäste ein. Von den Männern wurde Amy mit bewundernden Blicken überschüttet, die Damen jedoch begrüßten sie mit vornehmer Zurückhaltung. Natürlich war ihnen längst zu Ohren gekommen, dass Amy die Tochter eines armen Weißen war, für die sogar die Sklaven nichts als ein Nasenrümpfen übrig hatten. Zudem waren die Pflanzersgattinnen mittleren Alters, und es behagte ihnen gar nicht, dass Amy in ihrer jugendlichen Schönheit sie noch behäbiger und farbloser erscheinen ließ.

Amy fühlte sich unter den neidischen Blicken der anderen Frauen unsicher; Augusta Wade war die Einzige, in deren Nähe sie sich wohlfühlte.

Das Essen wurde aufgetragen, zu allen Seiten des Tisches standen kleinen Sklavenjungen, die der Abendgesellschaft mit Palmwedeln kühle Luft zufächelten.

Das Tischgespräch der Männer drehte sich wie so oft um die »Sklavenfrage«. Die Frauen taten teilnahmslos und widmeten sich ausschließlich ihrem Mahl.

»Ich kann dieses Gejammer über uns Plantagenbesitzer nicht mehr hören«, ereiferte sich Philip Henderson, dessen Plantage sich auf Zuckerrohr spezialisiert hatte »Der Norden hat doch keine Ahnung. Unsere Sklaven sind wie kleine Kinder; wenn wir sie freiließen, würden sie elendig zugrunde gehen.«

Robert nickte und nippte an seinem Wein, obwohl ihm ein Whiskey lieber gewesen wäre. »Allerdings. Und wisst ihr, wie es entflohenen Sklaven ergeht, die sich bis in den Norden durchgeschlagen haben? Aus zuverlässiger Quelle weiß ich, dass man sie dort gar nicht haben will. Sie werden oft als billige Industriearbeiter ausgenutzt, und von dem Lohn können sie nicht leben oder sich gar ein Haus leisten. Und dann sehnen sie sich nach dem sicheren Leben im Süden zurück.«

Eifrig pflichteten ihm die anderen Pflanzer bei und diskutierten dann über das Für und Wider eines Bürgerkriegs. Aufmerksam lauschte Amy und stellte sich vor, dass auch Joey eines Tages fliehen könnte. Dieser Gedanke machte sie traurig, aber sie konnte es ihm nicht verdenken, wenn er solche Pläne hatte. Wie Hetty erwähnt hatte, war Joey davon überzeugt, dass die Sklaverei eines Tages abgeschafft werden würde. An eine Flucht dachte er wohl nicht – und wenn, würde er das sicherlich nicht Amy auf die Nase binden.

Nach dem sich unerträglich in die Länge ziehenden Dinner verzogen sich die Männer ins Herrenzimmer, wo sie ihre hitzige Debatte fortführten. Augusta bat die zurückgebliebenen weiblichen Gäste in den Salon, in dem Likör und Gebäck bereitstanden.

Die dicke Mrs Henderson ließ sich mit einem Aufseufzen auf das zierliche Sofa fallen und fächelte sich hektisch kühle Luft zu. »Ich finde es ordinär, wenn die Männer in unserer Anwesenheit über solch unappetitliche Dinge sprechen.«

»Aber diese unappetitlichen Dinge, wie Sie es nennen, betreffen unsere Zukunft«, entgegnete Augusta, die sich neben Amy auf dem zweiten Sofa niedergelassen hatte. »Auch wir Frauen dürfen unsere Augen nicht vor den Tatsachen verschließen, meine Liebe.« Ihr Blick glitt über die kleine Runde. »Im Gegenteil: Es ist unsere Pflicht als Pflanzergattinnen, uns mit der Situation auseinanderzusetzen. Ich fürchte, der glorreiche Süden ist bald Vergangenheit.«

»Augusta!«, rief eine der anderen Damen erschrocken. »Sie versündigen sich, wenn sie so abfällig über unser Land reden. Wenn unsere Vorväter es nicht urbar gemacht hätten, wäre es völlig wertlos. Sie haben Tag und Nacht dafür gearbeitet, ohne Sklaven hätten sie es niemals geschafft, die Sümpfe zu fruchtbarem Boden zu machen.«

Respektlos winkte Augusta ab und wandte sich an Amy, die bisher kein Wort von sich gegeben hatte. »Nun, meine Liebe, wie ist Ihre Meinung zu diesem Thema?«

Alle Augen waren auf sie gerichtet. Wie sollte sie sich verhalten, was erwartete man von ihr? Sagte sie, was sie dachte, würde sie in Ungnade fallen, redete sie Meredith Henderson nach dem Mund, würde sie sich später für ihre Unaufrichtigkeit schämen.

Schließlich erhob sie ihre Stimme. »Ich bin erst seit wenigen Monaten die Frau eines Plantagenbesitzers und kann mir noch kein Urteil über diese heikle Situation erlauben.«

Diese Ausrede wurde allgemein mit Verständnis aufgenommen, und als die Gastgeberin Likör anbot, richteten die Damen ihr Interesse auf Themen, die ihnen eher am Herzen lagen: Die neuesten illustrierten Modevorschläge in *Godey's* und die gesellschaftlichen Veranstaltungen, die sich wie jedes Jahr im Anschlus an die Baumwollernte häuften.

Amy zuckte leicht zusammen, als sie Augustas Hand auf ihrer nackten Schulter spürte. Schmunzelnd flüsterte Augusta Amy zu: »Sie scheinen sich zu langweilen. Kommen Sie, ich möchte Ihnen etwas zeigen, das sie sicher mehr interessiert.«

Zaghaft nickte Amy und folgte Augusta in deren Boudoir, das gemütlich, jedoch nicht so protzig wie andere private Damenräume eingerichtet war. Augusta machte sich nichts aus Pomp und Plüsch, wie sie immer sagte.

»Ich habe Ihrer Miene beim Dinner angesehen, dass Sie die Meinung der Herren nicht teilen«, sagte sie und bat Amy, Platz zu nehmen. »Um ehrlich zu sein – das tue ich auch nicht.«

»Sie sind auch gegen die Sklaverei?«, fragte Amy erstaunt.

»Ja, auch wenn die Männer recht haben, dass unsere Sklaven hilflos wie kleine Kinder wären, wenn man sie freiließe. Aber das ist die Schuld ihrer Besitzer, die ihnen verbieten, lesen und schreiben zu lernen und selbstständig zu denken. Ist es da ein Wunder, dass sie untergehen, wenn sich niemand mehr um sie kümmert?«

Amy nickte zustimmend. »Robert hat seinen Sklaven bei hoher Strafe gedroht, sie zu hängen, wenn sie es wagen sollten, schreiben zu lernen.«

»Das ist die allgemeine Haltung der reichen Pflanzer.« Augusta verzog den Mund. »Ich möchte Ihnen etwas anvertrauen, Amy: Ich selbst haben meine Sklaven unterrichtet, sie sind sehr gelehrig, auch wenn einige Hitzköpfe behaupten, Schwarze seien zu dumm zum Lernen.«

»Was sagt Ihr Mann dazu?«

»Sidney?« Augusta winkte ab. »Der hat keine eigene Meinung. Was ich anordne, wird gemacht, sonst wäre *White Swan* schon längst dem Untergang geweiht. Sidney ist in die Pflanzerdynastie hineingewachsen, aber er hat nicht das Zeug, um sich durchzusetzen.«

Amy erinnerte sich an Roberts herzloses Verhalten, als er Mathildas und Waynes einzigen Sohn verkauft hatte. War Augusta ebenso grausam?

»Mir würde es das Herz zerreißen, wenn ich Familien trennen würde«, sagte Augusta. »Und so was nennt sich Christen, aber es gibt noch schlimmere Weiße. Man sagt, in Virginia gibt es regelrechte Zuchtfarmen, in denen Sklaven wie Vieh gezüchtet werden.«

Übelkeit stieg in Amy auf. Augusta entschuldigte sich für ihre Offenheit, doch Amy bat sie weiterzusprechen.

»Haben Sie jemals von der Schriftstellerin Harriet Beecher-Stowe gehört?« Und als Amy vage nickte, fuhr sie erklärend fort: »Sie stammt aus Connecticut und ist die Tochter eines Theologen. Im Norden gilt sie als leidenschaftliche Gegnerin der Sklaverei. Vor einigen Jahren veröffentlichte sie den Roman *Onkel Toms Hütte* und ist damit im Süden natürlich in Ungnade gefallen.«

»Ich habe gehört, dass dieses Buch im Süden verboten ist.«

»Nicht verboten, aber verpönt«, gab Augusta zurück, öffnete die unterste Schublade einer Wäschekommode und wühlte darin herum. »Im Süden werden Sie diesen Roman vergeblich in den Buchhandlungen suchen, aber es gibt genügend Leute, die es sich aus dem Norden beschaffen. Ah, da ist es ja.« Sie brachte ein Buch zutage und reichte es der verdatterten Amy. »Wollen Sie es lesen? Ich leihe es Ihnen gern.«

Fasziniert starrte Amy auf das Buch, und als sie nicht zugriff, setzte sich Augusta neben sie und strich fast liebevoll über den Einband. »Die Südstaatler sagen, dass es sich um eine Schmähschrift handelt, die die Plantagenbesitzer in ein schiefes Licht setzt und nichts als Lügen verbreitet. Aber ich glaube jedes Wort, das dort geschrieben steht; Einiges könnte ich sogar bezeugen. Natürlich behalte ich meine Meinung für mich, denn sonst würde man Sidney und mich schnell aus der Gesellschaft ausstoßen, und das können wir nicht verantworten.«

Zaghaft, als habe sie Angst, sich daran zu verbrennen, nahm Amy den Roman schließlich an sich. »Worum geht es in der Geschichte?«

»Ein Sklave namens Tom wird von seinem Besitzer verkauft, weil dieser Geld braucht. Tom wird also seiner Familie beraubt. Es gibt da einen skrupellosen Sklavenhändler, für den diese armen Menschen nichts als Ware sind. Sagen Sie selbst, haben nicht auch Sie schon Ihren Gatten abfällig über seine Sklaven reden hören?«

Betrübt seufzte Amy. »Allerdings.« Und sie berichtete über den Sklavenverkauf, insbesondere über den kleinen Clarence, dessen Mutter sich noch immer die Augen aus dem Kopf weinte.

»Sehen Sie, um nichts anderes geht es in Beecher-Stowes Buch. Jeder Südstaatler weiß, dass es so und nicht anders ist, trotzdem halten sie stur dagegen.« Augusta tippte auf das Buch. »Verstecken Sie es gut – wenn Robert es findet, wird er Sie totschlagen.«

Amy versprach es, und für einen kurzen Augenblick spielte sie mit dem Gedanken, Augusta nach Roberts erster Frau zu fragen. Doch sie unterließ es, denn Hetty hatte bereits alles über Melva erzählt, was es zu erzählen gab.

Schließlich half die Gastgeberin Amy, das Büchlein zu verstecken, indem sie es in deren Mieder schob. Dann verließen sie das Boudoir.

Auf dem Weg in den Salon, aus dem albernes Kichern drang, fragte Augusta: »Mir ist zu Ohren gekommen, dass Sie nun auch reiten lernen. Vielleicht können wir uns zu einem gemeinsamen Ausritt treffen?«

Erfreut willigte Amy ein; in Augusta hatte sie endlich eine heimliche Mitstreiterin gefunden, auch wenn niemals als Tageslicht kommen durfte, wie sie über die Sklaverei dachten.

Natürlich besaßen auch die Wades zahlreiche Sklaven, ohne die die Bewirtschaftung und Ernte der riesigen Felder unmöglich gewesen wäre. Aber Augusta versicherte noch einmal, dass keine Familien getrennt wurden und dass sie sich bei jeder Geburt als Hebamme betätigte.

Erst weit nach Mitternacht brachen Robert und Amy auf. Die leidenschaftliche Debatte über Sezession, Baumwollernte und Wetterbedingungen hatten die Herren so sehr beschäftigt, dass sich niemand um die späte Stunde scherte. Dazu war reichlich Whiskey geflossen, und der Innenraum der Kutsche roch stark danach.

Amy versuchte, flach zu atmen, das verbotene Buch drückte gegen ihre Rippen, was das Atmen nicht unbedingt erleichterte. Neben ihr war Robert eingedöst, und sie betete inständig, dass er sie in dieser Nacht in Ruhe ließ. Sie lehnte ihren Kopf gegen das Polster und blickte hinaus in die Dunkelheit; dabei flogen ihre Gedanken zu Joey. Ob er wohl schon schlief? War er froh, seiner Herrin ein paar Tage lang keinen Unterricht geben zu müssen?

Sicher lenkte Kuba die Kutsche mit seiner Herrschaft zur Plantage zurück. Als der Wagen vor dem Haupteingang hielt, erwachte Robert, streckte sich und stieg wortlos aus, ohne zu warten, bis Kuba ihm die Tür öffnete. Amy hörte ihren Mann fluchen, weil er in ein Schlammloch getreten war, und war dankbar, dass sie wieder direkt an der Treppe aussteigen konnte.

»Wenn du ausgespannt hast, kannst du schlafen gehen«, hörte Amy Robert zu Kuba sagen. »Und wehe, Joey ist nicht zur Stelle, um die Pferde in Empfang zu nehmen und sie zu füttern. Der Bursche liegt genug auf der faulen Haut, hat wohl mal wieder Sehnsucht nach der Peitsche.«

Bei der Erwähnung von Joeys Namen begann Amys Herz schneller zu schlagen. Nach Roberts Rede war er schon mehrmals ausgepeitscht worden – und schuldbewusst tastete Amy nach dem Buch in ihrem Mieder.

»Ja, Master«, hörte sie Kuba antworten und bewunderte diesen Mann wegen seiner Würde trotz aller Demütigungen. Seine Haltung erinnerte Amy an Joey, der sich auch nicht anmerken ließ, welche Gefühle gerade in ihm tobten.

»Was hat Joey verbrochen, dass du ihn auspeitschen ließest?«, fragte Amy schüchtern, als sie neben ihrem Mann die Treppe in die oberen Räume hinaufschritt.

Ein befremdeter Seitenblick streifte sie. »Wieso interessierst du dich für diesen Taugenichts?«

»Immerhin sehe ich ihn fast täglich beim Reitunterricht, er ist gehorsam und kann gut mit deinen Pferden umgehen.«

Vor Verachtung schnaufend zog sich Robert den Hut vom Kopf. »Diese Schwarzen sind doch alle gleich. Sie lächeln dir ins Gesicht, und dabei überlegen sie, wie sie dir am besten schaden können. Dieser Joey ist da keine Ausnahme – im Gegenteil, dem Burschen traue ich alles zu. Es würde mich nicht wundern, wenn er demnächst zu fliehen versucht.«

Sie hatten den oberen Treppenabsatz erreicht, doch Robert war mit seiner Rede noch nicht fertig. »Zum Glück gibt es genügend Sklavenjäger, die für ein passables Kopfgeld jeden Nigger zurückbringen.«

Ängstlich umklammerte Amy das Treppengeländer. Vor ihrem inneren Auge sah sie Joey, wie er verzweifelt versuchte, den Sklavenjägern und deren Bluthunden zu entkommen.

Robert hatte ihr Zögern bemerkt und blieb stehen. »Was ist? Du brauchst keine Angst vor Joey zu haben. Wenn er dich berühren sollte, lasse ich ihn zu Brei schlagen.«

Sie schluckte hart und erwiderte kopfschüttelnd: »Das wird nicht nötig sein, Robert. Er benimmt sich tadellos in meiner Gegenwart.«

»Hm, das will ich ihm auch raten, sonst lasse ich wieder die Peitsche schwingen wie letztes Jahr, als er sich erdreistete, ohne meine Erlaubnis und ohne Passierschein einem meiner Pferde nachzujagen, das den Koppelzaun durchbrochen hatte und getürmt war.«

Für die Kälte, mit der Robert über den Sklaven sprach, empfand Amy nichts als Verachtung, doch sie durfte sich nichts anmerken lassen, so wie es Augusta empfohlen hatte.

»Sag Hetty, sie soll sich mit deinem Auskleiden beeilen«, warf ihr Robert zu und bewegte sich in Richtung Schlafzimmer. »Mir soll niemand nachsagen, dass ich nicht fähig bin, einen Sohn zu zeugen.«

Hetty wartete bereits seit Stunden auf ihre Herrin und war darüber eingenickt. Als Amy das Ankleidezimmer betrat, fuhr die Zofe erschrocken hoch und stand sofort auf.

»Verzeihen Sie, dass ich eingeschlafen bin, Madam«, sagte sie leise, aber als Amy abwinkte, entspannte sich Hetty. Natürlich entdeckte sie das mitgebrachte Buch und machte große Augen, als Amy erzählte, was es damit auf sich hatte.

»Das muss ein Geheimnis bleiben«, beschwor Amy sie mit eindringlicher Stimme. »Mr Garrison darf es nicht entdecken, sonst wird es mir schlecht ergehen.«

Wortlos nickte Hetty; auch unter den Sklaven wurde von diesem skandalösen Buch gesprochen. »Das ist sehr gefährlich, Madam.«

»Ja, aber wenn du deinen Mund hältst und auch den anderen nichts davon sagst, wird niemand davon erfahren. Willst du mir das versprechen?«

Hetty sank unvermittelt auf die Knie. »Ja, Madam, ich

schwöre es. Der Master ist oft so grob zu Ihnen, und ich will nicht, dass er Ihnen noch mehr Schmerzen zufügt.«

Amy bat die Sklavin, das Buch unter den Polstern des Diwans zu verstecken, da würden es noch nicht einmal die Mädchen finden, die das Zimmer sauber hielten.

Mit gemischten Gefühlen schlich sich Amy schließlich ins Schlafzimmer, und zwar über den Flur, um etwas Zeit zu gewinnen. Der Ankleideraum hatte zwei Zugänge, einer führte auf den Gang, der andere direkt ins eheliche Schlafgemach.

Aber Robert schlief noch nicht, er winkte seine Frau ungehalten zu sich. »Das hat ja eine Ewigkeit gedauert.« Noch bevor Amy sich auf den Bettrand setzen konnte, riss Robert sie ungestüm an sich und drückte sie auf die Matratze. Ohne Zärtlichkeit drang er brutal in sie ein, missachtete ihr unterdrücktes Wimmern und bewegte sich hastig in ihr. Der erniedrigende Akt dauerte nicht länger als zwei Minuten, doch Amy erschien es wie eine Ewigkeit.

Mit einem zufriedenen Grunzen wälzte sich Robert von ihr und drehte sich gähnend zur Seite, während seine Frau still vor sich hinweinte und zum Himmel betete, dass diese Qual endlich aufhören möge. Als ihre Tränen versiegt waren, schloss sie das Moskitonetz und versuchte zu schlafen. Wieder wanderten ihre Gedanken zu Joey und sie wünschte, sich an seiner Schulter ausweinen zu können.

13

Es war mittlerweile September, und die Baumwollernte war in vollem Gange. Die Sklaven schufteten von morgens bis abends, doch Pearson schien trotzdem nicht zufrieden zu sein und trieb die Pflücker regelmäßig mit der Peitsche an.

Glücklicherweise war es nicht mehr ganz so schwül, aber die Sonne brannte tagtäglich von früh bis spät erbarmungslos vom wolkenlosen Himmel.

Amy war während dieser Tage viel allein im Haus, Robert und ein Teil der entbehrlichen Haussklaven befanden sich auf den Feldern. Joey hatte Amy seit dem Besuch bei den Wades nur zweimal gesehen; sie hatten kleinere Ausritte gemacht, aber kaum miteinander gesprochen. Als sie ihn einmal fragte, ob sie nach *White Swan* reiten könnten, meinte er, dass sie sicher genug im Sattel sei und einem Besuch bei Augusta demnächst nichts im Wege stehen würde. Amy freute sich auf diesen Tag, denn dann würde sie Joey länger als gewöhnlich um sich haben – aber der Ausflug musste bis nach der Ernte warten.

Und so vertrieb sich Amy die Freizeit mit dem Lesen von *Onkel Toms Hütte.* Bereits nach den ersten Seiten erkannte sie die Ähnlichkeiten zwischen Fantasie und Tatsache, zwischen Romanwelt und der bitteren Wahrheit über das Leben der Sklaven im Süden.

Amy musste vorsichtig sein, wenn sie las, deshalb legte sie das Buch zwischen die mittleren Seiten der neuesten Ausgabe von *Godey's.* Noch nicht einmal Kuba sollte die heimliche Lektüre entdecken, auch wenn Amy davon überzeugt war, dass er sie nicht verraten würde. Aber in einem hatte Robert recht:

Man wusste nie, was hinter einer Sklavenstirn vor sich ging.

Schwanger geworden war Amy wieder nicht, und Robert wurde immer ungehaltener, allerdings nur, wenn niemand sonst in der Nähe war.

Nach der Ernte wollte Robert für einige Tage nach New Orleans reisen, mit einem der noblen Raddampfer den Mississippi hinunter. Als Amy schüchtern fragte, ob sie ihn begleiten dürfe, verneinte er schroff. Er habe dort wichtige Geschäfte mit einigen Baumwollhändlern zu tätigen, behauptete er, und im Übrigen sei eine laute frivole Stadt wie New Orleans nichts für eine anständige Lady.

Doch Amy ahnte, dass Robert einen ganz anderen Grund hatte, sie nicht mitzunehmen. In der Metropole von Louisiana gab es unzählige Etablissements für einsame Männer, so jedenfalls hatte es in der *New Orleans Times* gestanden, die sich Amy nach wie vor heimlich aus dem Herrensalon holte, wenn Robert nicht im Haus war.

Auch über die Schriftstellerin Harriet Beecher-Stowe war kurz zuvor ein längerer Artikel erschienen, den Amy begierig las. Natürlich gab es kein lobendes Wort über die Frau aus dem Norden, die ihre Stimme gegen die Sklaverei erhob.

Die Ernte schritt dank der unermüdlichen Arbeit der Pflücker rasch voran, schon waren die meisten der Baumwollballen verschifft worden. Der Abschluss sollte wie jedes Jahr mit einem rauschenden Fest auf *Heaven's Gate* gefeiert werden. Sogar den Sklaven wurde erlaubt, in ihrem Quartier eine bescheidene Feier zu organisieren, das wusste Amy inzwischen von Hetty, die ihre Herrin stets mit allerlei Klatsch versorgte. Und wenn dabei Joeys Name fiel, wurde Amy unruhig und gab sich Mühe, kein Interesse zu zeigen.

Für Amy bedeutete der Herbst, sich als Gastgeberin hervorzutun, auch wenn sie nichts weiter zu tun hatte, als die Dekoration, Speisen und Getränke auszusuchen – alle anderen Arbeiten wurde von Sklaven verrichtet.

Auf dem Tischchen im Salon stapelten sich die Einladungen, jeden Tag trafen neue ein. Es war Tradition, dass sich die Pflanzeraristokratie gegenseitig zum Abschluss einer erfolgreichen Ernte einlud, um ihren Profit zu feiern.

Mitte September verkündete Hetty, dass die Pflücker das letzte Feld in Angriff genommen hatten. »In einer Woche ist die Arbeit getan, Madam.«

Das bedeutete, dass es Zeit wurde, das Fest vorzubereiten. Fast alle Einladungen, die Amy verschickt hatte, waren angenommen worden, und nun wurde ihr doch ein wenig mulmig, und sie versuchte, sich an all das zu erinnern, was ihr Mrs Carter beigebracht hatte. Wehmütig dachte Amy an die vornehme alte Dame, der sie so viel zu verdanken hatte. Wenn Robert sie doch einmal nach Baton Rouge fahren lassen würde, damit sie Louise und die Mädchen besuchen könnte! Allerdings würde es ihr nicht leichtfallen, die glückliche Ehefrau zu spielen, die sie seit der Hochzeitsnacht gar nicht mehr war.

»Gleich nach dem Fest wird Mr Garrison nach New Orleans reisen«, sagte Amy gedankenverloren. »Bist du schon einmal dort gewesen?«

»Ich?« Mit großen, erstaunten Augen tippte sich Hetty an die Brust. »Nein, Madam, so weit bin ich nie gekommen, nur ein paar Mal in Baton Rouge, zusammen mit der ersten Missis, wenn sie einen neuen Hut kaufen wollte oder sich mit ihren Eltern dort traf.« Sie stockte und wickelte versonnen das Samtband auf, das sie gerade aus Amys Haaren entfernt hatte. »Aber eine frühere Haussklavin wurde dorthin verkauft, weil sie angeblich aufmüpfig gegen den Master gewesen sein soll. Sie war Mulattin, sehr schön und stolz. Kuba erzählte uns später, dass sie an eines dieser Freudenhäuser verkauft wurde.«

Steif erhob sich Amy. Wie üblich, wenn sie derartige Ereignisse erfuhr, wurde ihr übel, denn sie gab sich auch selbst eine Mitschuld an diesen Ungeheuerlichkeiten, war sie doch die Frau eines Sklavenbesitzers und ließ es zu, sich von vorne bis hinten bedienen zu lassen. Aber was sollte sie schon dagegen tun? Sie war weder so mutig wie Harriet Beecher-Stowe noch so selbstbewusst wie Augusta Wade.

Unaufgefordert half Hetty ihr aus der Krinoline, denn es war Mittagszeit. Amy hatte sich angewöhnt, während der heißesten Zeit des Tages auf dem Diwan zu ruhen. Sie schickte die Zofe fort und vertiefte sich in Augustas Buch, das sie bereits zum zweiten Mal las.

Abends erfuhr sie, dass trotz aller Vorsichtsmaßnahmen viele Plantagen Opfer des Gelben Fiebers zu vermelden hatten.

»Die Mutter von Meredith Henderson hat es erwischt«, sagte Robert ernst. »Und beide Kinder der Roth's, eines davon war noch ein Säugling. Fast alle anderen Plantagen haben etliche Verluste bei den Sklaven zu verzeichnen, obwohl die viel zäher sind als wir Weißen.«

Amy entgegnete nichts, denn es gab nicht dazu zu sagen. Sie war glücklich, weil das Fieber *Heaven's Gate* nicht erreicht hatte, aber von Hetty hatte sie erfahren, dass vor einigen Jahren über zwanzig Sklaven erkrankt waren, die in Roberts Auftrag ein sumpfiges Gebiet am Rande seiner Besitzungen gerodet hatten.

Überhaupt hatte Amy fast alles, was sie über die Plantage und das Drumherum wusste, von ihrer Zofe erfahren. Robert hingegen sprach nur äußerst selten mit ihr über das, was auf *Heaven's Gate* geschah oder geschehen war.

»Morgen Nachmittag erwarte ich einen Besuch von Dr. Brandon«, sagte er unvermittelt und spülte den letzten Bissen mit einem großen Schluck Whiskey hinunter. »Halte dich dann bitte bereit.«

Irritiert blickte Amy auf. »Ist jemand erkrankt?« In Gedanken ging sie alle Haussklaven durch, die sich jedoch alle bei bester Gesundheit zu befinden schienen. Noch bevor Robert antwortete, erinnerte sie sich jedoch daran, dass der langjährige Hausarzt niemals die Sklaven behandeln würde!

»Ich habe ihn gebeten, dich zu untersuchen«, gab Robert

beiläufig zurück, während er sich nachlässig mit der Serviette über die Mundwinkel fuhr. »Es ist doch nicht normal, dass eine junge, gesunde Frau wie du nicht schwanger wird.«

Entsetzt starrte Amy ihren Mann an. Sie wollte sich nicht von dem alten Doktor, der schon Robert auf die Welt geholfen hatte, untersuchen lassen, bevor sie nicht guter Hoffnung war. Dennoch begehrte sie nicht auf; die Furcht vor Roberts Zorn war allzu groß.

Mit zusammengebissenen Zähnen ließ Amy die entwürdigende Untersuchung schließlich über sich ergehen und war froh, als sie zurück ins Ankleidezimmer huschen konnte.

»Pah!«, machte Hetty verächtlich, als sie ihrer Herrin in die Kleidung half. »Wenn eine Frau keine Kinder bekommt, liegt es meistens daran, dass der Mann zu wenig Saft hat.«

»Hetty!« Inzwischen war Amy die Offenheit ihrer Zofe gewohnt, dennoch ließen sie zuweilen deren unverblümte Reden schamvoll erröten. »Wenn Mr Garrison das gehört hätte, würde er dich dafür bestrafen.«

»Und wenn schon. Ich habe in meinem Leben genug Schläge bekommen. Einmal mehr oder weniger – darauf kommt es nicht mehr an. Drehen Sie sich bitte um, Madam, damit ich die Knöpfe schließen kann.«

Gehorsam drehte Amy ihr den Rücken zu, während Hettys bittere Worte in ihrem Kopf nachhallten. Doch sie wusste nicht, was sie darauf antworten sollte.

»Beeilen Sie sich. Der Doktor und der Master warten sicher schon wegen der Besprechung im Salon auf Sie.«

Eigentlich wollte Amy gar nicht wissen, was Dr. Brandon zu sagen hatte. Langsam ging sie die Treppe hinunter … und blieb abrupt stehen. Vielleicht hatte der Arzt herausgefunden, dass sie keine Kinder bekommen konnte. Das würde nichts anderes bedeuten, als dass sich Robert ohne Umschweife von ihr trennen würde – und dann sähe sie Joey nie wieder!

Die beiden Männer erhoben sich höflich, als Amy mit einem unsicheren Lächeln den Salon betrat. Sie zitterte am ganzen Leib, und es kostete sie große Mühe, die Beherrschte zu spielen.

Dr. Brandon nippte an dem Portwein, den Robert angefordert hatte, und sagte, nachdem Amy Platz genommen hatte: »Nun, um es kurz zu machen …«, dabei sah er zu Robert hinüber, »… Ihre Gemahlin ist völlig gesund.«

»Das haben Sie bei meiner ersten Gattin auch gesagt«, brummte Robert mit verdrießlicher Miene. »Wir waren über zwei Jahre verheiratet, und es hat sich nichts getan, wie Ihnen sicherlich noch geläufig ist.«

Der Arzt hob beschwichtigend die Hände. »Sie dürfen nicht so ungeduldig sein, Mr Garrison. Die weibliche Natur weiß genau, wann die richtige Zeit für eine Schwangerschaft ist. Sehen Sie, Ihre Frau ist noch sehr jung, gerade achtzehn Jahre alt, üben Sie sich bitte in Geduld. Ich bin überzeugt, dass sie Sie in wenigen Monaten mit der frohen Botschaft überrascht.«

Das hoffte Amy nicht, aber sie lächelte zustimmend, die ordentlich gefalteten Hände im Schoß ruhend. Es störte sie, dass man über sie sprach, als sei sie nicht anwesend, und sie fühlte sich sogleich an die Lage der Haussklaven erinnert.

Für Dr. Brandon war die Angelegenheit beendet, und er fragte Robert: »Was halten Sie von den derzeitigen Zuständen im Lande?« Anscheinend hatte er es nicht eilig.

»Das sollten wir bei einer guten Zigarre im Herrensalon erörtern«, erwiderte Robert und klingelte nach dem Butler. »Der Norden allerdings macht mir zur Zeit mehr Sorgen als mein Heimatland.« An seine Frau gewandt, fügte Robert mit charmantem Lächeln hinzu: »Du kannst dich jetzt zurückziehen, mein Liebling. Ich bin dir sehr dankbar, dass du meinen Wunsch nach einer medizinischen Abklärung nicht abgelehnt hast.«

Als hätte sie eine Wahl gehabt! Robert bestimmte über ihr Leben und hätte eine Ablehnung erst gar nicht zur Kenntnis genommen.

Sie verließ nach den Männern den Salon und entschied sich spontan für einen Spaziergang im Garten. Die Magnolienblüten waren mittlerweile von den Bäumen gefallen und bedeckten als zartrosa-weißer Teppich den Rasen. Noch immer lag jedoch der schwache Duft der Blüten in der Luft, vermischt mit dem der noch üppig blühenden Malven.

Der hintere Garten von *Heaven's Gate* erstreckte sich ungefähr eine halbe Meile weit, und Amy nahm sich vor, bis zum Ende zu spazieren. Das hatte sie noch nie getan, da ihr die Hochsommerschwüle nicht bekommen war.

Das Summen der Bienen war das einzige Geräusch; selbst die Vögel waren in der warmen Nachmittagssonne zu träge zum Singen. Schmetterlinge in schillernden Farben flatterten gelegentlich vorüber, und Amy dachte, dass *Heaven's Gate* das reinste Paradies sein könnte – wenn die Sklavenhütten nicht wären und sie Robert lieben könnte. Aber inzwischen stand es für sie unumstößlich fest, dass sie Joey liebte, auch wenn ihr bewusst war, dass diese Liebe keine Zukunft hatte.

Nachdenklich den Stiel ihres Sonnenschirms drehend, näherte sich Amy dem Ende des Gartens, das durch einen hohen weißen Lattenzaun begrenzt war. Neugierig trat sie an den Zaun und stellte sich auf die Zehenspitzen, um besser sehen zu können.

Hinter dem Zaun lag ein weiteres Baumwollfeld, und schon konnte sie Pearson, den Aufseher, erkennen, der mit rotem Gesicht durch die Reihen ritt und den Pflückern etwas zuschrie. Er war zu weit entfernt, als dass sie hätte verstehen können, was er rief, aber die Arbeit schien ihm nicht schnell genug zu gehen.

Amys Herz blieb fast stehen, als sie Joey unter den Arbeitern entdeckte. Er stand mit nacktem Oberkörper da, seine bronzefarbene Haut glänzte in der Sonne. Wie gebannt starrte Amy zu ihm hinüber; im Gegensatz zu den anderen Pflückern sah man ihm keinerlei Erschöpfung an, obwohl er seit den frühen Morgenstunden auf den Feldern sein musste. Er ließ sich auch nicht von Pearsons gebellten Befehlen beeindrucken, sondern pflückte die Baumwollbäusche weiterhin im gewohnten Rhythmus.

Als die Peitsche in seiner Nähe knallte, hielt Joey inne und warf dem Aufseher einen aufsässigen Blick zu, um gleich darauf seine Tätigkeit fortzusetzen.

Schritte hinter ihr ließen Amy herumfahren. Die alte Berthe kam näher, in der Hand den obligatorischen Blumenkorb. Hastig trat Amy vom Zaun zurück und lächelte Berthe freundlich zu.

»Haben wir heute nicht wundervolles Wetter?«, versuchte sie, ein unverfängliches Gespräch zu beginnen. »Geradezu ideal für einen Spaziergang im Garten.«

Ein breites Lächeln war die Antwort. »Ja, Madam. Gut, dass es nicht mehr so heiß ist, aber Sie sollten sich nicht da hinten am Zaun aufhalten.«

»Wieso nicht? Ich war neugierig, was sich dahinter verbirgt. Ich hatte keine Ahnung, dass sich auch dort noch Felder befinden, die zur Plantage gehören.«

Berthe machte eine weitläufige Handbewegung, nachdem sie den Korb abgesetzt hatte. »Dem Master gehört alles, so weit das Auge reicht, Madam. Aber die schmutzigen Pflücker sind kein angenehmer Anblick für eine junge Lady wie Sie.«

Schmunzelnd versprach ihr Amy, sich in Zukunft vom Zaun fernzuhalten, obgleich sie nicht sicher war, das Versprechen halten zu können.

Zufrieden nickte Berthe und holte die Schere aus der Schürzentasche, um Malvenblüten für das Dinner zu schneiden. Unschlüssig stand Amy daneben und überlegte fieberhaft, ob sie sich entfernen oder noch ein wenig mit der alten Sklavin plaudern sollte.

»Der Master war ein schönes Baby – o ja, das war er«, sagte Berthe unvermittelt. »Und er war immer artig und hat gemacht, was seine Mammy ihm sagte. Der alte Master war sehr stolz auf seinen einzigen Sohn und verkündete oft, dass sich sein Lebenswerk gelohnt hat, weil er einen würdigen Nachfolger für *Heaven's Gate* vorzuweisen hatte.«

Aufmerksam hörte Amy zu. »Leider ist es mir verwehrt geblieben, Mr Garrisons Eltern kennenzulernen.«

»Sie waren sehr freundlich, aber auch sehr streng, vor allem der alte Master. Obwohl ich um Gnade flehte, verkaufte er alle meine Babys, alle sechs.« Dabei lächelte die Sklavin wehmütig, schien allerdings nichts Ungewöhnliches daran zu finden, dass man ihre Kinder verkauft hatte. »Ich habe sie nie wiedergesehen, Madam.«

»Das ist ja schrecklich!«

Berthe zuckte mit den Schultern. »Dafür durfte ich den jungen Master aufziehen, und das war eine große Ehre für mich. Seine Mutter war schon über vierzig, als er geboren wurde; die Kinder, die sie vorher zur Welt brachte, starben schon nach kurzer Zeit, weil sie so schwach waren. Aber mit der Geburt des jungen, kräftigen Masters wurde alles anders, und von Tag zu Tag ähnelte er mehr seinem Vater. Wie traurig, dass die erste Missis so krank war.«

Robert hatte anscheinend die Eigenschaften seines Vaters geerbt – die Grausamkeit den Sklaven gegenüber und das Bestreben, die Plantage zu noch höheren Erträgen zu treiben. Und wenn es ihm gefiel, würde er sogar seine alte schwarze Mami verkaufen, wenn sie ihm etwas einbringen würde. Davon war Amy fest überzeugt, sprach es jedoch nicht laut aus und erklärte Berthe, sie würde ins Haus zurückgehen, was diese mit einem gleichmütigen Nicken quittierte.

Hetty wartete bereits, um ihre Herrin für das Dinner umzuziehen. Häufig dauerte diese Prozedur eine Stunde oder mehr, und oft fragte sich Amy, wozu sie sich herausputzen musste, wenn sie doch mit ihrem Mann den Abend allein verbrachte.

»Der Doktor ist vorhin fortgefahren«, wusste Hetty zu berichten und fügte kichernd hinzu, er sei nicht mehr ganz sicher auf den Beinen gewesen, als er zu seiner Kutsche gegangen war.

Robert merkte man den Alkoholgenuss nur an seinem Atem und den fiebrig glänzenden Augen an, der gute Dr. Brandon schien nicht so trinkfest zu sein.

»Gehen Sie nicht wieder zum hinteren Gartenzaun!«, rief Hetty erschrocken, als Amy ihr von ihrer Entdeckung berichtete. »Der Master wird böse, wenn er das erfährt.«

»Aber ich habe doch nichts Schlimmes getan«, protestierte Amy und reichte ihrer Zofe die Bürste. »Berthe hat mir eben schon etwas Ähnliches gesagt.«

»Der Master will nicht, dass Sie näheren Kontakt mit den Feldsklaven haben.« Mit gewohnt kräftigen Strichen bearbeitete Hetty die goldene Haarflut. »Sie sind schmutzig und dumm, manche sind so ungebildet, dass sie kaum ihren Namen aussprechen können.«

»Das glaube ich nicht; immerhin hat Mr Garrison angeordnet, dass Joey mir das Reiten beibringt – und *ihn* habe ich auch auf dem Feld gesehen.«

Hetty grinste. »Joey ist eine Ausnahme, und er wird nur bei der Ernte auf den Feldern eingesetzt. Der Master weiß, was er an ihm hat; nur deshalb vertraut er ihm seine Pferde an.«

»Aber auspeitschen lässt er ihn trotzdem hin und wieder. Er hat es mir selbst gesagt.«

Nachdenklich betrachtete Hetty ihre Herrin im Spiegel. »Sie müssen noch viel lernen, Madam. Der Master ist unser Besitzer, und er kann mit uns machen, was er will. Beliebt es ihm, einen von uns totzuschlagen, so geschieht es. Und Joey ist einer von den Sklaven, die den Master wütend machen, weil er stolz und klug ist.«

»Das gibt Robert kein Recht, jemanden zu misshandeln«, erwiderte Amy lahm, obwohl sie es besser wusste, was ihr die Zofe gleich darauf bestätigte.

»Jeder Sklavenbesitzer hat das Recht dazu, und niemand beschwert sich darüber, Madam.«

Amy erinnerte sich an Augustas Worte: »Die Zustände im Süden sind unerträglich, davor kann man nicht mehr die Augen verschließen.« Dem war nichts hinzuzufügen. Sie bedankte sich bei Hetty für die Hilfe, wie sie es immer tat. Anfangs war die Sklavin verwirrt darüber gewesen, aber inzwischen hatte sie sich daran gewöhnt.

Robert betrat das Haus, als seine Frau die Treppe herunterkam. Er machte ihr ein Kompliment über ihr Aussehen, aber dabei stieg ihr schon wieder der unangenehme Alkoholgeruch in die Nase.

»Vielleicht sollten wir einen weiteren Arzt zu Rate ziehen«, sagte Robert beim Essen. »Der gute Dr. Brandon mag zwar Nesselfieber und Husten zu lindern wissen, aber ansonsten taugt er zu nichts mehr.«

Verlegen warf Amy einen Blick auf Kuba, der wie üblich aufrecht wie ein Zinnsoldat neben der Tür stand und starr auf einen unsichtbaren Punkt blickte. Es war ihr peinlich, dass Robert dieses so intime Thema im Beisein eines Sklaven anschnitt.

»Ich denke, du unterschätzt Dr. Brandon«, erwiderte sie schließlich mit gezwungenem Lächeln. »Du hast gehört, was er gesagt hat.«

Wütend warf Robert sein Besteck auf den Teller. »Herrgott noch mal! Wie kann es sein, dass die Frauen drüben im Sklavenquartier einen Balg nach dem anderen werfen und ich mich gedulden muss?«

Entsetzt über seinen gefühllosen Ausbruch hielt Amy den Atem an. Sie konnte ihm unmöglich wiedergeben, was Hetty in ihrer unbedachten Art über Kinderlosigkeit von sich gegeben hatte.

Gereizt winkte Robert den Butler heran und ließ sich Wein einschenken. Er leerte das Glas in einem Zug, danach schien sich seine Laune zu bessern, denn er sagte in milderem Ton: »In einigen Tagen ist das letzte Baumwollfeld abgeerntet. Pearson versicherte mir vorhin, dass er ab morgen nur noch die Feldarbeiter braucht, sodass Joey dir wieder Reitunterricht geben kann.«

Sie deutete ein zustimmendes Nicken an, obwohl ihr Inneres tobte. Endlich würde sie Joey wiedersehen!

Er verhielt sich genauso unnahbar wie vor der Ernte, gab seiner Herrin nüchterne Anweisungen und sagte nur etwas, wenn er gefragt wurde.

»Wie werdet ihr das Erntefest feiern?«, fragte Amy, als sie neben dem Sklaven die nun schon bekannte Route auf der Straße entlangritt. »Hetty erwähnte, dass die Feste bei euch immer sehr lustig sind.«

Ein fast unwilliger Blick streifte sie. »Wieso interessiert Sie das, Madam? Die Frauen kochen Gumbo in Mengen, und der Master spendiert ein Fass Rum; dazu wird musiziert, getanzt und gesungen bis zum Morgengrauen.«

»Das habt ihr euch nach den harten Erntewochen verdient.«

Er lachte verbittert auf. »Was verstehen Sie schon davon? Sie halten sich den ganzen Tag lang im kühlen Haus auf und ruhen vom Nichtstun aus, während unsere Frauen und Mädchen von morgens bis abends bei glühender Hitze auf den Feldern schuften müssen – und immer müssen sie Angst vor Pearsons Peitsche haben und davor, dass ihre Kinder verkauft werden.« Er hatte noch nie so viel und noch nie so heftig mit Amy gesprochen, sodass diese nicht recht wusste, wie sie darauf reagieren sollte.

»Sie haben doch keine Vorstellung von unserem Leben, Madam«, setzte er ungefragt hinzu.

»Aber es ist doch nicht meine Schuld!«, rief sie schließlich entrüstet. »Glaub mir, ich würde alles ändern, wenn ich etwas zu sagen hätte.«

Joey bedachte sie mit einem spöttischen Seitenblick. »Was würden Sie denn tun, Madam?«

»Nun, zum Beispiel würde ich alle Sklaven freilassen und …«

Wieder lachte er, diesmal jedoch amüsiert. »Und dann? Niemand würde freiwillig hierbleiben, und wer sollte dann die

Arbeit machen? Müssten die Plantagenbesitzer Lohnarbeiter dafür anstellen, wären sie bald verarmt, und all ihre großen Ländereien würden ihnen nichts mehr nutzen.«

Amy räusperte sich. »Aber im Norden fordert man die Abschaffung der Sklaverei.«

»Gewiss, aber wohin sollten wir Schwarzen dann gehen? Ich habe gehört, dass man in Washington an einer Lösung arbeitet, die so lächerlich ist, dass sie eigentlich nicht erwähnenswert zu sein scheint.«

Interessiert schaute Amy auf; inzwischen hatten sie eine Weggabelung erreicht, die ihr bekannt vorkam. Die linke Straße führte zur *White Swan*-Plantage, und bald würde Amy ihr Versprechen einlösen und Augusta Wade zu Pferd besuchen. Sie forderte Joey zum Weiterreden auf.

»Man will die Schwarzen loswerden, Madam. Sie sollen zurück nach Afrika gebracht werden, in ein Land namens Liberia. Erst hat man unsere Vorfahren nach Amerika verschleppt, nun sollen sie zurückgebracht werden, weil man sie im Norden nicht haben will.«

»Aber das ist doch Wahnsinn!« Vor Erregung zog sie so stark am Zügel, dass Fabienne unwillig den Kopf hob. »Die meisten Sklaven wurden hier geboren und sprechen nur Englisch. Sie werden sich in diesem fremden Land nicht wohlfühlen.«

Ein Anflug von Anerkennung glimmte in Joeys dunklen Augen auf. »Sehr richtig, Madam. Aber was in unseren Köpfen vorgeht, interessiert die Weißen natürlich nicht.«

Ohne es zu bemerken, sprachen sie wie zwei Mitglieder der Gesellschafts anstatt wie Herrin und Sklave. Doch schließlich kehrten sie um, und je näher sie *Heaven's Gate* kamen, umso schweigsamer wurden sie. Nicht auszudenken, wenn jemand erfuhr, wie vertraut sich die Hausherrin mit dem Stallmeister über Politik unterhielt!

Glücklich ließ sich Amy für das Abendessen zurechtmachen. »Was? Sie wissen nicht, was Gumbo ist?«, fragte Hetty fassungslos, als Amy sie nach dem Gericht fragte. »Jeder Sklave kennt das Rezept, und sogar in vielen weißen Küchen wird es gekocht. Es besteht aus verschiedenem Geflügel oder Fleisch – eben alles, was man an Resten in der Küche findet. Dazu gibt man Sellerie, Paprikaschoten, Okra und Zwiebeln, die Soße wird mit einer braunen Mehlschwitze gebunden und kräftig gewürzt. Dazu gibt es Berge von Reis.«

Flüchtig dachte Amy daran, dass ihr dieses Festmahl wahrscheinlich besser munden würde als die Speisen, die es bei dem Fest im Herrenhaus geben sollte: Fasan, Rebhuhn und verschiedene Wildsorten, die wie viele andere Waren mit Schiffen über den Fluss aus dem Norden gebracht wurden. Es gab zahlreiche Dinge, die der Süden nicht selbst produzieren konnte. Eis zum Beispiel war Luxus und in den heißesten Sommermonaten kaum zu bekommen. Es wurde im Norden in Blöcke geschnitten und auf den Schiffen kühl gelagert, damit die Damen der Gesellschaft nicht allzu oft auf ihre Eiscreme verzichten mussten.

»Morgen kommt Mrs Gordon zur letzten Anprobe«, erinnerte Hetty ihre Herrin, bevor diese hinunter zum Dinner ging. Die Festrobe bestand aus königsblauem Taft, und die Schneiderin hatte geschworen, dass Amy damit der Mittelpunkt des Festes sein würde.

Gedankenversunken nickte Amy. Natürlich dachte sie nicht an das schöne Kleid, sondern an Joey – und diesmal nicht nur an den Wunsch, von ihm geküsst zu werden, sondern auch an das ernste Gespräch, das sie geführt hatten.

Robert brachte seine Frau beim Essen wieder auf den Boden der Tatsachen, indem er brummte: »Mir ist zu Ohren gekommen, dass du ziemlich vertraut mit Joey tust. Man hat euch heute auf der Straße gesehen, ihr habt angeregt geplaudert, als sei er ein Gentleman der Pflanzeraristokratie.«

»Das war meine Schuld«, platzte es aus Amy heraus. »Ich habe ihn mit Fragen über Pferdezucht und Baumwollpflanzen gelöchert.«

»Und das interessiert dich?« Er zog die Brauen hoch. »Was bist du doch für eine eigenartige Frau.«

Sie setzte ihr unschuldigstes Lächeln auf. Ein falsches Wort und Robert würde weitere Ausflüge mit Joey strikt verbieten. »O nein, ich bin nur einfach eine moderne Frau … die Frau eines angesehenen Plantagenbesitzers. Ist es nicht normal, wenn ich alles über die Dinge wissen möchte, mit denen ich täglich konfrontiert werde?«

Er schien sich geschmeichelt zu fühlen und schmunzelte. »Nun ja, es kann nichts schaden, wenn du Interesse daran zeigst, auch wenn du niemals mit meinen Geschäften zu tun haben wirst. Sollte ich einmal länger verreist sein, wird sich Henderson darum kümmern, das hat er schon öfters getan.« Er machte eine kurze Pause. »Den nächsten Sommer werden wir wieder im Stadthaus verbringen, nur dort sind wir vor dem Sumpffieber völlig sicher.«

Amy dachte mit gemischten Gefühlen darüber nach. Sicher, wenn sie in Baton Rouge lebte, hätte sie endlich Gelegenheit, Mrs Carter und die Mädchen zu besuchen, aber dafür würde sie Joey monatelang nicht sehen, da er sich um den Pferdestall der Plantage kümmern musste.

»Du bist so schweigsam, Liebling«, hörte sie Robert sagen und setzte augenblicklich eine aufmerksame Miene auf.

»Entschuldige, ich dachte gerade an das schöne Stadthaus«, sagte sie, »und wie sehr ich mich darauf freue, es im nächsten Jahr wiederzusehen.«

»Wie laufen die Vorbereitungen für den Ernteball?«, wechselte er das Thema, und als Amy ihm versicherte, dass Kuba, der die Haussklaven unter sich hatte, fast alles erledigt hatte, glitt ein entspanntes Lächeln über sein Gesicht.

»Der Bursche ist mein kostbarster Sklave. Er arbeitet viel und redet wenig; man kann sich auf ihn verlassen, und die anderen respektieren ihn.«

Kuba war nicht im Zimmer, da er Whiskey für seinen Herrn herbeischaffen sollte. Niemals lobte Robert seine Sklaven in deren Anwesenheit, denn er fürchtete, dass sie dann hochnäsig und übermütig würden.

»Ein sonderbarer Mensch, dieser Kuba«, sagte Amy, wobei sie sich an Kubas gut gemeinten Rat bei ihrem Besuch im Stadthaus erinnerte. Zumindest schien er keinen Groll gegen das naive Mädchen gehegt zu haben, das sie damals gewesen war. »Er scheint sich von den anderen Sklaven zu unterscheiden.«

»So ist es in der Tat, ich bewundere deinen Scharfsinn.« Robert hob warnend den Zeigefinger. »Aber lass dich nie von ihm oder den anderen Sklaven täuschen; sie sind hinterlistig und würden nicht mit der Wimper zucken, dich zu töten, wenn sie darin einen Vorteil für sich sähen.«

Amy konnte sich beim besten Willen nicht vorstellen, dass Hetty sie mit einem Messer bedrohte – und Joey war zwar meistens ernst und einsilbig, aber sie traute auch ihm eine solche Schandtat nicht zu.

Kuba war mit einer gefüllten Whiskey-Karaffe zurückgekommen und schenkte seinem Herrn schweigend ein großes Glas ein. Dann stellte er sich wieder an seinen Platz neben der Tür, was Amy an die mechanischen Bewegungen einer Marionette erinnerte.

Robert nahm einen großen Schluck, bat seine Frau, sich entfernen zu dürfen, und ging mit dem Glas in der Hand hinaus; automatisch griff der Butler nach dem Tablett, dabei streifte sein wissender Blick für den Bruchteil einer Sekunde die Hausherrin.

O ja, er hatte sie gewarnt, und wenn Amy geahnt hätte, was für eine Hölle sie erwartete, hätte sie Robert gewiss nicht bedenkenlos geheiratet.

Inzwischen hatte sie sich an seinen Alkoholkonsum gewöhnt, nicht jedoch daran, dass er mehrmals in der Woche betrunken über sie herfiel. Niemals würde sie sich daran gewöhnen!

Amy wartete, bis auch Kuba verschwunden war. Wie üblich würde sich Robert im Herrensalon aufhalten, um zu rauchen, die Karaffe zu leeren und danach schwankend das Schlafgemach aufzusuchen. Manchmal war so betrunken, dass ihm nicht auffiel, wenn Amy noch nicht im Bett lag. Dann schlief er sofort ein. Freilich konnte er nicht wissen, dass sich seine Frau derweil im Ankleidezimmer versteckte und nur darauf wartete, bis sie ihn schnarchen hörte. Erst wenn sie ganz sicher sein konnte, dass er fest schlief, schlich sie sich ins Zimmer und glitt geräuschlos und mit wild klopfendem Herzen unter die seidene Bettdecke.

Auch an diesem Abend hoffte sie, Glück zu haben, und als die zwei Dienstmädchen ins Speisezimmer huschten, um den Tisch abzuräumen, schlenderte sie in den Salon, um in den neuesten Modezeitschriften zu blättern. In Beecher-Stowes Buch zu lesen, wagte sie nicht; zu groß war die Gefahr, dass Robert plötzlich auftauchte – und auf einen Streit mit ihm in seinem Zustand wollte sie gerne verzichten.

Blicklos blätterte sie die Seiten um, doch sie sah weder die Zeichnungen der pompösen Kleider noch die Vorschläge für zierliche Häkelkissen und Spitzentaschentücher. Vor ihr tauchte Joeys dunkles stolzes Gesicht auf, und Amys Herz verkrampfte sich vor Sehnsucht nach diesem Mann. Auch wenn es ein törichter Wunsch war, so stellte sie sich in ihren Träumen vor, Joeys Frau zu sein.

14

Der Ernteball wurde ein rauschendes Fest, und jedermann lobte Amy für die Bewirtung und ausgefallene Dekoration. Stolz wie ein Pfau schritt Robert durch die Menge und ließ sich von den Männern auf die Schulter klopfen und immer wieder zu seiner entzückenden Gattin gratulieren. Dass Robert auch an diesem Abend reichlich getrunken hatte, fiel nicht auf, denn auch die anderen hatten mehr als genug Alkohol zu sich genommen.

Amy sah viele bekannte und unbekannte Gesichter, doch am meisten freute sie sich darüber, Augusta Wade wiederzusehen. Diese trug wie immer ein hochgeschlossenes Kleid, und auch ihre Arme waren trotz der Wärme bis zu den Handgelenken bedeckt. Während Sidney sich zu den anderen Herren gesellte, um ihrem liebsten Thema, der Politik, zu frönen, plauderte Augusta höflich mit den Damen und machte ihnen Komplimente über ihre Kleider und Wohltätigkeitsengagements.

Erst spät am Abend gesellte sie sich zu Amy, die müde vom Tanzen war, und setzte sich zu ihr.

»Ich muss schon sagen, meine Liebe, Sie haben sich selbst übertroffen. Das erste Fest, das Sie organisiert haben, ist ein voller Erfolg.«

Erschöpft winkte Amy ab. »Alle Welt feiert mich als brillante Gastgeberin, dabei habe ich kaum etwas getan. Die Vorschläge kamen von unserem Butler, und ich habe sie lediglich genehmigt. Keinen Handschlag habe ich getan, außer den ganzen Abend lächelnd mit unseren Gästen zu plaudern.«

»Und mehr wird auch nicht von Ihnen erwartet.« Augusta tätschelte Amys Hand. »Jedenfalls wird man nun stets wohlwollend über Sie reden.«

»Nicht alle«, widersprach Amy leise und blickte sich rasch um. »Manche Frauen rümpfen die Nase, weil ich aus einer armen Familie stamme und keine Mitgift in die Ehe bringen konnte.«

»Ach, darüber brauchen Sie sich keine Sorgen zu machen. Die meisten Pflanzerfamilien haben Sie akzeptiert, und die wenigen Kritiker sollten erst einmal vor ihrer eigenen Haustür kehren. Im Übrigen ist Robert einer der wohlhabendsten Pflanzer, der ist auf keine Mitgift angewiesen.«

Amy lachte. Es tat so gut, mit der unbekümmerten Augusta zu sprechen, und sie wusste, dass sie ihr vertrauen konnte.

Augusta rückte näher heran und fragte in gedämpftem Ton: »Haben Sie schon das Buch gelesen, das ich Ihnen neulich gab?«

»Ich lese es bereits zum dritten Mal. Aber glauben Sie wirklich, dass es solche grausamen Pflanzer wie diesen furchtbaren Mr Legree gibt, der seine Sklaven zu Tode schuften lässt, um sich dann neue zu kaufen, weil das billiger ist, als die Kranken gesund pflegen zu lassen?«

Bedächtig nickte Augusta. »Solche Scheusale gibt es in der Tat, in Louisiana genau wie in anderen Südstaaten, das dürfen Sie mir glauben. Allerdings sind es Ausnahmen; die meisten Pflanzer versorgen ihre Sklaven mit sauberen Unterkünften und ausreichend Nahrung. An Äußerungen wie denen über Legree stoßen sich natürlich die Pflanzer, weil sie dadurch in einem sehr schlechten Licht erscheinen. Aber«, sie seufzte verhalten, »man kann diese Tatsachen nicht einfach unter den Teppich kehren – ebenso wenig, wie man verschweigen darf, dass Familien brutal auseinandergerissen werden, wenn es ihren Besitzern gefällt.«

»So wie bei dem armen Tom, der unerschütterlich an seinen Gott glaubt.«

Augusta nickte traurig. »Wenn es einen Gott gibt, dann ist es ein sehr grausamer Gott, der es duldet, dass Menschen andere Menschen besitzen dürfen, und nichts dagegen unternimmt.«

Amy war gläubig erzogen worden, doch Augusta sprach ihre geheimsten Gedanken aus. Auch sie lag oft nächtelang wach und grübelte über die Existenz des barmherzigen Gottes nach, der über all seine Geschöpfe seine schützende Hand hielt.

»Darf ich Sie noch etwas Persönliches fragen?«, erkundigte sich Augusta, nachdem sie Amy eine Weile beobachtet hatte. Und als diese bejahte, blickte sich Augusta abermals um, um sicher zu sein, dass sie nicht belauscht wurden. »Sind Sie glücklich in Ihrer Ehe?«

Erschrocken wich Amy zurück; sie wurde bleich und sah sich hektisch nach ihrem Mann um.

»Nun, Sie müssen mir nicht antworten«, lenkte Augusta schnell ein, »und es geht mich auch überhaupt nichts an. Aber Sie sehen betrübt aus, obwohl sie eigentlich vor Glück strahlen müssten.«

Verlegen betrachtete Amy ihre schmalen Hände, an denen kostbare Ringe glitzerten. Sie musste in Zukunft besser schauspielern und die Fassade wahren, nahm sie sich vor, denn wenn Augusta sah, dass die blutjunge Mrs Robert W. Garrison alles andere als glücklich war, dann bemerkten es womöglich auch andere.

»Vor mir brauchen Sie sich nicht zu verstellen«, sprach die Ältere in Amys Gedanken hinein. »Es liegt an Robert, nicht wahr?«

Amys Nicken war kaum erkennbar, und sie flüsterte: »Er wünscht sich so sehr ein Kind und ist wütend auf mich, weil ich noch nicht schwanger bin. Außerdem trinkt er zu viel, das verändert seinen Charakter.«

Augusta war nicht überrascht über die Beichte – im Gegenteil, sie nickte zustimmend und erwiderte ebenso leise: »Ich kannte Melva ganz gut, sie war eine fröhliche, unbeschwerte Frau, als sie mit Robert in den Ehestand trat. Doch sie verblühte zusehends, lachte kaum noch und schien Angst vor ihrem Mann zu haben. Und einmal tönte Robert betrunken bei einer Gesellschaft, dass er Melva zurück nach South Carolina schicken würde, wenn sie ihm nicht bald ein Kind schenkte. Da war mir klar, wieso die arme Frau schwermütig wurde und sich schließlich das Leben nahm. Und nun habe ich Angst, dass Sie dasselbe Schicksal ereilt.«

Erschöpft strich sich Amy über die Augen. »Aber was soll ich denn dagegen tun? Robert ist so herrschsüchtig, nicht nur den Sklaven gegenüber, sondern auch gegenüber mir. In der Öffentlichkeit benimmt er sich wie ein Gentleman, aber wenn wir allein sind und er getrunken hat, ist er unausstehlich.«

Mitleidig ruhte Augustas Blick auf Amy, als hätte sie nichts anderes zu hören erwartet. »Sie können froh sein, dass Robert Ihnen wenigstens erlaubt hat, reiten zu lernen. Dieser Joey scheint ein erstklassiger Stallmeister und Reiter zu sein.« Etwas an Amys plötzlicher Haltung machte die erfahrene ältere Frau stutzig, doch sie bohrte nicht weiter, sondern erzählte, dass sie Robert schon als kleinen Jungen kennengelernt hatte.

»Jede Minute des Tages sagte ihm sein Vater, dass er eines Tages ein reicher Master sein würde und die Sklaven Respekt vor ihm haben müssten. Robert war kaum zehn Jahre alt, da kommandierte er bereits die Feldarbeiter herum und ließ jeden wissen, dass die Schwarzen eine untergeordnete Rasse darstellten, die ausschließlich zum Arbeiten da war. Ich will Robert nicht in Schutz nehmen, aber sein Vater hat damals bereits die Weichen für Roberts Zukunft gestellt. Nur wer streng und hart gegen die Sklaven sei, würde von ihnen respektiert werden, war die Meinung des alten Garrison.«

Still hörte Amy zu. »Trotzdem hat er kein Recht, die Sklaven wie Vieh zu behandeln.«

»Moralisch sicher nicht. Übrigens wurde Robert schon als Jüngling eingebläut, als erwachsener Mann und Ehemann müsse er schnellstens einen Sohn zeugen, damit die Erbfolge gesichert sei.«

»Und ich naives Ding habe geglaubt, er würde mich lieben, als er mir in Mrs Carters Haus seine Aufwartung machte.«

Augusta seufzte. »Immerhin ermöglicht er Ihnen ein bequemes Leben, das dürfen Sie nicht außer Acht lassen. Ich bin davon überzeugt, dass er Sie auf Händen trägt, wenn Sie ihm einen Sohn schenken ... und vielleicht lässt er dann sogar das Trinken, denn es scheint, als würde er aus Kummer immer häufiger zur Flasche greifen.«

Sicher würde sich die Situation für Amy bessern, daran zweifelte sie nicht. Aber sie liebte Robert nicht, würde ihn niemals lieben – jetzt, da sie Joey kannte und sich in ihn verliebt hatte.

Später verabschiedete sich Augusta bei Amy mit der Bitte, sie recht bald mit ihrem Reitlehrer zu besuchen, und Amy sagte leichten Herzens zu. Robert würde am übernächsten Tag nach New Orleans aufbrechen, und Joey hatte nun auch wieder mehr Zeit. Und so endete der Abend für Amy in gelöster Stimmung, zumal Robert so betrunken war, dass Kuba ihn ins Schlafzimmer tragen musste und er seiner Frau somit eine Nacht ohne Belästigung schenkte.

Amy lebte zusehends auf, nachdem Robert mit einem der Haussklaven abgereist war. Sie schickte Hetty zu den Ställen, um Joey wissen zu lassen, dass sie nachmittags gerne nach *White Swan* reiten würde.

Zerknirscht kam Hetty zurück und druckste so lange herum, bis ihre Herrin ungeduldig wurde.

»Nun«, begann die Zofe und nestelte am Stoff ihres Turbans, »der Master hat Joey aufgetragen, die Wände der Ställe zu weißen und die Pferde zu putzen, weil morgen ein Händler kommt, der einige Tiere für die Zucht abholen will, die er neulich gekauft hat. Ich kenne diesen Händler, er ist ein unangenehmer Mann, der Joey an den Master verraten würde, wenn nicht alles sauber wäre.«

Enttäuscht schickte Amy die Sklavin fort. Sie hatte sich so auf den Ritt zur Nachbarsplantage gefreut, und nun war Joey mit mehr Arbeit eingedeckt, als er bewältigen konnte. Das konnte nur eine von Roberts Schikanen sein, denn es ärgerte ihn immer wieder, dass Joey nicht so unterwürfig war wie die anderen Sklaven.

Amy trat an eines der hohen Fenster des Salons und stieß es weit auf. Es war ein herrlicher Vormittag, leichter sanfter Wind wehte die Wohlgerüche der üppigen Vegetation herüber, und sie bedauerte es, das angenehme Wetter nicht nutzen zu können.

Schließlich fasste sie einen Entschluss: Wenn Joey sie nicht begleiten konnte, würde sie eben allein zu Augusta reiten! Der Gedanke war so kühn, dass Amy über sich selbst erschrak. Aber was sollte auf dem knapp halbstündigen Ritt schon geschehen? Amy war inzwischen sicher im Sattel und Fabienne ein leicht zu beherrschendes Pferd. Den Weg kannte Amy im Schlaf, und es war kaum zu befürchten, dass die Straße voller Kutschen war, die für Reiter zum Hindernis wurden, da sie sehr viel Platz beanspruchten.

Kurz entschlossen griff sich Amy ihren Sonnenschirm und verließ über die rückseitige Veranda das Herrenhaus, um hinüber zu den Stallungen zu eilen. Auf halbem Weg traf sie auf Berthe, die ihr freundlich zulächelte.

Vor den Ställen standen Eimer mit weißer Farbe, und von innen waren Männerstimmen zu hören. Amy sah an ihrem rostroten Kleid hinunter und überlegte sich, ob sie es wagen könnte, damit den Stall zu beteten, ohne dass der Stoff Flecken bekam.

»Joey ist nicht da, Madam«, ertönte hinter ihr die Stimme des kleinen Frankie. »Er hat die Pferde zur Weide gebracht, damit wir die Ställe weißen können.«

»Ich weiß.« Nervös lächelte Amy. »Ich möchte dich nur bitten, mir heute Nachmittag um Punkt drei Uhr Fabienne zu satteln.«

Die Kulleraugen des Kleinen blickten irritiert umher. »Aber Joey kann heute nicht ausreiten, Madam. Ich habe es gehört, als der Master gestern sagte, er soll helfen, die Stallwände zu streichen.«

Plötzlich fühlte sich Amy unsicher, doch vor dem Jungen

wollte sie sich keine Blöße geben. Und so lächelte sie erneut und erwiderte gelassen: »Ich weiß schon, dass Joey keine Zeit hat, ich werde alleine ausreiten.«

Frankies Augen schienen fast aus den Höhlen zu quellen, aber er hütete sich, seiner Herrin Vorschriften zu machen, und als sie ihn nochmals daran erinnerte, die Stute zum gewünschten Zeitpunkt zu satteln, sagte er leise: »Ja, Madam.«

Mit stolz erhobenem Kopf, jedoch weichen Knien ging sie zurück zum Haus. War sie zu tollkühn gewesen? Aber nein, redete sie sich ein, irgendwann musste sie doch einmal ohne Bewacher auskommen, zumal Joey ihr versichert hatte, dass sie sehr sicher im Sattel saß.

Hettys Miene sprach Bände, als sie ihrer Herrin in das Reitkostüm half. »Wenn der Master das erfährt, wird er sehr böse sein.«

»Er erfährt es aber nicht, wenn ihr nicht schwatzt, du und die anderen. Überdies handelt es sich um eine Ausnahme, verstehst du? Ab morgen werde ich dann wieder sehr vernünftig sein und mich nur an Joeys Seite ins Gelände wagen.«

Zufrieden war Hetty mit dieser Antwort nicht, aber es stand ihr nicht zu, die Missis zu maßregeln. Trotz ihres lockeren Mundwerks respektierte sie ihre Herrin, denn sie war Amy dankbar, von ihr wie ihresgleichen behandelt zu werden.

»Niemand wird dem Master etwas verraten«, schwor Hetty, und Amy hoffte, dass sie sich darauf verlassen konnte. Sie spürte, dass sie auch von den anderen Hausklaven geachtet wurde, weil sie immer geduldig mit ihnen war und nie ein lautes Wort aus ihrem Mund kam.

Bevor Amy das Ankleidezimmer verließ, versicherte sie noch einmal ihrer ängstlichen Zofe, dass sie vorsichtig reiten würde – obwohl auch sie sich durchaus Sorgen machte. Allerdings fürchtete sie eher, dass Robert doch etwas von ihrem eigenmächtigen Handeln erfuhr, und nicht, dass ihr auf dem kurzen Ritt etwas geschehen könnte.

Tatsächlich stand die kleine Stute geputzt und gesattelt auf dem Hof, als Amy dort eintraf. Frankie hielt mit ernster Miene die Zügel, und noch bevor sich Amy bedanken konnte, kam Joey aus dem Stall gestürzt.

»Sie machen einen großen Fehler, Madam«, sagte er atemlos und wischte sich ein paar Tropfen weißer Farbe von der Stirn. »Warten Sie bis morgen, dann kann ich Sie begleiten.«

»Ich will aber heute ausreiten!«, rief Amy bockig und schämte sich gleich darauf für ihren kindischen Gefühlsausbruch, denn mittlerweile standen die anderen Männer neugierig am Stalltor.

Joey scheuchte sie mit einer unwirschen Handbewegung zurück und sagte an Amy gerichtet: »Mir ist klar, dass ich Ihnen nichts verbieten kann. Seien Sie vorsichtig und bleiben Sie auf der Straße. Halten Sie Fabienne am kurzen Zügel und lassen Sie sich nicht von entgegenkommenden Fuhrwerken nervös machen.«

In seinen dunklen Augen sah sie Angst, doch schien es keine Angst um Amys Person zu sein, sondern um die Folgen für ihn selbst, wenn ihr etwas geschah.

Lässig streifte sie ihre Handschuhe über, während der kleine Junge in Joeys Auftrag den Schemel zum Aufsteigen herbeischleppte.

»Ich werde nur im Schritt reiten und mich nicht lange bei Mrs Wade aufhalten«, versprach sie. »Aber bei diesem schönen Wetter im Haus zu bleiben, das wäre eine Sünde.«

»Wie Sie meinen.« Joey drehte sich um und verschwand wieder im Stall, nachdem er Frankie die Zügel übergeben hatte. Amy kletterte auf den Schemel und saß geschickt auf.

»Du kannst wieder zu den anderen gehen, Junge«, sagte sie und trieb Fabienne leicht mit der Gerte an. Die Stute setzte sich sofort in Bewegung und ließ sich mühelos zu dem kleinen Weg leiten, der zur Straße führte.

Natürlich hätte Amy auch die Allee nehmen können, aber die Gefahr, dass man sie vom Haus aus beobachten könnte, war zu groß. Welche Blamage vor den Bediensteten, falls ihre Herrin plötzlich schief im Sattel hängen sollte! Der schmale Weg, den die Feldarbeiter nahmen, war nicht einsehbar, und schon wenige Sekunden später war sie auf dem Hof nicht mehr zu sehen. Dass ihr Joey mit besorgtem Blick hinterherschaute, bemerkte Amy nicht.

Mit geradem Rücken, so wie sie es gelernt hatte, die linke Ferse fest an Fabiennes Leib gepresst, ritt Amy langsam zur Straße. Es war ein eigentümliches Gefühl, ohne den erfahrenen Sklaven auszureiten, und sie vermisste bereits seine Nähe. Mit schlechtem Gewissen dachte sie an ihren törichten Ausbruch und schämte sich dafür. Eigentlich sollte es ihr als Herrin von *Heaven's Gate* vollkommen gleichgültig sein, was Joey über sie dachte, aber das war es ihr beileibe nicht.

Kurz darauf erreichte Amy die leere Straße, hielt an und nahm den linken Weg. Man ritt ungefähr eine Viertelstunde bis zur Gabelung, und von dort noch einmal genauso lange bis zur *White Swan*-Plantage. Augusta würde staunen, Amy so unverhofft schnell wiederzusehen, aber sie würde sich auch über den Besuch freuen.

Die Luft war mild und warm. Fabienne trottete gleichmütig vor sich hin, sodass Amy ihren Gedanken nachhängen konnte. Sollte Robert doch etwas von der verbotenen Exkursion erfahren, würde sie behaupten, dass sie ihm ihre Selbstständigkeit hatte beweisen wollen.

Nur Fabiennes leichter Hufschlag war zu hören, die abgeernteten Felder waren nun menschenleer. Amy hatte das Gefühl, ganz allein auf der Welt zu sein.

Da war auch schon die Gabelung, nach links wies ein Holzschild zur Plantage der Wades. Die Ländereien beiderseits der Straße gehörten bereits zu *White Swan,* doch auch hier war nach Abschluss der Erntearbeiten niemand mehr zu sehen.

Plötzlich blieb Fabienne stehen, wandte den Kopf zu den Feldern und spitzte aufmerksam die Ohren. Amy folgte ihrem

Blick, der sich in einem der Felder verlor. Noch bevor sie reagieren konnte, erhob sich zwischen den abgeernteten Stauden flatternd eine Krähe und stieß beim Aufsteigen ein schauerliches Krächzen aus.

Fabienne wieherte vor Schreck und bäumte sich wild auf. Krampfhaft versuchte sich Amy im Sattel zu halten und zerrte an den Zügeln. Doch das schien die kleine Stute noch mehr zu erschrecken, sie keilte aus, verfiel vom Stand in einen gehetzten Galopp und stürmte auf das Feld.

Unwillkürlich schrie Amy auf, als sie spürte, dass ihr Fuß den Steigbügel verloren hatte. Sie klammerte sich an Fabiennes Mähne, und als Fabienne während des Galoppierens noch einmal auskeilte, verlor Amy entgültig den Halt und stürzte zu Boden. Etwas Hartes traf ihren Kopf – das war das Letzte, was sie wahrnahm, bevor es ihr schwarz vor Augen wurde.

Sie träumte, starke Arme hielten sie umfangen, jemand strich liebevoll über ihr Gesicht und flüsterte zärtlich ihren Namen. Schließlich schlug sie die Lider auf und sah in Joeys erschrockenes Gesicht.

»Haben Sie Schmerzen, Madam?«, fragte er mit rauer Stimme, froh darüber, dass seine Herrin sich nicht das Genick gebrochen hatte.

Amy stöhnte leise auf, als sie versuchte, sich aufzurichten. Ihr Schädel dröhnte furchtbar, aber es schien nichts gebrochen zu sein. Erneut schloss sie die Augen, und erst jetzt begriff sie, dass Joey sie fest in seinen Armen hielt.

»Es geht mir gut, danke«, murmelte sie schließlich und schmiegte sich unauffällig an ihn. »Es war eine dumme Idee, allein ausreiten zu wollen. Plötzlich erhob sich aus diesem Feld eine Krähe und ...«

»Ich hab es gesehen, Madam«, unterbrach er sie. »Ihr Leichtsinn ließ mir keine Ruhe, also ritt ich Ihnen nach.«

Allmählich konnte Amy wieder ruhiger atmen und merkte, dass Joey sie nur widerwillig freigab. Sie setzte sich auf, und als sie sicher sein konnte, dass ihr nichts wehtat außer dem Kopf, reckte sie sich und hielt Ausschau nach ihrer Stute.

»Fabienne steht am Wegrand bei Thunder, sie hat den Schreck schon überwunden«, erklärte Joey und betrachtete die Frau vor sich eingehend. So nahe waren sie sich nie gekommen, und unter seinem ungewohnt verlangenden Blick wurde Amy nervös.

Sie nahm ihren Hut und sagte leise: »Wie gut, dass mich niemand gesehen hat, zweifellos würde sonst Mr Garrison etwas von meinem Ungeschick erfahren.«

»Keine Sorge, Madam. Weit und breit ist niemand zu sehen, und wenn jetzt jemand des Weges käme, würde er sich höchstens über die beiden reiterlosen Pferde da vorne wundern.«

Verborgen unter den hohen Baumwollstauden saßen sie da, und in plötzlicher Verlegenheit ordnete Amy ihr Haar und steckte die Hutnadel fest. Sie erhaschte einen Blick von Joey, und im nächsten Moment lagen sie sich in den Armen.

Er küsste sie mit einer Zärtlichkeit, die Amy fast ohnmächtig werden ließ; das Dröhnen in ihrem Hinterkopf, auf dem sich eine gewaltige Beule gebildet hatte, nahm sie kaum zur Kenntnis.

Sanft berührten Joeys Lippen Amys sehnsüchtig geöffneten Mund, sie nahm diese Berührung mit Staunen und Freude auf, denn Roberts Küsse waren stets hart und fordernd, und andere Männer hatte Amy noch nie geküsst.

Als Joeys Zunge sich vorsichtig in ihren Mund schob, seufzte sie leise auf. Doch unvermittelt zog er sich zurück und stand auf. Er sah beschämt und verlegen aus und sagte mit heiserer Stimme: »Verzeihen Sie, Madam, so weit hätte ich niemals gehen dürfen, aber …«

Auch sie erhob sich mit wackeligen Beinen, noch völlig betört von seinen Küssen. »Es ist nicht deine Schuld, ich wollte es genauso.«

Sein Blick war traurig. »Ich weiß. Schon seit Langem sehen Sie mich so … merkwürdig an. Und es hat mir gefallen.« Er lachte unglücklich auf. »Ich wollte Sie hassen, wie ich alle Weißen hasse, doch bei Ihnen gelang es mir nicht.«

Vor Glück hielt Amy den Atem an. Wie sehr hatte sie sich nach diesen Worten aus Joeys Mund gesehnt.

»Schon als ich Sie damals in Mathildas Hütte traf, war es um mich geschehen«, gestand er verschämt, ohne Amy anzusehen, während er an einem der Pflanzenblätter herumzupfte. »Aber es ist mir klar, dass es nicht sein darf, also sollten wir das, was gerade passiert ist, schnellstens vergessen.«

»Nein!«, rief Amy und hielt ihn am Ärmel fest, als er sich anschickte, zu den Pferden zu gehen, die friedlich am Wegrand grasten. »Ich kann diese wundervollen Minuten nicht vergessen, ich habe mich so sehr danach gesehnt. Du weißt, was für ein gefühlloser Mensch Mr Garrison ist; er kann mir nicht geben, was ich brauche.«

Mit einem nicht zu deutenden Blick musterte er sie. »Sie suchen einen Hengst fürs Bett, Madam? Dafür bin ich nicht der Richtige.«

»Aber nein, ich suche Liebe, Zärtlichkeit und das sichere Gefühl, geborgen zu sein.«

Sie schluckte hart, dann fügte sie kaum hörbar hinzu: »Ich liebe dich, Joey.«

Er trat einen Schritt auf sie zu und riss sie ungestüm an sich. »Und ich liebe dich, Amy. Gott ist mein Zeuge, wie sehr ich dich liebe.« Er bedeckte ihren Hals mit Küssen und ließ erst von ihr ab, als er merkte, dass er gleich die Beherrschung verlieren würde.

Vor Glück taumelnd ordnete Amy ihre Kleider. Joey liebte und begehrte sie! In diesem Moment war sie nur glücklich und bedachte nicht die Folgen, wenn sie mit Joey eine Affäre beginnen würde.

»Es wäre nicht richtig, wenn wir uns weiterhin allein sehen würden«, sagte er sanft und klaubte einen kleinen Zweig aus Amys Haar. »Wir dürfen unseren Gefühlen nicht nachgeben, denn damit bringen wir uns beide in Gefahr.«

Sie wusste, was ihnen blühte, sollte Robert auch nur ahnen, was zwischen ihnen vorging – er würde Joey totschlagen oder sofort verkaufen. Und sie selbst müsste damit rechnen, dass sich Robert unverzüglich von ihr trennen würde. Trotz all dieser schwerwiegenden Gründe wusste sie jedoch, dass sie nicht von Joey lassen konnte.

Bevor sie zurück zur Straße gingen, schlug Amy vor, ihre Ausritte nach und nach zu verlängern und zu einsamen Orten zu reiten, wo sie ungestört unter sich waren.

Nachdenklich schüttelte Joey den Kopf. »Das ist viel zu riskant. Dass uns heute niemand begegnet ist, halte ich für einen großen Zufall.« Er erinnerte sich an Amys Hochzeit, als er sie zum ersten Mal gesehen hatte und wie verzaubert von dem jungen, schüchternen Mädchen gewesen war, das so gar nichts von einer herrischen Pflanzersgattin zu haben schien. Er hatte versucht, sie zu vergessen, doch es war ihm nie gelungen, und als er sie in Mathildas Hütte entdeckte, hatte ihn fast der Schlag über das unverhoffte Wiedersehen und ihre Nähe getroffen. Aber er hatte begriffen, dass sie anders war als die meisten Weißen – sie behandelte die Sklaven wie Menschen, und auch Hetty war voller Lob, wenn die Sprache auf ihre Missis kam.

Und nun war also geschehen, wovon er seit Monaten träumte: Die schöne Herrin von *Heaven's Gate* hatte in seinen Armen gelegen und sich von ihm küssen lassen. Sicher, es gab viele weiße Frauen, die sich einen schwarzen Liebhaber hielten, um frischen Wind in ihre Schlafzimmer zu bringen, aber das war nicht das, was Joey wollte. Er wollte Amy ganz und gar, auch wenn ihm bewusst war, dass sein Wunsch niemals in Erfüllung gehen konnte. Selbst wenn er eines Tages ein freier Mann sein würde – seine Hautfarbe galt als Makel unter den Weißen und machte eine Beziehung mit Amy unmöglich. Und dann war natürlich noch die Tatsache, dass sie mit Robert Garrison, seinem rechtmäßigen Besitzer, verheiratet war, der sie niemals freigeben würde! Sie war bis an ihr Lebensende an diesen ständig betrunkenen Rohling gebunden. Inständig hoffte Joey, dass Amy nicht so endete wie die erste Missis.

Und trotzdem machte er ihr nun Hoffnungen auf ein weiteres Treffen – weil er nicht anders konnte. »Vielleicht finden wir ein Versteck im Wald; es gibt da eine verlassene Hütte. Dorthin verirrt sich kaum jemand.«

Voller Freude nickte Amy. Sie musste an sich halten, um Joey nicht mehr zu berühren, denn mittlerweile hatten sie die Pferde erreicht, und jederzeit konnte ein Reiter oder Fuhrwerk auftauchen.

Joey half ihr beim Aufsteigen und ermahnte sie, vorsichtig zur Plantage zurückzureiten; er selbst wollte eine Viertelstunde später nachkommen. Eiligst dachten sie sich eine plausible Geschichte aus, denn die anderen Sklaven hatten gesehen, wie Joey davonritt.

»Ich werde Ihnen erzählen, dass ich dich nicht gefunden habe«, sagte er mit einem zärtlichen Lächeln. »Im Beisein anderer werde ich weiterhin Madam zu dir sagen, auch wenn es mir schwerfällt.«

Sie seufzte leise, neigte sich vor, um Fabiennes Hals zu tätscheln, und dachte daran, dass auch sie sich nichts anmerken lassen durfte. Sie bedachte Joey mit einem letzten sehnsüchtigen Blick, dann trieb sie ihre Stute an.

Wie schon auf dem Hinweg trottete Fabienne gemächlich daher, doch Amys Herz klopfte zum Zerspringen. Innerlich jubelte sie – es war wie ein schöner Traum.

Diesmal nahm Amy den Hauptweg über die Eichenallee. Stolz und gerade saß sie auf dem Pferderücken, und sie war froh, dass auch sie sich eine Geschichte ausgedacht hatte, denn Hetty würde sich über die frühe Heimkehr wundern.

Schon von Weitem konnte sie sehen, wie sich die Haustür des Herrenhauses öffnete und das ernste Gesicht des Butlers im Türrahmen sichtbar wurde.

Langsam kam Kuba die Stufen herunter und wartete geduldig, bis seine Herrin ihr Pferd anhielt. Er nahm die Zügel und sagte in neutralem Ton: »Man hat sich Sorgen um Sie gemacht, Madam, deshalb ist Joey Ihnen nachgeritten.«

Eines der Dienstmädchen eilte mit einem Schemel heran, sodass Amy ohne weitere Hilfe absteigen konnte.

»Tatsächlich?«, tat sie verwundert, während sie ihre Handschuhe auszog. »Ich hatte mich entschlossen, doch nicht zur *White Swan*-Plantage zu reiten, da ich plötzlich arges Kopfweh bekam, und daher schlug ich den Heimweg früher ein.«

Sie nickte Kuba kurz zu und ging ins Haus, ohne sich noch einmal umzuschauen. Natürlich war auch Hetty erstaunt, ihre Herrin so schnell wiederzusehen; ihr erzählte Amy die gleiche Geschichte und bat um ein Schmerzpulver, denn tatsächlich dröhnte ihr Schädel noch immer, und sie betete, dass Hetty beim Frisieren die Beule nicht entdeckte.

Die Zofe half ihr aus dem Kleid, riet Amy, sich auf den Diwan im Ankleidezimmer zu legen, und holte das Pulver.

»Alle reden davon, dass Sie ohne Begleiter geritten sind«, sagte sie mit leichtem Vorwurf in der Stimme. »Und dabei hat es der Master doch ausdrücklich verboten. Joey ist Ihnen sofort gefolgt, denn wenn Ihnen etwas geschehen wäre, würde der Master ihn umbringen.«

Betont gleichgültig lachte Amy. »Ich weiß seine Besorgnis zu schätzen, aber wie du siehst, ist mir nichts geschehen.« Theatralisch rieb sie sich die Stirn. »Wenn mir diese dummen Kopfschmerzen nicht dazwischengekommen wären, würde ich jetzt in Augusta Wades Salon sitzen und Tee trinken. Bitte richte Joey mein Bedauern aus, dass wir uns verpasst haben; immerhin hat er genug im Stall zu tun, wo doch morgen dieser Pferdezüchter erwartet wird.«

Hetty nickte ohne Argwohn, aber wie lange würde es dauern, bis Amy ihr nichts mehr vormachen konnte?

Bereits am nächsten Tag sah sie Joey wieder, diesmal begegnete er ihr als gleichgültig blickender Begleiter. Fabienne war bereits gesattelt, als Amy bei den Ställen eintraf, und sie fand es unerträglich, dass Joey ihr vor den anderen Sklaven mit Ehrfurcht gegenübertreten musste. Daran würden sich beide gewöhnen müssen, auch wenn es ihnen nicht leicht fiel.

»Schönes Ausreitwetter heute, Madam«, sagte Joey, während er Fabienne auf den Hof führte. »Wir könnten nach *White Swan* reiten, wenn Sie mögen.«

Obwohl Amy lieber mit ihm in den Wald geritten wäre, um mit ihm allein zu sein, nickte sie begeistert. »Oh, welch wundervolle Idee! Heute ist mein Kopfweh fort, und Mrs Wade freut sich bestimmt über einen Besuch.« Sie sprach so laut, dass es jeder, der bei den Ställen zu tun hatte, verstehen konnte. »Es tut mir wirklich leid, dass du gestern wegen mir Unannehmlichkeiten hattest, aber deine Sorgen waren völlig unbegründet, wie du siehst.«

Wortlos nickte Joey, und wenige Minuten später befanden sie sich auf dem schmalen Verbindungspfad, der zur Straße führte. Obwohl weit und breit kein Mensch zu sehen war, wagten sie nicht, miteinander zu sprechen; erst am Ort des gestrigen Unfalls wandte Amy das Wort an den Mann.

»Was haben die anderen gestern gesagt?«, fragte sie mit gedämpfter Stimme. »Sicher haben sie Fragen gestellt.«

»Und ob sie das getan haben. Als ich zurückkam, wurde ich mit der Mitteilung empfangen, dass die Missis bereits eingetroffen sei. Es blieb mir nichts anderes übrig, als über deinen Leichtsinn zu schimpfen und meine vergebliche Suche nach dir zu schildern. Aber sie haben mir jedes Wort abgenommen.«

Sie atmete erleichtert auf. »Dem Himmel sei Dank. Nicht auszudenken, wenn mein Sturz bekannt geworden wäre, und dass wir … nun ja, uns nähergekommen sind.«

»Die Baumwollstauden waren ein ideales Versteck.« Er grinste, sodass Amy seine schönen, weißen, ebenmäßigen Zähne sah. »Ich habe die ganze Nacht von dir geträumt.«

Zart errötend, gab Amy zu, auch von ihm geträumt zu haben, und flüchtig dachte sie daran, dass sie seit Roberts Abreise keinen Gedanken an ihren Mann verschwendet hatte.

Langsam ritten sie ihrem Ziel entgegen. Wie schon am Vortag begegnete ihnen niemand, trotzdem waren sie auf der Hut.

»Kann man Kuba vertrauen?«, fragte Amy übergangslos. »Er sah mich gestern auf der Allee und war sofort zur Stelle, um mir beim Absteigen behilflich zu sein. Wie sehr ist er seinem Herrn verbunden?«

»Du kannst ihm bedingungslos vertrauen, er wird dich nicht beim Master verraten – niemand von uns wird das tun.«

»Er scheint einen besonders hohen Status bei Mr Garrison zu haben«, gab Amy nachdenklich zurück. »Mein Mann vertraut ihm die gesamte Haushaltsführung an.«

Joey nickte. »Kuba ist ein kluger Mann, er brachte mir lesen und schreiben bei.«

»Er kann …?«

»Ja, der Master hat es erlaubt, damit Kuba Einkaufslisten anfertigen kann. Allerdings weiß der Master nicht, dass Kuba sein Wissen an einige von uns weitergegeben hat.« Wieder grinste Joey, diesmal ziemlich frech. »Wüsste der Master davon, würde er seinen Butler, ohne mit der Wimper zu zucken, verkaufen, das steht fest.«

Gedankenverloren ritt Amy weiter. Traurig zu wissen, dass dieser treue, langjährige Sklave wegen einer Lappalie zum Sklavenmarkt gezerrt werden konnte, ohne sich zur Wehr setzen zu können.

»Wie lange ist Kuba schon auf der Plantage?«, fragte Amy, als die weißen Säulen von *White Swan* in Sicht kamen.

»Schon so lange, wie ich mich erinnern kann. Er war immer sehr still und in sich gekehrt und bleibt meistens unseren Festen fern. Trotzdem hat er vor einigen Jahren angeboten, uns zu unterrichten, was ich ihm hoch anrechne. Doch kaum jemand weiß, was hinter seiner Stirn vor sich geht.«

Einen ähnlichen Eindruck hatte auch Amy, und sie verriet Joey, dass Kuba sie damals vor der Heirat mit Robert gewarnt hatte. Das war sogar für ihn eine große Überraschung. »Er wusste, was auf dich zukam, schließlich hat er das Schicksal der ersten Missis mit ansehen müssen. Er hat sich nie anmerken lassen, was er davon hielt, aber ich bin sicher, er hasst den Master deshalb abgrundtief. Der Verfall der Missis, ihr Weinen und die Schläge, die sie bekam, weil sie nicht den gewünschten Erben zur Welt brachte, hat Kuba tagtäglich erlebt. Einmal redete er davon, und sein Gesicht verzog sich vor Abscheu.«

Amy mochte gar nicht daran denken, dass auch ihr dieses Schicksal bevorstand, und sie erwiderte nachdenklich: »Ich dachte, er wollte mich aus Liebe heiraten. Was er Melva angetan hat, wird Mrs Carter nicht gewusst haben, sonst hätte sie mich nicht dazu gedrängt, ihn zu heiraten.«

Sie erreichten die Auffahrt der Nachbarplantage, und Joey zügelte sein Pferd, um hinter Amy zum Herrenhaus zu reiten, wie es sich für einen Sklaven gehörte.

Augusta war hocherfreut über den Besuch und schickte Joey in die Küche, damit er sich stärken konnte. Sie nahm Amy wie eine alte Freundin bei der Hand und führte sie in den kleinen gemütlichen Salon im Erdgeschoss.

»Ich hoffe, Robert wird nicht ungehalten, wenn er erfährt, dass Sie hier sind«, sagte sie mit bekümmerter Miene. »Ich weiß ja, wie jähzornig er sein kann.«

Doch Amy konnte ihre Bedenken zerstreuen, denn sie hatte von Robert die ausdrückliche Erlaubnis erhalten, die Nachbarin zu besuchen – allerdings nur in Joeys Begleitung. Den missglückten Versuch vom Vortag verschwieg sie wohlweislich.

Auf einem Seitentischchen lag die neueste Ausgabe der *New Orleans Times,* Augusta schien ganz ungeniert darin gelesen zu haben.

»Meine liebste Lektüre«, antwortete sie auf Amys vorsichtige Frage. »Schließlich muss man auf dem neuesten Stand sein, was die Politik betrifft, denn das geht jeden von uns etwas an.«

»Robert erlaubt es mir nicht, darin zu lesen«, entgegnete

Amy und verzog den Mund. »Aber ich tue es trotzdem, und zwar heimlich.«

Ein amüsiertes Lächeln huschte über Augustas Gesicht. »Gut so. Sie sind auf dem besten Weg, selbstständig zu denken und zu handeln. Aber seien Sie vorsichtig, dass Robert Sie nicht dabei erwischt – er mag es nicht, wenn Frauen zu viel wissen.«

In diesem Augenblick wurde Amy bewusst, dass sie auf *Heaven's Gate* nicht viel mehr Rechte als die Sklaven hatte. Die arme Melva war daran zerbrochen, sie schien recht sensibel gewesen zu sein und völlig ungeeignet, mit einem herrischen Mann wie Robert durchs Leben zu gehen.

Ein Mädchen brachte Tee, und Amy fiel auf, wie ruhig und gelöst ihre Miene war. Die Sklaven auf *Heaven's Gate* hingegen machten einen demütigen, stillen Eindruck.

Die beiden Frauen unterhielten sich angeregt, bis es Zeit zum Aufbruch wurde. Augusta begleitete Amy zur Haustür, Joey stand bereits mit den gesattelten Pferden parat.

»Ein gut aussehender Bursche«, flüsterte sie Amy zu, und als sie deren errötendes Niederschlagen der Lider bemerkte, lächelte sie wissend und fügte mit Nachdruck hinzu: »Seien Sie vorsichtig, meine Liebe.«

15

Von nun an dehnten sie ihre nachmittäglichen Ausritte unauffällig aus, bis Joey drei Tage vor Roberts Rückkehr aus New Orleans Amy zu der einsamen Hütte im Wald führte. Kleine Zärtlichkeiten hatten sie bereits zuvor heimlich ausgetauscht, wagten jedoch nicht weiterzugehen.

Die Hütte aus morschen Holzlatten lag versteckt im Unterholz. Schon lange hatte sie niemand mehr aufgesucht, was an dem alten Strohlager im Inneren zu sehen war.

»Früher haben hier Waldarbeiter übernachtet oder sich bei Regen untergestellt«, wusste Joey zu erzählen, nahm Amy bei der Hand und führte sie zu dem Strohhaufen in einer der Ecken. Er war längst nicht so selbstbewusst, wie er tat, denn nie zuvor hatte er mit einer weißen Frau geschlafen.

Amy war die Verunsicherung anzusehen. Sie sehnte sich nach Joey, dennoch beschlich sie eine leise Angst. Immerhin war die körperliche Liebe für sie stets mit Schmerzen verbunden, und sie fürchtete, dass Hetty log, wenn sie behauptete, dass es auch für eine Frau sehr schön sein könne.

Die windschiefe Tür ließ sich knarrend schließen; Joey hatte die Pferde zuvor an der Rückseite der Hütte angebunden, damit sie unentdeckt blieben, sollte zufällig jemand des Weges kommen, was eigentlich ausgeschlossen war. Doch Joey wusste ebenso wie Amy, was ihnen blühte, wenn sie erwischt wurden. Um sich selbst sorgte er sich dabei nicht, aber für Amy würde der Rest ihres Lebens zum Spießrutenlauf werden.

Er spürte, dass sie zitterte, und umschloss sie mit seinen starken Armen, bis sie sich entspannte. Mit geschlossenen Augen lehnte sie sich an seine Brust – so fest, dass sie seinen kräftigen Herzschlag vernehmen konnte.

»Hab keine Angst«, wisperte er und küsste dabei ihr seidenweiches Goldhaar. »Ich werde dir nicht wehtun.«

Vertrauensvoll blickte sie zu ihm auf, stellte sich auf die Zehenspitzen und küsste ihn, während sie ihre Arme um seinen Hals schlang. Joey erwiderte ihre Küsse, die von Sekunde zu Sekunde leidenschaftlicher wurden. Er streichelte Amys Rücken und nestelte an den Knöpfen ihres Reitjäckchens, bis er alle geöffnet hatte.

Ohne Scham stieg Amy aus dem Kleid und ihren Unterröcken. Vor Robert genierte sie sich immer, sie trug stets ein hochgeschlossenes Nachthemd und bat ihn, das Licht zu löschen, bevor er zu ihr kam. Doch vor Joeys begehrlichem Blick schämte sie sich nicht; es war, als würde sie Joey schon ewig kennen, und sie vertraute ihm blind.

»Du bist wunderschön«, hauchte er und machte sich an der Rückenschnürung ihres Korsetts zu schaffen. Schließlich stand sie nackt vor ihm, und es verschlug ihm schier die Sprache. Er hatte nicht geahnt, wie zart und hell der Körper einer weißen Frau sein konnte, und er entledigte sich innerhalb weniger Sekunden seiner Kleidung.

Amy hatte nie zuvor in ihrem Leben einen nackten Mann gesehen. Wenn Robert sich vor ihr auszog, wendete sie immer peinlich berührt den Kopf zur Seite, aber Joeys bronzefarbener Körper war so makellos und schön, dass Amy vor Sehnsucht heftiger zu atmen begann.

Gemeinsam sanken sie auf das Strohlager, eng umschlungen und mit den Händen den Körper des anderen liebkosend. Als Amy seinen steifen Penis auf ihrem Bauch spürte, zuckte sie unwillkürlich zurück, denn er war groß und hart und schien große Schmerzen zu versprechen.

Doch wieder bat Joey sie, keine Angst zu haben. Er küsste Amys junge Brüste mit einer Sanftheit, die Amy fast in Tränen ausbrechen ließ. Ja, das war das Gefühl, von dem sie so oft in Liebesromanen gelesen hatte – die Sehnsucht, sich fallenzulassen, um die Zärtlichkeiten des geliebten Mannes zu genießen.

Joey wurde nicht müde, ihren jungen zarten Körper mit Küssen zu bedecken, an sein eigenes Vergnügen dachte er überhaupt nicht. Fasziniert von Amys Schönheit wurde er nicht müde, sie zu liebkosen, auch wenn sein Körper förmlich nach Erlösung schrie.

In Amy begann ein wildes Feuer zu brennen, so stark, dass es sie erschreckte. Sie strich über Joeys muskulösen Rücken, fuhr zunächst zurück, als sie die Narben darauf fühlte, nahm ihre Tätigkeit jedoch sofort wieder auf. Seine Haut war weich wie Seide, und am liebsten hätte Amy nie wieder aufgehört, mit den Händen darüberzugleiten.

Er spürte, wie feucht sie war, wälzte sich vorsichtig auf sie und drang behutsam in sie ein. Für den Bruchteil einer Sekunde hielt Amy die Luft an, doch dann merkte sie, dass Joey ihr trotz seines großen Gliedes nicht wehtat. O nein, im Gegenteil, es war angenehm, ihn in sich zu spüren. Er bewegte sich langsam, und schnell passte sich Amys Körper seinem Rhythmus an, als hätte sie nie etwas anderes getan.

Unter geflüsterten Liebesbezeugungen jagte Amy dem ersten Orgasmus ihres Lebens entgegen, und als es so weit war, bäumte sie sich auf, rief Joeys Namen und umklammerte ihn. Eine heiße Welle strömte durch ihren ganzen Körper, ließ sie zittern und stöhnen. Auch Joey stöhnte laut und ließ seiner Leidenschaft schließlich freien Lauf, bis er sich mit einem unterdrückten Schrei in sie ergoss.

Es vergingen mehrere Minuten, bis Amy wieder zur Besinnung kam. Das gerade Erlebte war so unbeschreiblich gewesen, dass sie glaubte, geträumt zu haben. Sein Atem wurde gleichmäßiger, und Joey bettete Amys Kopf an seine Brust und bedeckte ihren nackten Körper mit dem Reitkostüm.

Sie schloss die Augen, fühlte sich geborgen wie nie zuvor. Endlich wusste sie, was Liebe war. Endlich wusste sie, dass das, was sie mit Robert erlebte, nichts mit Liebe zu tun hatte.

»Davon habe ich schon so lange geträumt«, raunte ihr Joey ins Ohr. »Immer wieder habe ich mir eingeredet, dass ich nicht an dich denken darf, weil es nicht recht ist. Aber ich konnte nicht anders … ich liebe dich und werde dich immer lieben.«

Sie hob den Kopf und betrachtete ihn voller Zärtlichkeit. Seine dunklen, fast schwarzen Augen sprachen die Wahrheit, und flüchtig erinnerte sich Amy an den ersten Kontakt mit Joey und seinen wilden, hasserfüllten Blick.

»Ich bin so glücklich«, stammelte sie ergriffen. »Auch ich habe so sehr gegen meine Gefühle angekämpft, doch es ist zwecklos.« Zaghaft griff sie nach seinem rabenschwarzen Haar und ließ ihre Finger darüber streichen. Wie kräftig und dennoch weich es war!

Sie hielt inne, als sie Joeys plötzlich bekümmerte Miene entdeckte. Sofort richtete sie sich auf. Bereute er nun doch, ein Verhältnis mit ihr begonnen zu haben?

Doch er konnte sie schnell beschwichtigen. »Ich sorge mich, ob wir unsere Liebe geheim halten können, denn sie *muss* ein Geheimnis bleiben. Hast du wirklich niemandem von uns erzählt?«

Energisch verneinte Amy. »Hetty sieht mich zwar manchmal so merkwürdig an, aber ich bin sicher, dass sie nichts ahnt. Aber Mrs Wade …« Sie berichtete von Augustas angedeuteter Mahnung zur Vorsicht.

»Kannst du ihr vertrauen?«

»Ich glaube schon, denn sie ist genau wie ich eine Gegnerin der Sklaverei. Ich denke, sie wird Robert nichts verraten, denn sie verabscheut die Art, wie er mit seiner ersten Frau umgesprungen ist. Nein, ich bin davon überzeugt, dass sie uns nicht verrät.«

Joey zog sie noch näher an sich und legte seine Wange an ihren Kopf. »Mit dir zusammen zu sein war mein größter Traum …, zumindest die Hälfte davon.«

»Wie meinst du das?«

»Ich träume davon, mit dir wegzugehen. Hoch in den Norden, wo ich frei wäre und wir uns lieben dürften.«

Erschrocken fuhr Amy hoch, ihre Augen waren vor Schreck

weit geöffnet. »Du denkst daran, zu fliehen? O Joey, vergiss diesen Gedanken, er ist nicht durchführbar! Fast täglich kann man in der Zeitung lesen, wie erfolgreich die Sklavenjäger sind – und die Sklaven, die sie eingefangen haben, werden von ihren Besitzern halb totgeschlagen oder gehängt.« Sie schluckte. »Neulich las ich, dass manche Plantagenbesitzer ihren Sklaven einen Fuß abhacken, damit sie nicht noch einmal zu fliehen versuchen.«

Er zog sie wieder zu sich heran. »Beruhige dich, es ist doch nur ein Traum.«

»Und außerdem bin ich mit Robert verheiratet und bis an mein Lebensende an ihn gebunden.«

»Ich werde wahnsinnig, wenn ich daran denke, dass er dich in den Armen hält.« Joey nahm ihr Gesicht in beide Hände und bedeckte es mit unzähligen Küssen. Noch einmal liebten sie sich, diesmal langsam und jede Sekunde auskostend.

* * *

Lässig nahm Amy den Hut ab und reichte ihn ihrer Zofe, bevor sie sich aus dem Kleid helfen ließ. Es war gar nicht so einfach, so zu tun, als wäre nichts Besonderes geschehen; und dabei spürte sie noch immer Joeys weiche Lippen auf ihrer Haut.

Sie setzte sich vor den Frisiertisch, damit Hetty die Haarnadeln entfernen konnte. Im Spiegelbild konnte sie sehen, dass die Sklavin bei ihrer Tätigkeit plötzlich stutzte.

»Sie waren heute lange unterwegs, Madam«, murmelte sie. »Bald wird es dunkel.«

»O ja, Joey zeigte mir einen Weg durch den Wald, den ich noch nicht kannte und der zu Pferd gut passierbar ist. Liebend gerne wäre ich noch weiter geritten, aber Joey meinte, dass es Zeit zur Heimkehr sei.« Erschrocken sah sie, dass Hetty etwas zwischen den Fingern hielt und skeptisch betrachtete.

»Was hast du da?«, fragte Amy mit bangem Herzen.

»Es sieht aus wie der Teil eines Strohhalmes, Madam.« Hettys wissender Blick war auf ihre Herrin gerichtet, die nicht wusste, was sie darauf erwidern sollte.

Doch ihre Reaktion schien eindeutig zu sein, denn die Sklavin fuhr fort: »Es steht mir nicht zu, von Ihnen eine Erklärung zu erwarten, aber …«, sie zog scharf die Luft ein, »aber ich weiß, dass Sie und Joey … ich meine, ich ahnte es seit Langem. Wenn von ihm die Rede ist, leuchten Ihre Augen, und bei ihm ist es genauso.«

Eine eisige Faust schien nach Amys Herzen zu greifen. Wenn Hetty und Augusta es wussten, mussten es bald auch die anderen erfahren. Sie schlug die Hände vors Gesicht und begann zu schluchzen. »Wir konnten nicht länger unsere Gefühle voreinander verbergen. Glaub mir, ich bin keines dieser losen Frauenzimmer, die …«

»Aber Madam!«, fuhr Hetty auf. »Ich verurteile Sie doch nicht.«

»Aber Joey ist dunkelhäutig und dazu auch noch ein Sklave. Und ich bin verheiratet.«

Tröstend legte Hetty ihre Hände auf Amys zuckende Schultern. »Bitte weinen Sie nicht mehr. Ihr Geheimnis ist bei mir sicher, niemand sonst ahnt etwas. Ich gönne Ihnen Ihr Glück, denn wenn Sie einen guten und zärtlichen Ehemann hätten, wäre das nie geschehen.«

Nein, vermutlich nicht. Würde Robert sie aufrichtig lieben, hätte sich auch Amy zweifellos in ihn verlieben können, und kein anderer Mann hätte eine Chance bei ihr gehabt.

»Trotzdem ist es verboten.« Amy schnäuzte in das Taschentuch, das Hetty ihr fürsorglich reichte. »Vor Gott begehe ich eine Sünde.«

Hetty schnaufte. »Sie wissen, was ich von diesem Christengott halte, Madam. Er lässt zu, dass mein Volk gequält und gedemütigt wird, also soll er auch zulassen, wie zwei Liebende zueinanderfinden.«

Trotz der aussichtslosen Situation musste Amy schmunzeln

und bedauerte, nicht so sorglos denken zu können. Aber leider war die Sache nicht so einfach.

»Wenn Mr Garrison uns auf die Schliche kommt, können Joey und ich nur noch beten«, sagte sie kaum hörbar mit zitternder Stimme. »Nicht nur Joey ist in seinem Besitz, sondern auch ich. Ja, auch ich fühle mich nur als Gegenstand in diesem Haus. Bitte verrate uns nicht …«

Unvermittelt sank Hetty auf die Knie und küsste Amys Hände. »Eher würde ich mir die Zunge herausschneiden, als das zu tun, Madam. Sie sind so gut, haben noch nie mit mir geschimpft oder mich geschlagen oder mich wegen meines losen Mundwerks verurteilt … und Sie achten mein Volk. Sie sind genauso edel wie die erste Missis, und deshalb würde ich alles für Sie tun.«

Überwältigt von Hettys Gefühlsausbruch bat Amy die Sklavin aufzustehen. Es war ihr peinlich, dass ihre Zofe sich vor ihr demütigte.

Als wäre in den vergangenen Minuten nichts geschehen, machte sich Hetty wieder an den Haaren ihrer Herrin zu schaffen, während diese gedankenverloren ihr Spiegelbild betrachtete.

»Ich fürchte, ich werde so enden wie Melva«, sagte sie. »Auch mich wird Robert ruinieren, wenn ich ihm keinen Sohn schenke.«

»O nein, Sie werden überleben, Madam«, prophezeite Hetty mit ernster Miene. »Die erste Missis war schwach, doch Sie sind stark – und Sie haben Joey an Ihrer Seite. Seine Liebe wird Sie jeden Kummer vergessen lassen.«

Plötzlich hob Amy den Blick. »Und wenn ich von ihm schwanger werde?«

»Sie müssen vorsorgen, Madam«, erwiderte Hetty, während sie Amys Haar zu einem kunstvollen Zopf flocht. »Es ist nicht gut, schwanger zu sein, weder von dem einen Mann noch von dem anderen. Ich besorge Ihnen etwas von diesen Kräutern, von denen wir mal gesprochen haben.«

Amy erinnerte sich an die geheimnisvollen Kräuter, war sich jedoch nicht sicher, ob sie ihnen trauen konnte. Doch nach Hettys Behauptung zu urteilen, nahmen alle Sklavinnen davon, wenn sie kein Kind haben wollten, das dann ohnehin zum Besitz des Masters gehören würde.

»Es ist vorhin ein Brief aus New Orleans gekommen«, sagte Hetty übergangslos. »Er liegt im Salon. Kuba hat mir aufgetragen, es Ihnen zu sagen, Madam.«

Vermutlich ein Brief von Robert, der zweite nach seiner Abreise. Lustlos stand Amy auf, ließ sich in ein schlichtes Kleid helfen und nahm sich vor, den Brief noch vor dem Dinner zu lesen.

Robert schrieb nichts Aufregendes, und Amys Hoffnung, dass er seinen Aufenthalt in New Orleans verlängern wollte, zerstob beim Lesen der nüchternen Zeilen. Der Baumwollpreis sei leicht gestiegen, hieß es, und die Stadt sei seit seinem letzten Besuch noch lauter und schmutziger geworden. Alles Phrasen, kein liebes Wort oder eine Liebesbezeugung, und Amy beschlich der Verdacht, dass Robert nur aus Pflichtgefühl geschrieben hatte. Ferner wollte er wissen, ob der Pferdeverkauf stattgefunden hatte und ob die Dienstboten fleißig seien.

Gleich nach dem einsamen Abendessen setzte sich Amy an den Sekretär in ihrem Ankleidezimmer und schrieb zurück, weil Robert das erwartete. Auch wenn ihn der Brief kaum vor seiner Heimreise erreichen würde, so konnte sie doch bezeugen, Kuba mit der Beförderung beauftragt zu haben.

Emotionslos beantwortete Amy die Fragen ihres Mannes und gab bereitwillig Auskunft über alles, was er wissen wollte. Genauso gut hätte sie einen Schulaufsatz schreiben können, fuhr es ihr durch den Kopf, während sie die Feder in das Tintenfass tauchte.

Erst als der Brief versiegelt und dem Butler übergeben war, erlaubte sich Amy, an den Nachmittag in der Hütte zu denken. Allein der Gedanke an Joeys muskulösen Körper, an seine suchenden Hände und seine heißen Küsse ließ Amy schwindeln, und sie musste an sich halten, um nicht vor Sehnsucht aufzuschreien. Ihr war allerdings bewusst, dass sie nicht täglich zur Hütte reiten konnten, denn es würde sogar dem einfältigsten Sklaven auffallen, wenn Joey stets bis zum Abend fortblieb.

Amy nahm sich vor, beizeiten zu Bett zu gehen, und läutete nach Hetty. Diese erschien mit einem verschwörerischen Lächeln, nahm etwas aus ihrer Schürzentasche und legte es auf den Frisiertisch.

»Was ist das?« Argwöhnisch zeigte Amy auf das Tuch, in das etwas eingewickelt war.

»Die Zaubermedizin«, gab Hetty leise zurück. »Zerbröseln Sie ein paar von den Kräutern und schlucken Sie sie hinunter.«

»Woher hast du das so schnell bekommen?« Amy wickelte die Kräuter aus, die getrocknet waren und denen ein kräftiger Duft entströmte.

»Eine Feldarbeiterin hat sie mir gegeben. Ich log sie an und behauptete, ich hätte mich verliebt, wollte aber kein Baby, weil ich Angst hätte, dass der Master es verkauft.«

Beruhigt ließ sich Amy nieder. »Wenn herauskäme, dass die Kräuter für mich sind, wäre der Teufel los.«

»Ich gebe Ihnen jeden Tag etwas davon«, schlug Hetty vor. »Wenn ich die Kräuter in meiner Kammer aufbewahre, wird es niemandem auffallen, und der Master kann sie nicht finden.«

Was passierte, wenn Robert je erführe, dass seine Frau gar nicht schwanger werden wollte, wagte sich Amy gar nicht erst auszumalen, und sie schickte einen dankbaren Blick zu ihrer Zofe. Sie spürte, dass sie Hetty vertrauen konnte und nicht fürchten musste, dass ihr bittersüßes Geheimnis ans Tageslicht kam.

Amy überlegte kurz, dann nahm sie all ihren Mut zusammen und sagte: »Joey erwähnte heute den Begriff ›Flucht‹. Weißt du etwas darüber?«

Hettys Erstaunen war nicht gespielt. »Er würde niemals fliehen, Madam. Im Gegenteil, immer wieder versucht er, die Hitzköpfe, die eine Flucht wagen wollen, zu beschwichtigen und ihnen zu erklären, dass sie bereits bei dem Gedanken schon tot seien. O nein, er ist viel zu klug, um nicht die Gefahren einer Flucht abschätzen zu können. Seien Sie unbesorgt, ohne Sie würde er nirgendwo hingehen, dafür lege ich meine Hand ins Feuer.«

Bis zu Roberts Heimkehr ritten sie nur noch ein einziges Mal zur Hütte und liebten sich leidenschaftlich; sie wussten nicht, wann sie wieder Gelegenheit dazu haben würden. Sie waren am frühen Nachmittag losgeritten, sodass sie sich Zeit lassen konnten. Nackt schmiegten sie sich aneinander, genossen die betörende Nähe des anderen und träumten von einer gemeinsamen Zukunft.

»Irgendwann bin ich frei«, sagte Joey trotzig. »Und dann nehme ich dich an die Hand und gehe mit dir fort – egal, ob du verheiratet bist oder nicht.«

Amy dachte etwas nüchterner. Sicher, sie wollte dasselbe wie er, doch wenn die Sklaverei nicht abgeschafft wurde, konnte Joey niemals frei sein. Wenn sie Geld hätte, könnte sie einen Strohmann bitten, Joey Robert abzukaufen. Doch erstens hatte sie kein Geld, und zweitens war nicht einmal garantiert, dass Robert sich von seinem Stallmeister trennen würde. Und wenn Amy dann bei Nacht und Nebel mit Joey davonlief, würde Robert alle Hebel in Bewegung setzen, um seine untreue Gemahlin zu suchen … und er würde sie finden. An die Folgen wollte Amy genauso wenig denken wie daran, dass Robert von ihrem Verhältnis erfuhr.

»Oben im Norden würde uns niemand schief ansehen«, fuhr Joey nachdenklich fort. »Wir könnten ein ganz normales Leben führen und Kinder haben.«

Bei diesem Stichwort verriet sie ihm von den Kräutern, die sie nun regelmäßig einnahm.

»Ich habe davon gehört«, gab er zurück. »Das ist eine vernünftige Entscheidung, mein Liebling. Stell dir nur vor, du bekommst ein Kind, und es hat meine Hautfarbe.«

Obwohl dieses Thema alles andere als lustig war, musste Amy kichern. »Ich versuche mir gerade Roberts Gesichtsausdruck vorzustellen.«

Auch er musste schmunzeln, wurde jedoch sofort wieder ernst. »Darauf dürfen wir es nicht ankommen lassen, hörst du? Es wäre eine Katastrophe, und du würdest den Tag der Entbindung nicht überleben. Der Master kann sehr brutal sein, ich hab das immer wieder bei der ersten Missis gesehen. Er scheut sich nicht davor, eine Frau zu schlagen, und wird es auch bei dir tun.«

Langsam richtete Amy ihren Oberkörper auf und stützte sich auf ihre Ellbogen. »Warst du auch in Melva verliebt?«

»Was?« Für eine Sekunde schien Joey irritiert zu sein, doch dann lachte er und verneinte. »Ich mochte sie, weil sie gut zu uns Sklaven war, und sie tat mir leid. Aber du bist die erste und einzige weiße Frau, die ich liebe.«

Vorsichtig erkundigte sich Amy nach seinen früheren Liebschaften. Die Frauen hatten es ihm immer leicht gemacht, gab er zu, und oft genug hätte er nicht Nein sagen können, wenn eine hübsche Sklavin ihm schöne Augen gemacht hatte.

»Aber das war nie etwas Ernstes«, fügte er mit Nachdruck hinzu. »Genau wie du erlebe ich jetzt zum ersten Mal das Glück der großen Liebe. Und ich war sicher nicht minder erschrocken als du, als ich feststellte, dass diese Liebe jemandem gehört, der eine andere Hautfarbe hat als ich.«

Sanft strich Amy mit der Fingerkuppe über sein Gesicht. Seine Haut war weich trotz der schweren Arbeit bei Wind und Wetter.

»Nach der Hochzeitsnacht glaubte ich, gar nicht fähig zur Liebe zu sein, weil ich bei Roberts Umarmung nur Schmerz und Widerwillen empfand. Erst durch dich habe ich erfahren, wie schön körperliche Liebe sein kann.«

Er nahm ihren Finger und küsste ihn. »Du hättest den Master niemals heiraten dürfen, er hat zu viel Macht über dich. Ich werde nicht zulassen, dass es dir wie der ersten Missis ergeht!«

»Hetty meint, dass Melva zu schwach war.«

Joey hob ihr Kinn an und suchte ihren Blick. »Du vertraust ihr sehr viel an.«

»Sonst habe ich niemanden. Sie hat etwas Stroh in meinem Haar gefunden und wusste sofort Bescheid. Hätte ich unsere Liebe leugnen sollen?«

Er schüttelte ernst den Kopf. »Du könntest ihr sowieso nichts vormachen. Aber Hetty ist auf deiner Seite und steht zu dir, das weiß ich, und sie wird dich immer vor dem Master in Schutz nehmen, selbst wenn sie dafür Schläge einstecken müsste.«

Amy barg ihren Kopf wieder an seiner Schulter. Anscheinend fand sie bei den Sklaven mehr Mitgefühl als bei ihren eigenen Leuten, und sie war froh darüber. Außer Augusta Wade schien es jedem Plantagenbesitzer egal zu sein, dass Robert seine erste Frau in den Tod getrieben hatte. Die meisten taten so, als hätten sie keine Ahnung davon.

»Es wird Krieg geben«, sagte Joey übergangslos. »Und dieser Krieg wird entscheiden, ob ich und all die anderen als Sklaven sterben oder als freie Männer.« Er klang besorgt und ohne Hoffnung, doch seinen Traum von Freiheit würde er sich bis an sein Lebensende bewahren.

16

Roberts Ankunft sah Amy mit gemischten Gefühlen entgegen. Er traf pünktlich mit dem Raddampfer in Baton Rouge ein; Kuba holte ihn mit der leichten Kutsche ab.

Während Roberts Abwesenheit hatte sich eine fast heitere Stimmung im Hause breitgemacht. Ähnlich wie auf *White Swan* bewegten sich die Sklaven – außer dem Butler – mit gelösten Gesichtern durchs Haus, es wurde gekichert und getuschelt. Nun, da der Master zurückerwartet wurde, legte sich wieder eine bedrückende Stille über die Plantage.

Robert sah gut aus, er trug einen neuen Anzug mit passender Weste und schien mit dem Verlauf seiner Reise zufrieden zu sein. Seine Frau begrüßte er mit außerordentlicher Liebenswürdigkeit, die Amy an ihr erstes Treffen mit ihm in Mrs Carters Salon erinnerte.

Er traf zur Mittagszeit auf *Heaven's Gate* ein und bat Amy in den Salon; Kuba scheuchte er mit einer unwirschen Handbewegung aus dem Zimmer.

Beklommen nahm Amy Platz. Sie durfte sich nicht anmerken lassen, was in der Zwischenzeit geschehen war. Robert durfte unter keinen Umständen Verdacht schöpfen.

»Nun, meine Liebe«, begann er mit einem höflichen Lächeln. »Wie ist es dir als Hausherrin ergangen? Haben die Sklaven deine Befehle befolgt? Du kannst es mir ruhig sagen, ich werde sie sonst auspeitschen lassen als Warnung fürs nächste Mal.«

Erschrocken fuhr sie auf. »O nein, Robert! Sie folgten mir aufs Wort und behandelten mich respektvoll. Frag nur Kuba, er kann es dir bestätigen.«

»Kuba!«, schnaufte er verächtlich. »Der steckt doch mit den

anderen Schwarzen unter einer Decke. Ich habe dir mehrmals zu erklären versucht, was für eine falsche Bande das ist. Sie lächeln dir ins Gesicht und halten das Messer, mit dem sie dir die Kehle durchschneiden wollen, hinter dem Rücken versteckt.«

Amy senkte den Kopf. Es hatte keinen Sinn, die Sklaven zu verteidigen, das würde Robert nur hellhörig machen.

Er schlug die Beine elegant übereinander und zog an seiner Zigarre. Glücklicherweise schien er an diesem Tag noch nichts getrunken zu haben, denn sein Blick war klar, und die Lust im Salon roch nur nach Amys Parfüm und nicht nach alkoholischen Ausdünstungen.

»Bist du mit dem Reitunterricht vorangekommen?« Und als Amy zaghaft nickte, fuhr er fort: »Nun gut, ich werde später mit Joey darüber reden. Ich denke, du bist nun sicher genug im Sattel, um an meiner Seite Reitausflüge machen zu können. Ich muss mit dem Strolch sowieso wegen des Pferdeverkaufs reden.«

Sie rang sich ein Lächeln ab, obwohl ihr Inneres aufschrie. Die kostbaren Reitstunden waren die einzigen Stunden, in denen sie Joey treffen konnte. Ohne sie würde Amy kaum Gelegenheit finden, ihren Liebsten zu sehen.

Robert schnippte lässig ein Staubkorn von seinem Samtkragen. »Ich habe dir etwas aus New Orleans mitgebracht, es wird dir gefallen. Die Stadt ist aufregend, auch wenn sie nicht für anständige Ladys geeignet ist. Wenn nicht meine kleine Frau hier sitzen würde, hätte ich meinen Aufenthalt in New Orleans verlängert.«

Der lüsterne Blick, den er Amy bei diesen Worten schickte, ließ sie erschauern. Ihr war bewusst, dass sie in dieser Nacht ihrem Mann gehören würde, und Panik machte sich in ihr breit. Robert begann von einem Bekannten zu sprechen, den er zufällig in der Stadt getroffen hatte, was Amys Panik noch verstärkte.

»Brad ist keine fünf Jahre verheiratet und bereits Vater von zwei strammen Söhnen und einer Tochter. Daran solltest du dir ein Beispiel nehmen.«

»Aber Robert, hast du denn vergessen, was der Doktor gesagt hat?«, versuchte sie, ihn zu beschwichtigen, während sie versuchte, nicht an die geheimnisvollen Kräuter zu denken, die sie regelmäßig zu sich nahm. »Jeder Frauenkörper ist anders, und ich …«

Sie zuckte zusammen, als Robert hart auf die Sessellehne schlug. »Verdammt, wieso muss ich ständig an unfruchtbare Frauenzimmer geraten! Kannst du dir vorstellen, wie ich mich fühle, wenn mir jemand stolz von seiner ständig wachsenden Familie vorschwärmt? Wie ein Versager fühle ich mich jedes Mal. Jawohl, und du bist schuld daran!«

Seine Halsader schwoll bedrohlich an, und Amy wusste, dass jetzt jedes Wort von ihr zu viel wäre. Also senkte sie demütig den Blick und betrachtete ihre gefalteten Hände.

Abrupt stand Robert auf und betätigte den Klingelzug. An seine Frau gewandt, sagte er: »Wenn du dieses Mal wieder nicht schwanger wirst, kannst du was erleben.«

Er stieß den verdutzten Butler zur Seite, der gerade eintreten wollte, und rief ihm in gereiztem Ton zu, dass er sofort Joey im Herrensalon sprechen wolle. Amy fing einen erschrockenen Blick von Kuba auf, und in diesem Moment wurde ihr klar, dass auch er von ihrer Affäre wusste.

Mit dem Gespräch schien Robert zufrieden zu sein, denn seine Laune hatte sich offensichtlich gebessert, als er sich zum Lunch Amy gegenübersetzte.

»Der Bursche hat ein gutes Geschäft für mich abgewickelt«, sagte er stolz, »er hat dem Züchter noch ein paar Mähren verkauft, die auf der Plantage keine Verwendung mehr finden.«

Obwohl sich Amy in Roberts Gegenwart weiterhin unwohl fühlte, war sie erleichtert. Joey hatte sich genauso wenig wie sie anmerken lassen, was in der Zwischenzeit vorgefallen war.

»Ich habe ihm gesagt, dass du seine Hilfe als Reitlehrer nicht mehr benötigst, und ließ mir deine Fortschritte schildern. Auch er war der Meinung, dass du fortan ohne ihn auskommen kannst.«

Amy war klar, dass Joey genauso unglücklich war wie sie, aber er war gezwungen, seinem Herrn Honig um den Bart zu schmieren.

Über den Tisch wehte eine leichte Whiskeyfahne, die Amy klarmachte, dass Robert im Herrenzimmer wieder getrunken hatte. Ihre Hand zitterte, als sie die Gabel zum Mund führte; große Hoffnungen, dass er zu viel trank, um seinen ehelichen Pflichten nachzukommen, durfte sie sich wohl an diesem Tag nicht machen.

Den Nachmittag verbrachte Robert damit, mit Pearson über die kommenden Arbeiten auf der Plantage zu reden; zuvor hatte er Amy seine Geschenke überreicht: französisches Parfüm, ein Ballen goldgelber Seidenstoff, ein keckes Hütchen mit Feder nach der neuesten Mode und zarte Spitzen. Mrs Gordon würde vor Freude in die Hände klatschen, wenn sie Stoff und Spitzen zu Gesicht bekam, und im Geiste bereits ihre Schnittmuster durchgehen.

Amy wusste nichts Rechtes mit sich anzufangen und machte einen Spaziergang durch den hinteren Garten. Die Magnolienbäume trugen bereits neue Knospen, und es würde nicht mehr lange dauern, bis ihr betörender Duft Amys Nase verwöhnte.

Auf dem Feld hinter dem Gartenzaun waren einige männliche Sklaven damit beschäftigt, die nun wertlosen Baumwollstauden aus der trockenen Erde zu entfernen, um Platz für die neuen zu schaffen.

Joey war nicht unter den Männern, und wurde Amy das Herz schwer. Niemand konnte voraussagen, wann sie ihn wiedersehen würde. Nun, da Robert wieder da war, würde sich keine Möglichkeit bieten, das Haus zu verlassen.

Später schrieb Amy in ihrem Ankleidezimmer einen Brief

an Joey, und Hetty versprach, ihn ins Sklavenquartier zu schmuggeln. Noch am selben Abend brachte sie die Antwort – Joey war genauso traurig, aber sich heimlich zu treffen, war zu riskant, solange Robert auf der Plantage weilte.

Zwei Wochen später schlug Robert seine Frau zum ersten Mal. Wieder war sie schüchtern vor ihn getreten, um ihm zu sagen, dass sie nicht schwanger geworden war.

Der Schlag mit dem Handrücken ins Gesicht kam so überraschend, dass Amy taumelte. Ungläubig starrte sie ihren Mann an, der wütend vor ihr stand und sie als unfruchtbare Ziege beschimpfte.

»Du machst mich zum Gespött der Menschheit«, fauchte er, sein Gesicht vor Zorn puterrot. »Die denken alle, dass ich nicht fähig bin, einen Sohn zu zeugen – und ich mag schon gar nicht mehr zu einer Gesellschaft gehen, weil mich jeder mit scheinheiligem Lächeln fragt, wann es denn etwas zu feiern gebe.«

Amy rieb sich die schmerzende und inzwischen geschwollene Wange und wagte nicht zu antworten.

»In Zukunft werde ich dich noch öfter besteigen«, zischte er zwischen zusammengepressten Lippen. »Wäre doch gelacht, wenn mir nicht das gelänge, was jedem verblödeten Nigger gelingt.« Mit diesen Worten stürmte er aus dem Schlafzimmer und warf die Tür so heftig ins Schloss, dass das Holz knirschte.

Wie betäubt sank Amy auf das Bett nieder und kämpfte mit den Tränen. Sie wäre auch ohne die Kräuter von Robert nicht schwanger geworden, ahnte sie, aber das änderte nichts an ihrer Situation. Für Robert war sie nichts anderes als eine Zuchtstute; ohne Joeys Liebe würde sie so enden wie Melva, das war ihr jetzt vollkommen klar.

Aus dem Ankleidezimmer kam Hetty mit tief besorgter Miene. Rasch huschte sie ans Bett und nahm vorsichtig Amys Hand von der Wange.

»Ich war nebenan, um ihre Nachmittagskleidung herauszusuchen«, wisperte sie, »so konnte ich jedes Wort verstehen, das der Master sagte. Warten Sie, ich hole Wasser, um Ihre Wange zu kühlen.«

Bewegungslos blieb Amy sitzen. Der Schock über die körperliche Züchtigung saß tief, die Demütigung war schlimmer als der brennende Schmerz in ihrem Gesicht.

Hetty brachte eine Schüssel kaltes Wasser, tauchte einen Waschlappen hinein und drückte ihn dann behutsam gegen Amys gerötete Wange.

»Wie soll ich weiterleben?«, sagte Amy mit Tränen in den Augen. »Das halte ich kein Jahr mehr aus.«

Die Sklavin blickte erschrocken auf. »Sagen Sie so etwas nicht, Madam. Die erste Missis redete genauso, und was mit ihr geschehen ist, wissen Sie.«

»Bitte … sag Joey nichts von den Schlägen. Ich will nicht, dass er sich um mich sorgt.«

»Er ahnte ohnehin, dass der Master Sie bald züchtigen wird«, kam es verbittert von Hetty zurück. »Aber ich werde es trotzdem für mich behalten.«

Allmählich ging die Rötung zurück, doch die Wange war noch etwas geschwollen, und der brennende Schmerz war einem unangenehmen Pochen gewichen.

Um sich davon abzulenken, erkundigte sich Amy nach den Narben auf Joeys Rücken; ihn selbst hatte sie nicht danach fragen wollen.

»Das ist Pearsons Werk.« Hettys Miene verfinsterte sich. »Es ärgert ihn genauso wie den Master, dass Joey nicht die gedemütigte Haltung einnimmt wie die anderen Sklaven, obwohl er sich an jeden Befehl hält. Die Auspeitschungen erfolgten jedes Mal auf Anweisung des Masters, aber bei Joey schlägt dieser fürchterliche Aufseher besonders kräftig zu.« Sie schnaubte. »Und dabei gehört er nur zum armen weißen Pack.«

Minutenlang verfielen die beiden ungleichen Frauen in dumpfes Schweigen, bis Amy aufstand und ihre Wange im

Spiegel betrachtete. Daran, dass sich Robert für seinen Ausbruch entschuldigen würde, glaubte sie nicht – und wieder einmal schwor sie sich, von diesem Scheusal niemals ein Kind zu empfangen.

Kuba tat, als sähe er Amys Verletzung nicht, und Robert benahm sich wieder so liebenswürdig, wie er es immer tat, wenn er mit seiner Frau nicht allein war. Deren noch immer lädiertes Gesicht übersah er geflissentlich und plauderte während des Lunchs über seine Idee, zwischen zwei Baumwollernten Zuckerrohr oder Tabak zu pflanzen, damit die Felder nicht zu lange brachlagen.

Erschöpft löffelte Amy ihre Suppe und heuchelte Aufmerksamkeit. Längst interessierte sie sich nicht mehr für die Arbeit auf der Plantage, und als Robert ihr sagte, dass sie ihn in den nächsten Tagen zu Pferd begleiten dürfe, schaute sie kaum auf. Erst als der Name Wade fiel, hob sie erfreut den Kopf.

»Können wir nicht heute nach *White Swan* reiten?«, fragte sie und vergaß für einen Augenblick ihren körperlichen und seelischen Schmerz. »Ich möchte so gerne Augusta wiedersehen.«

Robert zog mussbilligend die Augenbrauen hoch. »Wozu? Pearson erwähnte, dass du während meiner Abwesenheit in Joeys Begleitung dort warst.«

»Ja, schon. Aber ich kann Augusta gut leiden, sie bringt mich immer zum Lachen.«

»So, tut sie das?« Er verzog den Mund. »Ich finde sie eine Spur zu herb, und sie wirkt nicht sehr weiblich. Für eine gehorsame Ehefrau nimmt sie sich recht viel heraus und tanzt dem armen Sidney auf dem Kopf herum. Und wie sie ihre Sklaven verhätschelt – grauenvoll. Sie behandelt sie wie ebenbürtige Menschen, man stelle sich das nur vor!« Sein kühler Blick streifte Amy. »Außerdem halte ich es für richtig, wenn du die kommenden Tage nicht aus dem Haus gehst.«

Unwillkürlich berührte sie ihre glühend heiße Wange. Auch

ohne es direkt von ihm zu hören, wusste sie, dass es Robert peinlich wäre, wenn Fremde das Resultat seines Schlages zu sehen bekämen. Ergeben beugte sie sich wieder über den Tisch, um weiterzuessen.

Die folgenden Tage verbrachte Amy voller Sehnsucht nach Joey und voller Angst vor den Nächten mit Robert. Die einzigen Lichtblicke waren die liebevollen Briefe, die sie mit Joey wechselte; darauf freute sie sich während der vielen eintönigen Stunden.

Es war kühl geworden. Herbst und Winter in Baton Rouge waren oft verregnet, doch hier draußen bei den Sümpfen regnete es oft tagelang ohne Unterlass. Die Feldarbeiter hatten begonnen, neue Furchen für die nächste Saat zu ziehen; vom frühen Morgen bis zum Anbruch der Dämmerung standen sie hinter den Pflügen und trieben die Pferde durch die aufgeweichte Ackererde.

Für Amy war eine trostlose Woche angebrochen, in der sie versuchte, die Zeit totzuschlagen. Zum Spazierengehen oder Ausreiten war es zu nass, und so blieb ihr nichts anderes übrig, als sich den ganzen Tag im Haus aufzuhalten.

Robert machte das unwirtliche Wetter nichts aus, aber sein Versprechen, Amy mit auf seine Ausritte zu nehmen, hatte er bisher nicht wahr gemacht. Immer fielen ihm neue Ausreden ein, und bald kam Amy dahinter, dass er sein Angebot als Belohnung sah – als Belohnung, wenn seine Frau mehr Leidenschaft im Bett zeigte.

Hin und wieder besuchten sie einen Ball, der Amy etwas Zerstreuung bot. Doch ihr war das Herz schwer, weil sie Joey nicht mehr sehen konnte; und wenn, dann nur aus der Ferne, wenn er mit den Pferden beschäftigt war.

Für die Feldarbeiter gab es nun kaum noch etwas zu tun, und Robert erlaubte ihnen wie jedes Jahr um diese Zeit, ihre Hütten zu streichen und zu renovieren.

Als eines Nachmittags Augusta Wade ihren Besuch ankündigte, war Amy außer sich vor Freude. Vor Aufregung vergaß sie beinahe ihren Kummer, doch Augusta sah ihr sofort an, in welch erbärmlichem Zustand Roberts Frau war, trotz des eleganten Kleides aus meergrünem Taft.

Robert war unterwegs, sodass sich die beiden Frauen ungestört im Salon unterhalten konnten. Es war Anfang Dezember 1859, und politisch brodelte es immer heftiger.

»Sie sehen blass aus«, sagte Augusta ehrlich besorgt. »Sind Sie etwa in guter Hoffnung?«

»O nein! Robert hätte nur zu gerne ein Kind, aber …« Unwillkürlich rieb sich Amy die von langen Ärmeln bedeckten Oberarme, auf denen sich hässliche Hämatome abzeichneten.

»Er schlägt Sie.« Das war keine Frage, sondern eine Feststellung, und Augusta schüttelte angewidert den Kopf. »Was für ein Teufel. Man sollte ernsthaft mit ihm reden.«

Amy schrak auf. »Bitte nicht. Er wird glauben, ich hätte mich bei Ihnen beschwert, und mich noch heftiger schlagen.«

»Wollen Sie, dass er Sie halb totprügelt? Ihr Schicksal erinnert mich tagtäglich mehr an das von Melva. Es fing mit ein paar Ohrfeigen an und endete mit gebrochenen Rippen und blutenden Wunden. Glauben Sie mir, Robert kann der liebenswürdigste Mann auf Erden sein, wenn er nüchtern ist und bekommt, was er will. Aber wehe, etwas läuft nicht nach seinem Wunsch, dann wird er zum Tier.«

Resigniert ließ Amy die Schultern hängen, denn jedes Wort, das Augusta gesprochen hatte, stimmte. »Aber ich kann ihn doch nicht verlassen.«

»Wieso nicht?« Augusta hob ihre Kaffeetasse. »Robert hat das Ehegelöbnis gebrochen, denn vor dem Traualtar hat er geschworen, Sie in guten wie in schlechten Tagen zu lieben.« Sie machte eine winzige Pause, während der sie Amy betrachtete, und setzte hinzu: »Wie es scheint, häufen sich in Ihrer Ehe die schlechten Tage.«

»Aber wo soll ich denn hin? Ich habe keine Familie mehr,

und Robert würde mich ohnehin nicht gehen lassen, weil er um seinen Ruf fürchten müsste.«

Augusta winkte ab. »Wenn seine Pflanzerfreunde wüssten, wie er mit Ihnen umspringt, hätte er seinen Ruf längst verloren.«

Trotzdem war es für Amy unvorstellbar, ihren Ehemann zu verlassen, auch wenn alle Argumente dafür sprachen. Doch dann würde sie im Armenhaus landen oder auf die schiefe Bahn geraten, denn sie hatte keinen Beruf gelernt, von dem sie sich ernähren könnte. Es gab keinen Ausweg – sie war bis an ihr Lebensende an Robert gebunden.

»Sagen Sie«, fragte Augusta nach einer Weile, »dieser junge Sklave, mit dem Sie mich im Herbst besucht haben ...«

»Joey?« Sofort war Amy hellwach. »Was ist mit ihm?«

»Ihre Reaktion zeigt mir, dass er mehr als ein Reitbegleiter für Sie ist.«

Erschrocken flog Amys Blick zur Tür, doch die war fest verschlossen. Amy hatte Kuba gebeten, den Salon zu verlassen, als Augusta eintraf, aber möglicherweise stand jemand von den Dienstboten in der Nähe und konnte das Gespräch belauschen. Doch schnell beruhigte sie sich wieder, da sie ohnehin vermutete, das inzwischen alle Sklaven von dem Verhältnis der Missis wussten.

»Seien Sie vorsichtig«, mahnte Augusta, doch sie war weder schockiert noch angewidert. »Ich wage mir gar nicht auszumalen, was Robert mit Joey und Ihnen macht, wenn das herauskommt.«

Schon wieder traten Amy Tränen in die Augen, wie immer, wenn sie an Joey dachte.

»Wir lieben uns, Augusta. Es ist keine billige Romanze, es ist wahre Liebe.«

»Ich weiß, Kind. Joey gibt Ihnen das, was Ihnen eigentlich Ihr Mann geben müsste. Sie haben sich nichts vorzuwerfen, aber Ihnen muss klar sein, dass diese Liebe für immer geheim bleiben muss. Die Leute würden Sie steinigen, wenn Robert

Sie nicht vorher umbringen würde – und an Joeys Schicksal mag ich gar nicht denken.«

Mit bebender Hand tupfte sich Amy die Tränen von der Wange. »Das ist uns bewusst, aber wir können nicht voneinander lassen.« Sie erzählte Augusta, dass ihr derzeitiger Kontakt zu dem Sklaven aus heimlichen Botschaften bestand.

»Können Sie Ihrer Zofe trauen, Amy?«

»Ja. Sie steht auf unserer Seite. Ich zermartere mir oft den Kopf darüber, wo wir uns heimlich treffen könnten, ohne Robert misstrauisch zu machen.«

Augusta lehnte sich in ihrem Sessel zurück und sagte leise: »Lassen Sie mich nachdenken. Vielleicht fällt mir etwas ein.«

Am liebsten hätte Amy die ältere Frau vor Dankbarkeit umarmt, denn sie hatte eine Verbündete gefunden, die ihr Leben vielleicht etwas erträglicher machen konnte. Mit wild klopfendem Herzen saß Amy da – sie wollte doch nur ein bisschen Glück in ihrem goldenen Käfig.

»Ja, das müsste gehen.« Augustas herbes Gesicht erhellte sich. »Ich werde Robert bitten, mir seinen Stallmeister auszuborgen, damit er sich meine Pferde ansieht, denn Joeys Kenntnisse sind überall bekannt.«

Amy nickte. »Er hat mir erzählt, dass er öfter nach den Pferden auf anderen Plantagen sieht.«

»Gut! Ihre Aufgabe wird es sein, Robert in den Ohren zu liegen, dass Sie mich besuchen möchten. Ich glaube nicht, dass Robert große Lust auf einen Plausch mit Sidney hat; Sie können vorschlagen, mich bei der Gelegenheit besuchen zu wollen und die Kutsche zu nehmen, wenn Joey nach *White Swan* kommt, denn als Kutscher arbeitet er ja auch gelegentlich.«

Amy war von diesem Plan begeistert – vor allem, als Augusta ihr versprach, für das heimliche Treffen eines ihrer Gästezimmer bereitzustellen.

»Aber wenn Sidney etwas davon erfährt?«, fiel Amy plötzlich ein. »Er wird Fragen stellen.«

»Nicht, wenn ich ihm vorher sage, dass er sich aus der Sache heraushalten soll.«

Eine volle Woche musste sich Amy gedulden, bis der Bote ein Schreiben von *White Swan* brachte. Stirnrunzelnd las Robert den Brief, aber er wurde nicht misstrauisch, denn er war stolz auf den pferdegewandten Sklaven, als wäre Joeys Kenntnis in Wirklichkeit sein eigenes Verdienst.

Er las Amy den Brief sogar vor, und sie bemühte sich um eine lässige Haltung. Kuba wurde gerufen, um Papier und Tinte herbeizuschaffen. Robert schrieb nur wenige Zeilen und murmelte: »Dann soll er in Gottes Namen am nächsten Freitag zu den Wades rüberreiten.«

Nun begann Amys Part in diesem absurden Stück. »Oh, Robert, können wir nicht auch mal wieder Augusta und Sidney besuchen? Es sind so nette Leute, ich bin gerne mit ihnen zusammen.«

Robert blickte stirnrunzelnd auf. »Sidney ist ein langweiliger Pantoffelheld, und unter Augustas scharfem Blick fühlt man sich wie ein kleiner Junge. Ich begreife nicht, was du an den Wades so interessant findest.«

»Augusta kann sehr unterhaltsam sein. Als sie neulich zum Tee hier war, hat sie mich mit ihren Anekdoten oft zum Lachen gebracht. Ach, Robert, bitte lass uns demnächst zu ihnen reiten.«

Langsam faltete er den Briefbogen, steckte ihn in ein Kuvert und übergab dem Butler den Brief, auf den der Bote von *White Swan* wartete. »Nein, dazu habe ich keine Lust, Liebes. Außerdem will ich nicht, dass du bei diesem Wetter reitest.« Robert sprach mit ihr wie mit einem uneinsichtigen Kind, was Amy ärgerte. Aber sie hütete sich, ihren Zorn zu zeigen, wenn sie nicht alles verderben wollte.

Schließlich kam Robert die Erleuchtung, mit der Augusta gerechnet hatte. »Joey kann dich hinfahren, wenn er ohnehin bei den Wades zu arbeiten hat.«

Vor Freude wusste sich Amy kaum zu halten, doch sie nickte lediglich und lobte Roberts geniale Idee.

Nachmittags schrieb Amy einen Brief an Joey, in dem sie erwähnte, dass Augusta ihnen helfen wolle, sich gelegentlich zu treffen.

Hetty grinste verschmitzt, als ihre Herrin ihr von Mrs Wades Plan erzählte. »Da wird sich Joey aber freuen, Madam. Neuerdings lacht er kaum noch, sagen die Leute aus dem Quartier, und immer blickt er sehnsüchtig zum Herrenhaus in der Hoffnung, einen Blick auf Sie werfen zu können.«

»Ich sehne mich auch schrecklich nach ihm«, gab Amy zu. »Manchmal denke ich an seinen Wunschtraum und stelle mir vor, mit ihm zusammenleben zu können.«

Hetty neigte sich vor und wisperte: »Kuba meint, dass es auf jeden Fall Krieg geben wird, wenn die Südstaaten nicht einlenken und die Sklaverei abschaffen.«

»Der Süden wird die Sklaverei niemals aufgeben, weder freiwillig noch unter Druck. Wenn es zum Krieg kommt und der Süden gewinnt, wird sich für die Sklaven kaum etwas ändern.«

Einige Sekunden dachte Hetty darüber nach, dann sagte sie: »Aber auch der Norden kann gewinnen, Madam. Und dann sind wir alle frei.«

Nur ich werde dann nicht frei sein, dachte Amy traurig.

»Ich kann mir nicht vorstellen, wie es ist, wenn man keine Angst mehr vor dem Master haben muss, wenn man mit den Menschen, die man liebt, für immer zusammen sein darf ohne Furcht, von ihnen getrennt zu werden.« Hetty seufzte verträumt. »Ich bin als Sklavin geboren worden, aber ich habe eine Vorstellung davon, wie es sein könnte, Geld für seine Arbeit zu bekommen und auf niemanden angewiesen zu sein.«

Alle Sklaven auf *Heaven's Gate* waren in Amerika geboren; aus Afrika kamen kaum noch Schiffsladungen mit menschlicher Ware, denn die Aufseher klagten, weil die Afrikaner kein Wort Englisch verstanden und nur schwer anzulernen waren.

Sklaven, die bereits in der zweiten oder dritten Generation in den Südstaaten lebten, hatten außer ihrer Hautfarbe nichts Afrikanisches mehr an sich. Einige aus Haiti stammende Sklaven widmeten sich heimlich dem Voodoo-Kult, den sie von ihren Vorfahren übernommen hatten, aber alle wurden christlich getauft, ob sie wollten oder nicht.

Amy überreichte ihrer Zofe den Brief. »Bring ihn während des Dinners zu Joey. Dann wird Mr Garrison nicht auffallen, dass du außer Haus bist.«

Robert sah es nicht gerne, wenn die Haussklaven sich mit den Feldarbeitern trafen, aber unterbinden konnte er es freilich nicht. Zwar hatte er Kuba eingetrichtert, Derartiges sofort zu melden, aber der Butler dachte in Wahrheit gar nicht daran, jemanden zu verraten.

»Ich wollte dich schon lange etwas fragen«, sagte Amy, während Hetty ihr die Haare frisierte. »Wo bist du geboren, und wo sind deine Eltern?«

Überrascht hielt die Zofe inne. »Warum interessiert sie das, Madam? Das hat mich noch nie ein Weißer gefragt.«

Amy lächelte schief. »Ich interessiere mich für alle Menschen, mit denen ich zu tun habe. Und es ist mir egal, welche Hautfarbe sie haben.«

»Nun gut«, setzte Hetty an und bürstete das Haar der Missis weiter. »Ich wurde in Virginia auf einer Tabakplantage geboren. Meine Mutter war Äthiopierin und soll wunderschön gewesen sein. Ich war noch ein Baby, als ihr Herr sie verkaufte, und ich sah sie nie wieder. Als ich zwölf war, wurde ich ebenfalls verkauft, an eine alte Dame in New Orleans. Sie behandelte mich gut, und ich durfte ihr beim An- und Auskleiden helfen, doch dann starb sie, und so kam ich nach *Heaven's Gate.* Da lebte noch die Mutter des jungen Masters, und ich wurde ihre Zofe. Auch sie starb drei Jahre später, und da es keine Missis mehr gab, wurde ich der Köchin unterstellt, bis der Master heiratete.«

»Wie alt bist du eigentlich, Hetty?«

»Ich bin 1837 geboren, Madam.«

Amy war erstaunt, sie hatte Hetty kaum älter als achtzehn Jahre geschätzt, dabei war sie bereits zweiundzwanzig, fünf Jahre älter als ihre Herrin.

»Du kannst gehen«, sagte Amy freundlich und erinnerte die Sklavin an den Brief in deren Rocktasche. »Richte Joey aus, dass ich es kaum erwarten kann, ihn zu sehen.«

Hetty grinste verschwörerisch und versprach, sofort zu den Ställen zu gehen. Amy hielt nichts mehr im Haus, sie war nervös und gleichzeitig aufgeregt. Bis jetzt hatte alles fast schon zu gut geklappt, dachte sie, und die Angst, dass etwas dazwischenkommen oder Robert es sich anders überlegen könnte, schnürte ihr fast den Atem ab.

Sie brauchte frische Luft, und obwohl es so neblig war, dass das Wasser von den Bäumen tropfte, nahm sich Amy ein wollenes Schultertuch und verließ das Herrenhaus.

»Ich möchte mich etwas bewegen«, sagte sie zu Kuba, auf den sie in der Halle traf. »Ein Spaziergang im Garten wird mir guttun.«

»Bei diesem Wetter, Madam?«

»Oh, das bisschen Feuchtigkeit macht mir nichts aus«, entgegnete sie schnell und wandte sich ab, damit der Butler ihre Rastlosigkeit nicht bemerkte.

Feuchte Kühle schlug ihr entgegen, als Kuba die Glastür zur hinteren Veranda weit öffnete. Bevor Amy ins Freie trat, erkundigte sie sich nach Robert und erfuhr, dass der Master im Herrensalon über irgendwelchen Papieren saß. Sie zweifelte nicht daran, dass ihm eine Karaffe Whiskey dabei Gesellschaft leistete.

Fröstelnd schlug Amy das Schultertuch enger um ihren zarten Körper und schlenderte über den nassen Rasen. Die Magnolienblüten hatten sich freilich nicht mehr geöffnet, aber Berthe hatte berichtet, dass es manche Jahresenden gab, die so mild waren, dass die Magnolienbäume zweimal blühten.

Amy vermisste den berauschenden Duft, der ihr so viel

Freude bereitet und ihren Kummer gelindert hatte. Es würde noch Monate dauern, bis die Bäume und Büsche von *Heaven's Gate* wieder in voller Blüte standen.

Es herrschte eine dumpfe Stille, kein Vogellaut war zu hören, auch auf den Feldern war es ruhig. Amy hatte aufgeschnappt, dass Robert sich nun entschlossen hatte, nur einige Felder für verschiedene Pflanzungen zu benutzen, damit der Boden seine Fruchtbarkeit nicht verlor.

Wie reich Robert war, wusste Amy nicht, aber der riesigen Besitzung, den zahlreichen Sklaven und den teuren Geschenken nach zu urteilen, musste er ein sehr wohlhabender Mann sein. Und sie, Amy, würde eines Tages alles erben, wenn sie Robert überlebte. Doch sie wollte nichts von seinem Reichtum – ihr Herz sehnte sich nach Joeys Liebe, mehr brauchte sie nicht zu ihrem Glück.

Obwohl der Rocksaum längst durchnässt und die Schuhe vor Feuchtigkeit klamm waren, dachte Amy noch nicht daran, zurückzugehen. Sie genoss das Alleinsein, das ihr im Haus fehlte, da sie ständig von Dienstboten umgeben war. Hier draußen konnte sie frei atmen, ungestört an Joey denken und in aller Ruhe von ihm träumen, obwohl sie ihm so nahe war.

Sie reckte sich, um wenigstens etwas mehr als das Dach des Pferdestalles erspähen zu können, das sich hinter den mächtigen Eichen verbarg. Was Joey wohl gerade tat? Hatte er bereits ihren Brief gelesen und war genauso aufgeregt wie sie? Oder hatte er so viel Arbeit, dass er erst am Abend dazu kommen würde, Amys Zeilen zu lesen? Wie sehr sie bedauerte, ihm so nah und doch unendlich fern zu sein!

Schließlich wurde es ihr doch zu ungemütlich, und sie ging zurück. Wenn sich Roberts Meinung bis Freitag nur nicht änderte! Bei seinen Launen war es nicht auszuschließen, dass er es sich kurzerhand anders überlegte und seiner Frau den Ausflug nach *White Swan* verbot. Amy würde sich nie über Roberts Anordnungen hinwegsetzen, dafür fehlte ihr der Mut, auch wenn sich ihr Herz vor Sehnsucht nach dem Liebsten verzehrte. Flüchtig dachte sie an die Schläge, die sie neuerdings einstecken musste; wenn sie je ein schlechtes Gewissen wegen ihrer Untreue gehabt hatte, war es inzwischen vollkommen verflogen.

Die Nacht zum Freitag verbrachte Amy schlaflos. Robert hatte sich wieder volltrunken aufs Bett geworfen und war sofort eingeschlafen. Sie hätte es nicht ertragen, wenn er ausgerechnet in dieser Nacht mit ihr hätte schlafen wollen; sie dankte dem Himmel dafür und träumte – die Bettdecke über die Ohren gezogen, um Roberts Schnarchen nicht zu hören – von Joeys zärtlichen Händen und seinen sinnlichen Küssen.

Übellaunig wachte Robert auf. Amy war schon beizeiten aufgestanden und angezogen, sodass Robert nicht auf die Idee kommen konnte, ausnahmsweise mal am Morgen sein eheliches Recht einzufordern.

»Warum hast du mich nicht geweckt?«, maulte er und gähnte ungeniert. »Wir hätten noch etwas Spaß vor dem Frühstück haben können.«

Amy setzte eine liebenswürdige Miene auf und erwiderte scheinheilig: »Du hast so tief geschlafen, dass ich es nicht übers Herz brachte, dich zu wecken. Wenn du magst, klingele ich nach Kuba, damit er dir das Frühstück ans Bett bringt.«

»Noch nie hat ein Herr von *Heaven's Gate* wie eine alte Mamsell im Bett gefrühstückt«, brummelte er, hob sein Nachthemd, drehte Amy sein nacktes Hinterteil entgegen und urinierte ungehemmt in den Nachtopf aus feinem Porzellan. Verlegen drehte sich Amy um – während sie Joeys nackten Körper genoss und mit Wonne jeden Zentimeter seiner wundervollen Haut küsste, war ihr Roberts Nacktheit nur noch unangenehm. Sein Hintern war behaart wie der eines Affen, und rasch entschuldigte sich Amy, um dann in ihr Ankleidezimmer zu flüchten und die Tür fest hinter sich zu schließen.

Sekundenlang hielt Amy die Luft an, und erst als sie sicher

war, dass Robert sich angezogen und das Schlafzimmer verlassen hatte, wagte sie sich wieder heraus.

Kuba befand sich noch im Raum, denn Robert benötigte ihn auch als Kammerdiener, der dafür sorgte, dass des Masters Garderobe stets frisch gewaschen und gebügelt war.

Amy nickte dem Butler, der einen von Roberts Anzügen über dem Arm trug, lächelnd zu und machte sich auf den Weg zum Frühstückszimmer, wo sie ihren Mann zeitunglesend vorfand.

Noch hatte Robert keine Andeutung über den Besuch bei Augusta Wade gemacht, sodass Amy leichthin sagte: »Sieh nur, der lästige Nebel hat sich verflüchtigt, und wie es aussieht, kommt die Sonne durch.«

»Hm«, murmelte Robert, machte jedoch keine Anstalten, den Blick zu heben.

»Nun, vielleicht könnte ich die offene Kutsche nehmen.«

Endlich sah er auf. »Wozu? Was hast du vor?«

Amy fühlte ihren Mut sinken, doch sie tat überrascht, und ihre Lippen bebten unauffällig, als sie Robert an den versprochenen Besuch erinnerte. »Du sagtest, dass Joey mich hinfahren könne …«

Sein Gesicht erhellte sich, anscheinend hatte er es tatsächlich vergessen. »O ja, ich erinnere mich. Joey soll nach dem Frühstück die Pferde anspannen – aber richte ihm aus, dass er am späten Nachmittag zurück sein soll, sonst verprügele ich sein braunes Fell.« Seine Stimme triefte vor Sarkasmus, doch es war kein Argwohn darin. Also hatte Robert keinen Verdacht geschöpft; Amy sprach im Stillen ein Dankgebet und tat, als sei es nichts Besonderes, mit dem Stallmeister einen längeren Ausflug zu unternehmen.

Sein langes Haar zu einem Zopf geflochten und in Kubas Kutscheruniform gesteckt, wartete Joey mit unbeweglicher Miene vor dem Hauptportal auf die Hausherrin. Das Fell der beiden Pferde, die die geschlossene Kutsche ziehen sollten, glänzte im matten Sonnenlicht. Joey blickte starr geradeaus, als Amy erschien – auch sie bemühte sich, ihn nicht anzusehen, denn immerhin war es möglich, dass Robert sie vom Fenster aus beobachtete.

Minuten später rollte die Kutsche gemächlich durch die Allee. Das spanische Moos an den mächtigen Zweigen der Eichen hing schlaff und nebelfeucht herunter wie nachlässig aufgehängte Wäsche, und die regendurchtränkte Erde des Weges war aufgewühlt von Wagenrädern und Pferdehufen.

Still saß Amy auf ihrem Polstersitz. Noch konnte Robert es sich anders überlegen und die Kutsche mit seinem Pferd einholen. Erst als sie die Straße erreichten, atmete Amy auf.

Den geliebten Mann so nahe zu wissen, erfüllte sie mit höchstem Glücksgefühl, auch wenn sie wusste, dass Joey die Kutsche erst auf *White Swan* anhalten würde.

Als es dann so weit war und er ihr den Wagenschlag öffnete, konnte sie endlich in sein geliebtes Gesicht sehen und ihm zulächeln. Er erwiderte scheu ihr Lächeln und half ihr beim Aussteigen.

Augusta hatte die Besucher schon bemerkt und kam dem Gefährt entgegen. »Ich freue mich sehr, Sie zu sehen.« Und an Joey gerichtet, setzte sie augenzwinkernd hinzu: »Sieh dir die Pferde im Stall an, damit du deinem Herrn später etwas zu berichten hast.«

Schmunzelnd nickte Joey und ließ sich von einem Dienstboten den Weg zu den Stallungen der Plantage zeigen, während Augusta Amy einhakte und mit ihr ins Haus ging.

»Hat Robert etwas bemerkt?«

»Nein, ich denke nicht, sonst hätte er mir den Ausflug nicht erlaubt.« In Augustas Gesellschaft fühlte sie sich wohl und konnte unverblümt über ihre Ehe und über Joey sprechen.

Eine Stunde später befand sie sich mit Joey in einem gemütlichen Gästezimmer, und sie fielen sich in die Arme.

»Ich werde noch wahnsinnig, wenn ich dich nicht häufiger sehen kann«, murmelte Joey, während er Amys schlanken Hals küsste.

Sie schloss die Augen und drängte sich an ihn. »Es ist zu gefährlich, Liebster. Oh, wie sehr habe ich dich vermisst!«

Betäubt von der Nähe des anderen, sanken sie auf das Himmelbett nieder, zogen sich gegenseitig aus und liebten sich mit einer Innigkeit, als wäre es zum letzten Mal in ihrem Leben.

Immer wieder fanden sie zueinander, die günstige Gelegenheit nutzend, denn niemand wusste, wann sie sich das nächste Mal treffen konnten.

Erschrocken stellte Amy fest, dass sie tief in ihrem Innern den Wunsch hatte, von Joey ein Kind zu bekommen, obwohl das natürlich völlig ausgeschlossen war.

Schließlich lagen sie ermattet nebeneinander, ihre Leiber immer noch eng umschlungen.

»Wir müssen bald zurück«, sagte Joey bedauernd und küsste Amys Scheitel. »Ein zweites Mal wird dein Mann mich nicht hierherkommen lassen, also müssen wir uns etwas anderes überlegen.«

»Aber was? Stell dir nur vor, Pearson erwischt uns. Er wird sofort zu Robert rennen und uns verraten.«

Unwillig brummte Joey: »Irgendwann wird dieses Schwein seine gerechte Strafe bekommen. Ich habe mir geschworen, diesen Kerl aufzuhängen, wenn ich dazu Gelegenheit bekomme.«

Alarmiert richtete sich Amy auf, ihre Augen bekamen einen erschrockenen Ausdruck. »O nein, das darfst du nicht tun! Bedenke doch die Folgen.«

Er konnte sie beruhigen. In seiner jetzigen Situation würde er sich ruhig verhalten, aber die Dinge konnten sich ändern. Nach wie vor war er davon überzeugt, eines Tages frei zu sein und dieselben Rechte wie jeder Weiße im Land zu haben.

Amy war nicht so überzeugt wie er, aber sie dachte nicht daran, zu widersprechen. Es war so schön, von einer gemeinsamen Zukunft zu träumen. Sie waren beide jung und verliebt, und ihre Träume konnte ihnen niemand verbieten.

* * *

Bei der Rückkehr zerplatzten Amys Träume wie Seifenblasen. Mit grimmiger Miene saß Robert im Salon und begrüßte seine Frau mit den Worten: »Du kommst spät, meine Liebe.«

Mit heftig klopfendem Herzen streifte sich Amy Hut und Handschuhe ab und warf beides achtlos auf einen Sessel. »Augusta und ich haben uns immer so viel zu erzählen. Stell dir vor, sie bat mich, in den Wohltätigkeitsverband einzutreten, in dem sie selbst seit Jahren tätig ist. Einmal wöchentlich treffen sich die Pflanzersgattinnen, um zu handarbeiten und zu basteln. Die fertigen Sachen werden regelmäßig auf einem Basar verkauft, und der Erlös geht armen Familien oder dem Waisenhaus zu. Ist das nicht eine großherzige Angelegenheit?« In der Tat hatte Augusta ihr diesen Vorschlag gemacht – allerdings aus anderen als gemeinnützigen Gründen. So wäre Amy nicht ständig ans Haus gebunden und könnte sich möglicherweise öfter heimlich mit Joey treffen.

Roberts finsterer Blick ließ allerdings nichts Gutes ahnen. »Davon halte ich gar nichts. Ich kenne diese Kaffeekränzchen, meine Mutter gehörte ebenfalls solch einem Verein an, und oft genug trafen sich die Matronen auf *Heaven's Gate.* Da wird nur geklatscht und getratscht … und außerdem weißt du, was ich von Augusta Wade halte. Man sagt, sie fasst ihre Sklaven mit Samthandschuhen an, das ist einer Pflanzersgattin unwürdig!«

Amy zuckte unter seinen kalten Worten zusammen, noch immer stand sie hinter dem Sessel, die Lehne fest umklammert und unfähig, Gegenworte zu leisten.

»Im Übrigen habe ich mit Pearson gesprochen«, fuhr Robert im Plauderton fort. »Er ist der Meinung, dass dir der Umgang mit Joey nicht guttut. Du erinnerst dich, dass er mich schon einmal darauf angesprochen hat.«

Empört reckte sich Amy und erwiderte mit plötzlichem Mut: »Du enttäuschst mich, Robert. Ich hätte dir mehr Menschenkenntnis zugetraut und kann kaum glauben, dass du diesem Lumpen überhaupt zuhörst!«

Erschrocken wich sie zurück, als Robert abrupt aufstand

und auf sie zutrat. Noch bevor sie es sich versah, hob er die Hand und schlug auf Amy ein.

»Was erlaubst du dir, Weib? Niemand hat in diesem Ton mit mir zu reden, und wem ich Glauben schenke, überlässt du gefälligst mir!«

Schützend hob Amy die Arme, unfähig, zu weinen oder zu schreien. Die Schläge prasselten erbarmungslos auf sie nieder, bis ihr schwarz vor Augen wurde und sie in eine gnädige Ohnmacht sank.

Als sie die Lider hob, sah sie Hettys besorgtes Gesicht über sich, die ihr mit einem feuchten Tuch die Stirn abtupfte. Es dauerte Sekunden, bis Amy feststellte, dass sie sich nicht in ihrem Schlafzimmer befand, sondern in einem fremden Raum.

»Wo bin ich?«, krächzte sie mit heiserer Stimme und versuchte, sich aufzurichten. Ein stechender Schmerz in der Rippengegend hinderte sie jedoch daran und ließ sie in die Kissen zurücksinken.

Hetty war verlegen, als sie leise sagte: »Sie befinden sich auf Anordnung des Masters in einem der Gästezimmer.«

»Aber wieso?« Amy fiel das Sprechen schwer, und jeder Atemzug schmerzte. »Was soll ich hier?«

»Nun ja«, druckste die Sklavin herum und befeuchtete das Tuch umständlich in einer Schüssel. »Er sagt, dass Sie bis auf Weiteres hierbleiben sollen …«

»Oh, mein Gott.« Amy stöhnte. »Hat er herausgefunden, dass Joey und ich ein Liebespaar sind?«

»Das weiß ich nicht, Madam. Jedenfalls hat er befohlen, dass ich mich um Sie kümmere, aber …«, wieder druckste sie, »… aber Kuba hat den Schlüssel zu diesem Zimmer, und er muss mir aufschließen, wenn ich Ihnen Wasser und Essen bringe.«

Trotz der Schmerzen fuhr Amy auf, ihr Haar hatte sich gelöst und fiel ihr in ungepflegten Strähnen ins Gesicht. »Willst du damit andeuten, dass ich eingesperrt bin?«

Verlegen senkte Hetty den Blick.

»Aber das muss ein Irrtum sein! Kuba hat meinen Mann sicher falsch verstanden …«

»Es tut mir so leid, Madam.« Der Zofe traten Tränen in die Augen. »Wenn wir Sie aus dem Zimmer lassen, wird uns der Master totschlagen. Das Einzige, was ich für Sie tun kann, ist, Joey eine Nachricht zu überbringen.«

Verwirrt fuhr sich Amy über das Gesicht. Das musste ein Albtraum sein! Doch sie wachte nicht auf, und Hettys verzweifeltes Schluchzen war zu echt, um einem Traum zu entspringen.

Traurig blickte sich Amy in dem fremden Zimmer um. Es war alles da, was sie für ihre Bequemlichkeit brauchte; doch dann fiel ihr Blick auf das Fenster – es war vergittert!

»Ich bringe Ihnen was aus der Küche«, sagte Hetty, während sie ihre Tränen mit dem Schürzenzipfel trocknete. »Und Papier, damit Sie Joey schreiben können.«

Dumpf nickte Amy, und nachdem die Sklavin aus der Tür geschlüpft war und diese Sekunden später von außen verschlossen wurde, stand Amy mit wackeligen Beinen auf. Sie unterdrückte ein Stöhnen und wankte zum Fenster. Es ließ sich öffnen, feuchte Luft strömte in den Raum. Das Fenster ging auf den rückwärtigen Garten hinaus, doch als Amy an den Gitterstäben rüttelte, musste sie feststellen, dass sie fest im Mauerwerk verankert waren. Ihr war nie aufgefallen, dass es in diesem Haus einen Raum mit vergittertem Fenster gab.

Mutlos sank Amy in einen der Sessel neben dem Bett. »Er hat von Joey und mir erfahren.«

»Nein Madam, das glaube ich nicht. Kuba hat den Master schimpfen gehört, dass die Missis aufsässig war und eine Lektion braucht. Ich denke nicht, dass der Master etwas von Ihrer Liebe zu Joey ahnt – ansonsten hätte er ihn sofort auspeitschen lassen oder nach Baton Rouge zu einem der Sklavenhändler gebracht.«

Fieberhaft dachte Amy nach. Was hatte sie verbrochen, dass

Robert sie verprügelt hatte und einsperren ließ? Sie hatte ihm lediglich widersprochen, als es um den widerlichen, schleimigen Aufseher ging. Nun wusste sie wenigstens, dass Robert auch nüchtern jähzornig und brutal sein konnte und sie sich in Zukunft jedes Wort gut überlegen musste, das sie zu ihm sagte.

»Weiß Kuba, wie lange ich hier oben eingesperrt bleiben soll?«

Hetty schüttelte den Kopf und schob ihr Papier und ein Stück Holzkohle zu. »Tintenfass und Feder konnte ich nicht mitnehmen, das wäre aufgefallen.«

Amys Augen glänzten von Tränen, und sie sah kaum, was sie schrieb. Der Gedanke, gefangen zu bleiben, solange es Robert beliebte, erfüllte sie mit Gram und Hass. Und da sie wusste, dass seine Strafen mit jedem Mal härter und grausamer ausfallen würden, hätte sie am liebsten laut aufgeschrien.

Eine Woche befand sich Amy bereits in ihrem Gefängnis, Hettys kurze Besuche waren die einzige Abwechslung. Außer mit frischer Kleidung, Wasser und Seife sowie Nahrungsmitteln versorgte die Zofe sie mit Briefen von Joey, der ebenso entsetzt und hilflos war wie Amy, und Neuigkeiten von Robert, der sich nicht ein einziges Mal hatte sehen lassen.

»Alle Dienstboten sind empört«, berichtete Hetty. »Aber natürlich wagt niemand, das laut zu sagen. Vor allem Kuba leidet darunter, dass er die Missis wie einen Straftäter behandeln muss. Mrs Wade erschien gestern, um Sie zu besuchen.«

Bei diesen Worten horchte Amy auf.

»Auf des Masters Geheiß musste Kuba ihr ausrichten, dass Sie sich entschuldigen, weil Sie unpässlich seien. Ich bin sicher, dass Mrs Wade das nicht geglaubt hat, denn Kuba meinte, sie habe ihn skeptisch angeschaut. Sicherlich ahnt sie etwas.«

Schwer seufzte Amy. »Und wenn schon? Sie kann mir auch nicht helfen – niemand kann mir helfen.« Der Freiheitsentzug hatte sie empfindlich gemacht, sodass ihr bei jeder Gelegenheit Tränen in die Augen schossen.

Um ihre Muskeln nicht verkümmern zu lassen, wanderte Amy täglich mehrere Stunden durch das Zimmer. Inzwischen wusste sie, dass es zwanzig Schritte von der einen Längswand zur anderen waren, dass sich in jeder Tapetenreihe vier lindgrüne Längsstreifen befanden und wie viele seidene Rosen auf die Bettdecke gestickt waren. Hetty hatte einen Stapel Bücher und Stickarbeiten gebracht, doch beides ließ Amy nicht vergessen, wo sie sich befand.

Mit dieser Aktion hatte Robert ihren letzten Respekt verloren. Solange sie lebte, würde sie ihn dafür hassen und über ihre Abhängigkeit von ihm verzweifeln.

»Der Master kann Sie nicht ewig einsperren, Madam.« Hetty machte sich an Amys Frisur zu schaffen, denn obwohl diese derzeit niemanden außer dem Personal zu Gesicht bekam, wollte sie adrett aussehen.

»Nein, kann er nicht? Wenn es ihm gefällt, kann er mich zeit meines Lebens einsperren. Als seine Ehefrau habe ich keinerlei Rechte.«

Behutsam löste Hetty den goldblonden Zopf ihrer Herrin und erwiderte nachdenklich: »Aber es muss doch ein Gesetz geben, dass einem Mann verbietet, so gemein zu seiner Gattin zu sein.«

»Gewiss gibt es solche Gesetze. Aber dafür müsste ich Mr Garrison anzeigen – und was dann mit mir geschähe, kannst du dir leicht ausmalen.«

Betroffen schwieg Hetty, bürstete Amys schweres Haar und bändigte es mit einem Haarnetz.

»Hat mein Mann seine erste Frau auch eingesperrt?«, wollte Amy unvermittelt wissen. »Das sähe ihm nämlich ähnlich.«

Doch die Sklavin schüttelte den Kopf. »Missis Melva ist immer sehr still gewesen und hat dem Master niemals widersprochen. Und wenn er ihr befahl, sich den ganzen Tag im Salon aufzuhalten, dann tat sie es, ohne nach dem Grund zu fragen.«

Sie hatte ihre Arbeit beendet und nahm eine neue Nachricht für Joey entgegen. So wanderten mindestens dreimal täglich kleine, unauffällige Briefe zwischen dem Herrenhaus und dem Sklavenquartier hin und her.

Als Amy wieder allein war, las sie Joeys Nachricht. Er vermisste sie und war wütend, dass er ohnmächtig zusehen musste, wie seine Geliebte behandelt wurde. Amy sammelte alle Briefe und versteckte sie unter der Matratze, um sie immer und immer wieder zu lesen.

Das einzig Positive an Amys Gefängnis war, dass sie Robert nicht zur Verfügung stehen musste nicht mit ansehen musste, wie er sich Tag für Tag betrank. Anscheinend glaubte er, seine Frau mit seiner Abwesenheit zu strafen, und ahnte nicht, wie froh sie darüber war.

Nach zwei endlosen Wochen war Amys Gefangenschaft beendet. Wie immer, wenn Hetty das Frühstück brachte, schloss Kuba die Tür auf und wartete diskret draußen. An diesem Morgen jedoch schob er die Tür zu Amys Zimmer auf, deutete ein vages Nicken an und ging.

Atemlos starrte Amy die weit offen stehende Tür an und stand vorsichtig auf. Als sie rasche Schritte im Gang vernahm, setzte sie sich wieder, voller Furcht, dass Robert ihr einen Besuch abstatten wolle.

Doch es war Hetty, die freudestrahlend in den Raum stürmte und ausgelassen rief: »Der Master hat den Arrest aufgehoben, Madam!«

Überrascht schlug Amy die Hände vors Gesicht. Sie war erlöst, konnte sich wieder frei bewegen, Spaziergänge im Garten unternehmen … und Joey wiedersehen!

»Kommen Sie, Madam.« Hetty half ihr auf. »Der Master möchte Sie vor dem Frühstück im Herrensalon sprechen.«

Diese Worte dämpften Amys Freude, doch sie nickte tapfer und verließ nach einem letzten Blick das Gästezimmer. Ihre persönliche Habe würde Hetty später nachbringen.

Mit regloser Miene saß Robert in seinem wuchtigen Ledersessel, die Zigarre lässig in einem Mundwinkel. Amy versuchte, gerade zu stehen und seinem stechenden Blick standzuhalten, doch das schien Robert nicht zu gefallen. Also senkte Amy demütig das Haupt und setzte sich, als ihr Mann sie dazu aufforderte.

»Nun, hast du mir etwas zu sagen?«, fragte er nach endlosen schweigenden Minuten. Er bemerkte ihre Verwirrung und setzte mit mahnendem Zeigefinger fort: »Du warst aufsässig gegen mich. Erinnerst du dich?«

Sie schluckte. »Aber wie kannst du Pearsons Meinung über meine Ansichten stellen?«

»Fängst du schon wieder an? Oh, wenn es dir dort oben gefallen hat, kann ich den Arrest gerne verlängern.« Mit Genugtuung sah er die Panik in Amys Augen und grinste verächtlich. »Freiheitsentzug ist immer noch die beste Strafe, damit erreicht man mehr als mit Gewalt. Das war eine Warnung für die Zukunft, meine Liebe. Wenn du mir noch einmal widersprichst, sperre ich dich für ein Vierteljahr ein.«

Er stand auf, trat zur Tür und lächelte liebenswürdig. »Darf ich dir meinen Arm reichen, damit wir nun endlich ins Frühstückszimmer gehen können?«

Am liebsten hätte Amy ihrem Mann in diesem Augenblick vor Verachtung ins Gesicht gespuckt, bedachte jedoch die unweigerlichen Folgen und setzte ein sanftes Lächeln auf. Nur eine Sekunde zögerte sie, bevor sie ihre Hand auf seinen Unterarm legte.

Kuba, der vor der Tür gewartet hatte, warf seiner Herrin unauffällig einen mitleidigen Blick zu, und sie fühlte sich gleich etwas wohler bei dem Wissen, dass die Dienstboten auf ihrer Seite standen, auch wenn ihnen die Hände gebunden waren.

In dieser Nacht fiel Robert wieder über seine Frau her, ausdauernder und heftiger als je zuvor. Amy biss sich auf die Lippen, um nicht zu wimmern, denn sie hatte herausgefunden, dass lautes Jammern Robert noch mehr in Fahrt brachte. Während sie im Stillen darum betete, er möge aufhören, versuchte Amy, an etwas anderes zu denken – und sie war dankbar, dass Hetty sie auch während der Gefangenschaft mit den schwangerschaftsverhütenden Kräutern versorgt hatte, da niemand wissen konnte, wann Robert den Arrest aufheben würde.

17

Man schrieb das Jahr 1860. Der Winter war kühl geblieben, doch das Frühjahr entschädigte die Bewohner von Louisiana mit verschwenderischem Grün.

Nur dreimal hatte Amy ihren Geliebten während der langen verregneten Monate sehen können. Noch einmal hatte Augusta Wade den Stallmeister von *Heaven's Gate* angefordert, die beiden anderen Male war Robert unterwegs gewesen, einmal mit dem grässlichen Pearson auf dem Sklavenmarkt und einmal in New Orleans.

Gedeckt von den Sklaven, hatte Amy Joey in seiner bescheidenen Hütte aufgesucht, die unmittelbar neben den Stallungen stand und in der es nach Pferdeschweiß und Heu roch. Beide genossen das seltene Zusammensein, schworen sich ewige Liebe und wälzten sich nackt und voller Leidenschaft auf der einfachen Strohmatratze. Und wenn sie einmal erschöpft voneinander abließen, träumten sie von einer gemeinsamen Zukunft.

Mit der Vollkommenheit ihrer Liebe ging die Angst vor der Entdeckung einher. Robert schien nach wie vor ahnungslos zu sein. Vermutlich war er mit der Grübelei über einen Nachkommen so sehr beschäftigt, dass ihm der Glanz in Amys Augen nicht auffiel.

Gäbe es Joey nicht, hätte Robert ihr Selbstbewusstsein längst gebrochen, doch die Liebe zu dem Sklaven machte sie stark und widerstandsfähig. Sie ertrug Roberts Beschimpfungen wegen ihrer angeblichen Unfruchtbarkeit ebenso stoisch wie die regelmäßigen Schläge und die Vergewaltigungen. Solange Joey in ihrer Nähe war, hatte sie immer noch einen Grund zum Weiterleben.

Den ersten Hochzeitstag am 23.5.1860 vergaß Robert, doch das war Amy ganz recht, denn es gab schließlich nichts zu feiern. Er trank nach wie vor viel zu viel Whiskey, traf sich vermehrt mit anderen Pflanzern und Lokalpolitikern, um mit ihnen die kritische Lage zu besprechen. Die Plantagenbesitzer schrien nach Krieg und Sezession, sahen sie doch ihren kostbarsten Besitz, die Sklaven, in Gefahr.

Mit seiner Frau sprach Robert kaum darüber, aber da Amy nach wie vor heimlich die *New Orleans Times* las, war sie bestens informiert, auch wenn diese Südstaatenzeitung kein gutes Haar an den Nordstaaten ließ und die Leser mit Lügen und Halbwahrheiten abzuspeisen versuchte.

Amy war bewusst, dass die Pflanzervorherrschaft auf tönernen Füßen stand und dass es auf jeden Fall eine Änderung geben würde … geben *musste*.

Bei den wenigen Gesellschaften, zu denen Robert seine Frau mitnahm, schnappte sie einiges auf. Stets machte sie eine gelangweilte Miene wie die anderen Ladys, lauschte jedoch heimlich und merkte sich jedes Wort, das die entrüsteten Plantagenbesitzer von sich gaben. Das Schlimme war, dass sie sich völlig im Recht sahen. Schwarze, so sagten sie, seien eine primitive Rasse und dazu geschaffen, den Weißen zu dienen – welch eine selbstherrliche Begründung für die Sklaverei!

Ähnliche Diskussionen wurden auch in anderen Südstaaten wie Georgia, South Carolina und Virginia geführt, denn auch diese Staaten profitierten von Sklavenarbeit.

Noch hielten sich jene Staaten zurück, in denen zwar die Sklaverei erlaubt war, allerdings keine großen Plantagen existierten. Arkansas, Kentucky oder Missouri bestanden größtenteils aus Farmland, und wer es sich leisten konnte, besaß lediglich einige Sklaven für die Feld- und Hausarbeit.

Oft schwirrte Amy der Kopf von diesen Debatten, bei denen die Männer erhitzt durcheinanderredeten. Häufig schnappte sie auf, dass die Pflanzer klagten, weil immer wieder einigen ihrer Sklaven die Flucht gelang und die anderen frech und faul wurden, da sie alle Hoffnung auf einen Krieg mit den Yankees setzten.

Auch Joey hoffte auf den Krieg, aber er blieb seinem Master und dem Aufseher gleichermaßen folgsam und tat, was von ihm verlangt wurde. Einige Hitzköpfe im Sklavenquartier redeten von Flucht, doch Joey gelang es stets, ihnen ihre fruchtlosen Pläne auszureden. Geduldig erklärte Joey den Leuten, sie sollten sich bis auf Weiteres ruhig verhalten – ein toter Sklave nützte niemandem.

Bei einem Sommerball traf Amy auf Augusta Wade, die sie seit Wochen nicht mehr gesehen hatte, nachdem Robert Amy ohne Begründung absolutes Ausgehverbot erteilt hatte.

»Warum hat er das getan?«, wunderte sich Augusta.

»Er sagt, die Zeiten sind zu unruhig, um ohne ihn Ausflüge zu unternehmen.« Amy nippte an ihrem Portwein. »Aber ich denke, das ist lediglich eine Ausrede. Mit diesem Verbot will er mir einmal mehr beweisen, dass ich nichts zu sagen habe. Und ich werde ihm nicht widersprechen – die Angst, wieder eingesperrt zu werden, ist zu groß.«

Mitfühlend strich Augusta der jungen Frau über den Arm. »Ich habe Kuba kein Wort geglaubt, als er mir letztes Jahr erzählte, Sie wollten mich wegen Unpässlichkeit nicht empfangen. Lieber Himmel, ich fürchtete, dass Robert Ihr … Geheimnis herausgefunden hätte und sie deshalb strafen wollte.«

Ein müdes Lächeln spielte um Amys Mundwinkel. »Solange die Dienstboten nicht schwatzen, wird er nichts erfahren, aber Joey und ich leiden unter der Situation.«

Sie standen in einer Nische abseits des Geschehens. Auf dem Parkett des Ballsaals standen wild gestikulierende Männer in einer großen Gruppe beisammen, anstatt mit den Damen zu tanzen, obwohl die Musiker einen flotten Walzer spielten.

Mit dem Kinn wies Amy auf die Tanzfläche. »Glauben Sie, dass es zum Krieg kommt?«

»Ich fürchte, es gibt keinen anderen Ausweg. Der Süden fordert einen eigenen Präsidenten, aber das geht nur, wenn sich die Südstaaten von der Union trennen. Und wenn es zur Sezession kommt, wird wenig später ein Bürgerkrieg ausbrechen.«

Amy wollte keinen Krieg, aber sie wollte auch nicht, dass alles so blieb, wie es war – nicht nur wegen Joey. Sie verachtete alle Weißen, für die andersfarbige Menschen zu einer untergeordneten Rasse gehörten.

Augusta rückte etwas näher und erkundigte sich nach Joey. Viel konnte Amy nicht berichten, denn sie hatte ihren Liebsten seit mehr als zwei Wochen nicht gesehen. »Und davor konnte ich nur einen kurzen Blick auf ihn werfen, als er Robert sein gesatteltes Pferd zum Herrenhaus brachte.«

»Die Zeiten werden sich ändern«, versicherte Augusta. »Und Sie können froh darüber sein, eine zuverlässige Zofe zu haben, die Ihre Briefe unauffällig befördert.«

»Ich vertraue Hetty bedingungslos«, gab Amy nachdenklich zu. »Aber was tue ich, wenn sie flieht? Joey wird die Leute nicht mehr lange davon abhalten können, das Weite zu suchen.«

Augusta nickte. »Auch unsere Dienstboten sind verlässlich, aber wie lange noch? Ich fürchte, früher oder später wird eine große Fluchtwelle beginnen, der die Sklavenjäger nicht mehr gewachsen sind.«

»Bisher hat niemand versucht, von *Heaven's Gate* zu fliehen, jedenfalls nicht, seitdem ich dort lebe. Nächste Woche werden wir übrigens nach Baton Rouge fahren, um dort den Sommer zu verbringen. Dann werde ich Joey monatelang nicht sehen.«

Doch ein Ereignis veranlasste Robert, seine Pläne zu ändern. Wenige Tage nach dem Ball ereilte eine Schreckensnachricht *Heaven's Gate:* Auf einer Plantage nahe des Mississippiufers hatte es ein grausames Massaker gegeben. Alle Sklaven hatten sich zusammengetan und ihre Herrschaft ermordet. Nachts, als alles schlief, waren sie in die Schlafzimmer geschlichen und hatten den Master, die Missis und ihre drei kleinen Kinder mit Macheten zerstückelt, bevor sie gemeinsam geflohen waren.

Eine Hysterie brach unter den anderen Pflanzern aus. Die einen flohen in ihre Stadthäuser, die anderen beschlossen, mehr Aufseher einzustellen, die Tag und Nacht die Sklavenquartiere bewachten und sofort zum Gewehr griffen, wenn ein Sklave auch nur eine falsche Bewegung machte. Auch Robert gehörte zu dieser Kategorie von Pflanzern; er war der Meinung, dass es auf seiner Plantage eher zur Revolte kommen könnte, wenn er sich in Baton Rouge aufhielt.

»Du gehst nicht mehr aus dem Haus«, befahl er Amy. »Auch der Garten ist tabu, hinter den Bäumen könnte sich dein Mörder verstecken.«

Betrübt nickte Amy. Gerade blühten wieder die Magnolien, und die einzige Person, die sie jemals im Garten antraf, war die alte Berthe, die sicherlich nichts Böses im Sinn hatte. Doch Robert blieb hart; er verstärkte die Wachen, alles arme Weiße, die es im Leben zu nichts gebracht hatten und deren Wut auf die Schwarzen überschäumte, weil sie die Sklaven für ihre eigene Arbeitslosigkeit verantwortlich machten.

Auch im Herrenhaus sorgte Robert für härtere Bedingungen. Die Kammern des Hauspersonals wurden regelmäßig nach versteckten Waffen und Gift durchsucht, Passierscheine wurden nur im Notfall für die Sklaven ausgestellt. Alles, was die Köchin Ida zubereitete, musste in seinem Beisein von Sklavenkindern vorgekostet werden, denn Robert misstraute allem und jedem.

Es herrschte eine bedrückte Stimmung auf *Heaven's Gate*. Die Angst der Sklaven übertrug sich auf Amy, und wann immer es notwendig war, tröstete sie Hetty, die sich davor fürchtete, verkauft zu werden.

»Aber warum sollte Mr Garrison das tun? Ich bin zufrieden mit dir, keine andere Sklavin versteht es besser, mich zu frisieren und die passende Garderobe zusammenzustellen.«

»Darauf wird der Master keine Rücksicht nehmen«, erwiderte Hetty hoffnungslos. »Man sagt, dass die Master ihre Sklaven lieber so schnell wie möglich verkaufen wollen, als dass sie ihnen davonlaufen.«

Sie hatte nicht ganz unrecht mit ihrer Befürchtung. Vielerorts verkauften die Pflanzer auf dem schnellsten Weg jeden entbehrlichen Sklaven, um wenigstens seinen Gegenwert in Form von Dollars sicher zu haben.

Amy sah ihrer Zofe tief in die Augen. »Wir müssen abwarten, Hetty. Ich las, dass Präsident Buchanan nach wie vor verzweifelt versucht, einen Kompromiss mit dem Süden zu schließen. Vielleicht gelingt es ihm, und die Unruhe im Land legt sich wieder.«

»Glauben Sie wirklich daran, Madam?«

Verlegen schaute Amy zur Seite. Nein, sie glaubte ebenso wenig an Frieden wie die Zofe, dennoch musste das Leben irgendwie weitergehen. Großen Kummer bereitete es Amy, dass sie nun nicht mehr täglich an Joey schreiben konnte. Die weißen Aufseher lungerten überall herum, und nicht selten kam es vor, dass ein Sklave, wenn er sich vom Herrenhaus zum Quartier oder umgekehrt bewegte, aufgefordert wurde, seine Rock- oder Hosentaschen zu leeren.

»O ja, das arme weiße Pack ist gründlich«, bestätigte auch Hetty mit bitterem Unterton. »Die freuen sich jedes Mal, wenn sie einen von uns demütigen oder schlagen können. Und wenn sie keinen Grund dafür haben, erfinden sie einen.«

Das wusste Amy bereits, doch sie wagte es nicht, mit Robert darüber zu reden; schließlich würde das heißen, dass sie seine strengen Anordnungen infrage stellte. Derzeit ging sie ihm lieber aus dem Weg, und es wäre zu riskant, sich bei ihm über die neuen Aufseher zu beschweren.

Seit dem blutigen Massaker trank Robert nicht mehr so viel, sondern nahm an zahlreichen Pflanzertreffen teil. Die Baumwolle blühte bereits wieder in allen Farben, aber Robert kümmerte sich kaum darum. Pearson hingegen hatte seine Augen überall und nutzte es aus, stellvertretend für Robert handeln zu können.

* * *

Die Ernte wurde Ende August nach einem unerträglichen feucht-heißen Sommer in aller Eile eingefahren. Alle Welt sprach weiterhin von Sezession und Krieg, und sowohl in den Herrenhäusern als auch in den Sklavenhütten wurde heftig darüber diskutiert. Das Land war in Aufruhr, und nur einige wenige Optimisten waren noch immer der Meinung, dass sich die Lage beruhigen würde. James Buchanan, 15. Präsident der Vereinigten Staaten von Amerika, war machtlos gegenüber seinem Volk, das dazu bereit war, sich in zwei Staaten zu spalten.

Die Überfälle von Sklaven auf ihre weißen Besitzer häuften sich, und man hörte allerlei Schreckensgeschichten, von denen die Hälfte jedoch vermutlich erfunden war. So hatten einige Sklaven einer Plantage in Georgia ihre Herrschaft angeblich gefesselt und zu Tode gepeitscht, danach alles Wertvolle geraubt und das Herrenhaus angezündet. Aus Virginia kam die Meldung, dass männliche Sklaven sämtliche weiblichen Familienmitglieder ihres Masters vergewaltigt hatten, aus anderen Staaten erfuhr man, dass Plantagenbesitzer vergiftet, erstochen oder erschlagen worden waren.

Täglich trafen neue Meldungen dieser Art ein; die *New Orleans Times* brachte sogar Sonderausgaben heraus, um den Wissensdurst der Leser zu stillen und den Hass gegen die schwarze Bevölkerung nachhaltig zu schüren.

An einem Nachmittag Ende September 1860 befand sich Augusta auf *Heaven's Gate.* Robert war gleich nach dem Lunch zu den Hendersons geritten, sodass er keine Möglichkeit hatte, Augusta wieder fortzuschicken.

Ihre Stirn war sorgenumwölkt, als sie sich Amy auf der Vorderveranda gegenübersetzte. »Ich kann vor Kummer kaum noch schlafen, meine Liebe.« Dankbar nahm sie von Kuba das Glas Limonade entgegen, die durch zerstoßenes Eis kühl gehalten wurde. »Ich fürchte mich vor der Zukunft, denn sie wird alles andere als angenehm werden.«

»Aber Ihre Sklaven würden Ihnen nie etwas zuleide tun«, beschwichtigte Amy sie.

Lahm winkte Augusta ab. »Darum geht es nicht; es geht um die Zukunft des Landes. Die Leute fordern einen neuen Präsidenten; einen, der sich mehr für die Südstaaten einsetzt. Aber was soll das bringen? Damit würde er sich gegen den Norden richten, und dort wäre man mit dieser Entwicklung sicher nicht einverstanden.« Sie seufzte wie unter einer schweren Bürde. »Neuerdings hört man viel über einen Mann namens Abraham Lincoln, einem Bauernsohn aus Illinois. Er hält blumige Reden über Reformen und gütliche Einigungen. Es würde mich nicht wundern, wenn man in Zukunft noch mehr von ihm hören würde.«

Amy erinnerte sich an einen Artikel über diesen Lincoln in der *New Orleans Times;* sogar ein Foto von ihm war dort abgebildet gewesen. Der hagere Mann mit der langen Nase und dem Spitzbart sah nicht aus, als habe er große Chancen in der Politik, aber anscheinend war er ein hervorragender Redner, der es verstand, die Zuhörer in seinen Bann zu ziehen.

Die beiden Frauen unterhielten sich noch eine Weile über Politik, dann erkundigte sich Augusta leise nach Joey.

»Ich hoffe, er flieht nicht«, antwortete Amy ebenso leise. »Er hat mir zwar versprochen hierzubleiben, weil er mich liebt, aber ich bin mir nicht sicher, ob ich ihm glauben kann.« Sie lächelte unfroh. »Am liebsten würde er mit mir fliehen, aber das ist ja völlig ausgeschlossen.«

»Das wäre eine recht dumme Idee, denn dann wären nicht nur die Sklavenjäger hinter euch her, sondern auch noch Robert. Nein, es wird das Beste für uns alle sein abzuwarten. Bricht tatsächlich ein Krieg aus, dann kann man überlegen, wie es weitergehen soll. Wo ist Robert eigentlich?«

»Drüben bei den Hendersons«, gab Amy zurück. »Denen laufen immer mehr Sklaven davon.«

»Das wundert mich nicht. Der dicke Philip und seine noch dickere Frau sind wahre Menschenschinder, die auch noch stolz darauf sind, ihre Sklaven so lange auf den Feldern schuften zu lassen, bis sie tot umfallen.« Augusta schüttelte sich vor

Abscheu. »Solchen Leuten geschieht es recht, wenn sie nun arme Weiße anheuern müssen, damit die Felder nicht brachliegen.«

Amy berichtete, dass von *Heaven's Gate* noch niemand geflohen sei, was aber wohl an den zusätzlichen Aufsehern liegen mochte.

Augusta gab ihr recht. »Neulich kam eines der Hausmädchen heulend zu mir und flehte mich an, nicht zuzulassen, dass sie und die anderen Sklaven freigelassen werden. Sie hat Angst davor, weil sie nicht weiß, wohin sie mit ihren drei kleinen Kindern gehen soll. Sehen Sie, das ist es, was mich so empört. Jeder Sklavenbesitzer wird angehalten, die Schwarzen wie kleine Kinder zu behandeln, ihnen zu untersagen, lesen und schreiben zu lernen und selbstständig zu denken. Sie sind nur deshalb so unselbstständig, weil wir Weiße sie dazu gemacht haben, und sie werden umkommen, wenn sie plötzlich frei sind, niemand mehr für sie sorgt und sie kein Dach mehr über dem Kopf haben.«

»Aber einige haben es trotzdem geschafft, oben im Norden.«

»Allerdings, doch das ist die Minderheit. Zweifellos würde es auch Joey schaffen, denn er lässt sich nicht verbiegen und ist ein intelligenter Mann. Aber was ist mit den Hunderttausenden, die nie gelernt haben, einen Schritt ohne die Erlaubnis ihres Masters zu tun?« Wieder seufzte Augusta.

»Ich fürchte, die Vereinigten Staaten von Amerika gehen schweren Zeiten entgegen, denn wenn es Krieg gibt, werden alle Staaten davon betroffen sein.«

Amy pflichtete ihr bei, denn auch sie machte sich große Sorgen um die Nation. Doch sie war froh, dass sie mit jemandem wie Augusta über dieses Thema sprechen konnte; Robert war dafür kein geeigneter Gesprächspartner, denn er behauptete, dass seine Frau zu naiv sei und sie sich besser weiblichen Interessen wie Sticken oder hübschen Kleidern widmen solle.

Da er bald zurückkommen würde, verabschiedete sich Augusta. »Hoffentlich bekommen Sie keinen Ärger wegen meines Besuches.«

»Robert hat mir nur verboten, das Haus zu verlassen«, erwiderte Amy lächelnd, »nicht aber, Besuche einer Freundin zu empfangen.«

Die ältere Frau nahm Amy herzlich in die Arme. »Ich bin sehr glücklich, dass Sie mich als Freundin bezeichnen. Hat Robert in nächster Zeit vor, nach New Orleans zu reisen?«

Amy wusste es nicht.

»Nun, wenn dies der Fall sein sollte, kann ich vielleicht für Sie und Joey ein neues Treffen arrangieren. Kann man Kuba vertrauen?«

»Ich denke schon. Joey ist voll des Lobes über unseren Butler. Pearson und die anderen Aufseher machen mir schon mehr Sorgen. Sie würden Robert sofort erzählen, dass ich die Plantage verlassen habe, und ich möchte nicht wieder eingesperrt werden.« Ihre Stimme wurde bei diesen Worten immer leiser und mutloser. »Mehr denn je fühle ich mich auf *Heaven's Gate* wie in einem Gefängnis.«

»Es kommen wieder bessere Zeiten«, versprach Augusta ohne rechte Überzeugung. Sie ließ sich ihren Hut bringen und umarmte Amy noch einmal warm. »Wir sehen uns bald wieder … und bleiben Sie stark und denken Sie an Ihren Traum.«

Das hätte Amy auch ohne Augustas Ratschlag getan – die Träume von einem gemeinsamen Leben mit dem Mann, den sie liebte, ließen sie durchhalten.

Kaum hatte Augusta – sie war zu Pferd gekommen – die Plantage verlassen, traf Robert ein. Er war schlechter Laune und schimpfte über das »undankbare Niggerpack«, das sich erdreistete, seinen Besitzern davonzulaufen.

»Aber sie werden nicht weit kommen«, sagte Robert, als er sich zu Amy in den Salon setzte. »Henderson hat einen Stab von Jägern engagiert, die nur darauf warten, den entlaufenen Sklaven den linken Fuß abzuhacken.«

Entsetzt schlug Amy eine Hand vor dem Mund. »Aber das ist grauenvoll, Robert. Wie kann Mr Henderson so etwas befürworten?«

»Befürworten? Er hat den Befehl dazu gegeben, meine Liebe.« Robert lächelte süffisant. »Und du kannst davon ausgehen, dass ich genauso verfahren werde, falls sich einer unserer Sklaven aus dem Staub machen sollte.«

Für den Bruchteil einer Sekunde tauchte Joey vor ihrem inneren Auge auf, wie mehrere kräftige Weiße ihn festhielten, seinen Fuß auf einem Holzblock legten und die Axt hoben.

Robert lachte noch einmal. »Aber ich denke, das wird nicht nötig sein. Meine Männer sind zuverlässig, und auf jeder Zufahrtsstraße sind Posten aufgestellt, um die Papiere zu kontrollieren. Jeder Schwarze, der keinen Passagierschein vorweisen kann, wird auf der Stelle erschossen.«

Amy wusste, dass die Plantagenbesitzer eine Bürgerwehr gegründet hatten, um größeren Schaden zu verhindern. Selbst Männer mit bescheidenen Farmen hatten sich angeschlossen und dazu bereit erklärt, abwechselnd die Straßen zu kontrollieren. Eine Flucht war inzwischen so gut wie unmöglich.

18

Am 20. Dezember 1860 trat South Carolina aus der Union aus, dicht gefolgt von Mississippi, Florida, Alabama, Georgia und schließlich auch Louisiana. Am 4. Februar 1861 gründeten diese Staaten einen von den USA unabhängigen Staatenbund, eine Konföderation. Kurz darauf folgte Texas.

Immer lauter wurden die Rufe nach einem eigenen Präsidenten, und am 18. Februar 1861 wurde Jefferson Davis als erster Präsident der Konföderierten Staaten von Amerika vereidigt, während Abraham Lincoln am 5. März 1861 zum 16. Präsidenten der Vereinigten Staaten gewählt wurde. Davis, ein erfahrener und profilierter Politiker, verfügte über eine gute militärische Ausbildung und galt daher als für das Präsidentenamt gut geeignet. Geeigneter als Lincoln in Washington.

Auch an *Heaven's Gate* gingen die politischen Veränderungen nicht spurlos vorüber. Fast jede Nacht versuchte einer der Sklaven zu fliehen; zweien gelang es, die anderen wurden von den weißen Aufsehern erwischt und erschossen.

Joey hatte noch keinen Versuch gewagt, denn er war nicht dumm; außerdem wollte er die Frau, die er liebte, nicht verlieren. Genau wie Amy litt er unter den von Robert aufgestellten Maßnahmen.

»Nicht einmal beim Pinkeln lassen die Aufseher einen in Ruhe«, murrte Wayne eines Abends in Joeys Hütte, in der sich auch andere Sklaven regelmäßig trafen. »Wenn die uns nur einen winzigen Moment aus den Augen lassen würden, wären Mathilda und ich auch längst fort.«

Joey lachte rau. »Und dann, du Kindskopf? Denk an Benny,

Amos und all die anderen, deren Leichen zurückgebracht wurden.«

»Aber einigen gelingt es. Mathilda und ich wollen unseren Jungen suchen; wir haben immer noch nicht überwunden, dass der Master ihn verkauft hat.«

»Sei doch vernünftig, Wayne. Ihr findet Clarence nie wieder und bringt euch nur selbst in Gefahr.«

Waynes dunkle Augen funkelten angriffslustig. »Du wirst wohl bis zum Sankt Nimmerleinstag vor dem Master zu Kreuze kriechen, weil dein Liebchen hier ist.«

Joey sprang wütend auf und wollte Wayne an den Kragen gehen, doch zwei andere Männer drängten die Streithähne auseinander. Nur langsam beruhigte Joey sich wieder. »Ich will ebenso die Freiheit wie alle anderen, aber der Zeitpunkt ist noch zu früh. Ich sage euch, der Krieg lässt nicht mehr lange auf sich warten, und dann werden alle weißen Männer eingezogen und haben keine Gelegenheit mehr, auf uns aufzupassen. Seid ihr denn zu blöd, um das zu kapieren?«

Verlegen murmelten alle durcheinander, denn Joeys Argument war nicht von der Hand zu weisen. Auch wenn sie nicht die geringste Lust verspürten, einen weiteren Frühling auf den Feldern zu verbringen, um die Baumwolle zu setzen, war ihnen diese Arbeit doch lieber, als auf der Flucht erschossen zu werden.

»Kann die Missis uns nicht Passierscheine ausstellen, wenn der Master unterwegs ist?«, erkundigte sich ein junger Mann namens Bobby und wunderte sich, dass alle anderen lachten.

»Das würde dem Master auch ganz bestimmt nicht auffallen, du Schafskopf«, gab Joey grinsend zurück. »Außerdem hat die Missis keine Erlaubnis dazu. Ihr wisst doch, dass sich Mr Henderson um die Geschäfte des Masters kümmert, wenn dieser verreist ist.«

Es klopfte zaghaft; Hetty und Kuba betraten die bescheidene Hütte. So oft es ihnen möglich war, gesellten sie sich zu den anderen.

Hetty kramte aus ihrer Rocktasche einen Zettel und reichte ihn Joey.

Die anderen stießen sich grinsend an, denn natürlich wusste jeder von dem heimlichen Briefwechsel.

»Lies doch mal vor«, sagte Mathilda kichernd, doch Joey streckte ihr die Zunge heraus und ließ Amys Nachricht in seiner Hosentasche verschwinden.

»Im Herrenhaus schlafen alle«, sagte Kuba und fuhr sich erschöpft über das dunkle Gesicht. »Neuerdings muss ich den Master fast jeden Nachmittag irgendwohin kutschieren; die Herren, zu denen ich ihn bringe, reden von nichts anderem als vom Krieg. Man könnte annehmen, dass sie am liebsten sofort in die Schlacht ziehen würden.«

»Sollen sie doch!«, rief Joey. »Aber wenn es so weit ist, werden sie alle den Schwanz einziehen und sich freikaufen, weil sie Angst haben.«

»Unser Master hat im mexikanischen Krieg gekämpft«, korrigierte Kuba ernst. »Damals war er ein junger Mann, und ich musste ihn als Kammerdiener begleiten. Ich fürchte, dieses Schicksal steht mir ein weiteres Mal bevor.«

Die anderen schwiegen betroffen. Sich die Kugeln um die Ohren pfeifen lassen, war etwas, das sich keiner von ihnen gerne vorstellte.

»Meint ihr, dass die Yankees gewinnen?«, warf Bobby in den Raum.

»Die Yankees *müssen* gewinnen«, konterte Joey. »Das ist die einzige Möglichkeit für uns. Eine zweite Chance wird es nicht geben und unser Los wäre für immer besiegelt.«

»Genau.« Kuba nickte. »Deshalb flehe ich euch an hierzubleiben und eure Arbeit wie immer zu verrichten. Präsident Davis hat zwar mehr militärische Erfahrung als Lincoln, aber der hat schließlich seine Berater.«

Noch eine ganze Weile diskutierten sie im Flüsterton, bis Mathilda sich bei Hetty nach Amy erkundigte.

»Es geht ihr nicht gut«, erwiderte die Zofe betrübt. »Sie leidet unter der Strenge des Masters, aber wenigstens sperrt er sie nicht mehr ein.«

»Ein Teufel ist das«, zischte Mathilda. »Ihm hat es wohl nicht gereicht, die erste Missis unter die Erde zu bringen. Man müsste ihn im Schlaf die Kehle durchschneiden, wie andere Sklaven es mit ihrer Herrschaft getan haben.«

Die anderen stürzten sich auf Mathilda, um ihr den Mund zuzuhalten.

Es war nicht ausgeschlossen, dass einer der Aufseher vor der Tür stand und horchte.

»Du musst in Zukunft vorsichtiger mit deinen Bemerkungen sein«, sagte Kuba ernst, nachdem er sich vergewissert hatte, dass die Luft rein war. »Das weiße Pack lauert überall und wartet nur darauf, dass einer von uns etwas gegen die Herrschaft sagt, um uns auszupeitschen.«

Zerknirscht nickte Mathilda und versprach, in Zukunft ihre Zunge besser im Zaum zu halten. Erwischte man sie, könnten ihr die anderen nicht mehr helfen.

Es war bereits nach Mitternacht, als sich die Runde auflöste, denn bei Tagesanbruch mussten sie schon wieder auf den Baumwollfeldern sein.

Joey blieb allein zurück. Er legte sich auf seine Strohmatratze und las Amys Brief, der wie all die anderen Briefe schwach nach ihrem Parfüm duftete. Sie schrieb, dass sie Joey unendlich vermisste und das Leben an Roberts Seite immer unerträglicher wurde, und in einem Anfall von Verzweiflung ballte Joey die Hände zu Fäusten. Er würde alles für Amy tun, doch er konnte nichts tun, das machte ihn fast ohnmächtig vor Wut.

Schließlich warf Joey den Brief ins Herdfeuer, wie er es mit all den anderen Briefen getan hatte. Das Risiko, dass die Aufseher sie finden konnten, war zu groß – und Amy in Gefahr zu bringen war das Letzte, was er wollte.

Mit hinterm Kopf verschränkten Armen lag Joey da und starrte in die Dunkelheit. Er erinnerte sich an den Tag, als er

Amy zum ersten Mal gesehen und was er dabei empfunden hatte. Nie hätte er es für möglich gehalten, sich in eine Frau zu verlieben, deren Rasse er immer verachtet hatte.

Und wieder einmal schwor er sich, nicht ohne Amy zu fliehen, selbst wenn es ihn das Leben kosten würde. Ohne sie war sein Leben ohnehin nichts mehr wert. Schließlich schlief er ein und träumte davon, wie er Hand in Hand mit Amy übermütig lachend in ein neues, aufregendes Leben lief.

Bereits Ende Dezember 1860 war das im Hafen von Charleston gelegene Fort Sumter vom 1. US-Artillerie-Regiment unter dem Kommando von Major Robert Anderson besetzt worden, was die Südstaatler empörte, denn die Yankees befanden sich nunmehr in Feindesland.

Die Konföderiertenarmee reagierte und verhinderte jegliche Versorgung des Forts mit Nahrungsmitteln; auch die Versuche, Versorgungsgüter mittels Schiffen einzuschleusen, scheiterte kläglich. Die Besetzer waren von der Armee der Konföderierten total umzingelt. Die Aufforderung, die Belagerung aufzugeben, wurde verweigert, nur die Frauen und Kinder der dort liegenden Soldaten verließen Fort Sumter, und sie durften in den Norden ausreisen.

An einem frühlingshaften 5. April 1861 saßen Amy und Robert auf der Vorderveranda beim Tee. Es war ein stiller, milder Tag, die Vögel zwitscherten um die Wette, und der betäubende Duft von unzähligen Blumen umwehte das Haus.

Roberts Gesichtszüge waren angespannt, während er die Zeitung las, und Amy stickte an einem Deckchen, um sich zu beschäftigen, während ihre Gedanken bei Joey weilten. Beide blickten gleichzeitig auf, als sich das Geräusch von wildem Hufschlag auf der Eichenallee näherte.

Noch bevor der Reiter zu erkennen war, erhob sich Robert stirnrunzelnd und stieg die wenigen Stufen der Veranda hinab. Es war Henderson; sein aufgedunsenes Gesicht war puterrot vor Anstrengung, und er ächzte, als sein Pferd vor Robert zum Stehen kam.

»Gerade erhielt ich die Nachricht ...« Er atmete schwer. »Boten der Armee sind ausgesandt worden – alle Reservisten haben sich unverzüglich bei ihrem Regiment zu melden!«

»Bist du sicher?«

Henderson nickte hektisch. »Fort Sumter soll so schnell wie möglich gestürmt werden, dafür wird angeblich jeder Mann gebraucht.«

Auch Amy war inzwischen näher getreten. Nun war es also so weit. Der Süden wehrte sich, und das konnte nur Krieg bedeuten!

»Sattle mein Pferd!«, rief Robert dem Butler zu. »Aber schnell!«

Kuba deutete eine Verbeugung an und verschwand wieder im Haus.

Verwirrt blickte Henderson seinen Freund an. »Was hast du vor?«

»Dumme Frage, ich melde mich bei meiner Einheit.«

»Bist du wahnsinnig?« Hendersons Stimme überschlug sich fast.

Er fuchtelte wild mit den Armen und bemerkte noch nicht einmal, dass er dabei Frankie, der eiligst herbeigeeilt war, um die Zügel von Hendersons Pferd zu halten, mit seinen hektischen Bewegungen fast zu Boden stieß.

Roberts Augen verengten sich zu Schlitzen. »Als Offizier ist es meine Pflicht, meinem Vaterland zu dienen. Ich will dabei sein, wenn wir die Yankees das Fürchten lehren.«

»Aber du bist Plantagenbesitzer und hast genug Geld, um dich freizukaufen.«

»Jeder Pflanzer, der sich zu seinem Land bekennt, wird freiwillig gegen die Yankees kämpfen. Das ist unsere verdammte Pflicht!«

Joey brachte Roberts Wallach, vermied jedoch jeglichen Blickkontakt mit Amy, die noch immer wie angewurzelt dastand und nicht wusste, was sie von der ganzen Sache halten sollte.

Erst am nächsten Morgen kam Robert zurück. Jetzt trug er eine nagelneue, prächtige graue Uniform mit einer um die Taille gebundenen gelben Schärpe.

»Noch heute werden wir nach Charleston verschifft«, erklärte Robert beim Frühstück. »Ich habe bereits angeordnet, dass sich mein Bursche bereithalten soll.«

Amy wusste, dass der Butler seinen Herrn im mexikanischen Krieg begleitet hatte, und erwiderte besorgt: »Kuba wird mir fehlen, er hält den Haushalt zusammen wie kein anderer. Ich weiß gar nicht, was ich ohne ihn anfangen soll.«

»Kuba?« Robert hob erstaunt die Augenbrauen. »Nein, nein. Er ist zu alt und wird hier gebraucht. Ich habe mich entschlossen, Joey mitzunehmen.«

Vor Schreck ließ Amy beinahe ihre Tasse fallen.

»Der Kerl hat zwar etwas Wildes, Animalisches an sich, aber er ist jung und kräftig – und er wird lernen, mit dem Gewehr umzugehen. Du musst dir keine Gedanken um mich machen, Liebes, Joey ist verpflichtet, mich mit seinem Leben zu schützen.«

»Oh, ich dachte nur, auch er wird auf *Heaven's Gate* dringend gebraucht«, sagte Amy mit betont fester Stimme. »Du selbst sagst immer, einen besseren Stallmeister findet man nirgends.«

Robert machte eine wegwerfende Handbewegung. »Im Ausnahmezustand kümmert so was niemanden, und wenn sich der Krieg länger hinziehen sollte, wird die Armee meine Pferde ohnehin konfiszieren.«

Wie versteinert saß Amy auf ihrem Stuhl, während sich die Gedanken in ihrem Kopf überschlugen. Sie würde noch nicht einmal Gelegenheit haben, von Joey Abschied zu nehmen – und niemand konnte sagen, ob er jemals zurückkam.

Robert war mit seinen eigenen Gedanken beschäftigt und

bemerkte die unnatürliche Blässe seiner Frau nicht. Er rief Kuba zu sich, ließ sich einen ordentlichen Whiskey einschenken und verzog sich in sein Herrenzimmer, um wichtige Papiere für Henderson zusammenzustellen, der ihn wie üblich in seinen Geschäften vertreten sollte.

Kurz darauf befahl Robert seiner Frau, etwas Nettes anzuziehen. »Heute Nachmittag findet uns zu Ehren eine große Abschiedsparade auf der Uferstraße von Baton Rouge statt. Ich möchte, dass du dich dort einfindest.«

Sie nickte vage und ließ nach Hetty rufen. Vielleicht hatte sie Glück, und sie konnte bei der Parade einen letzten Blick auf Joey werfen.

In größter Eile stellte Robert einem männlichen Dienstboten einen Passierschein aus und befahl ihm, die Papiere zu Henderson zu bringen. Zur selben Zeit ließ sich Amy von ihrer Zofe, dem Anlass entsprechend, mit einem zartblauen Kostüm ankleiden.

»Ach, Hetty, ich habe so schreckliche Angst um Joey.«

»Ich weiß nicht, wie ich Sie trösten soll, Madam«, druckste Hetty herum. »Kuba erzählte schreckliche Dinge über den mexikanischen Krieg, und er ist glücklich, diesmal nicht aufs Schlachtfeld ziehen zu müssen.«

In Amys himmelblauen Augen schimmerten Tränen. Ihre Sorge galt Joey und nicht, wie es sich eigentlich gehörte, ihrem Mann. Doch sie hatte keine Gewissensbisse, dazu hatte Robert sie zu schlecht behandelt während ihrer fast zweijährigen Ehe.

Als Kuba die Kutsche vorfuhr, waren Robert und Joey längst fort. Sie mussten sich rechtzeitig in der Garnison einfinden und auf die Parade vorbereiten; außerdem musste Joey in der Kaserne noch eingekleidet werden. Kurz vor dem Aufbruch hatte Robert dem Aufseher Pearson noch einige Verhaltensmaßregeln gegeben, die dieser mit demütig geneigtem Haupt entgegennahm.

Kuba sprach kein Wort, als er seiner Herrin in die Kutsche

half, doch sie konnte in seinen Augen tiefes Mitgefühl erkennen.

Die fast zweistündige Fahrt nach Baton Rouge verlief stockend, jedoch ohne Vorkommnisse, denn die Straße war von Kutschen, die in die Stadt wollten, überfüllt. Jedermann war auf den Beinen, um Ehemann, Sohn oder Bruder zu verabschieden; einige Frauen weinten leise, andere blickten stolz geradeaus. Es waren nicht nur Pflanzerfamilien unterwegs, sondern auch die Leute von den kleinen Farmen im Umland, deren Männer sich freiwillig gemeldet hatten.

Amys Herz schlug höher, als die Kutsche in einer Seitengasse in der Nähe der Uferstraße hielt. Es war das erste Mal seit der Hochzeit, dass sie Baton Rouge wiedersah, und obwohl sich die Häuser nicht verändert hatten, war nichts mehr so wie früher.

Auf den Straßen lachten und umarmten sich die Menschen, Musik von Militärkapellen war zu hören, und alle Häuser waren mit Girlanden geschmückt.

Kuba wich nicht von Amys Seite, wie er es dem Master versprochen hatte. Verwirrt von den vielen neuen Eindrücken, stolperte sie hinter dem Butler her, der ihr den Weg zur Uferstraße bahnte.

Dicht an dicht standen die Leute am Straßenrand und schwenkten Fähnchen, als hätten die Soldaten Fort Sumter längst eingenommen. Kuba fand einen freien Platz für Amy und blieb dicht hinter ihr.

»Amy? Amy Livingston?« Eine bekannte weibliche Stimme ließ Amy herumfahren, und ihre fragende Miene verwandelte sich in freudiges Erkennen.

»Lizzy! Mein Gott, wie schön, dich wiederzusehen!«

Die beiden jungen Frauen fielen sich lachend in die Arme. Im Gegensatz zu Amy hatte sich Elizabeth Summer kaum verändert, ihr Gesicht war immer noch so lang und fad wie früher – aber sie strahlte vor Glück.

»Ich bin seit Weihachten verlobt«, sagte sie und hielt Amy

stolz die Hand mit dem goldenen Ring unter die Nase. »Darren hat sich freiwillig bei der Armee gemeldet, bei der Parade zeige ich ihn dir. Ist das nicht alles aufregend?«

Da die Menschenmenge um sie herum immer lauter jubelte, musste Amy die Stimme erheben, um sich verständlich machen zu können. »Wie geht es Miss Carter und den anderen Mädchen?«

»Bestens. Wir reden viel über dich und das große Glück, das du hattest.« Erst jetzt schien Lizzy Amys teure Kleidung aufzufallen. »Lieber Himmel, so ein schönes Kostüm wird Darren mir wohl nie kaufen können. Wie gefällt dir *Heaven's Gate,* und wirst du diesen Sommer in Baton Rouge verbringen?«

Amy hob ratlos die Schultern. »Das hat Robert noch nicht entschieden. Wenn er aus Charleston zurück ist, werde ich ihn fragen. Übrigens ist *Heaven's Gate* noch traumhafter, als ich es mir vorgestellt habe.«

»Ich glaube nicht, dass wir unsere Männer so schnell wiedersehen«, sagte Lizzy mit zweifelnder Miene. »Der Angriff auf Fort Sumter ist erst der Anfang, glaubt Darren.«

Dies würde also bedeuten, dass auch Joey – selbst wenn er bei dem Kampf um das Fort nicht verletzt wurde – für unbestimmte Zeit fortblieb.

Lizzy hakte sich bei ihrer Freundin ein. »Mach dir keine Sorgen um Robert, du hast ihn sicher bald wieder.«

Gequält lächelte Amy, doch bevor sie etwas entgegnen konnte, kam plötzlich Bewegung in die Menge. Alle stellten sich auf die Zehenspitzen und reckten die Hälse, um besser sehen zu können, denn die Parade begann. An der Spitze schritt ein Fähnrich mit der neuen Konföderiertenfahne, rotweiße Streifen mit einem Kreis von sieben weißen Sternen in einem blauen Quadrat.

Dahinter marschierte die Kapelle, dicht gefolgt von den berittenen Offizieren, zu denen auch Robert gehörte. Er sah Amy am Straßenrand, tippte kurz an seine Hutkrempe und lächelte charmant.

»Was für ein wundervoller Mann«, schwärmte Lizzy. »Du musst die glücklichste Frau der Welt sein.«

Amy enthielt sich ihrer Meinung, ihre Augen suchten nach Joey. Als sie ihn erblickte, hätte sie am liebsten gejubelt. Inmitten der anderen Schwarzen, die zu Fuß ihre Herren begleiteten, sah sie ihn, und nur für den Bruchteil einer Sekunde warf er Amy einen Blick voller Liebe und Zärtlichkeit zu. Doch der verzaubernde Moment war schnell vorüber, und Joey setzte schnell wieder eine Miene aus Stolz und Trotz auf.

Der flüchtige Beobachter mochte annehmen, dass dieser junge Mann stolz darauf war, mit seinem Master in den Krieg ziehen und Seite an Seite mit ihm kämpfen zu dürfen, doch Amy wusste es besser. Joey hasste seinen Master und würde nur unter Zwang das Gewehr auf einen Yankee richten.

Im Gleichschritt folgten die einfachen Soldaten, die schmucklose graue Uniformen und Mützen trugen. Unter ihnen befand sich auch Lizzys Verlobter Darren, der seiner Zukünftigen mit feierlicher Miene zunickte.

Der Zug bewegte sich gemächlich auf das Ufer des Mississippi zu, an dem bereits mehrere Schaufelraddampfer darauf warteten, das Regiment nach Charleston zu transportieren. Es wurde bereits dunkel, als die letzten Soldaten an Bord gingen.

Allmählich löste sich die Menge auf, die meisten Zuschauer strebten zum Ufer, um einen letzten Blick auf das Schiff zu werfen.

»Willst du nicht mitkommen?«, wunderte sich Lizzy, als Amy zögerte. »Wir werden unsere Männer lange nicht sehen.«

»Sie sind sicherlich längst unter Deck«, entgegnete Amy lächelnd. »Ich bin müde und habe einen langen Heimweg vor mir. Bitte grüß Miss Carter und die Mädchen von mir; vielleicht sehen wir uns im Sommer wieder.«

Kuba blieb im Hintergrund, bis sich die beiden Frauen verabschiedet hatten. Auf Amys Zeichen hin führte er sie zurück zur Kutsche, und sie war froh, als sie das Gefährt erreichten.

Ihre Füße in den leichten Stoffschuhen schmerzten, denn bei dem Gedränge war es nicht ausgeblieben, dass man sich gegenseitig auf die Füße getreten war.

Während der Heimfahrt dachte Amy über die Worte ihrer Freundin nach. Lizzy schien sich damit abgefunden zu haben, ihren Liebsten möglicherweise monatelang nicht zu sehen; Amy hingegen mochte sich nicht damit abfinden. Sie konnte sich ausmalen, dass Joey nicht die Privilegien der Herren Offiziere genoss und dass er nicht so gut verpflegt wurde wie Robert.

* * *

Das Leben auf der Plantage ging auch ohne den Master weiter. Freilich meldete Pearson nun fast täglich, dass sich wieder einige Feldsklaven davongemacht hätten und sich in den nahen Sümpfen versteckten. Die Gegend war gefährlich für jemanden, der sich nicht auskannte, und so weigerten sich Pearsons Männer standhaft, die Geflohenen zu verfolgen. Ihre Nachtwachen hatten sie inzwischen eingeschränkt, da sie ahnten, dass sie nicht mehr lange auf der Plantage arbeiten würden. Sollte es zum offenen Krieg kommen, würde man sie sowieso einziehen, sagten sie sich und taten nur noch das Nötigste.

Von den Haussklaven machte niemand den Versuch zu fliehen. Sie verehrten ihre Missis und wollten sie nicht im Stich lassen, wofür Amy ihnen sehr dankbar war.

Am späten Nachmittag des 12. April 1861 kam Augusta herübergeritten; von ihrer ansonsten inneren Ruhe war nichts zu spüren.

»Heute Morgen um 4.30 Uhr hat unsere Armee unter der Führung von Brigadegeneral Beauregard Fort Sumter angegriffen!«, rief sie Amy aufgeregt entgegen, während sie die Stufen zur Veranda hinaufeilte. »Amy, wir befinden uns im Krieg – und die Leute jubeln, als hätten sie ihn bereits gewonnen.«

Nervös knetete Amy ihre Hände. »Weiß man schon, ob es Verletzte oder Tote gegeben hat?«

»Nein, aber Beauregard will die Belagerung angeblich ohne Blutvergießen beenden.«

Gemeinsam traten die beiden Frauen in den kühlen, dunklen Flur hinein, in dem Kuba bereits darauf wartete, der Besucherin Hut und Handschuhe abzunehmen.

»Bring uns bitte Kaffee in den Salon«, bat Amy den Butler so höflich, wie sie immer zu den Bediensteten sprach.

»Und Cognac, den brauche ich jetzt«, fügte Augusta hinzu, die nach dem hitzigen Ritt noch immer nach Atem rang. Wieder an Amy gewandt, sagte sie: »Jetzt gehen wir wirklich schweren Zeiten entgegen, meine Liebe. Ich glaube nicht an einen schnellen Sieg, denn die Yankees sind besser ausgerüstet und haben mehr Soldaten als der Süden.«

In bedrücktem Schweigen ließen sich die Frauen im Salon nieder, und Amy fragte sich, was der Krieg für *Heaven's Gate* bedeuten würde. Die Plantage lag fernab jeglicher Zivilisation, genau wie die meisten Pflanzungen Louisianas. Fort Sumter war so schrecklich weit weg, sodass es Amy schwerfiel, daran zu glauben, dass sie diesen Krieg selbst zu spüren bekämen.

Augusta trank einen Cognac, danach schien sie sich wohler zu fühlen. »Sidney hört sich derweil in der Gegend um, den meisten Pflanzern laufen die Sklaven davon, in erster Linie die Feldarbeiter, die doch so dringend gebraucht werden.«

»Mr Henderson war gestern hier, um nach dem Rechten zu sehen«, entgegnete Amy und schenkte Kaffee ein. »Wenn Robert nicht bald zurückkommt, muss er Entscheidungen treffen.«

»Entscheidungen?«

»Ja, er überlegt sich, nur noch einen Teil der Baumwollfelder bearbeiten zu lassen, denn die verbliebenen Sklaven können sich unmöglich um alle Felder kümmern. Wie gut, dass Robert seine Idee, verschiedene Pflanzen anzubauen, noch nicht wahrmachen konnte.«

Erschöpft lehnte sich Augusta zurück und sagte mit geschlossenen Augen: »Bei uns ist es ähnlich. Schon jetzt wuchert das Unkraut zwischen den Baumwollpflanzen und nimmt ihnen die Kraft zum Wachsen.«

Auf *Heaven's Gate* hatte Henderson angeordnet, Kinder und Frauen zum Unkrautzupfen und zum Einfangen der Baumwollkäfer abzukommandieren, aber inzwischen waren an die dreißig Sklaven geflohen, und den anderen wuchs die Arbeit über den Kopf.

»Wo mögen sie wohl sein?«, fragte Amy. »Ewig können sie sich doch nicht in den Sümpfen verborgen halten.«

»Sie werden versuchen, sich in den Norden durchzuschlagen, und Schutz in den Wäldern suchen. In diesen unruhigen Zeiten haben die Plantagenbesitzer andere Sorgen, als Sklavenjäger anzuheuern.«

»Ich gönne diesen mutigen Menschen die Freiheit«, sagte Amy ernst. »Und ich hoffe, sie kommen unversehrt im Norden an.«

Augusta lächelte. »Ich weiß. Sie würden niemals einen Jäger beauftragen, genauso wenig wie Sidney und ich. Haben Sie Joey noch einmal sehen können?«

Amy hatte ihr bereits erzählt, dass Robert ihn als Burschen mitgenommen hatte. »Ich bin mir nicht sicher, ob er es tat, weil er etwas gemerkt hat. Aber im Grunde genommen ist es mir auch gleich, wenn nur Joey wieder heimkommt!«

»Ich bin froh, dass Sidney zu alt für die Armee ist – und ich bin zu alt, mir ständig um ihn Sorgen machen zu müssen. Nur um meine Söhne habe ich Angst. Haben Sie sich bereits eine Konföderiertenfahne besorgt?«

»Henderson will das erledigen.« Müde fuhr sich Amy über die Augen. »Er meint, es sei unser aller Pflicht, diese Fahnen aufzuhängen.«

»Ich halte nicht viel von dieser Konföderation. Der Norden ist stärker und wird es immer sein – und dass das Zeitalter der Sklaverei dem Ende entgegengeht, war voraussehbar. Man hätte sich auch gütlich einigen können, wenn es nicht so viele verbohrte Kongressabgeordnete geben würde, die selbst Sklavenbesitzer sind. Von Präsident Buchanan sagte man, er habe immer auf der Seite der reichen Pflanzer gestanden – kein Wunder, dass dieses dürre Männchen aus Illinois seinen Platz eingenommen hat.«

Die meisten Menschen in den Südstaaten gingen von einem raschen Ende des Krieges aus, doch Amy und Augusta waren skeptisch, und als sie sich an diesem Tag trennten, sahen sie sehr betrübt aus. Sie konnten die Leute nicht verstehen, die wegen des Kriegsausbruches in einen Freudentaumel verfallen waren, während sich Scharen junger Männer freiwillig zur Armee meldeten.

Bereits einen Tag später, am 13. April, ergaben sich die Unionstruppen nach scharfem Beschuss und wurden gefangen genommen.

Robert kehrte vorerst nicht zurück; er schickte Amy einen Brief, in dem er mitteilte, dass er sich bis auf Weiteres in Charleston aufhielt, um weitere Marschbefehle abzuwarten. Der Beschuss von Fort Sumter war für ihn ein großes Vergnügen gewesen; es hatte keine Toten gegeben, lediglich einige Leichtverletzte. Von Joey stand natürlich nichts in dem Brief, aber wenn er zu den Verletzten gehört hätte, wäre das Robert sicher einen kurzen Satz wert gewesen.

Alle verfügbaren Sklaven waren inzwischen auf den Feldern und hielten sie frei von Unkraut, während einige weiter entfernt liegende Felder nicht mehr bearbeitet werden konnten. Die Wildkräuter schossen bei der feuchten Wärme in die Höhe, und die Baumwollkäfer fraßen sich mit Genuss durch die zarten Triebe. Robert wäre nicht erfreut, würde er seine Felder in diesem jämmerlichen Zustand sehen, aber schließlich hatte Henderson die entsprechenden Entscheidungen getroffen.

* * *

In den folgenden Wochen überschlugen sich die Ereignisse. Virginia trat aus der Union aus, in Baltimore/Maryland waren die ersten Toten des Krieges zu beklagen. Arkansas, Tennessee und North Carolina verließen ebenfalls die Union, während Maryland, Missouri und Kentucky sich für die Union entschieden und Delaware neutral blieb.

Wochenlang hörte Amy nichts von Robert, bis Ende Mai wieder ein Brief von ihm auf *Heaven's Gate* eintraf.

Mein geliebtes Frauchen, schrieb er. *Nach endlosem Warten geht es nun endlich los! Wir ziehen nach Virginia, um dort den Yankees den Garaus zu machen. Wenn wir die nächsten Schlachten gewinnen, ist der Krieg vorüber, und wir können uns wieder mit unserem Nachwuchs beschäftigen.*

Angewidert ließ Amy das Papier sinken. Sie fand es geschmacklos, dass Robert während dieser ernsten Zeiten auf seine Art zu verstehen gab, dass die Vergewaltigungen weitergehen würden.

Natürlich wollte Robert wissen, wie es ohne ihn auf der Plantage lief, und so schrieb Amy ihm zurück, obwohl sie nicht sicher war, dass Robert ihren Brief in dem herrschenden Wirrwarr überhaupt erreichte. In kurzen höflichen Sätzen berichtete sie, dass Mr Henderson seine Arbeit gut mache und die Baumwolle prächtig wuchs – dass einige Felder verwilderten, würde Robert noch früh genug erfahren.

Wenn sie doch nur wüsste, wie es Joey ging! Vermisste er sie so sehr, wie sie ihn vermisste? Traurig ließ Amy die Feder sinken; es gab keine Möglichkeit, etwas über den Liebsten zu erfahren, ohne sich verdächtig zu machen.

Nach einigen geheuchelten Floskeln schloss Amy den Brief und gab ihn Kuba, der ihn zum Postamt nach Baton Rouge bringen lassen sollte.

Rastlos ging Amy in ihrem kleinen Ankleidezimmer auf und ab. Da draußen blühte alles in verschwenderischer Pracht, doch ihr war das Herz schwer. Zwar musste sie nun nicht mehr

Roberts Attacken ertragen, aber in Ungewissheit über Joey zu sein, das war seelische Folter für sie.

Schließlich entschloss sich Amy zu einem Spaziergang unter den geliebten Magnolienbäumen. Von den Feldern hinter dem Gartenzaun war der monotone, traurige Gesang der Sklaven zu vernehmen.

Aufmerksam las Amy jeden Tag die Zeitung, nun ganz offiziell, denn Robert war nicht da, um es ihr zu verbieten. Die Neuigkeiten waren meist einige Tage alt, bevor sie in der *New Orleans Times* gedruckt wurden, und so erfuhr Amy, dass General Beauregard bereits am 21. Juli 1861 mit seinen Männern in der Schlacht bei Manassas in Virginia einen Sieg über die Unionstruppen errungen hatte.

Die Zeitungsredakteure überschlugen sich im Siegestaumel, nur am Rande war angemerkt, dass auf beiden Seiten etliche Tote zu beklagen waren. Gleichzeitig wurden weitere Freiwillige aufgerufen, ihrem Vaterland zu dienen und sich in der Garnison zu melden.

Und die Siegeswelle ging weiter: Im August verloren die Unionstruppen am Wilson's Creek erneut eine Schlacht, sodass sich die Konföderierten Staaten bereits als Sieger sahen und triumphierten.

Die Baumwollernte fiel in diesem Jahr bescheidener aus als früher, dennoch war Henderson zufrieden. Er bat Amy um ein Gespräch unter vier Augen, ließ sich mit seinem ganzen Gewicht in eines der zierlichen Sesselchen fallen und wischte sich mit einem großen Taschentuch über das feiste rote Gesicht. »Haben Sie Neuigkeiten von Ihrem Gemahl?«, fragte er. »Warten Sie ab, Weihnachten ist er wieder zu Hause, und alles läuft in geregelten Bahnen.«

»Er schrieb mir ein paar Zeilen nach dem Sieg bei Wilson's Creek«, gab Amy zurück und versuchte, ihre Abscheu vor dem behäbigen Pflanzer zu unterdrücken. »Noch ist an eine endgültige Heimkehr nicht zu denken, aber er versucht, zum Jahresende Urlaub zu bekommen.«

Philip Henderson nickte nachdenklich. »Nun, bis dahin ist der Krieg sowieso vorbei. Falls er sich aber in die Länge ziehen sollte, wovon ich nicht ausgehe, möchte ich Ihnen einige Vorschläge unterbreiten.« Er hob die Hand. »Nur für den Fall aller Fälle.«

Gespannt lauschte Amy.

»Auf einigen Feldern sollten wir Gemüse anbauen«, fuhr er fort. »Kartoffeln, Möhren, Zwiebeln und so weiter.«

»Wir haben bereits einen Gemüsegarten unter dem Küchenfenster.«

»Nein, nein, das reicht nicht. Möglicherweise kann es zu Versorgungsengpässen kommen, und dann ist Eigeninitiative angesagt, Mrs Garrison.«

Das leuchtete Amy ein. Noch verlief die Versorgung mit Nahrungsmitteln, die in den Südstaaten nicht produziert werden konnten, reibungslos, doch wenn die Schiffe wegen des Kriegszustandes ausblieben, könnte es tatsächlich zu einer Hungersnot kommen.

Amy dankte für den Tipp und rechnete es Henderson hoch an, dass er mit ihr darüber gesprochen hatte, denn eigentlich konnte er nach eigenem Ermessen entscheiden.

Auch nach dem Sieg der Konföderierten bei Bull's Bluff in Oktober 1861 bekam Robert nicht frei; als hoher Offizier hatte er bei seiner Einheit zu bleiben. Und so feierte Amy das Weihnachtsfest bei den Wades, die nach wie vor davon überzeugt waren, dass die Siegesserie der Südstaaten nicht ewig andauern konnte.

Von Robert kamen nur sporadisch Nachrichten auf der Plantage an, und täglich berichteten die Zeitungen über neue Siege. Pearson war nun wieder alleiniger Aufseher, denn seine Leute hatten sich freiwillig bei der Armee gemeldet, weil sie dort besser bezahlt wurden. Eines Nachts war er von vermummten Gestalten aus dem Bett gezerrt und verprügelt worden – nicht nur Amy ahnte, dass diese Attacke eine Rache der Sklaven gewesen war. Auch Pearson wusste es, doch er konnte es nicht beweisen – und Amy rührte keinen Finger, um den Überfall aufzuklären.

19

Das neue Jahr begann relativ ruhig für die Plantagenbesitzer. Von den über zweihundert Sklaven waren Amy rund achtzig geblieben. Nach Rücksprache mit Henderson entschloss sie sich, in diesem Jahr keine Baumwolle, sondern Gemüse für den täglichen Bedarf anzubauen. Robert würde wahrscheinlich außer sich sein, wenn er es erführe, doch Amy hatte gute Argumente. Das Pflegen der unzähligen Baumwollstauden war zu zeitaufwändig für die verbliebenen Feldarbeiter, und niemand wusste, ob die Ernte ihre Zielorte jemals erreichen würde, wenn der Krieg bis zum Herbst noch immer wütete.

Vom Hauspersonal waren nur zwei Küchenmädchen, drei Zimmermädchen und ein Hausbursche geflohen, die anderen, allen voran Kuba und Hetty, hielten Amy die Treue.

Deren Tage waren angefüllt mit mal hoffnungsvollen, mal bangen Gedanken. Über neun Monate hatte sie Joey nicht mehr gesehen, und manchmal glaubte sie, diese Ungewissheit nicht mehr zu ertragen.

Augusta kam oft nach *Heaven's Gate* herüber, obwohl sie selbst genug Arbeit auf ihrer eigenen Plantage hatte. Sie versuchte, Amy aufzumuntern, und schlug ihr vor, gemeinsam mit den Damen vom Wohltätigkeitsverband Wollsocken für die Soldaten an der Front zu stricken.

»Sie sollten den Sommer in Baton Rouge verbringen«, sagte Augusta. »Dort haben Sie wenigstens etwas Abwechslung.«

Doch Amy lehnte rigoros ab. »Mein Platz ist auf der Plantage. Ich bin so froh, dass Kuba und die anderen mich nicht im Stich lassen – also werde ich auch sie nicht im Stich lassen. Mr Henderson schlug mir schon im letzten Sommer vor, in das Stadthaus zu ziehen, doch auch da lehnte ich ab.« Sie hielt kurz mit gesenktem Blick inne. »Und wenn Robert zurückkommt, möchte ich gerne hier sein.«

Augusta nickte verständnisvoll, denn sie wusste, dass Amy nur auf ihren Mann wartete, weil er Joey bei sich haben würde.

Lustlos schloss sich Amy dem Damenkränzchen an; auch Meredith Henderson gehörte dazu, die ständig lauthals jammerte, dass ihr Haus wie nach den Vandalen aussähe, weil nicht mehr genügend Personal zum Saubermachen da war.

Auch im Herrenhaus von *Heaven's Gate* waren erste Anzeichen von Vernachlässigung zu erkennen. Amy hatte angeordnet, nur noch einmal in der Woche Staub zu wischen und die Fußböden zu schrubben, da die dafür bestimmten Mädchen den anderen Dienstboten zur Hand gehen mussten. Sogar die alte Berthe, Roberts frühere Kinderfrau, krempelte die Ärmel hoch und half, wo sie konnte.

Nach den glorreichen Siegen im vergangenen Jahr erlitt nun die Konföderiertenarmee erstmals einen Rückschlag. Anfang März 1862 gewannen die Unionstruppen die Schlacht am Pea Ridge; nur zwei Tage später blockierte die US-Marine die Küsten der Südstaaten und eroberte fast alle Küstenhäfen.

Noch waren die Geschäfte gut sortiert, aber selbst dem Einfältigsten war klar, dass man mit Dingen, die der Süden nicht selbst produzieren konnte, sparsam umgehen musste, falls die Blockade länger dauern sollte.

Die meisten Südstaatler gaben sich nach wie vor zuversichtlich, die Regierung rief allerdings die Bevölkerung auf, sorgsam mit ihren Vorräten umzugehen. Sofort gab Amy in der Küche Anweisung, alle Speisen nur noch leicht zu salzen, denn Salz gehörte zu den Waren, die aus dem Norden geliefert wurden.

Dass man nicht mehr ganz so siegesgewiss war wie noch am Ende des vergangenen Jahres, wurde auch daran sichtbar, dass mehr und mehr junge Männer zwangsrekrutiert wurden – es war der Armee egal, ob diese Männer Familien zu versorgen oder Felder zu bearbeiten hatten. Die wohlhabenderen Männer zahlten dreihundert Dollar und kauften sich so von der Dienstpflicht frei. Jene Männer, die nicht so viel Geld besaßen, hatten keine andere Wahl, als sich zu beugen und in einen Krieg zu ziehen, den sie gar nicht wollten.

Auch die Söhne von Philip Henderson kauften sich frei, wogegen sich nicht wenige Pflanzersöhne freiwillig gemeldet hatten, obwohl so manchem verwöhnten Weichling das Herz in die Hose gerutscht sein mochte, wenn er auf dem Schlachtfeld stand. Zu Augustas Kummer hatten sich auch ihre beiden Söhne freiwillig gemeldet. Noch gab es keine Opfer unter den Erben der großen Plantagen, aber jedem war klar, dass bald die ersten Todesmeldungen eintreffen würden, wenn der Krieg andauerte.

Augusta war nun oft zu Gast auf *Heaven's Gate,* um Amy zu unterstützen, denn diese war die einzige Weiße auf der Plantage und mit der Situation sichtlich überfordert. Amy war der älteren erfahrenen Frau dankbar; und auch wenn alles unter Kubas Führung reibungslos weiterlief, konnte dies am nächsten Tag schon vorbei sein. Wer wusste schon, wie lange der Butler der Versuchung noch widerstehen konnte zu fliehen?

Aus der Zeitung erfuhr Amy, dass sich Unionstruppen und Konföderierte mit neuartigen Panzerschiffen bekämpften und Unionsgeneral McClellan den größten Teil seiner Truppen nach Fort Monroe verlagert hatte, um die Stadt Richmond von Osten anzugreifen.

Amy schwirrte der Kopf von all den vielen Namen und Schlachten, aber sie wollte trotzdem auf dem neuesten Stand bleiben. So schön *Heaven's Gate* war – wenn die Zeitung nicht pünktlich eintraf, lebte man wie auf dem Mond, ohne jeglichen Informationen. Und noch immer gab es keine Nachricht von Robert.

Der Besuch von Mrs Gordon Anfang April war daher für Amy eine angenehme Abwechslung. Die Schneiderin besuchte zweimal jährlich *Heaven's Gate* und andere Plantagen im Umland. In ihrem Gepäck befanden sich Stoffmuster und Modezeichnungen.

»Leider ist die Stoffauswahl nicht so groß wie in den vergangenen Jahren«, bemerkte die ältliche Frau pikiert. »Und den einen oder anderen Stoff werden Sie wahrscheinlich aus der letzten Kollektion wiedererkennen. Wegen dieser ärgerlichen Blockade haben die Schiffe, die sonst die neuesten Stoffe liefern, keine Möglichkeit, im Hafen anzulegen, und müssen unverrichteter Dinge wieder umkehren. Ist das nicht furchtbar?«

Amy nickte, obwohl sie es furchtbarer fand, dass Dinge des täglichen Gebrauchs bald nicht mehr zu bekommen sein würden. Die Handelsschiffe waren oft vollgestopft mit Luxusartikeln wie französischen Möbeln, Kunstgegenständen und Teppichen aus Europa, um die Häuser der Reichen noch repräsentabler zu machen.

Lustlos ließ sich Amy die Modezeichnungen vorlegen; ihr stand der Sinn nicht nach neuer Garderobe, solange sie sich vor Sorge um Joey verzehrte.

»Das ist der neueste Schrei aus Paris.« Mrs Gordons knochiger Zeigefinger tippte aufgeregt auf eine Ballrobe, deren Rockweite alles in den Schatten stellte, was Amy jemals gesehen hatte. »Damit sind Sie auf jedem Ball die Königin. Und hier – ist dieses pelzverbrämte Cape nicht ganz entzückend? Jede Frau, die etwas auf sich hält, sollte so ein Kleinod besitzen.«

Die Schneiderin schnatterte und schnatterte, während Amys Gedanken abdrifteten. Die Unionstruppen hatten eine Schlacht gewonnen, und sie würden bald auch Richmond einnehmen, während der Süden weiter aufrüstete. Und sie ahnte bereits, dass von einem baldigen Kriegsende keine Rede mehr sein konnte, auch wenn die Zeitung Gegenteiliges behauptete.

»Und nun zeige ich Ihnen etwas, das Ihr Herz höher schlagen lassen wird«, zwitscherte Mrs Gordon und legte Amy ein Bild vor. Darauf war die Zeichnung eines Hütchens zu erkennen, das den Kopfbedeckungen der Südstaatensoldaten nachempfunden zu sein schien, allerdings aus einem seidenschimmernden Gewebe in Silbergrau; auf der Vorderseite waren zwei winzige Stofffähnchen der Konföderierten überkreuzt befestigt.

»Alle Damen, denen ich diese Kreation zeige, sind entzückt«, fuhr Mrs Gordon fort, als sie Amys Zögern bemerkte. »Damit wollen sie zeigen, dass sie stolz auf ihr Land sind. Meine Bestellliste ist schon ellenlang, und die Hutmacherinnen und Modistinnen werden Tag und Nacht arbeiten müssen, um alle Bestellungen zu erledigen. Darf ich Sie auch auf die Liste setzen?«

Sie durfte – aber nur, weil Amy wusste, dass die Schneiderin so lange auf sie einreden würde, bis sie erschöpft einwilligte.

Mrs Gordon schickte ihren Sklaven zur Kutsche, um noch weitere Stoffmuster zu holen; zu Amy gewandt, sagte sie entschuldigend: »Es ist schon etwas spät für die Sommerkollektion, aber der Krieg bringt alles durcheinander. Wenn unsere tapferen Soldaten doch endlich die Yankees aus dem Land vertreiben könnten!«

Amy suchte sich ein paar Alltagskleider und die dazugehörigen Stoffe aus, bestellte ein paar neue Nachthemden und Unterwäsche sowie das Cape, welches die Schneiderin angepriesen hatte. Das voluminöse Ballkleid jedoch wollte Amy nicht haben.

»Aber Mrs Garrison!«, rief die Schneiderin entsetzt. »Dieses Kleid ist wie für Sie geschaffen. Ihre schmale Taille wird durch den außergewöhnlichen Schnitt besonders gut hervorgehoben!«

Doch Amy ließ sich nicht beirren. »Momentan gibt es keinen Grund, um einen Ball zu veranstalten, Mrs Gordon. Die Männer sind im Krieg, die Dienstboten laufen davon, und die Lebensmittel werden bald knapp. Sagen Sie selbst … es ist keine gute Zeit für ein großes Fest, die Menschen haben andere Sorgen.«

»Aber das ist doch nur vorübergehend, Mrs Garrison. Sie werden sehen, es dauert nicht mehr lange, bis der Krieg vorbei ist, und dann gibt es sehr wohl einen Grund zum Feiern.« Die Möglichkeit, dass die Nordstaaten siegen könnten, schien die Schneiderin völlig außer Acht zu lassen. »Und wenn Ihr Gemahl heimkommt, wird er sich über seine schöne, neu eingekleidete Gattin freuen.«

Schließlich willigte Amy ein und suchte sich für das Ballkleid einen zartgelben Seidenstoff aus; der Überwurf sollte aus feiner weißer Brüsseler Spitze angefertigt werden. Während des Aussuchens fragte sich Amy, was sie mit all den kostbaren Kleidern anfangen sollte, denn sie hielten nie lange. Die Stoffe waren so hauchzart und mit winzigen Stichen zusammengenäht, dass sie beim Waschen auseinanderfallen würden. Also trug man sie, bis sie schmutzig waren, und warf sie dann fort oder schenkte sie den weiblichen Dienstboten.

Da nun das Geschäftliche erledigt war, ließ sich Mrs Gordon gerne zu einer Tasse Kaffee in den Salon bitten. Diesen Raum ließ Amy nach wie vor peinlich sauber halten, denn dort wurden in der Regel alle Besucher empfangen.

Die Schneiderin wusste einige Neuigkeiten von den Nachbarsplantagen zu erzählen; auf der einen war ein Kind geboren, auf der nächsten die alte Missis verstorben. Doch in einem ähnelten sich die Mitteilungen: Überall herrschte schmerzlicher Personalmangel.

»Den Schwarzen wird ihr Übermut noch vergehen«, versetzte Mrs Gordon. »Jetzt glauben Sie, ihrer Herrschaft eine lange Nase drehen und sich bei Nacht und Nebel davonschleichen zu können, aber es kommen auch wieder andere Zeiten. Glauben Sie mir, Mrs Garrison, sie werden reumütig in die Arme ihrer Besitzer zurückkehren, wenn der Krieg vorüber ist.«

Anscheinend rechnete auch sie damit, dass die Konföderierten als Sieger aus diesem Bürgerkrieg hervorgingen. Bevor sie aufbrach, nahm sie bei Amy Maß und meinte, ihre Taille sei noch schlanker geworden.

»Spätestens im Juni sind Ihre Kleider fertig, Mrs Garrison«, versprach die Schneiderin. »Sie werden sehen, bis dahin ist der Krieg nur noch Geschichte, und der Süden wird in neuem Glanz erwachen.«

Mindestens einmal monatlich trafen Einladungen auf *Heaven's Gate* ein; niemand nahm Amy übel, dass sie an keiner dieser Veranstaltungen teilnahm, da ihr Gatte im Feld war und man seiner Frau aus Pietät nicht zumuten konnte, die Nächte durchzutanzen, während sie vor Sorge um Robert ganz krank war. So jedenfalls lauteten die Absagen, die Amy verfasste.

Ungefähr ein Jahr nach dem Sieg über Fort Sumter wurden die Konföderierten nach einem erfolgreichen Vorstoß in Richtung Pittsburgh Landing in der Schlacht von Shilo von den Yankees wieder zurückgedrängt.

Die Vorratskammern von *Heaven's Gate* leerten sich erschreckend schnell, und Amy war froh, dass sie Hendersons Ratschlag angenommen hatte. Auf wenigen Feldern blühte nun doch wieder Baumwolle, dafür reihten sich Kartoffeläcker neben Beeten mit Kohl, Salat, Sellerie, Zwiebeln, Lauch und Möhren. Die meisten Felder jedoch lagen brach und waren von Unkraut überwuchert.

Mit dem angebauten Gemüse konnte nicht nur das Herrenhaus, sondern auch das Sklavenquartier versorgt werden, obwohl das Salzfass beinahe leer und in der Speisekammer nichts außer einem Schinken, drei dicken Speckschwarten und einigen Wurstgläsern zu finden war. Amy ermahnte Ida, sparsam mit den Lebensmitteln umzugehen, da niemand wusste, wann es einem Versorgungsschiff gelang, die Blockade zu durchbrechen.

Hin und wieder kam es vor, dass es einem tollkühnen und verwegenen Kapitän gelang, sein Schiff in finsterer Nacht ungesehen zwischen den feindlichen Schiffen hindurchzumanövrieren, aber die meisten scheuten sich davor, denn oft genug wurden die Blockadebrecher bemerkt und verhaftet. Und wenn es einem Schiff aus Übersee gelang, eine der geheimen Buchten zu erreichen, um dort die Waren ebenso heimlich abzuladen, verbreitete sich dieses Ereignis wie ein Lauffeuer, und am nächsten Tag standen die Leute Schlange vor den Läden, um endlich wieder all die Dinge zu bekommen, auf die sie so lange hatten verzichten müssen. Schon längst waren nicht mehr alle so begeistert vom Krieg wie noch im Vorjahr, obwohl sich die meisten zuversichtlich gaben.

Als wieder einmal ein Schiff die Blockade durchbrochen hatte, schickte Amy Kuba mit einer Liste benötigter Lebensmittel nach Baton Rouge. Doch er konnte nur etwas Reis, Maismehl und ein halbes Dutzend Mettwürste zu einem horrenden Preis ergattern, denn die Händler schlugen oft mehrere hundert Prozent auf die früheren Warenpreise auf. In der Küche begann Ida, mit verschiedenen getrockneten Kräutern zu experimentieren, die den Speisen wenigstens etwas Geschmack geben sollten.

Seit Monaten hatte Amy nichts von Robert gehört, dafür erreichte sie eines Tages eine neue Hiobsbotschaft – am 29. April 1862 hatten die Unionstruppen New Orleans eingenommen und ihre Flagge auf nahezu allen öffentlichen Gebäuden der Metropole gehisst. Jetzt war der Krieg tatsächlich in erschreckende Nähe gerückt.

Der Süden war wie gelähmt in diesen Wochen, und die Nachricht, dass die Yankees die Stadt Corinth in Mississippi besetzt hatten, hob nicht unbedingt die Stimmung der Südstaatler. Immer mehr Männer wurden eingezogen, von ihren Feldern geholt und rekrutiert; zunehmend auch ältere Männer, denn nun wurde wirklich jeder gebraucht.

Die *New Orleans Times* erschien nur noch sporadisch und musste aus der besetzten Stadt geschmuggelt werden, sodass Amy oft tagelang ohne Nachrichten auskommen musste.

Mitte Juni endlich kam ein Brief von Robert. Der Umschlag war zerknittert, schmuddelig und mit mehreren Stempeln versehen, was darauf schließen ließ, dass er Monate unterwegs gewesen sein musste.

Mit zitternden Händen öffnete Amy den Brief, der auf Anfang Februar 1862 datiert war.

Meine angebetete Amy, schrieb Robert, und ihr fiel auf, dass seine Handschrift nicht mehr ganz so exakt wie früher war. *Wir lagern in der Nähe von Fort Donelsen, um unsere dortigen Truppen zu unterstützen. Die Yankees triumphieren, aber nicht mehr lange, denn wir warten auf Nachschub.* So ging es noch eine halbe Seite weiter; Robert klagte über die einseitige Ernährung, die schlechte Ausrüstung der Rekruten und den nicht enden wollenden Regen. Doch am Ende des Briefes stand etwas, das Amys Blut in den Adern gefrieren ließ: *Joey hat es bei Fort Henry erwischt, muss mir nun einen neuen Burschen suchen …*

Unfähig, einen klaren Gedanken zu fassen, ließ Amy das Schreiben auf ihren Schoß gleiten. Joey war gefallen – das durfte nicht wahr sein! Minutenlang saß Amy reglos da, und die Tränen rannen ihr über die Wangen.

Schließlich wischte sie sich über die Augen, um den Brief zu Ende zu lesen. Bald würde er Urlaub bekommen, hoffte Robert, und Amy brauche nicht zu antworten, weil er nicht wisse, wo sich das nächste Ziel seiner Einheit befände.

»Madam?« Kuba hatte lautlos den Salon betreten. »Ich wollte Ihnen nur mitteilen, dass Mr Pearson verschwunden ist. Als eben jemand nachsah, war seine Hütte leer. Er wird wohl nicht wiederkommen …« Er stutzte, dann fiel sein Blick auf den Brief, der zu Boden gefallen war. Als Amy dem Butler ihr Gesicht zuwandte, sah er, dass sie geweint hatte.

Kubas normalerweise reglose Miene veränderte sich; Besorgnis stand nun in seinen Augen. »Haben Sie eine schlechte Nachricht erhalten, Madam?«

»Joey … er ist bei der Schlacht um Fort Henry gefallen.« Wieder begann Amy zu schluchzen. »Verstehst du? Er wird nie wieder bei uns sein!«

Zum ersten Mal sah Amy, dass nach einer Schrecksekunde Kubas dunkle Augen feucht glänzten. Stumm stand er da, und Amy gab sich keine Mühe, ihren grenzenlosen Schmerz zu verbergen.

Es war plötzlich bedrückend still im Raum; Amy und Kuba starrten blicklos auf den mit dicken orientalischen Teppichen bedeckten Fußboden. In Amy war alles leer; sie war unfähig, an ein Leben ohne den geliebten Mann zu denken. Joey hatte ihr Dasein an Roberts Seite erträglich gemacht, und sie hatte nur für die wenigen Stunden gelebt, in denen sie Joey heimlich treffen konnte.

Irgendwann hörte sie Kuba sagen, dass er nach Mrs Wade schicken werde, dann zog er sich zurück. Kurz darauf klopfte es zaghaft an der Tür. Mit ungläubigem Gesicht trat Hetty zögernd ein, ihre schönen mandelförmigen Augen weit aufgerissen.

»Ist es wahr, was Kuba gerade erzählt hat?«

Emotionslos nickte Amy. »Mein Mann teilt es mir in diesem Brief mit.« Sie wies mit dem Kinn auf das Blatt Papier, das noch immer vor ihren Füßen lag. »Es ist nur eine kurze Bemerkung, die jedoch alles sagt.«

Neben ihr verfiel Hetty in haltloses Schluchzen; doch Amy war nicht imstande, ihre Zofe zu trösten, da sie doch selbst Trost brauchte.

Augusta war sofort nach *Heaven's Gate* geeilt, um der unglücklichen Amy beizustehen. Ihr fehlten die richtigen Worte, denn wenn man einen Menschen verlor, gab es nichts, was den Schmerz lindern konnte.

Amy lebte in den folgenden Wochen wie in einem bösen Traum, aus dem sie hoffte, endlich erwachen zu dürfen. Augusta hielt sich, so oft es ging, bei Amy auf. Ja, sie organisierte sogar Fleisch, denn die meisten Plantagen verfügten, abgesehen von etwas Federvieh, nicht über eigene Viehbestände und mussten ihr Fleisch bei den umliegenden Farmen oder beim Metzger in Baton Rouge kaufen, was sich in Kriegszeiten allerdings als schwierig erwies.

Ende Juni 1862 versuchte General Lee, die Unionstruppen bei Richmond zurückzudrängen, was ihm schließlich nach etlichen Niederlagen gelang.

Die verbliebenen treuen Sklaven arbeiteten stillschweigend weiter, auch ohne die Anordnungen des verhassten Aufsehers. Inzwischen war bekannt geworden, dass Pearson sich aus Angst vor den Sklaven davongeschlichen hatte – noch nicht einmal seinen ausstehenden Lohn hatte er eingefordert.

Diese Ereignisse gingen an Amy vorüber, als würden sie sie nicht betreffen. Erst als Kuba ihr eines Tages mitteilte, dass sich eine größere Schar von berittenen Soldaten näherte, erwachte Amy aus ihrer Lethargie.

Zögernd trat sie vor die Tür, um die Ankommenden in Augenschein zu nehmen. Die Männer sahen ungepflegt aus, ihre grauen Uniformen verschmutzt und zerrissen. Auch die Uniform des Kommandeurs hatte sicherlich schon bessere Tage gesehen. Direkt an der Vordertreppe saß er ab, tippte grüßend an seinen Hut und fragte Amy, ob sie die Besitzerin der Plantage sei.

Unheil ahnend, erwiderte Amy: »*Heaven's Gate* gehört meinem Mann, Oberst Robert W. Garrison, ich bin seine Ehefrau.«

Wieder tippte der Soldat an die Hutkrempe und überreichte Amy mit seiner behandschuhten Rechten ein Schreiben. »Ma'am, im Auftrag der Konföderiertenarmee muss ich einen Teil Ihrer Nahrungsvorräte sowie Ihren Pferdebestand beschlagnahmen.«

Wie eine Marionette nahm Amy das Schreiben an sich, ohne es zu öffnen. »Aber warum? Wir haben nicht mehr viel zu essen, und ohne Pferde können wir die Plantage nicht verlassen.«

Der Oberst, dem die Aktion sichtbar peinlich war, hüstelte verlegen. »Wir werden Ihnen nicht alles nehmen, Ma'am. Aber die Soldaten brauchen kräftige Nahrung, durch die Blockade können die Versorgungsschiffe uns nicht mehr erreichen. Und der Verlust an Pferden ist sehr groß.«

Die Männer waren inzwischen alle abgestiegen. In ihrer Mitte entdeckte Amy einen Leiterwagen, der zur Hälfte mit Leinensäcken und Fleisch beladen war.

Stumm nickte Amy und gab damit ihr Einverständnis, denn sie wusste, dass eine Weigerung zwecklos sein würde. Sie gab die Haustür frei und beauftragte Kuba, den Männern Vorratskammern und Keller zu zeigen.

Über eine Stunde schafften die Soldaten, begleitet von Idas Jammern, Säcke mit Mehl, Kartoffeln, Zucker und Linsen heraus sowie zwei Schweinehälften, den letzten Schinken und zwei Fässer mit eingelegten Gurken und Kraut. Keiner der Männer wagte es, Amy in die Augen zu sehen. Jeder von ihnen hatte erfahren, was es bedeutete, hungern zu müssen.

Derweil holten einige Soldaten die kräftigsten Pferde aus dem Stall – zum Glück ließen sie Fabienne und Joeys Wallach Thunder zurück. Später erfuhr Amy, dass der pfiffige Frankie Joeys Pferd rechtzeitig einen dicken Verband um das linke Sprunggelenk gelegt hatte, um eine Verletzung vorzutäuschen. Tatsächlich ließen die Soldaten von dem Wallach ab, der zwar Robert gehörte, jedoch allgemein als Joeys Pferd angesehen wurde.

Thunder war das einzige Andenken, das Joey zurückgelassen hatte, und unmittelbar nach der Todesnachricht war das gesamte Sklavenquartier in Klagen ausgebrochen. Joey war überall beliebt gewesen, und seine nun verlassene Hütte wurde täglich gereinigt, als könne er jederzeit heimkommen.

Die Soldaten hatten nur wenig an Nahrungsmitteln dagelassen – der Fleischvorrat war auf einige Speckschwarten und zähes Suppenfleisch zusammengeschrumpft. Fortwährend klagte Ida, wovon sie denn nun kochen sollte, und Amy musste sie beruhigen. In Zukunft sollte die Köchin noch sparsamer mit den Vorräten umgehen; Amy versicherte ihr, nicht verwöhnt zu sein und dasselbe Essen wie die Sklaven essen zu können, obwohl Ida dabei verächtlich schnaubte, bevor sie ihr dickes Hinterteil wieder in Richtung Küche schob.

Längst hatte Amy die früher normalen täglichen Rituale aufgegeben. Nun ließ sie sich morgens ein einfaches Kleid anziehen, das sie erst abends wieder ablegte. Die voluminösen

Krinolinen, die wie Drahtkäfige aussahen, verschwanden auf den Dachboden, und ein Reifrock mit bescheidener Weite trat an ihre Stelle. Auch auf modische Frisuren verzichtete Amy inzwischen. Zwar ließ sie sich weiterhin von Hetty frisieren, aber meist bat sie um einen einfachen Knoten im Nacken. Es war nicht die rechte Zeit, um sich um modischen Schnickschnack Gedanken zu machen, während unzählige Soldaten auf dem Schlachtfeld fielen.

Auch die Einladungen wurden seltener. Den Pflanzern gingen die Lebensmittel aus, denn die Armee hatte auf jeder noch so abgelegenen Plantage beschlagnahmt, was den Soldaten in die Finger kam.

Amy war unterdessen alles gleichgültig – ihr größter Kummer war, dass es ihr versagt war, Trauerkleidung anzulegen, weil sie einen Mann verloren hatte, mit dem sie nicht verheiratet und der zu allem Überfluss auch noch ein schwarzer Sklave gewesen war.

Sie machte sich keine Gedanken darüber, wie sie Robert gegenübertreten sollte, wenn er heimkam. Zweifellos würde er merken, dass sie trauerte – und er würde sie schlagen, weil sie seiner Meinung nach die Plantage vernachlässigt hatte – obwohl ihr doch keine andere Wahl geblieben war!

Henderson ließ sich kaum noch blicken; für ihn war der größte Schock, dass die Armee seine reich bestückten Vorratskammern geplündert hatte und er sich nunmehr mit seiner ebenso essfreudigen Gattin Meredith von dünnen Gemüsesüppchen ernähren musste.

Aber in diesen Tagen ging ohnehin alles drunter und drüber, und an ein rasches Kriegsende mochte niemand mehr so recht glauben.

20

Im Juli 1862 tauchte ein weiterer Konföderiertentrupp auf *Heaven's Gate* auf, musste jedoch unverrichteter Dinge wieder abziehen, nachdem sich der Kommandeur davon überzeugt hatte, dass es auf dieser Plantage nichts mehr zu holen gab. Auch die wenigen verbliebenen Pferde wurden nicht mitgenommen.

Dank Kuba, der trotz allem einen kühlen Kopf behalten hatte, wurde der Plantagenbetrieb den Umständen entsprechend aufrechterhalten. Der Butler sorgte dafür, dass sich die verbliebenen Feldarbeiter um das angebaute Gemüse kümmerten und im Herrenhaus für Ordnung gesorgt wurde. Amy selbst fühlte sich außerstande, Anordnungen zu geben, und sie war dem treuen Kuba dankbar, weil er ihr alle Pflichten abnahm. Wenn auch er ging, das wusste Amy, wäre *Heaven's Gate* hoffnungslos verloren.

An einem schwülen Tag Ende Juli meldete Kuba, dass sich auf der Allee zwei Reiter in Unionsuniform dem Herrenhaus näherten. Alarmiert erhob sich Amy; bisher hatte sich kein Yankee in der Gegend blicken lassen, aber sie hatte gehört, dass die Nordstaatler nicht eben zimperlich mit den Bürgern der Konföderierten Staaten umgingen.

Äußerlich strahlte Amy Ruhe aus, als sie vor die Tür trat; innerlich jedoch war sie ängstlich und aufgewühlt. Eine nie gekannte Kraft stieg plötzlich in ihr auf, noch bevor die beiden Reiter nahe genug herangekommen waren, dass sie ihre Gesichter erkennen konnte. Zwar liebte sie Robert nicht und verabscheute das System der Sklaverei – aber *Heaven's Gate* war ihre Heimat, und sie würde die Plantage mit aller Macht verteidigen.

»Hol das Gewehr«, raunte sie dem Butler zu. »Wir werden die Yankees vertreiben, und wenn ich sie persönlich über den Haufen schießen muss.«

Das Gewehr – eine Schrotflinte, die Pearson zurückgelassen hatte – wurde in einem Wandschrank unter der Treppe aufbewahrt. Es dauerte nur wenige Sekunden, bis Kuba das Gewünschte brachte.

»Können Sie schießen, Madam?«, fragte er zweifelnd, und als sie verwirrt den Kopf schüttelte: »Ich auch nicht, aber ich versuche es.« Er hob das Gewehr und zielte auf das letzte Stück der Allee, das die beiden Reiter soeben passierten. Ihre blauen Uniformen waren zerschlissen und völlig verschmutzt, die Gesichter bärtig und hohläugig. Amy erkannte, dass einer der Männer ein Schwarzer war.

Mit bebender Stimme bat sie Kuba, das Gewehr sinken zu lassen. Noch war sie sich nicht sicher, aber als die Männer näherkamen, erkannte sie sie und stieß einen spitzen Schrei aus.

Auch Kuba sah nun, dass dies keine feindlichen Soldaten waren, und stand mit staunend aufgerissenen Augen da; für den Moment schien er vergessen zu haben, dass er Butler und nicht einer der einfältigen Dienstboten war.

»Na, das ist ja eine nette Begrüßung!«, rief Robert spöttisch. »Da ist man fünfzehn Monate fort, und dann wird man auf seinem eigenen Grund und Boden mit Waffen empfangen!«

Noch immer stand Amy auf der Veranda, während ihr ungläubiger Blick von Robert zu seinem Gefährten wanderte. Es gab keinen Zweifel – hinter dem schwarzen Bart versteckte sich Joeys Gesicht!

Robert stieg ab und blickte sich stirnrunzelnd um, bevor er die Stufen zur Veranda hinaufstieg. Amy bemühte sich, ihr Augenmerk auf Robert zu richten. Sie konnte es nicht fassen, dass Joey lebte. Unauffällig zwinkerte er ihr zu, bevor auch er abstieg, übergab dann die Zügel einem Jungen und schickte sich an, hinüber ins Sklavenquartier zu gehen. Dabei bemerkte Amy, dass er leicht hinkte.

Robert hatte die Veranda erreicht; inzwischen strömten von allen Seiten Sklaven herbei, um sich mit eigenen Augen davon zu überzeugen, dass der Master – und vor allem Joey – wieder da waren.

Dicht vor Amy blieb Robert stehen und musterte sie. »Du bist dünn geworden, und auf dein Äußeres scheinst du während meiner Abwesenheit auch keinen Wert gelegt zu haben.«

Verlegen strich sich Amy erst über ihre einfache Frisur, dann über das schmucklose Baumwollkleid und sagte: »Dieser Tage gibt es auch für uns Frauen wichtigere Dinge, als gut auszusehen.«

Er nickte, sah sich wieder um. »Sieht alles ziemlich verwahrlost aus.«

Während Robert ins Haus trat, erklärte Amy ihm, dass der größte Teil der Sklaven geflohen sei und dass auch der Aufseher das Weite gesucht hatte.

»Kuba, sag der Köchin, dass ich einen Mordshunger habe«, wandte sich Robert an den Butler, der dem Ehepaar schweigend gefolgt war. Und während Kuba zu Ida in die Küche eilte, ging Robert mit langen Schritten zum Salon, gefolgt von seiner nervösen Frau. Er konnte nicht ahnen, dass ihr Herz vor Glück höher schlug und sie am liebsten gejubelt hätte, weil ihr Liebster noch am Leben war.

Robert nahm Platz und seufzte erleichtert. Er erzählte, dass die Yankeeuniformen gestohlen waren. »Wir haben sie toten Soldaten ausgezogen, denn wir wussten, dass die Blauröcke mittlerweile New Orleans besetzt haben. Da hielten wir es für das Beste, uns in dieser unwürdigen Verkleidung nach Hause zu schleichen.«

»Ihr seid doch nicht etwa … desertiert?«

»Wo denkst du hin? Ich habe rechtmäßig Heimaturlaub bekommen, dachte aber, es sei gesünder, mich hier nicht in meiner Offiziersuniform blicken zu lassen.« Er knöpfte die Jacke auf und ließ das Grau seiner eigenen Uniform hervorblitzen.

Amy hielt es nicht mehr aus und fragte scheinbar unbeteiligt: »Du schriebst mir, dass Joey gefallen sei. Aber das war wohl ein Missverständnis.«

Robert nickte, befahl Kuba, ihm Whiskey und eine Zigarre zu bringen, und erwiderte: »Nein, ich schrieb lediglich, dass es ihn erwischt hat: Ein Granatsplitter traf ihn am Bein. Er ist fast verblutet, aber die Ärzte haben ihn wieder zusammengeflickt. Und da ich auf die Schnelle keinen Ersatz für ihn fand, musste ich doch tatsächlich auf die Dienste eines Burschen verzichten!«

»Wie schrecklich«, dachte Amy mit einem Anflug von Sarkasmus, bevor sie rasch das Thema wechselte und berichtete, was sich in der Zwischenzeit auf der Plantage ereignet hatte. Hin und wieder unterbrach Robert sie ungehalten, schimpfte über die verloren gegangene Baumwollernte, die undankbaren geflohenen Sklaven, über den faulen Henderson und den Trunkenbold Pearson.

»Wir haben kaum noch Lebensmittel«, beichtete Amy schließlich. »Man hat uns fast alles weggenommen, und ich bin froh, dass wir wenigstens unser eigenes Gemüse anbauen können.«

»Von Gemüse kann sich doch kein Mann ernähren!«, schnaufte Robert. »Ich dachte, zu Hause bekäme ich etwas Besseres als den Armeefraß.«

Kuba brachte seinem Herrn eine Karaffe Whiskey und eine Zigarrenkiste. »In einer halben Stunde ist das Essen fertig, lässt Ida ausrichten.«

»Hm, auf *das* Essen bin ich gespannt«, brummte Robert, ließ sich ein großes Glas eingießen und nahm eine Zigarre aus der Kiste. »Ein Wunder, dass die Soldaten mir dies gelassen haben.«

»Wir hatten sie gut versteckt. Die Soldaten konnten weder den Whiskey noch die Zigarren finden, aber das schien ihnen auch nicht besonders wichtig zu sein. Und den Weinkeller haben sie auch nicht geplündert«, beeilte sich Amy zu berichten. Während Robert den Hauch von Luxus genoss, überlegte sie fieberhaft, wie sie Joey treffen konnte, ohne dass Robert es merkte.

Robert gähnte ungeniert; seinen letzten Funken von Benehmen schien er auf dem Schlachtfeld gelassen zu haben. Er beauftragte Kuba, nach dem Essen warmes Wasser ins Schlafzimmer bringen zu lassen, setzte sich dann, nachdem er sich der schmutzigen Yankee-Uniformhose entledigt hatte, an den Tisch und schaufelte Suppe, gebratene Maiskolben und Plätzchen, gebacken mit Melasse, in sich hinein.

Amy beachtete er erst wieder, als er sich satt gegessen hatte. Seine Stimme war durchdringend, als er zu ihr sagte: »Ich möchte, dass du dich gleich im Schlafzimmer einfindest. Wir haben viel nachzuholen, findest du nicht auch?«

Verlegen wandte sie sich ab, und als er beiläufig erwähnte, dass die Huren, die er unterwegs genommen hatte, allesamt nichts taugten, errötete sie. Sie wusste, was auf sie zukam, als sie sich schließlich erhob und Robert nach oben folgte. Sie nahm sich vor, jeglichen Gedanken an ihren Mann auszuschalten, wenn er gleich über sie herfallen würde, sondern an Joey zu denken.

Roberts Uniform, die er unter der Unionskleidung getragen hatte, war fast genauso schäbig wie die der Yankees. Robert entledigte sich ihrer und trug Amy auf, die Sachen waschen und flicken zu lassen.

Gehorsam sammelte sie die auf dem Boden verstreuten Kleidungsstücke auf, während Robert sich ausgiebig, über die Waschschüssel gebeugt, wusch.

»Aber trödele nicht so lange!«, rief er ihr nach. »Ich bin müde und habe keine Lust, ewig auf dich zu warten.«

Sie nickte stillschweigend und trug die nach Schweiß und Pferd riechende Uniform nach unten. Auf dem unteren Treppenabsatz blieb sie ratlos stehen, denn die Wäscherin war längst geflohen, und die beiden Mädchen, die früher Näharbeiten übernommen hatten, waren auf den Feldern, um Unkraut zu jäten.

»Kann ich Ihnen helfen, Madam?« Hetty trat aus der Küche, wo sie Ida beim Abwasch geholfen hatte.

Amy hielt ihr seufzend die Uniform entgegen. »Mr Garrison glaubt, der Betrieb laufe noch genauso wie früher.«

»Geben Sie ruhig mir die Sachen. Es macht mir nichts aus, mich darum zu kümmern.« Hetty strahlte, als hätte sie gerade das große Los gezogen. Sie nahm Roberts Kleider entgegen, blickte vorsichtig nach oben und flüsterte dann: »Wir sind alle so glücklich, dass Joey noch am Leben ist.«

Ein warmes Lächeln spielte um Amys Mundwinkel. »Ich würde mich gerne ebenso offen freuen wie ihr, aber das wage ich nicht.«

»Er hat bereits nach Ihnen gefragt, Madam.«

»Sobald ich es einrichten kann, gehe ich zu ihm hinüber«, flüsterte Amy zurück, seufzte verhalten und stieg die Treppe wieder hinauf. Leise öffnete sie die Tür des Schlafzimmers und hätte um ein Haar einen Freudenschrei ausgestoßen: Robert lag in seiner Unterwäsche auf dem Bett und schnarchte!

Geräuschlos schloss Amy die Tür und eilte ins Erdgeschoss, wo sie sich auf die Suche nach Kuba machte. Sie fand ihn, gedämpft mit Hetty redend, in der Waschküche. Bei Amys Eintreten fuhren beide erschrocken herum. Auch wenn sich die beiden sofort wieder entspannten, ahnte Amy, dass sie über etwas geredet hatten, das nicht für fremde Ohren bestimmt war.

»Kann ich etwas für Sie tun, Madam?«, fragte Kuba und nahm eine korrekte Haltung an. »Braucht der Master mich?«

»Der Master schnarcht, dass die Wände wackeln.« Sie schmunzelte. »Ich würde gerne nach Joey sehen. Bitte gib mir sofort Bescheid, wenn Mr Garrison wach wird.«

Der Butler versprach es, und Amy war froh, dass sie vor dem Personal keine Geheimnisse mehr hatte. Sie raffte den Rock ihres Kleides und stürmte über die Hinterveranda aus dem Haus, überquerte den mittlerweile viel zu hohen Rasen und verschwand hinter den Hecken, die den Garten vom Sklavenquartier trennten.

Nur wenige Sklaven traf sie an; die meisten waren auf den Feldern. Ungestüm riss Amy die Tür zu Joeys Hütte auf, und dann lagen sie sich endlich lachend und gleichzeitig weinend in den Armen.

Joey hatte sich inzwischen gewaschen und rasiert, und nun konnte Amy sehen, wie mager er geworden war. Seine hohen Wangenknochen traten spitz hervor, und die Augen lagen tief in den Höhlen. Joey und Amy küssten sich hingebungsvoll und ausdauernd, ihre sehnsüchtigen Körper drängten sich aneinander, aber beide waren vernünftig genug, um nicht mehr daraus werden zu lassen. Schließlich konnte Robert jederzeit aufwachen, und Kuba würde vielleicht nicht mehr dazu kommen, seine Herrin zu warnen.

»Ich dachte, ich würde dich nie wiedersehen«, sagte Amy atemlos, als sie voneinander abließen und sich händehaltend setzten, um über das vergangene, entbehrungsreiche Jahr zu reden. Sie erzählte von Roberts verhängnisvollem Brief. »Danach wollte ich nicht mehr leben, nichts schien mir mehr wichtig zu sein.«

Er zog sie an sich. »Als ich verletzt wurde, war mein letzter Gedanke, bevor ich in tiefe Bewusstlosigkeit sank, dass ich dich nun nie wieder sehen würde.«

»Wie kam es zu deiner Verletzung?«

»Unser Regiment sollte die Yankees abhalten, Fort Henry einzunehmen. Wir krochen auf allen vieren näher, und als es brenzlig wurde, musste ich den Master decken, denn die Yankees zielten mit ihren Kanonen direkt auf uns. Dabei passierte es – wie ich ins Lazarett gekommen bin, weiß ich nicht, doch die Ärzte meinten später, wenn ich noch mehr Blut verloren hätte, wäre ich ihnen unter den Händen weggestorben.« Er strich über seinen Oberschenkel. »Zum Glück war es nur eine Fleischwunde, aber sie machte mich kampfunfähig.«

Sanft strich Amy über seine Hand, die noch immer auf dem muskulösen Oberschenkel lag. »Hat Ida dir etwas zum Essen gebracht?«

Er lachte. »Und ob. So viel auf einmal hab ich seit Beginn des Krieges nicht mehr gegessen. Aber erzähle, wie ist es dir ergangen? Wie ich sehe, ist der Krieg auch an *Heaven's Gate* nicht spurlos vorübergegangen.«

Und Amy erzählte – von der Angst um ihn, den entflohenen Sklaven, der Seeblockade, die eine große Hungersnot über das Land gebracht hatte, von den umliegenden Plantagen, deren Besitzer um ihre gefallenen Söhne trauerten, von den einst stolzen Herrenhäusern und Gärten, die zunehmend verwahrlosten, und dem Zusammenhalt zwischen ihr und den verbliebenen Sklaven.

Nachdenklich lauschte er, und als sich Amy beklommen erkundigte, wie es an der Front sei, schwieg Joey zunächst hartnäckig.

»Eigentlich dürfen wir zu Hause nichts über das Grauen auf dem Schlachtfeld berichten«, sagte er schließlich mit ironischem Unterton, »damit die Damen nicht vor Schreck ohnmächtig werden.«

»Ich werde nicht ohnmächtig!«

Er grinste und strich eine ihrer Locken aus der Stirn. »Nein, du nicht. Hast du eine Vorstellung, was so eine Kanone anrichten kann? Die Soldaten werden bis zur Unkenntlichkeit zerfetzt, Arme, Beine und Innereien fliegen durch die Luft. Viel besser sind die Verletzten auch nicht dran, in den Lazarettzelten stapeln sich amputierte Extremitäten. Wenn ein Knochen getroffen wurde, wird immer amputiert – glücklicherweise bin ich davon verschont geblieben.«

Entsetzt starrte Amy ihn an.

»Kannst du dir vorstellen, wie ein Mensch aussieht, der vom Pferd auf eine Reitersperre fällt? Die spitzen Holzpflöcke durchbohren ihn, und er hat keine Chance zum Überleben.« Erschöpft fuhr sich Joey über das Gesicht. »Ist es nicht verrückt, dass ich auf Soldaten schießen muss, die für die Befreiung der Sklaven kämpfen?«

Bedrückt nickte Amy. »Wann … wann müsst ihr zurück?«

»Der Master hat zwei Wochen Heimaturlaub bekommen«, kam es knapp zurück. »Mehr kann ich dir im Augenblick nicht sagen.«

Alarmiert schnellte sie hoch. »Du verheimlichst mir etwas, nicht wahr?«

Es klopfte kurz, dann trat Kuba ein. »Der Master ist aufgewacht, Madam. Er fragte nach Ihnen, und ich sagte, dass sie auf den Feldern nach dem Rechten sehen. Ich habe ihn rasiert, und nun will er rüber zu der Henderson-Plantage reiten.«

Amy atmete auf, und sie dankte dem Butler, der sich gleich darauf wieder diskret zurückzog. So schnell würde Robert nicht zurückkommen, wusste sie, und an die kommende Nacht mit ihm wollte sie nicht denken. Nur Joey und sie waren jetzt wichtig, und als er unvermittelt ihren Hals mit winzigen Küssen bedeckte, lehnte sie sich mit einem leisen Stöhnen zurück.

»Du bist mager geworden«, sagte er leise, als sie nackt vor ihm lag. »Aber trotzdem bist du für mich die schönste Frau auf Erden.«

Auch Joey hatte sichtlich abgenommen, sein Körper erschien Amy sehniger als früher. Zärtlich streichelten sie sich gegenseitig, sogen tief den Duft des anderen ein und zögerten es hinaus, sich einander hinzugeben, bis sie nicht mehr an sich halten konnten und übereinander herfielen – sie waren trunken vor Glück und Verlangen. Von diesem Augenblick hatten beide über ein Jahr geträumt.

Erschöpft lagen sie später auf der rauen Strohmatratze, kosteten die letzten Minuten aus, die ihnen noch blieben. Amy hatte in Joeys Armen alles vergessen … die Entbehrungen der letzten Monate, die Sorge und Trauer um den Geliebten; sogar die Angst vor Robert war in den Hintergrund getreten.

Viel zu schnell vergingen die Minuten, und nur ungern schlüpfte Amy wieder in ihre Kleidung. Ein letztes Mal küssten sie sich voller Hingabe, schworen sich ewige Liebe und klammerten sich aneinander. Wann sie sich wieder treffen konnten, wusste Amy nicht, doch sie betete im Stillen, dass Robert nicht viel Zeit für sie haben würde.

Er war noch nicht zurück, als Amy zurück ins Herrenhaus schlich, und sie bat Hetty, die auffallend schweigsam und in sich gekehrt war, sie neu zu frisieren.

»Mr Garrison legt sicherlich Wert darauf, dass ich mich vornehmer kleide, solange er Urlaub hat«, sagte sie gedankenversunken. »Daher solltest du mir vielleicht eine kunstvolle Frisur machen und eines meiner guten Kleider herauslegen.«

Schweigend machte sich die Zofe ans Werk, und da Amy noch immer mit ihren Gedanken bei Joey war, fiel ihr erst verspätet auf, dass Hetty anders war als sonst.

Auf Amys Frage schüttelte die Sklavin jedoch rasch den Kopf und erwiderte: »Es ist nichts, Madam, wirklich nicht. Die Uniform des Masters sieht wieder wie neu aus.«

Doch Amy packte sie bei den Schultern. »Heraus mit der Sprache. Etwas beschäftigt dich, und ich möchte wissen, was es ist.«

Mit Tränen in den Augen sagte Hetty: »Ich darf es Ihnen nicht sagen, Madam. Bitte quälen Sie mich nicht!« Schluchzend stürzte sie aus dem Ankleidezimmer und ließ ihre Herrin ratlos zurück.

Flüchtig dachte Amy daran, dass Robert die hübsche Sklavin vielleicht belästigt hatte, aber dann fiel ihr ein, dass auch Joey sich merkwürdig benahm. Es schien, als würde ein Geheimnis in der Luft liegen, von dem sie nichts erfahren sollte.

Gerade hatte sich Amy einigermaßen gefasst, als Robert mit schweren Schritten die Treppe hinaufgepoltert kam und nach seiner Frau rief. Bedrückt machte sich Amy darauf gefasst, dass Robert gleich über sie herfallen würde – nach den wundervollen Stunden mit Joey eine unerträgliche Vorstellung.

Eilig trat Amy vom Ankleidezimmer aus in den Flur. »Du hast nach mir gerufen?«

»Allerdings.« Robert sah nicht aus, als dächte er an Sex, und auch Amys Aufmachung schien er nicht zu bemerken. Sein

Gesicht war finster. »Ich bin auf dem Rückweg von Henderson an meinen Feldern vorbeigeritten und konnte nicht glauben, was ich sah.«

Sie senkte den Blick. »Es tut mir leid, Robert.«

»Es tut dir leid? Du ruinierst *Heaven's Gate,* weil du nicht genug Baumwolle hast anbauen lassen!«

»Es sind harte Zeiten.« Sie knetete nervös ihre Hände. »Mr Henderson schlug vor, stattdessen mehr Gemüse anzubauen, damit wir genug zu essen haben.«

Mit ausgestrecktem Arm wies Robert in die Richtung, in der die weitläufigen Felder lagen. »Papperlapapp! Gerade auf zwei Feldern wächst Baumwolle, auf den anderen befindet sich Grünzeug oder Unkraut. Hast du immer noch nicht begriffen, dass *Heaven's Gate* mit der Baumwolle steht und fällt? Das bisschen, was jetzt angebaut ist, lohnt sich kaum zum Pflücken!«

Obwohl Amy wusste, dass eine Rechtfertigung zwecklos war, wenn Robert sich in Rage redete, sagte sie leise: »Wer sollte die riesigen Felder denn bearbeiten? Jede Nacht fliehen einige Sklaven und …«

Mit einer unwirschen Handbewegung brachte Robert sie zum Schweigen. »Es wird Zeit, dass dieser verdammte Krieg vorbei ist, damit ich mich wieder selbst um die Plantage kümmern kann. Ich hoffe, Ida hat wenigstens etwas Anständiges für das Dinner fabriziert.«

Er roch nach Alkohol; wahrscheinlich hatte Henderson seinem Freund zu Ehren eine Flasche Whiskey geopfert und mit ihm geleert. Wie erleichtert Amy war, als Robert kehrtmachte und wieder nach unten ging, anstatt sie ins Schlafzimmer zu zerren! Und noch erleichterter war sie, als Robert bereits beim Essen fast die Augen zufielen. Natürlich ließ er sich wieder von Kuba gut einschenken, und als er sich erhob, schwankte er leicht.

Er befahl dem Butler, der Amy einen unauffälligen wissenden Blick zuwarf, ihn nach oben zu bringen. Amy blieb noch eine Weile am Tisch sitzen, bis Kuba zurückkam.

»Gehen Sie jetzt bitte hinüber zu Joey, Madam«, raunte er Amy zu. »Es ist sehr wichtig.«

»Aber wenn mein Mann aufwacht!«

»Er wird nicht aufwachen. Das Schlafpulver, das ich in die Whiskeykaraffe geschüttet habe, wirkt die ganze Nacht«, gab Kuba mit leerer Miene zurück.

Zögernd erhob sich Amy. Sie hatte sich also nicht geirrt – irgendetwas war im Gange, von dem sie nun wohl unterrichtet werden sollte. Ohne auf ihre feine Kleidung zu achten, lief Amy zum Sklavenquartier und riss die Tür von Joeys Hütte auf. Er schien auf sie gewartet zu haben und bat sie, sich auf den einzigen Stuhl im Raum zu setzen.

Dann kniete er vor ihr nieder, nahm ihre Hände und suchte ihren Blick. Mit fester Stimme sagte er: »Ich gehe nicht zurück an die Front. Noch heute Nacht werde ich fliehen, es ist an alles gedacht.«

Gequält schrie Amy auf. »Du darfst mich nicht wieder allein lassen!«

»Das habe ich auch nicht vor. Bist du bereit, mit mir gemeinsam in den Norden zu gehen?«

Überrumpelt starrte sie ihn an, brachte jedoch keinen Ton heraus.

»Ohne dich gehe ich nicht«, versicherte Joey ihr. »Erinnerst du dich an den Traum, den ich schon lange habe? Du und ich bauen uns in der Ferne ein neues Leben auf. Jetzt ist die richtige Zeit zur Flucht … der alte Süden geht unter und wird nie wieder das sein, was er einmal war.«

Noch immer war Amy unfähig zu sprechen, doch sie nickte zustimmend.

»Kuba, Hetty, Mathilda, Wayne und der kleine Frankie werden mit uns gehen«, fuhr Joey fort. »Kuba hat dem Master eine ordentliche Portion eines schnell wirkenden Schlafpulvers gegeben, sodass du in Ruhe packen kannst.«

In Amys Kopf überschlugen sich die Gedanken. O ja, wie gern würde sie die Risiken einer Flucht in Kauf nehmen – aber das alles kam so plötzlich. Sie würde sich nicht von Augusta Wade verabschieden können, und auch den Garten mit den herrlichen Magnolienbäumen würde sie nicht noch einmal sehen können. Doch sonst hielt sie nichts mehr auf *Heaven's Gate,* der Plantage mit seinem prächtigen Herrenhaus, in dem sie so viel Leid erfahren hatte.

Joeys Händedruck lockerte sich, und er stand auf. Sein Blick war unsicher, als er tonlos sagte: »Ich verstehe, du willst nicht.«

»Doch, ich will!« Sie sprang auf und fiel Joey um den Hals. »Sag mir, was ich tun soll.«

Erleichtert umarmte er sie. »Hetty wartet auf dich in deinem Ankleidezimmer. Packt nur das Nötigste, für Ballast ist kein Platz. Wir werden Fabienne und Thunder mitnehmen, damit du nicht zu Fuß gehen musst. Thunder benutzen wir als Packpferd.«

»Ich werde genauso wie ihr zu Fuß gehen«, widersprach Amy, und ihr Herz überschlug sich fast vor Aufregung. Jetzt wusste sie wenigstens, wieso ihr alle so geheimnisvoll gegenübergetreten waren. »Ich schleiche mich sofort ins Haus zurück.«

»Du musst nicht schleichen, mein Herz.« Er lächelte zärtlich. »Der Master schläft tief und fest wie ein Baby, und die Dienstboten im Haus wissen Bescheid. Ida, Berthe und die anderen wollen sich uns nicht anschließen, sie fühlen sich zu alt für eine Flucht, aber sie werden uns natürlich nicht verraten, wenn der Master morgen früh mit seinem Brummschädel bemerkt, dass die Ratten das sinkende Schiff verlassen haben.«

Er küsste Amy noch einmal und schickte sie dann fort. So schnell ihre Füße sie trugen, rannte sie zum Herrenhaus. Sie konnte kaum klar denken, war nur von einem Gedanken beseelt: Fortan würde sie an Joeys Seite sein, würde ihm für alle Ewigkeiten gehören und musste sich nie mehr vor ihrem despotischen Ehemann fürchten. Dass sie mit der Flucht das heilige Ehegelöbnis brach, störte sie nicht; schließlich hatte auch Robert vor dem Altar geschworen, Amy zu achten und zu ehren, wie Augusta einmal betont hatte.

Schon am Kopf der Treppe hörte sie ihn schnarchen, und unwillkürlich dachte sie flüchtig daran, dass es ihr ohne Kubas Hilfe niemals gelingen würde, heimlich mit Joey fortzugehen. Es war gut, dass auch der Butler sich zur Flucht entschlossen hatte; er war für seine innere Ruhe und vernünftigen Entscheidungen bekannt.

Hettys grellgelber Seidenturban lugte zur Tür des Ankleidezimmers heraus, als Amy auf Zehenspitzen über den Gang schlich. Trotz des Schlafpulvers konnte Robert aufwachen, auch wenn das eher unwahrscheinlich war.

Hastig schlüpfte Amy hinein und schloss lautlos die Tür. »Schnell, hol die Reisetasche vom Dachboden, wir haben nicht viel Zeit.« Es war zwar erst kurz nach neun Uhr, aber je früher sie fort waren, umso weniger liefen sie Gefahr, dass Robert sie verfolgen lassen konnte.

Mit einem verschmitzten Lächeln zog Hetty die Gobelintasche hinter dem Diwan hervor. »Ich habe mir bereits erlaubt, sie zu holen, Madam.«

»Gut. Pack nur die einfachen Kleider hinein, Unterwäsche und etwas Leinen, damit wir für alle Fälle Verbandsmaterial haben.«

»Es ist so schön, dass Sie mitkommen, Madam.« Hetty öffnete Schubladen und Schränke, Hut- und Schuhschachteln. »Kuba und ich … also wir …«

Überrascht drehte sich Amy um. »Ihr beide seid ein Paar? Seit wann?«

»Schon seit mehr als zwei Jahren, aber niemand sollte es erfahren. Kuba wollte es so. Wenn wir im Norden sind, will er sich übrigens Jeremiah nennen. Meine Cousine Belle und ihr Tuffy haben übrigens sicher Iowa erreicht. Belle schrieb es mir, deshalb will Kuba dieselbe Route nehmen.«

Für einen Moment vergaß Amy alles um sich herum und umarmte die Zofe; ihre Freude über die Neuigkeit war echt, und sie wünschte dem Paar alles Gute.

Verlegen rückte Hetty ihren Turban gerade, dann wies sie

auf den Toilettentisch. »Soll ich die goldene Frisiergarnitur auch einpacken?«

»Nein, ein einfacher Kamm, ein Haarnetz, Nadeln und einige Bänder reichen. Bitte hilf mir aus dem Kleid.« Amy drehte der Sklavin den Rücken zu. »Ganz hinten im Schrank hängt ein kariertes Kattunkleid, ich brachte es als Andenken aus Baton Rouge mit. Diese Taftrobe hier ist bei der Flucht eher hinderlich.«

Amy stieg erst aus dem Kleid, dann aus der Krinoline und ließ sich ein paar Unterröcke geben, über die sie später das einfache Kleid aus Jungmädchentagen ziehen wollte.

»O nein, Hetty!«, rief sie. »Nicht die teuren Federhüte – und schon gar nicht das Konföderiertenhütchen! Nimm ein paar von den Schutenhüten und Hauben, das muss als Kopfbedeckung reichen.«

Hetty nickte und suchte mit flinken Fingern das Gewünschte zusammen, während Amy immer wieder ihr Ohr an die Schlafzimmertür presste. Plötzlich richtete sie sich auf – etwas hatte sie vergessen. Sie brauchten Geld!

Fieberhaft überlegte sie, dann eilte sie zum Frisiertisch, öffnete die unterste Schublade und nahm eine reich mit Blattgold verzierte Schatulle heraus, die Amys Schmuck enthielt. Andächtig betrachtete Amy das Kästchen, dann schüttelte sie den Kopf. Nein, es war zu gefährlich, die Schatulle mitzunehmen – bei einem Überfall würde sie den Räubern direkt in die Hände fallen.

»Hetty, hör zu«, sagte Amy mit eindringlicher Stimme. »Näh bitte diese Schmuckstücke in den Saum meines Kattunkleides ein, aber es muss schnell gehen. In der Zwischenzeit suche ich Roberts Brieftasche.« Sie klaubte verschiedene Ohrringe mit Brillanten, Saphiren und Smaragden aus dem Kästchen, ein mit Rubinen besetztes Armband mit passendem Collier, einige Ringe; zum Schluss zog sie sich ihren Ehering vom Finger. Eigentlich hatte sie nichts von *Heaven's Gate* mitnehmen wollen, aber sie sagte sich, dass der Schmuck eine

Entschädigung für Roberts Demütigungen war. Die Schatulle war zur Hälfte leer, als Amy sie zurück an ihren Platz legte.

»Hast du Nadel und Faden parat?«, fragte sie Hetty, die bereits den Saum des karierten Kleides aufzutrennen begann.

»Ja, Madam.«

»Verteil den Schmuck im gesamten Saum, damit er nicht auffällt.«

»Ja, Madam.«

»Und hör endlich auf, mich Madam zu nennen, wir sind jetzt Verbündete.«

»Ja, Madam.«

Amy schickte seufzend einen Blick zur Zimmerdecke, dann nahm sie eine Petroleumlampe und öffnete sachte die Tür zum Schlafzimmer. Drinnen war es stockfinster und die Luft zum Schneiden dick. Amy hielt den Atem an, denn ihr wurde übel von Roberts Ausdünstungen. Sie stahl sich leise zu seinem Nachttisch, denn sie wusste, dass er dort immer seine Brieftasche ablegte, wenn er zu Hause war.

Rasch vergewisserte sie sich, dass er immer noch fest schlief. Er lag auf dem Rücken und schnarchte mit halb offenen Mund, und Amy fragte sich, wie sie diesen Mann jemals als attraktiv hatte bezeichnen können.

Die lederne Brieftasche lag an ihrem gewohnten Platz, daneben die schwere Armeepistole. Vorsichtig stellte Amy die Lampe ab und griff nach der Geldbörse.

»Was tust du da, verdammtes Weib!« Robert schnappte nach Amys Handgelenk und hielt es fest wie ein Schraubstock. Vor Schreck und Angst begann Amy zu wimmern und versuchte, sich zu befreien.

Roberts Blick war glasig und seine Zunge schwer. »Du undankbares Miststück willst mich also bestehlen! Wahrscheinlich willst du damit die Nigger bestechen, damit sie weiter für mich arbeiten. Warte nur, bis ich wieder nüchtern bin, dann lasse ich dich spüren, wer der Herr im Hause ist.«

Amy presste die Lippen aufeinander, um nicht laut aufzuschreien. Da fiel ihr Blick auf den Revolver, sie griff blitzschnell danach und richtete ihn beherzt auf den verdutzten Robert.

»Nimm das Ding runter, das kann gefährlich sein«, lallte er. »Außerdem bist du viel zu dumm, damit umzugehen.«

Plötzlich fühlte sich Amy von einer unbekannten Kraft, gepaart mit Zorn und Mut, emporgehoben. Sie schüttelte Roberts Hand ab und trat einige Schritte zurück. Sie musste beide Hände nehmen, um die schwere Waffe gerade halten zu können.

Mit eiskalter Stimme sagte sie: »Ich lasse es darauf ankommen. Während unserer über dreijährigen Ehe hast du mich geschlagen und ausgelacht, doch nun werde ich mich an dir rächen.«

Robert richtete sich auf und machte Anstalten aufzustehen. Er konnte nicht sehen, dass sich Hetty mit einem Gegenstand hinter seinem Rücken anschlich.

Er fuhr sich durch das dunkle Haar; sogar im Sitzen schwankte er. »Wie redest du eigentlich mit mir, du unfruchtbares Luder. Wenn der Krieg vorbei ist, jage ich dich in die Sümpfe oder schicke dich ins Armenhaus. Glaub nicht, dass …« Wie ein nasser Sack kippte Robert vornüber, denn Hetty hatte ihm mit einer leeren Weinflasche einen Schlag auf den Kopf versetzt.

Für einen Moment starrten sich die Frauen entsetzt an. Was hatten sie getan?

»Lebt er noch?«, flüsterte Hetty angstvoll. »Ich habe noch nie einen Menschen umgebracht.«

Amy tastete nach Roberts Puls, und als sie sicher war, dass ihr Mann nur bewusstlos war, legte sie ihn wieder in Schlafposition, dann nahm sie den größten Teil der Geldscheine aus der Brieftasche.

»Vermutlich kann er sich morgen an nichts mehr erinnern«, sagte sie leise. »Kuba hätte ihm mehr von dem Pulver in den Whiskey schütten sollen.« Ihr Blick fiel auf die Waffe, die sie auf die Bettdecke gelegt hatte, dann griff sie spontan danach, obwohl sie nicht wusste, ob sie geladen war.

Geräuschlos huschten die Frauen zurück ins benachbarte Ankleidezimmer und schlossen hinter sich ab. Hetty hatte es noch nicht geschafft, den gesamten Schmuck in den Kleidersaum einzunähen, und so half ihr Amy dabei.

»Seit wann gibt es diesen Fluchtplan?«, fragte sie. »Und wer hat ihn ausgeheckt?«

»Kuba und Joey gemeinsam, Ma…, ich meine, Mrs Garrison.« Hetty war sichtlich verstört, wusste sie doch nun nicht mehr, wie sie ihre Herrin anreden sollte.

Amy bat die Zofe, sie künftig beim Vornamen zu nennen, und forderte sie auf, weiterzusprechen.

»Schon lange vor dem Krieg sprachen sie darüber, aber sie wussten, dass die rechte Zeit noch nicht gekommen war. Na ja, und dann kamen Sie … kamst du … und Joey hatte für nichts anderes mehr Interesse. Als er jedoch gestern mit dem Master heimkam, versammelte er alle Leute um sich und erklärte, dass nun die richtige Zeit gekommen sei … allerdings nur, wenn du mitkommst.«

Schweigend nickte Amy. O ja, sie würde mit Joey überall hingehen, sogar bis ans Ende der Welt. Ihr Platz war an seiner Seite, und nur dort!

* * *

Eine gute Stunde später verließen sie zum letzten Mal das Herrenhaus; Amy schaute nicht zurück. Bei den Ställen warteten bereits die anderen mit ihren bescheidenen Bündeln. Frankie, inzwischen zehn Jahre alt, konnte seine Aufregung kaum verbergen. Seine Eltern waren kurz nach seiner Geburt von Robert verkauft worden, sodass er ganz allein auf der Welt war. Aber Mathilda und Wayne, die den Verlust ihres Sohnes Clarence noch immer nicht verwunden hatten, hatten sich bereit erklärt, sich des Jungen anzunehmen und für ihn zu sorgen.

Die Männer hatten den beiden Pferden Lumpen um die Hufe gebunden, um jedes Geräusch unterwegs zu vermeiden.

Joey gab Amy ungeniert einen Kuss und bemerkte belustigt, dass sie mit ihrer Schute wie eine einfache Farmerin aussah, und das war Amy gerade recht. Niemand sollte ihr ansehen, dass sie für einige Zeit eine feine Lady und Gattin eines reichen Sklavenhalters gewesen war.

Fabienne und Thunder verhielten sich ruhig und ließen sich ohne Widerstand bepacken, als wüssten sie um die Gefahren, die auf dem langen Weg in die Freiheit lauerten.

»Wir gehen nur nachts«, erklärte Kuba. »Tagsüber verstecken wir uns in den Wäldern und ruhen uns aus, das ist sicherer.«

Amy übergab ihm den Revolver und berichtete in Stichworten von Roberts plötzlichem Erwachen, was der ehemalige Butler von *Heaven's Gate* mit einem Kopfschütteln quittierte.

»Und ich war mir sicher, dass die Dosis reicht, um ein Pferd für Stunden außer Gefecht zu setzen«, sagte er und gab Joey die Pistole, der sogleich feststellte, dass sie geladen war. Außer dem Armeerevolver und der alten Schrotflinte besaßen sie keine Waffen, aber sie schworen sich, sie nur im Ernstfall einzusetzen.

Der Stallhof wurde nur von einer flackernden Laterne beleuchtet, und jeder sah sich noch einmal mit unterschiedlichen Gefühlen um, denn ihnen war klar, dass sie *Heaven's Gate* nie wiedersehen würden. Schnappte man sie, würde man sie aufhängen, und Amy musste ins Armenhaus. Jedem von ihnen war bewusst, dass sie sich auf ein riskantes Abenteuer einließen – aber keiner von ihnen dachte auch nur eine Sekunde daran, auf der Plantage zu bleiben.

Die freiwillig zurückbleibenden Sklaven hatten sich in ihre Betten verkrochen und taten, als bemerkten sie nichts. Sie würden den Mund halten, und wenn Robert wieder nüchtern genug war, um die Flucht zu bemerken, waren sie längst über alle Berge. Allein würde Robert die Verfolgung ohnehin nicht aufnehmen können, und erfahrene Sklavenjäger waren kaum zu bekommen, denn sie waren inzwischen fast alle eingezogen worden.

Vertrauensvoll blickte Amy zu Joey. Sie hatte keine Angst, denn er war bei ihr und würde sie beschützen. Mehr als diese Gewissheit brauchte es nicht, um sie glücklich zu machen.

Sie nahmen den schmalen Weg zur Straße, und nachdem sie sich vergewissert hatten, dass die Luft rein war, wanderten sie schweigend am Straßenrand entlang. Bald erreichten sie die Gabelung, doch diesmal nahmen sie nicht den Weg, der nach *White Swan* führte, sondern den rechten, von dem Joey berichtete, dass er zu den Sümpfen führte.

21

Eine Woche waren sie bereits unterwegs; niemand schien sie verfolgt zu haben. Sie bewegten sich tagsüber in den gefährlichen Sümpfen fort, da die Männer die riskanten Stellen kannten. Wer im Morast versank, hatte keine Überlebenschance. Die Moskitos waren hier noch angriffslustiger als in bewohnten Gegenden, und um nicht vollkommen zerstochen zu werden, verhüllten die Flüchtlinge ihre Gesichter und Hände, so gut es ging.

Die wenigen Nahrungsmittel gingen zur Neige, sodass Amy schließlich darüber nachdachte, einen Abstecher in die Zivilisation zu machen, um von Roberts Konföderiertengeld, das allerdings zusehends an Wert verlor, Lebensmittel zu kaufen. Auch die Pferde brauchten unbedingt frisches Gras und Hafer.

Allmählich ging das Sumpfgebiet in eine Waldlandschaft über, die jedoch ebenso gefährlich war, denn dort konnten einem jederzeit Soldaten oder herumlungerndes armes weißes Pack begegnen. Zumindest gab es nun wieder frisches Wasser aus einem Bach – eine Wohltat für Mensch und Tier nach dem brackigen Wasser in den Sümpfen.

Einmal stießen sie auf eine andere kleine Gruppe von entflohenen Sklaven, die sich ebenfalls zum Norden durchschlagen wollte. Kubas Angebot, gemeinsam zu gehen, wurde jedoch empört abgewiesen, weil sie eine Weiße bei sich hatten.

Tagsüber stach die Sonne erbarmungslos vom Himmel, und ihre Strahlen durchdrangen sogar das Geäst des Waldes, den sie bisher noch nicht zu verlassen gewagt hatten. Die Nahrungsmittel waren bis auf einen kümmerlichen Rest aufgebraucht, sodass die Frauen Beeren pflückten. Den Geschmack von Fleisch kannten sie nur noch aus ihrer Erinnerung, und bei dem Gedanken an ein deftiges Gumbo lief ihnen das Wasser im Mund zusammen. Fallen aufzustellen lohnte sich nicht, da sie nie länger als einen Tag an einer Stelle blieben, und ein Kaninchen oder Reh zu schießen war zu riskant, denn der Schuss würde noch in weiter Ferne zu hören sein.

Allen sah man die Entbehrungen an, sie hatten an Gewicht verloren und waren schmutzig. Amy riss sich zusammen; sie wollte nicht jammern und nahm sich ein Beispiel an den anderen beiden Frauen, die ihr Los mit stoischer Ruhe trugen.

Joeys Zärtlichkeiten entschädigten Amy allerdings für alle Mühsal. Auch Kuba und Hetty scheuten sich nun nicht mehr, offen ihre Zuneigung zu zeigen, und häufig stahlen sie sich während der Tagesrast ins Dickicht.

Anfangs war Amy deshalb verlegen, aber als sie merkte, dass die anderen sich nicht darum scherten, gab sie ihre Verschämtheit auf und kroch nun auch häufiger mit Joey ins Unterholz, damit sie sich ungestört lieben konnten.

Eines Tages, mittlerweile waren sie seit fast einem Monat auf der Flucht, bemerkte Kuba, dass sie bald die Grenze zu Arkansas erreichen würden. Natürlich waren sie deshalb noch längst nicht außer Gefahr, denn auch Arkansas war ein Staat, in dem Sklavenhaltung erlaubt war.

Alle anderen zeigten sich überrascht, denn sie hatten nicht vermutet, Louisiana so schnell hinter sich zu lassen. Trotz des ständig nagenden Hungers hüpften sie vor Freude und vergaßen für kurze Zeit alle Qualen.

Einen Tag später begegneten sie einer kleineren Gruppe von schwarzen Männern. Ein stämmiger Mann, der der Anführer der Gruppe zu sein schien, näherte sich den Fremden argwöhnisch und fragte: »Wohin wollt ihr?«

»In den Norden«, gab Joey bereitwillig zurück, denn die Männer sahen aus, als seien sie ebenfalls auf der Flucht. »Kommt ihr aus der Gegend?«

Der Stämmige nickte ernst. »Wir sind unserem Master weggelaufen, weil er uns der Armee zur Verfügung stellen wollte. Wie sollten Straßen für die Kavallerie bauen, aber wir denken nicht daran, einen Handschlag für die Rebellen zu machen. Ich bin übrigens Orwell, den scheußlichen Namen hat mir die Missis nach meiner Geburt gegeben.«

Joey stellte sich und die anderen vor. Zum Schluss zeigte er auf Amy und sagte stolz: »Und das ist meine Frau.«

»Deine Frau, ja?« Orwell grinste. »Wann hat euch denn der Priester getraut?«

»Nun, im Norden werden wir offiziell heiraten.« Joey legte beschützend seinen Arm um Amys Schulter. »Da sind Ehen zwischen verschiedenen Rassen erlaubt.«

»Hm, aber ihr werdet trotzdem Schwierigkeiten bekommen. Ich habe gehört, dass die Nordstaaten gar nicht erfreut sind, auf einmal so viele ehemalige Sklaven aufzunehmen.« Orwell wischte sich mit dem Hemdsärmel über die schweißnasse Stirn. »Aber das werden wir schon noch selbst herausfinden, falls wir dort jemals ankommen sollten. Habt ihr was zu essen bei euch?«

Kuba trat hervor. »Nur noch eine paar Zwiebeln und Möhren. Wir sind gerade dabei, unser Lager abzubrechen, wollen die ganze Nacht durchmarschieren.«

»Wenn ihr etwas Geld habt, kann ich euch einen Farmer in der Nähe empfehlen. Er verkauft heimlich Proviant an Flüchtlinge.«

»Wir haben Geld!«, rief Amy, die sich bisher schüchtern im Hintergrund gehalten hatte. »Es ist nicht viel, aber für einen Monat könnten wir Waren kaufen. Wo befindet sich diese Farm?«

»Etwa fünf Meilen westwärts, wir waren gerade dort und haben uns eingedeckt. Wenn ihr diesen Weg nehmt«, Orwell zeigte auf einen schmalen Pfad zur Linken, »stoßt ihr an den Waldsaum, dahinter beginnen die Felder von Zachs Farm, Miss …?«

»Amy, einfach nur Amy«, gab sie mit einem verlegenen Lächeln zurück. Der Mann war freundlich zu ihr; freilich konnte er nicht ahnen, dass sie bis vor Kurzem die Gattin eines Sklavenhalters gewesen war – um genau zu sein, immer noch war. Wüsste Orwell davon, würde er sich vermutlich ihr gegenüber ablehnend verhalten.

Wayne schlug Orwell vor, sich mit seinen Leuten ihnen anzuschließen, doch der lehnte ab. »Wir müssen nach Osten. In Mississippi werden wir von meinem Bruder und seiner Familie erwartet, um gemeinsam in den Norden zu gehen.«

Sie verabschiedeten sich, dann trennten sich ihre Wege. Die Sonne war schon fast untergegangen, und nach kurzer Beratung entschloss man sich, dass Kuba und Joey allein zu der Farm reiten sollten, während die anderen im Dickicht warteten.

Als sich die Nacht über den Wald senkte, wurde Amy allmählich nervös. Orwells Männer hatten erzählt, dass sich überall Soldaten der Konföderierten herumtrieben. Vielleicht hatten sie Joey und Kuba gefangen genommen oder gar erschossen!

Hetty tat zuversichtlich, auch wenn ihr die Angst um Kuba ins Gesicht geschrieben stand.

»Ich weiß, dass sie bald zurück sein werden«, sagte sie, während sie Frankie die letzte verschrumpelte Möhre zusteckte.

Es war schon weit nach Mitternacht, als leiser Hufschlag die Wartenden alarmierte. Doch es waren weder Sklavenjäger noch Soldaten, die sich näherten, sondern Kuba und Joey, die ihre schwer bepackten Pferde führten.

Vor Erleichterung schluchzend, fiel Amy Joey um den Hals, und nachdem sie sich beruhigt hatte, berichtete er: »Der alte Zach ist ein prima Kerl, er will an den Entflohenen nicht verdienen, sondern ihnen helfen. Ich hätte niemals vermutet, dass es in den Südstaaten so selbstlose Weiße gibt.«

Er griff in die Hosentasche und förderte ein Bündel Geldscheine zutage. »Zach wollte nur ein paar Dollar, dafür gab er uns einen Sack Hafer für die Pferde, Speck, Kartoffeln, Bohnen, Fleisch und Kaffee.«

Ergriffen lauschten alle.

»Der alte Mann lebt mit seinem schwerhörigen Knecht, einem Weißen, ganz allein, deshalb ließ er uns nicht eher gehen, bis wir uns ein Weilchen mit ihm unterhalten hatten«, sagte Kuba schmunzelnd. »Er hatte einige Neuigkeiten zu berichten, zum Beispiel, dass heute der 2. September 1862 ist.«

Seit sie sich auf der Flucht befanden, war ihnen jegliches Zeitgefühl abhanden gekommen, und erstaunt erkannten sie, dass sie schon fast sechs Wochen unterwegs waren!

Obwohl sie sich eigentlich längst auf den Weg gemacht haben wollten, standen sie wie gebannt da und hörten zu. Nicht nur Amy war begierig auf jede Neuigkeit, und sei es nur eine Lappalie.

»Die Konföderierten unter General Lee haben die Unionstruppen in einer weiteren Schlacht bei Manassas besiegt. Zach meint, von diesem General wird man noch viel hören«, fuhr Kuba mit gerunzelter Stirn fort. »Ich hoffe nur, dass die Yankees erst aufgeben, wenn wir den sicheren Norden erreicht haben.«

»Zum Teufel mit den Konföderierten!«, sagte Wayne und spuckte mit verächtlicher Miene auf den Waldboden. »Wir sollten keine Zeit mehr verlieren.«

Der Ansicht waren alle, und nachdem die Lebensmittel auf den Pferderücken noch einmal festgezurrt worden waren, brachen sie auf. Niemand beschwerte sich, dass er nun sein Gepäck selbst tragen musste; dafür waren sie viel zu glücklich, weil sie nun eine Zeitlang nicht mehr hungern mussten.

* * *

Auch im Bundesstaat Arkansas vermieden sie offene Wege und Straßen. Sie stießen auf verlassene Farmen, heruntergekommene Plantagen und einen Trupp konföderierter Soldaten, vor denen sie sich erst in letzter Sekunde verstecken konnten.

Unterwegs trafen sie immer öfter auf Flüchtlingsgruppen; neuerdings schienen alle Sklaven ihren Besitzern davonzulaufen. Einer der Männer berichtete, dass sein Master ihn angefleht hatte zu bleiben und ihm die Freiheit versprochen hatte.

»Er wollte mich in Zukunft für meine Arbeit bezahlen«, berichtete der ehemalige Feldsklave. »Aber sagt selbst: Wie viel ist die Freiheit eines Menschen mit dunkler Hautfarbe in den Südstaaten wert?«

»Keinen Pfifferling«, entgegnete Joey verächtlich. »Solange es kein Gesetz gegen Sklavenhaltung gibt, sind wir hier nicht sicher.«

Von diesem Mann erfuhren sie schließlich auch, dass General Lee Mitte September mit seinen Männern in Frederick City in Maryland einmarschiert war.

Die Nachrichten waren nicht immer ganz aktuell, aber so erfuhren sie wenigstens etwas über den Kriegsverlauf. Bedrückt dachten sie daran, dass dieser General Lee imstande war, die Yankees dauerhaft zu schlagen.

Amy war, genau wie die anderen, inzwischen ohne jegliches Zeitgefühl. Nur am Verfärben des Laubes, an den ersten Frühnebeln und den kürzer werdenden Tagen erahnte sie den nahen Herbst. Seit sie sich auf der Flucht befand, war sie ein anderer Mensch geworden. Sie dachte nicht mehr wie eine Weiße, sondern wie die Sklaven, mit denen sie zusammen war. Die Sorge vor Entdeckung war bei ihr nicht geringer als bei den anderen, obwohl sie nicht um ihr Leben fürchten musste.

Sie scherte sich weder darum, was die Leute in Louisiana über sie denken mochten, weil sie einen Schwarzen liebte, noch darum, was aus Robert geworden war. Zweifellos hatte er seinen Dienst bei der Armee pünktlich angetreten, wenn er nicht vor Wut über Amys Flucht geplatzt war.

Nur gelegentlich dachte Amy an das Leben auf der Plantage zurück – *Heaven's Gate* schien sich in einer anderen Welt zu befinden, so krass war der Unterschied zu dem Vagabundendasein, das sie nun führte. Oft spürte sie nach einer langen durchwanderten Nacht ihre Füße nicht mehr, während den anderen das stundenlange Marschieren durch unwegsames Gelände nicht so viel auszumachen schien.

Gelegentlich bot Joey ihr besorgt an, sich für eine Weile auf Fabienne zu setzen, während er die Packtaschen trug, aber Amy lehnte kategorisch ab. Sie wollte nicht besser behandelt werden als Hetty und Mathilda, aus deren Mund niemals eine Klage wegen der nicht enden wollenden Strapazen kam.

Joeys Liebe hielt Amy aufrecht, auch wenn ihre Hände inzwischen ebenso rau und ungepflegt waren wie die der anderen, ihr Haar glanzlos und ihre Kleidung fleckig und zerrissen war und sie sich nur durch die Hautfarbe von den Sklaven unterschied. Niemand konnte voraussagen, dass sie ihr Ziel jemals erreichten, dennoch hätte nichts auf der Welt Amy nach Louisiana zurückbringen können.

Die Sklaven waren zu ihrer Familie geworden, und längst hatten sie sich darauf geeinigt, auch im Norden zusammenzubleiben. Mathilda und Wayne träumten von einem eigenen Stück Land, auf dem sie eine Farm betreiben konnten, die sie Frankie vererben wollten. Kuba und Hetty hingegen redeten oft von einem Kolonialwarenladen, den sie gern in einer Kleinstadt eröffnen würden, und auch Joey konnte sich gut vorstellen, in Iowa als Farmer seinen Lebensunterhalt zu verdienen. Dabei war allerdings allen bewusst, dass sie über Träume sprachen, die möglicherweise nie in Erfüllung gehen würden. Aber diese Wunschvorstellungen trieben sie voran, immer weiter in den Norden.

* * *

Ende Oktober 1862 erreichten sie unter großen Entbehrungen Missouri. Die Nahrungsvorräte waren fast aufgebraucht, das Wetter wurde immer unbeständiger und die Luft kälter. Oft mussten sie auf ihre nächtlichen Märsche verzichten, weil Mensch und Tier auf den regendurchweichten Pfaden nicht vorankamen. Sie errichteten tief in den Wäldern provisorische

Lager mit zwischen den Bäumen gespannten Wolldecken als Regenschutz.

»Man merkt, dass wir uns dem Norden nähern«, sagte Kuba eines Tages und rieb sich die kalten Hände. »Wenn wir unser Ziel erreichen, werden wir uns an Schnee gewöhnen müssen.«

Weder Amy noch die anderen hatten jemals echten Schnee gesehen, sie kannten ihn nur aus Erzählungen. In dieser Nacht wollten sie es wagen, weiterzuwandern, auch wenn die Bedingungen nicht ideal waren.

»Wir haben schon genug Zeit verloren«, bemerkte Joey, während er eine durchnässte Decke zusammenrollte und an Thunders Sattel befestigte. »Wir müssen Iowa vor dem Winter erreichen, wenn wir nicht erfrieren wollen.«

»Und wir brauchen neue Lebensmittel«, warf Amy ein. »Auch wenn es gefährlich werden kann, müssen wir uns in die Nähe einer Ortschaft wagen, um einkaufen zu können.« Dank Zachs Großzügigkeit war fast das gesamte Geld, das sie Robert gestohlen hatte, noch da – allerdings nutzlos in dieser Wildnis.

Kuba hob hilflos die Schultern. Er hatte zwar daheim aufmerksam einen Atlas aus Roberts Bibliothek studiert, doch hatte er sich dabei an den Grenzen der Bundesstaaten orientiert und nicht an den Orten in deren Nähe.

Er schlug vor, auf gut Glück das Waldgebiet zu verlassen und nach einem Dorf Ausschau zu halten, denn der Hunger war inzwischen wieder ihr ständiger Begleiter. Die wenigen verbliebenen Vorräte ließen es nicht zu, dass sie sich satt aßen.

»Aber es ist doch viel zu gefährlich, so abgerissen, wie wir aussehen, in einen Ort einzumarschieren. Jedermann wird uns ansehen, dass wir flüchtige Sklaven sind, und uns festnehmen, da können wir uns doch gleich einem Armeetrupp vor die Füße werfen,« bemerkte Wayne stirnrunzelnd.

Ratlos sahen sich alle an, doch dann hatte Amy eine Idee: »Ich werde einkaufen und mich als Farmerin aus der Umgebung ausgeben. Einer Weißen wird niemand besondere Beachtung schenken.«

»Ausgeschlossen!«, widersprach Joey heftig. »Ich werde dich nicht ohne Schutz gehen lassen. Vielleicht lässt dich dein Mann mittels eines Steckbriefes suchen und du wirst erkannt.«

Mit einer komischen Grimasse zupfte Amy an ihrem stumpfen Haar. »Glaubst du, dass man mir in dieser Aufmachung die vornehme Südstaatenlady abnehmen würde?« Sie schüttelte den Kopf. »Ich werde Hetty mitnehmen, so hat es den Anschein, sie sei meine Magd.«

Joeys Miene blieb skeptisch, denn die Angst um Amy nagte weiterhin an ihm. Schließlich schlug Kuba vor, erst einmal aufzubrechen; wenn ein Ort in der Ferne auftauchte, konnte man immer noch entscheiden.

Sie wanderten die ganze Nacht ohne Rast, und als am nächsten Morgen fahles Licht durch die Baumkronen fiel, hatten sie fast den Waldrand erreicht.

Wayne und Joey gingen vorsichtig weiter, um zu sehen, was sich jenseits des Waldes verbarg. Einige abgeerntete Maisfelder waren zu erkennen – ein Zeichen, dass in der Nähe Menschen lebten.

Nach kurzem Zögern verließ nun die ganze Truppe den schützenden Wald und folgte einem festgetretenen Weg. Niemand begegnete ihnen, denn es regnete wieder, und ein scharfer Ostwind kündigte den nahen Winter an.

Eine verlassene Scheune wurde ihr Unterschlupf, und während die Männer die nähere Umgebung erkundeten, trockneten die Frauen ihre Haare und säuberten Frankies Hose, da er kurz zuvor in ein Schlammloch geraten war.

Verdrossen blickte Amy an sich hinunter und sagte: »In diesem Aufzug sehe ich aus wie eine Bettlerin. Hetty, sieh bitte in meinem Gepäck nach, ob du ein noch tragbares Kleidungsstück für mich findest.«

Meistens trug Amy das alte karierte Kattunkleid, das nun dementsprechend aussah. Es eignete sich am besten für den langen Marsch, die anderen Kleider waren zumeist aus feineren Stoffen und eigentlich eher für den Salon geeignet. Wenn Amy als Farmerin auftreten wollte, musste sie zwar einfach, jedoch nicht schäbig auftreten, um keinen Verdacht zu erregen.

Hetty rollte mit fragendem Blick ein relativ einfaches Tageskleid aus weicher Baumwolle aus, unter dem man eigentlich einen Reifrock trug. Amy hatte keine Ahnung, wieso Hetty es auf der Plantage eingepackt hatte – getragen hatte sie es seitdem nicht mehr.

»Ich könnte den Saum kürzen und die Spitzenverzierungen am Kragen entfernen«, schlug Hetty vor. »Wenn du dazu eine einfache Schute trägst, wird dir jeder die Farmerin abnehmen.«

»In Ordnung. Und du, Frankie, gibst mir jetzt deine Stiefel, die starren ja vor Schmutz.«

Der Junge schlüpfte aus den derben Schnürstiefeln und reichte sie Amy. Er hatte sich noch vor den anderen daran gewöhnt, dass die Missis nun keine Missis mehr war, sondern eine von ihnen.

»Ich kann dich auch begleiten«, schlug er vor. »Unter meinem Hemd verstecke ich die Pistole, und wenn dich jemand anfasst, töte ich ihn.«

Die Frauen schmunzelten, und Mathilda sagte: »Oh, seht euch nur dieses schlaue Kerlchen an! Noch grün hinter den Ohren, aber mutig wie ein ausgewachsener Mann. Was meinst du wohl, wie lange es dauert, bis man dich überrumpelt und ins Gefängnis steckt, wenn du mit einer Armeepistole herumfuchtelst?«

Wieder lachten die Frauen, und Frankie verzog sich schmollend in eine Ecke, in der altes Stroh gelagert war. Dort blieb er, bis die Männer zurückkamen.

»Etwa eine Meile von hier befindet sich eine kleine Ansiedlung«, wusste Joey zu berichten. »Natürlich konnten wir nicht feststellen, ob es dort Geschäfte gibt, aber der Größe des Ortes nach müsste es eigentlich mindestens einen Laden geben. Allerdings wimmelt es da gerade von Soldaten.«

»Sieht so aus, als wäre eine Kompanie auf dem Durchmarsch und hätte dort eine Rast eingelegt«, ergänzte Kuba, den in seinen zerrissenen einfachen Kleidern niemand mehr als einen Butler erkennen würde.

Unglücklich seufzte Amy auf. »Aber wir können nicht länger warten! Wenn wir nicht bald etwas zu essen bekommen, werden wir krank und schwach.«

Schließlich entschieden sie sich dafür, das Risiko einzugehen. Die Männer putzten die mager gewordenen Pferde, Amy und Hetty zogen sich um; schließlich sahen sie tatsächlich aus wie eine Frau vom Land und ihre Haussklavin.

Um die Mittagszeit herum brachen sie auf. Joey und Wayne würden ihnen unauffällig nachschleichen und eingreifen, falls es nötig werden sollte. Natürlich trugen sie die Pistole und die Schrotflinte bei sich.

Amys Herz raste vor Aufregung, als sie die kleine Stadt erreichten. Abgeschreckt durch das schlechte Wetter, waren nur wenige Passanten unterwegs. Einige hatten Sklaven im Schlepptau, die unter der Last der gekauften Waren fast zusammenbrachen.

Die Hauptsraße war nicht mehr als ein schlammiger Weg, über den sich einfache Fuhrwerke quälten, gezogen von Mauleseln. Gegenüber einem hölzernen Bau, der sich großspurig »Bank« nannte, gab es tatsächlich einen Kolonialwarenladen, vor dem Amy und Hetty nun anhielten.

Während Amy die grazile Fabienne ritt, führte Hetty Thunder am Zügel, denn eine einfache Sklavin zu Pferd hätte möglicherweise Aufsehen erregt.

Schwungvoll betrat Amy den Laden, gefolgt von Hetty mit betont demütiger Miene; schüchtern blieb sie neben der Tür stehen.

Im Laden war es warm und roch nach Gewürzen, Tabak, Leder und Schlachtwurst. Der dicke Geschäftsinhaber trug eine schmuddelige, ehemals weiße Schürze und betrachtete die beiden Frauen interessiert.

»Madam?« Er nickt gefällig. »Womit kann ich Ihnen dienlich sein?«

Unsicher sah sich Amy um. »Haben Sie Reis, Mehl und Bohnen?«

»Was für eine Frage!« Der Mann lächelte süffisant. »In Pete's Warenhaus gibt es alles, was das Herz begehrt.«

Nun, das mochte weit übertrieben sein, die Bemerkung ließ Amy jedoch entspannen. Wie es aussah, würde sie hier all das bekommen, was man zum Leben brauchte.

Während Pete die Waren zusammensuchte, um die Amy bat, fragte er mit unverhohlener Neugier: »Woher stammen Sie? Ich habe Sie hier noch nie gesehen. Sind Sie auf der Durchreise?«

Zaghaft nickte Amy. »Mein Mann hat ein Stück Land gekauft, im westlichen Missouri. Nun, da er ein Haus errichtet hat, will er, dass ich zu ihm komme.«

»Ah, ich verstehe. Zu dumm, dass Sie die Soldaten verpasst haben, die in der Stadt gerastet haben. Die hätten Sie und Ihre Magd sicher ein Stück auf ihren Wagen mitgenommen.«

Er konnte nicht ahnen, wie froh Amy war, dass die Soldaten bereits weitergezogen waren; sie sagte jedoch mit bedauernder Miene: »O ja, das ist jammerschade. Bei diesem Wetter zu Pferd unterwegs zu sein, ist wahrlich kein Vergnügen. Packen Sie mir doch bitte auch noch ein paar Stück Seife, Nähgarn und Nadeln ein … und ein Dutzend Paar von diesen Wollsocken hier.«

Geschäftig eilte Pete hin und her, schrieb die Rechnung und präsentierte sie schließlich Amy, die überrascht die Brauen hochzog.

»Tja, für die steigenden Preise kann ich nichts«, verteidigte er sich. »Das Konföderiertengeld ist nichts mehr wert. Was vor einer Woche noch einen Dollar gekostet hat, kostet heute bereits drei Dollar.«

Ohne mit der Wimper zu zucken, bezahlte Amy; bis auf wenige Scheine war ihr Budget jetzt aufgebraucht. Pete reckte den Hals und wollte wissen, wie seine Kundin all die Waren zu transportieren gedachte.

»Meine Pferde sind schon mit größeren Lasten zurechtgekommen«, gab Amy wahrheitsgemäß zurück. »Und wenn es doch zu viel wird, kaufe ich unterwegs einen Leiterwagen.«

Das schien dem Ladenbesitzer einzuleuchten. Er tippte auf einen Zeitungsstapel, den Amy erst jetzt entdeckte. »Was halten Sie von Lincolns Proklamation, Madam? Der Mann nimmt sich ziemlich viel heraus, meinen Sie nicht auch?«

Irritiert schaute Amy auf. »Ich fürchte, ich weiß nicht, wovon Sie reden …«

»Was? Lesen Sie denn keine Zeitung?«

»Nun, ich bin seit Wochen unterwegs, da bleibt keine Zeit fürs Zeitunglesen«, gab Amy zurück, spähte jedoch interessiert zu dem Stapel mit einer *Missouri Gazette.* »Bitte geben Sie mir eine davon.«

»Aber gern. Also, dieser Präsident Lincoln hat doch tatsächlich die Sklavenbefreiung als Kriegsziel gesetzt. In seiner Proklamation heißt es, dass alle Sklaven der Rebellionsstaaten ab dem 1. Januar 1863 frei sein sollen. Was gehen den die Südstaaten an, frage ich Sie. Unglaublich!« Er blickte kurz zu Hetty hinüber, die weiterhin unterwürfig bei der Ladentür stand und so tat, als sei sie zu einfältig, um dem Gespräch zu folgen.

»Wenn es tatsächlich so weit kommt, müssen Sie der da auch noch Lohn zahlen«, giftete Pete weiter.

Ohne auf das Gezeter zu achten, zahlte Amy die Zeitung und verabschiedete sich schnell. Pete dachte gar nicht daran, den beiden Frauen beim Aufladen zu helfen, sondern blickte ihnen interessiert nach.

Amy hatte sich nicht getäuscht; als sie schließlich die Kleinstadt verließen, achtete niemand auf die einfach gekleidete Frau mit ihrer Sklavin.

Sie wurden bereits von den Männern erwartet, die sich hinter einem Hügel nahe der Hauptstraße versteckt hielten. Glücklich über das Gelingen des Einkaufs machten sie sich sofort auf den Weg zu den anderen.

Später studierten sie die Zeitung aufmerksam. Wie sich

rasch herausstellte, war die Gazette bereits drei Wochen alt, trotzdem waren darin interessante Kriegsartikel zu lesen. Es hatte einige Schlachten gegeben – mal gingen die Südstaaten, die von den Yankees höhnisch »Rebellen« genannt wurden, mal die Union als Sieger hervor. Und wie es aussah, war der Krieg noch lange nicht entschieden.

Die Wetterlage verschlechterte sich zusehends, und das rettende Iowa lag noch in weiter Ferne. Nun war sicher, dass sie den Winter in den Wäldern von Missouri verbringen mussten, denn die Kälte und der Anfang Dezember einsetzende Schnee vereitelten eine Weiterreise.

Niemandem war wohl bei der Aussicht, die nächsten Monate bei eisiger Kälte schutzlos im Freien verbringen zu müssen, aber sie hatten keine Wahl.

Wayne schlug vor, eine primitive Hütte zu bauen, denn Holz gab es schließlich genug. Doch das war riskant und konnte zufällig entdeckt werden. Da aber niemand eine bessere Idee hatte und ihnen in den letzten Wochen kein Mensch begegnet war, entschlossen sie sich zum Bau einer einfachen Hütte mit fester Feuerstelle.

22

Die Vorräte reichten knapp über den Winter, aber immerhin hatten sie ein Dach über dem Kopf – und auch wenn ihnen Tag und Nacht die Angst vor Entdeckung im Nacken saß, mussten sie nicht hungern und frieren.

Frei fühlte sich keiner der bisherigen Sklaven. Kuba bemerkte einmal, dass für ihn erst dann die Freiheit begänne, wenn sie die Grenze zu Iowa passiert hätten.

Obwohl Amy als Weiße die Unfreiheit nicht am eigenen Leibe zu spüren bekommen hatte, fühlte sie mit den anderen, die sich erst langsam an die Freiheit gewöhnen mussten. Doch darüber musste sich in diesem harten Winter niemand Gedanken machen, denn sie waren noch längst nicht in Sicherheit.

Während der Wintermonate rückten sie alle noch näher zusammen. Amy hatte ihren Weggenossen nicht verheimlicht, welchen Schatz sie im Saum ihres Kattunkleides bei sich trug, denn sie vertraute ihnen bedingungslos. Und wenn sie manchmal daran zweifelte, ob sie jemals das Ziel ihrer Wünsche erreichten, gelang es Joey mit einem Blick aus seinen dunklen, mandelförmigen Augen, ihr wieder Hoffnung einzuflößen.

Oft nahm er sie spontan in die Arme, versicherte ihr, wie sehr er sie liebe, und betonte immer wieder, dass er ohne sie nicht geflohen wäre. Amy bereute nicht eine Sekunde, dass sie ihm gefolgt war, und Joeys Liebesbezeugungen machten sie glücklicher als je zuvor.

Während die Flüchtlinge tief im Wald auf den Frühling warteten, tobte um sie herum der Krieg unerbittlich weiter. Doch sie erfuhren weder von der Schlacht bei Fredericksburg noch von der gescheiterten Einnahme von Vicksburg oder den Siegen der Yankees.

Anfang März 1863 zogen sie schließlich weiter. Die Frauen hatten alle Kleidungsstücke gereinigt und geflickt, so gut es ging. Mittlerweile waren sie über ein halbes Jahr auf der Flucht, und es lag noch ein gutes Stück Weg vor ihnen.

Die Schneeschmelze setzte ein und verwandelte die Waldpfade in rutschige, verschlammte Wege. Tagsüber ruhten sie nur kurz, um neue Kraft zu sammeln, und bald begegneten ihnen wieder andere Flüchtlingsgruppen, die gen Norden zogen. Doch niemand schloss sich ihnen an, und als Amy einmal zaghaft fragte, ob es an ihrer weißen Haut läge, verneinte Joey.

»Je kleiner die Gruppen, umso unauffälliger können sie sich fortbewegen«, erklärte er. »Siehst du, da hinten marschiert wieder so ein Grüppchen durch das Unterholz.«

Angestrengt blickte Amy in die von Joey gezeigte Richtung. Tatsächlich konnte sie einige gebückte Gestalten dahinschleichen sehen, doch dann stockte ihr der Atem.

»Das sind Weiße«, sagte sie leise, »und sie sehen ziemlich zerlumpt aus.«

Auch die anderen blieben stehen und lugten vorsichtig zu der Gruppe aus ungefähr zehn Leuten hinüber.

»Das ist armes weißes Pack«, wisperte Wayne. »Denen gefällt es im Süden wohl auch nicht mehr.«

Inzwischen waren sie entdeckt worden. Aus der Gruppe schälte sich ein Paar und kam zögernd näher, während die anderen weitertrotteten. Wayne und Joey hielten ihre Waffen griffbereit, doch dann erkannte Amy die beiden.

»Lizzy!«, stieß sie hervor, als das Paar nur noch wenige Meter von ihr entfernt war. »Gütiger Himmel, was tut ihr hier?«

Vor lauter Freude über das unverhoffte Wiedersehen schlug sich Lizzy auf den Mund. Ihr einst hübsch gemustertes Kleid starrte vor Schmutz, und ihr Haar trug sie in einen schmucklosen Knoten im Nacken.

»Meine Güte, Amy! Du bist es ja wirklich!« Darren blieb etwas abseits stehen und musterte Amys schwarze Begleitung argwöhnisch. »Als ich dein Gesicht eben sah, glaubte ich an eine Verwechslung. Was machst du in dieser Wildnis?«

Amy umarmte ihre frühere Zimmergenossin. »Vermutlich dasselbe wie ihr.«

Erst jetzt schien Lizzy zu bemerkten, dass Amy die einzige Weiße in der Gruppe war. Und als Joey langsam näher kam und besitzergreifend und mit stolzer Miene seinen Arm um Amys Taille legte, begriff sie allmählich.

»Du … du hast Robert verlassen?«, stammelte sie ungläubig. »Aber warum?«

»Weil ich Joey liebe.« Sie wechselte einen zärtlichen Blick mit ihm, dann berichtete sie in Stichworten, was seit ihrer Hochzeit geschehen war.

»Ich hätte Robert niemals heiraten dürfen«, sagte sie mit Nachdruck. »Er war kein guter Ehemann, Miss Carter hat sich in ihm getäuscht – genau wie ich. Weißt du, ob sie noch in Baton Rouge lebt?«

Lizzy hob traurig die Schultern. »Sie hat das Mädchenheim aufgelöst und wollte in einem Lazarett arbeiten. Aber wie ich hörte, hat sie sich mit Cholera angesteckt und ist daran gestorben.«

Amy war betroffen. Warum mussten die guten Menschen so früh sterben, während die weniger guten sich oft über ein langes Leben freuen durften?

Doch dann fiel Amys Blick wieder auf Darren. Noch bevor sie eine Frage stellen konnte, sagte Lizzy: »Er ist desertiert, deshalb wollen wir in den Norden ziehen. Darren hat Furchtbares an der Front erlebt und sich geschworen, nie wieder in die Schlacht zu ziehen. Letztes Weihnachten hatte er Heimaturlaub, da teilte er mir seinen Entschluss mit. Und so blieb uns nichts weiter übrig, als Baton Rouge zu verlassen, denn wir sind nun genau wie ihr auf der Flucht. Auf Fahnenflucht steht die Todesstrafe.«

»Wer sind die anderen, mit denen ihr geht?«

Lizzy holte tief Luft. »Ebenfalls Deserteure mit ihren Familien und zwei Farmer, denen die Armee das letzte Vieh aus dem Stall und das letzte Korn aus der Scheune beschlagnahmt hat, sodass sie dem Hungertod nahe waren. Sie hoffen, im Norden eine neue Existenz aufbauen zu können.«

Die Gruppe hatte sich inzwischen entfernt. Die Leute waren zu ausgehungert, um sich um Lizzy und Darren zu kümmern – auch, dass die beiden nun bei einigen Schwarzen zusammen standen, schien sie nicht zu bekümmern.

»Habt ihr ein bestimmtes Ziel?«, warf Kuba ein. »Wir wollen nach Iowa, da gibt es fruchtbares Land, und die Ansiedlungen schießen wie Pilze aus dem Erdboden.«

Nun trat Darren vor, der bisher noch keinen Ton von sich gegeben hatte. »Wir wissen noch nicht, wo wir landen werden. Hauptsache, die Konföderiertenarmee erwischt mich nicht.«

Nach einem raschen Blick zu ihren Leuten nahm Amy ihre Freundin beim Ellbogen. »Wollt ihr nicht mit uns gehen? Kuba meint, es ist nicht mehr allzu weit bis zur Grenze nach Iowa.«

Lizzy und ihr Verlobter wechselten einen unsicheren Blick, sodass Amy scharf hinzufügte: »Wenn ihr für die Beibehaltung der Sklaverei seid, ist es vielleicht doch keine so gute Idee.«

»Ich war immer dagegen!«, rief Darren empört. »Und es macht mir nichts aus, mit ehemaligen Sklaven zu gehen. Wie ist es mit dir, Lizzy?«

Diese beteuerte ebenfalls, keine Vorurteile zu haben, und so wurden die bescheidenen Bündel der beiden auf die Packpferde geschnürt.

Kuba hatte sich geirrt, es waren noch viele Meilen durch unwegsames Gelände zu bewältigen. Unterwegs berichtete Amy ihrer Freundin, wie sie sich in Joey verliebt hatte. »Ich konnte nichts dagegen tun.«

»Aber ihr könnt nicht heiraten, solange du Roberts Gattin bist.«

Amy stieß ein verächtliches »Pah!« aus. »Ist das denn in diesen Zeiten so wichtig, verheiratet zu sein?«

Das sah Lizzy etwas anders; Darren durfte sich ihr erst nähern, nachdem er ihr den Trauring an den Finger gesteckt hatte. Sie hatte große Schwierigkeiten, mit der Tatsache umzugehen, dass sich die drei Paare während der Wanderpausen öfters in die Büsche schlugen und sich ungeniert liebten; aber sie hielt den Mund, denn sie war froh, nicht mehr mit den schweigsamen, mürrischen Weißen gehen zu müssen. Eigentlich hatten sie und Darren in diesem Jahr heiraten wollen, aber daran war nicht mehr zu denken.

* * *

Anfang Juni 1863 erreichten sie die rettende Grenze. Sie fielen sich jubelnd um den Hals, die Frauen weinten vor Erleichterung, und auch den Männern standen Tränen in den Augen. Nach einem Jahr auf der Flucht waren sie frei, und diese Freiheit konnte ihnen nun niemand mehr nehmen.

Nach anfänglicher Zurückhaltung war Darren aufgetaut und klopfte den anderen Männern anerkennend auf die Schultern. Während des Marsches hatten sie sich vorgenommen, auch zukünftig beisammenzubleiben.

In Baconville, der ersten Stadt in Iowa, die sie passierten, ließen sie sich im Rathaus als Bürger registrieren. Amy war überwältigt von den unterschiedlichen Menschen auf den Straßen; alle Hautfarben waren vertreten, und niemand schien sich daran zu stören.

Damit sie fürs Erste eine Unterkunft hatten, wurde ihnen ein baufälliges Holzhaus am Stadtrand zugewiesen. Darren wurde angeboten, künftig für die Union zu kämpfen, doch er lehnte ab. Und da er kein Berufssoldat war, sondern sich freiwillig für den Kriegsdienst gemeldet hatte, ließ man ihn fortan in Ruhe.

Trotz des beengten Raumes waren alle glücklich und schmiedeten Zukunftspläne. In Baconville gefiel es ihnen, und dort wollten sie eine neue Existenz gründen. Noch immer trug Amy ihren kostbaren Schmuck im Kleidersaum; nun wurde er nach der langen Wanderung sorgfältig in einem alten Zigarrenkistchen aufbewahrt. Für Amy war klar, dass der Schmuck Allgemeingut war und dass alle ihre Freunde davon profitieren sollten.

Kuba und Hetty hatten bereits einen kleinen Eckladen an der Hauptstraße besichtigt, während die anderen sich auf dem angrenzenden Land umsahen. Auch Darren und Lizzy hatten sich entschlossen, sich als Farmer niederzulassen – fruchtbares Land zu Spottpreisen gab es schließlich genug.

Der Schmuck war ein Vermögen wert, wie ein Juwelier feststellte. Amy verkaufte einige Teile, sodass sie von dem Erlös ein großzügiges Stück Land und das Ladengeschäft in Baconville erstehen konnten. Da auch in dieser Stadt kriegsbedingt die Lebensmittel rationiert waren, schlug Wayne vor, sofort mit der Rodung des Landes zu beginnen; vielleicht konnte man dann in diesem Jahr sogar schon das erste Gemüse für den Eigenbedarf ernten.

Etwa zu dieser Zeit bemerkte Amy, dass sie schwanger war. Hetty hatte zwar einen ganzen Beutel der verhütenden Kräuter mit auf die Flucht genommen, aber kurz vor der Grenze waren sie aufgebraucht gewesen.

Noch erzählte sie Joey, der sich mit Feuereifer an das Errichten eines Wohnhauses auf seiner Parzelle machte, nichts von ihrem Zustand, sondern genoss ihr kleines Geheimnis.

Darren und Lizzy heirateten, Mathilda und Wayne adoptierten den kleinen Frankie, der auf der langen Flucht zu einem kräftigen Burschen herangewachsen war.

Joey und Amy konnten nicht heiraten, solange sie nicht geschieden war. Robert würde nie seine Einwilligung dazu geben, und da Joey – wie alle Sklaven – den Nachnamen seines Besitzers trug, fiel es niemandem auf, dass sie in sogenannter wilder Ehe lebten. Für sie beide machte es keinen Unterschied, denn ihre Liebe war noch stärker geworden. Die Strapazen der Flucht hatte sie noch enger aneinander gebunden, und Amy war der Gedanke unerträglich, jemals wieder auf Joey verzichten zu müssen.

In dem beschaulichen Städtchen spürte man nichts vom Bürgerkrieg; nur die mangelhafte Lieferung von Waren und gelegentliche Trupps von Unionssoldaten, die Baconville mitunter passierten, erinnerten die Bewohner daran, dass man sich im Krieg befand.

23

Am 9. April 1865 kapitulierte General Lee, und damit war der Krieg nach vier langen Jahren endlich entschieden. Einen Monat später wurde der Konföderiertenpräsident Jefferson Davis gefangen genommen, und weitere konföderierte Truppen ergaben sich ebenfalls. Die Ermordung von Abraham Lincoln löste landesweites Entsetzen aus.

All dies erfuhr Amy aus den Gazetten, die nun wieder regelmäßig erschienen – allerdings sollte sie nie erfahren, dass Robert bereits 1864 in der Schlacht bei Petersburg gefallen war – und das Geheimnis, ob er von Amys Liebe zu Joey ahnte, hatte er mit ins Grab genommen. *Heaven's Gate* war als heruntergewirtschaftete Plantage zurückgelassen und nach Kriegsende von den Unionssoldaten niedergebrannt worden. Auch andere große Plantagen mit klangvollen Namen wie *La petite fleur, Tula Star* und *Ten Oaks* waren in Schutt und Asche gelegt. Augusta und Sidney Wade waren bei der Verteidigung von *White Swan* von den Yankees ermordet worden; ihr jüngster Sohn war gefallen, und der ältere hatte den Krieg schwer verletzt überlebt. An die tapfere Augusta dachte Amy oft; sie hatte dafür gesorgt, dass Amy Joey heimlich treffen konnte, und sie hätte die erfahrene Freundin nur zu gern wiedergesehen – aber da lebte Augusta schon längst nicht mehr.

Nicht nur Amy freute sich an den Jahreszeiten in Iowa. Im Winter lag Schnee, der Sommer war warm, aber nicht so unangenehm schwül wie in Louisiana. Amy begann, den Bundesstaat, in dem sie nun lebte und in dem sie ungestraft einen früheren Sklaven lieben durfte, als ihre Heimat anzusehen.

Das Einzige, was sie bisweilen vermisste, war der schwere Duft der Magnolien von *Heaven's Gate.*

Joey hatte in Zusammenarbeit mit den anderen Männern ein massives Steinhaus für seine Familie gebaut, in dem es im Winter gemütlich warm und im Sommer angenehm kühl war. Ein Jahr, nachdem Amy das Land gekauft hatte, waren Häuser, Scheunen und Nebengebäude fertiggestellt. Während Joey sich entschlossen hatte, größtenteils Mais anzubauen, entschieden sich Wayne und Darren für Weizen, für den es einen guten Absatzmarkt gab.

Der Laden von Kuba und Hetty florierte, denn Hetty besaß viel Geschick im Verkauf von Töpfen, Stoffen und Nahrungsmitteln, während Kuba, der seinen Namen inzwischen tatsächlich in Jeremiah umgeändert hatte, den nötigen Geschäftssinn mitbrachte. Belle und Tuffy zogen ebenfalls nach Baconville und halfen im Geschäft.

Mathilda und Wayne lernten lesen und schreiben, denn es wurde ihnen bald zu dumm, sich von Frankie, der nun die Schule besuchte, die Zeitung vorlesen lassen zu müssen.

Pünktlich neun Monate nach der Hochzeit brachte Lizzy ein gesundes Mädchen zur Welt; da war Joey junior bereits ein halbes Jahr alt.

Sicher, so mancher Bürger von Baconville starrte Amy neugierig nach, wenn sie sich mit ihrem kleinen Sohn, dessen Haut die Farbe von Milchkaffee hatte, in der Stadt sehen ließ. Allerdings war dies nichts Besonderes, denn Baconville lag nah der Grenze zu Missouri, und viele geflüchtete Sklaven waren in der Stadt geblieben. So hatten sich die Rassen vermischt, und Mischlingskinder waren keine Seltenheit.

Es war wieder Herbst geworden. Die Ernte war eingeholt, und zu Fabienne und Thunder hatten sich zwei kräftige Ackerpferde in den Stall gesellt.

Joey war in der Stadt: Er hatte sehr geheimnisvoll getan und gegrinst, als Amy wissen wollte, was er vorhatte. Auf dem Hof jagte Klein-Joey Hühner und Gänse und freute sich an deren empörtem Geschnatter.

Amy beobachtete ihn aus dem Fenster der Wohnküche und lächelte zärtlich. Wie groß und stark der Junge bereits war – die ersten wackeligen Gehversuche hatte er auch schon hinter sich. Er würde ein hübscher Mann werden, denn die Ähnlichkeit mit seinem Vater war nicht zu übersehen. Klein-Joey hatte dunkles Haar, das ihm in sanften Wellen auf die Schultern fiel, seine Augen waren leicht schräg wgestellt – das Erbe seiner indianischen Vorfahren hatte sich durchgesetzt.

Der Kleine war überall beliebt, weil er so außergewöhnlich niedlich war und niemals greinte oder trotzte. Sogar Hetty meinte scherzhaft, dass sie sich ein Kind anschaffen würde, wenn es so bezaubernd wie Klein-Joey wäre.

Amy trat zurück an den Herd, um das Abendessen zuzubereiten. Bei dieser eintönigen Beschäftigung verfiel sie in Erinnerungen. Damals, als ihre Eltern noch gelebt hatten, war Amys größter Traum eine eigene Farm gewesen. Doch dann war alles anders gekommen – und obwohl Amy Robert noch immer hasste, musste sie sich eingestehen, dass sie es ausgerechnet ihm zu verdanken hatte, ihre große Liebe getroffen zu haben.

Es störte sie nicht, dass sie in keinem großen Herrenhaus mehr lebte, dass es keine Dienerschaft gab und ihre Garderobe bescheiden war. Dies alles war nie Amys Wunschtraum gewesen. Nun, da sie wieder ein geregeltes Leben führte, glänzte ihr Haar wie in alten Zeiten, ihre Haut war glatt und braun gebrannt, und die Schwangerschaft hatte ihre Figur nur noch weiblicher gemacht. Und die von der Farmarbeit stark beanspruchten Hände wurden regelmäßig mit einer neuartigen Creme aus Hettys Laden gepflegt.

Sie sehnte sich nach Joey, wie sie es immer tat, wenn er nicht in der Nähe war. Vorsichtig strich sie sich über den Leib, denn darin wuchs ein neues Baby heran, von dem Joey noch nichts ahnte.

Als Amy sich nähernden Hufschlag vernahm, trocknete sie

ihre Hände an der Schürze und trat aus dem Haus. Joey ritt gerade in den Hof, stieg ab und hob seinen jauchzenden Sohn in die Höhe. Erst jetzt bemerkte er Amy, und seine Augen leuchteten sanft.

Er ging zu ihr, umfasste ihre Taille und küsste sie. »Ich habe eine Überraschung für dich. Sieh, was ich dir mitgebracht habe.«

Amys Blick folgte seinem Zeigefinger; an Thunders Sattel hing ein Leinensack. Amüsiert betrachtete Joey ihre verwirrte Miene, dann löste er den Strick, mit dem der Sack am Sattel befestigt war, und griff hinein.

Ein Bäumchen kam zum Vorschein, und als Amy nicht gleich begriff, was für eine Art von Baum dies war, sagte Joey: »Es wird noch Jahre dauern, bis er Blüten tragen wird, und wahrscheinlich gedeiht er nicht so prächtig wie in Louisiana, aber ich weiß doch, wie sehr du den Duft von Magnolien magst.«

Von Freude überwältigt, fiel Amy ihm um den Hals. Er hatte es nicht vergessen und Jeremiah immer wieder zugesetzt, bis der ihm einen Magnolienbaum besorgte.

Gemeinsam gruben sie ein Loch im hinteren Garten und pflanzten das noch kahle Bäumchen ein. Dann stellten sie sich davor und betrachteten es beinahe andächtig. Dieser kleine Baum war das einzige Bindeglied zu ihrem früheren Leben – und er würde sie immer wieder daran erinnern, unter welchen Strapazen sie ihre Freiheit erlangt hatten.

Joey nahm seinen Sohn auf den Arm und reichte Amy die freie Hand. So schlenderten sie zum Haus zurück – und beide wussten, dass ihr jetziges Leben erst der Anfang ihres Glückes war und dass sie noch ihren Enkelkindern erzählen konnten, auf welch beschwerliche Weise die Großeltern nach Baconville in Iowa gelangt waren.